책벌레의 하극상

사서가 되기 위해서라면 뭐든지 할 수 있어

제 3 부 **영주의 양녀 I**

카즈키 미야
miya kazuki

길찾기

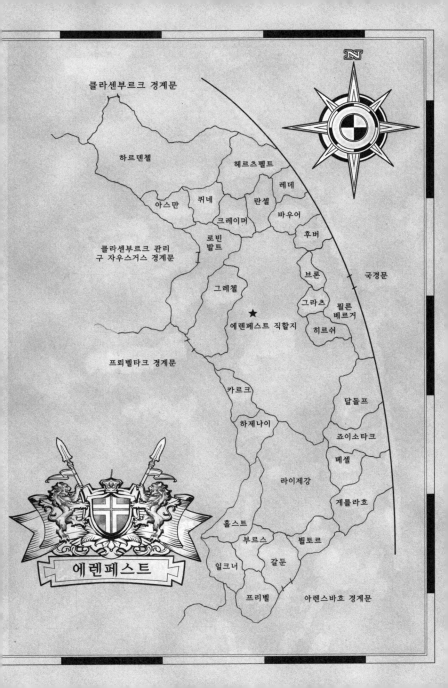

등장인물

2부 줄거리

청색 견습 무녀가 된 마인은 신전에 공방을 만들어 굶주리는 고아들에게 일자리와 식사를 제공하는 한편, 구텐베르크 동지들을 모아 시행착오를 거듭하며 인쇄술에 매진하는 매일을 보낸다. 하지만, 신전장이 데려온 다른 영지의 귀족이 마인을 습격한다. 가족과 주변 사람들을 지키는 데 도움을 받기 위해 마인은 상급 귀족의 딸, 로제마인이 되고 영주의 양녀가 될 결심을 굳힌다.

영주 일족

로제마인
주인공. 병사의 딸에서 영주의 양녀가 되며 이름을 바꿨다. 하지만 알맹이는 그대로이다 보니 책을 읽기 위해서라면 수단과 방법을 가리지 않는다.

페르디난드
질베스타의 이복동생. 신전에서 로제마인의 보호자 역할을 하고 있다.

질베스타
에렌페스트의 영주. 페르디난드의 이복형이자 로제마인을 양녀로 맞아들인 양아버지.

플로렌치아
질베스타의 아내이자 세 아이의 어머니. 로제마인의 양어머니가 된다.

빌프리트
질베스타의 장남. 로제마인에게는 의붓오빠가 된다.

칼스테드
에렌페스트의 기사단장. '귀족' 로제마인의 호적상 아버지. 질베스타, 페르디난드와는 사촌이다.

엘비라
칼스테드의 제1부인. '귀족' 로제마인의 호적상 어머니.

에크하르트
칼스테드의 장남. 지금은 기사단에서 일하고 있다.

람프레히트
칼스테드의 차남. 빌프리트의 호위 기사.

코르넬리우스
칼스테드의 3남. 로제마인의 견습 호위 기사.

기사단장 일가

측근 귀족

다무엘
호위 기사. 로제마인이 된 뒤에도 계속 호위역을 맡게 된 하급 귀족

리카르다
수석 시종. 로제마인의 보호자 3형제의 어린 시절을 아는 상급 귀족.

브리기테
호위 기사. 중급 귀족이며 기베 일크너의 여동생.

안게리카
견습 호위 기사. 말수가 적고 초연한 분위기의 중급 귀족 미소녀.

오틸리에
시종. 엘비라의 친구인 상급 귀족.

평민 마을의 가족

귄 터	········	마인의 아버지
에 파	········	마인의 어머니
투 리	········	마인의 언니
카 밀	········	마인의 남동생

신전의 시종들

프 랑	········	신전장실 담당
길	········	공방 담당
빌 마	········	고아원 담당
모 니 카	········	신전장실과 요리 조수
니 콜 라	········	신전장실과 요리 조수

마을 상인들

벤 노	········	길베르타 상회의 주인
마 르 크	········	벤노의 오른팔
루 츠	········	견습 다프라
구스타프	········	상업 길드장
프 리 다	········	길드장의 손녀

전속 직인

엘 라	········	전속 요리사
로 지 나	········	전속 악사

기 타

지 크	········	요한을 적대하는 대장장이
푸 고	········	이탈리안 레스토랑의 요리사

제3부 **영주의 양녀** I

일러스트 시이나 유우 **지도제작** 후지시로 요 **번역** 김 봄 **디자인** 백진화
편집 정성학 김일철 **마케팅** 이수빈

제 3 부

영주의 양녀 I

프롤로그

　영주 회의에서 돌아온 질베스타를 배웅한 뒤, 칼스테드는 주인 없는 신전장실에서 범죄의 증거가 될 물건들을 페르디난드와 함께 입수하고, 아무도 들어오지 못하도록 방을 폐쇄했다.

　그 뒤, 둘이서 로제마인과 관련된 이야기나 설정을 잡기 시작했다. '아내를 닮아 높은 마력을 가지고 태어난 사랑스러운 딸을 지키고자 영주의 양녀로 보냈'라며 질베스타가 그 자리에서 즉흥적으로 지어낸 각본을 그대로 쓰기는 솔직히 무리였다. 고작 마력만으로 양녀가 될 수 있을 정도로 영주 일가의 지위는 절대 가볍지 않다. 뭔가 좀 더 납득할 만한 명분이 필요하다.

　페르디난드가 관자놀이를 톡톡 두드리며 생각에 잠겼다.

　"흠……. 공방을 써먹을까. 눈 뜨고 볼 수 없는 고아원의 참상에 로제마인이 고아들을 가엾이 여겨 그들에게 일감과 식사를 주었다. 그 헌신적인 심성과 새로운 사업이 영주의 마음을 사로잡았다고 하자."

　"'고아원의 참상에 한탄하여 고아에게 일감과 식사를 주었다'라. 마치 성녀가 아닌가."

　칼스테드의 중얼거림에 페르디난드는 만족스럽게 고개를 끄덕였다.

　"성녀라. 흠. 그 방향으로 몇 가지 미담을 만들면 로제마인을 신전장에 올리는 일도 어렵지 않을 것 같군. ……뭔가, 칼스테드. 그렇게 미심쩍은 표정 짓지 마. 딱히 거짓말도 아니잖은가. 가장 큰 목적은 편안하게 책을 읽는 것이었지만, 어찌 됐든 실제로 고아를 구하려고 공방을 세웠고, 결과적으로 고아를 구했잖아."

칼스테드도 페르디난드에게 고아원에 공방을 만들었다는 얘기는 들었지만, 로제마인을 보면 도저히 그런 위업을 이룰 만한 인물로 보이지 않았다.

"그대도 알듯이 강대한 축복에도 강하고, 쓸데없이 입을 열지 않는다면 성녀로 보일 거다. 토론베 토벌에서 땅을 치유할 때처럼 시키면 되겠지."

페르디난드의 말처럼 토론베 토벌 때 로제마인이 했던 치유를 떠올려 보았다. 압도적인 마력으로 땅을 치유하여 동행한 기사들의 혼을 쏙 빼 버렸다. 앞서 치유에 실패한 시키코자를 본 후라 그 마력이 더욱 강대해 보였으리라. 성녀라고 부르기엔 너무 어리지만, 확실히 얌전히 서 있기만 한다면 그럴싸해 보인다. 부드럽게 흐르는 밤하늘을 연상시키는 색의 머리는 상급 귀족의 딸 중에서도 보기 어려울 만큼 관리가 잘 되어 윤기가 흐르고, 감정이 솔직하게 드러나는 달 같은 금색 눈동자도 시선을 끌 정도로 아름답다. 얼굴도 반듯하여 성장 후가 기대되는 아이라 생각되었다. 몸이 허약해서인지 햇볕에 타지 않은 피부는 새하얗고, 전혀 노동을 하지 않은 조그마한 손은 반들반들했다. 페르디난드의 교육을 받은 덕분에 평민으로 보이지 않을 정도로 행동도 우아하다. 상급 귀족에는 미치지 않지만, 교육 여하에 따라 금세 고칠 수 있는 부분이었다.

'너무 잘 만들어진 얘기라 귀족들을 납득시키려면 강대한 축복 하나라도 보여주면 되겠다만, 뭐, 성녀도 나쁘진 않군.'

칼스테드가 납득하려는 그때, 페르디난드가 곤란한 표정을 짓고 칼스테드를 바라보았다.

"실적은 그걸로 됐다만, 그대가 부인들의 괴롭힘을 우려하여 자식을 신전에 숨겼다는 설정은 조금 억지스럽지 않은가? 엘비라가 그 정도로 어리석은 여성도 아니고, 과연 협력해 줄까?"

"하지만 엘비라가 로제마리를 싫어한 건 사실일세."

정실인 엘비라와 둘째 부인 트루델리데가 셋째 부인 로제마리를 싫어해서 배척하고 날을 세웠다. 그 때문에 원래부터 몸이 약했던 로제마리는 마음고생으로 쓰러진 것이다.

"그 얘기는 그대가 로제마리에게 들은 이야기이지 않은가? 양쪽의 주장을 제대로 들어 보긴 한 건가?"

칼스테드는 무조건 피해를 본 로제마리를 두둔했지만, 페르디난드는 칼스테드를 응시하며 정말 사실인지 캐물었다.

"……원인은 트루델리데와 로제마리의 친정 사이에서 일어난 불화 때문이라 들었네. 하지만 집안에서 가장 영향력이 큰 엘비라가 트루델리데를 편들면서 로제마리를 고독하게 만든 거야. 엘비라가 감싸줘야 할 사람은 로제마리였어."

엘비라가 중립일 동안은 그나마 나았다. 상황이 크게 바뀐 건 엘비라가 한쪽에 붙으면서부터였다. 그것이 칼스테드를 더욱 안타깝게 했다.

"엘비라가 왜 트루델리데의 편을 들었는지 물어는 봤는가?"

"……내가 로제마리를 감싸기 때문이라더군. 하지만 누구든 괴롭힘을 당하는 쪽을 감싸지 않겠나? 왜 엘비라가 트루델리데의 편을 들었는지 이해가 안 가더군."

칼스테드의 설명에 페르디난드는 어이없어하며 관자놀이를 눌렀다.

"그대가 로제마리를 감싸니까 공평성을 유지하려고 둘째 부인의 편을 든 게 아닌가? 역시 모든 사정을 엘비라에게 밝히고 협력을 구하는 편이 좋아. 앞으로 로제마인이 귀족 여성 사회에서 어떻게 살아가게 될지는 엘비라로 인해 결정될 테니까."

귀족 여성 사회에서 가장 큰 파벌이었던 영주의 어머니가 세력을 잃은 지금, 최대 파벌은 영주의 부인과 엘비라가 속한 파벌이다. 로제마인의 평화로운 생활을 바란다면 이 파벌에 속하는 게 가장 좋다. 하지만 여성 사회는 질베스타조차 쉽게 끼어들 수 없다. 그 점을 알면서도 칼스테드는 엘비라에게 부탁하기가 영 탐탁지 않았다.

"……페르디난드, 엘비라에게 설명하러 함께 가 주지 않겠나? 그대가 있느냐 없느냐로 기분이 달라지거든."

페르디난드는 영주의 이복동생이며 지나치게 우수한 탓에 영주의 어머니인 베로니카에게 멸시당하며 살아왔다. 칼스테드는 그를 기사단에 입단시켰고, 솔선하여 영주의 아들로서 경의를 표하며 대우함으로써 악의로부터 보호해 왔다. 하지만 선대 영주가 병으로 쓰러지고, 차기 영주를 결정해야 할 시기가 되자 베로니카의 괴롭힘이 다시 극에 달했다. 결국, 페르디난드는 영주의 자리에 흥미가 없음을 선언한 후, 신전에 몸을 두게 되었다.

하지만 지금도 페르디난드는 영주의 업무를 돕고, 기사단에 인원이 부족할 때 빈자리를 채워 주었다. 엘비라는 종종 "페르디난드 님이 안 계셨다면 지금의 에렌페스트는 없었을 거예요."라며 페르디난드를 절찬했다. 그래서 칼스테드가 설명하느냐, 페르디난드가 설명하느냐로 엘비라의 반응이 천차만별로 달라진다.

"그럼 내일 저녁에 초대해. 오후까지는 예정이 꽉 찼다."

"알았다. 이쪽도 기사단 내 조사가 있으니까 그 시각쯤이 낫겠군."

칼스테드가 신전에서 기사단으로 돌아오니, 반쯤 넋이 빠진 다무엘이 다른 단원들에게 조사를 받고 있었다. 의식을 잃은 채 신전에서 실려 나왔지만, 지금은 앉아서 대화가 가능할 정도로 회복했다. 아무래도 기사단에서 치유 마술을 쓰는 자를 파견했던 모양이다.

"다무엘의 조사가 끝나면 오늘은 이만 해산해라. 검거한 자들은 내일 심문한다."

"네!"

기사단장인 칼스테드의 지시에 우렁찬 대답이 돌아왔다.

"칼스테드 님, 저기, 견습 무녀는……."

"무사하다. 마력에서 많이 밀렸을 텐데 잘 지켜냈다."

백작 작위를 이은 상급 귀족에 비해 하급 귀족인 다무엘은 마력의 양에서 어마어마한 차이가 있다. 그럼에도 불구하고 잘 견뎌준 다무엘에게 솔직히 감탄했다. 칼스테드가 로제마인의 무사를 전하며 치하하자 진심으로 안도한 듯 다무엘의 어깨에서 힘이 빠졌다.

"……송구스럽습니다."

조사를 끝낸 기사단을 일단 해산시킨 칼스테드는 잠깐 눈을 붙이려고 기사단의 기숙사 방으로 향했다. 집에는 영주 회의로 중앙에 가 있는 것으로 되어 있는데 갑자기 돌아가면 다들 곤란할 것 같아서였다. 결코 페르디난드가 없는 곳에서 엘비라와 얼굴을 맞대고 얘기하기 싫어서가 아니라며 스스로에게 변명하면서 칼스테드는 가볍게 손을 저어 슈타프를 꺼낸 후, 노란색 마석을 살짝 두드렸다.

"올도난츠."

마석이 울렁이듯 형태가 바뀌더니 하얀 새가 되었다. 칼스테드는 "페르디난드 님을 내일 저녁에 초대했으니 준비 부탁하네."라고 녹음하고, 엘비라에게 닿길 빌며 슈타프를 휘둘렀다. 금방 되돌아온 올도난츠는 "어머, 페르디난드 님께서 오신다고요? 바로 준비해야겠네요."라는 들뜬 목소리를 세 번 반복하고 마석으로 돌아갔다. 역시 페르디난드를 초대하길 잘한 것 같다.

다음 날 아침, 칼스테드는 죄인들을 심문하러 갔다. 우선은 신전장 베제반스다. 본인이 아무리 증언을 거부한다 한들, 페르디난드가 작성한 부정 리스트가 있는 한 처형은 확실하다. 칼스테드는 그 수많은 죄상을 낱낱이 조사한 페르디난드의 성격에 질려 버렸다. 하지만 가장 칼스테드를 질리게 한 건 베제반스를 끝까지 감싸 온 베로니카의 존재였다.

"참 여태까지 잘도 감싸 왔군."

죄목을 하나하나 들면 더 반론하거나 소란을 피울 줄 알았던 베제반스는 기력이 전혀 없는지 고개를 푹 숙인 채다. 질베스타가 자신의 어머니까지 죄인으로 집어넣은 사실에 상당한 충격을 받은 모양이다.

무기력해진 베제반스와 달리 빈데발트 백작은 침묵으로 일관하는 듯했다. 이건 질베스타가 영주 회의에서 돌아오면 기억을 더듬는 마술구로 뽑아내게 하는 방법밖에 없을 것 같다. 누가 가장 마력이 잘 통할지 모르지만, 저 사내의 기억 따위 더듬고 싶지 않았다. 칼스테드는 자신의 마력이 빈데발트 백작의 마력과 색깔이 닮지 않기를 빌었다.

"어머나, 페르디난드 님, 바쁘신 와중에 잘 오셨어요."

칼스테드가 페르디난드를 데리고 저택에 돌아가자, 짙은 녹색 머리를 평소보다 더 복잡하게 묶은 엘비라가 평소보다 세 배는 더 상냥하게 웃으며 맞이해 주었다. 항상 겪는 차별이지만 한숨이 나오는 건 어쩔 수 없었다.

식사 후, 중요한 얘기가 있다며 시종을 물린 칼스테드가 엘비라를 바라보았다. 엘비라는 가만히 칼스테드의 말을 기다렸다.

"아~, 엘비라. 저기, 이번 여름에 딸의 세례식을 치르게 됐어."

"어머, 대체 어느 분의 딸이지요?"

엘비라의 까만 눈동자가 칼스테드의 행동을 하나도 놓치지 않겠다는 듯 가늘게 떴다.

"나와…… 로제마리의 딸, 로제마인의 세례식이다."

"어머, 로제마리에게 딸은 없어요. 자식이 있다면 그분들이 가만히 있을 리가 없죠. 로제마리가 상급 귀족의 집안에 들어갔다고 거만해져서 사방에 말도 안 되는 요구를 하고 다닌 그 어리석은 자들을 벌써 잊으셨나요? 또 트루델리데와 로제마리의 집안에 불화가 일어날 거예요."

로제마리를 배척하게 된 원인을 제공한 그녀의 친척 얘기를 꺼내며 엘비라는 칼스테드를 날카롭게 노려보았다. 칼스테드가 "그건……." 하고 반론하려고 하자, 엘비라가 다그치며 말을 가로막았다.

"겨우 소란을 진정시켜 놨는데 로제마리의 딸이 나타나면 또 시끄러워질 겁니다. 끔찍하군요. ……라고 말하고 싶지만, 페르디난드 님까지 대동하신 걸 보면 뭔가 사정이 있겠지요. 사정에 따라 협력해 드릴 수도 있습니다."

"그대는 참 총명한 여성이군. 그대의 힘이 필요하다. 꼭 협력해 줬으면 해."

"페르디난드 님도 참, 무슨 말씀을."

페르디난드가 엘비라에게 사정을 설명하기 시작했다. 유능한 로제마인이라는 아이를 칼스테드의 딸로 세례식을 치른다는 것, 그리고 그 세례식 자리에서 영주의 양녀가 될 것이라는 사실을. 영주와 영주의 이복동생이 양녀로 들이고 싶어할 정도라면 분명 에렌페스트의 장래에 크게 공헌하게 될 아이임을 인정한 셈이나 다름없었다.

"로제마리의 친족에게 그 아이의 존재가 알려지면 또 분쟁이 일어날 거예요. 로제마리의 딸이라는 사실을 공표하지 말고, 세례식을 치르도록 하세요. 이 집안과 당신의 딸로서 부끄럽지 않게 제가 대리모가 되어 교육하겠어요."

"그거 참 고마운 말이군. 엘비라에게 맡겨 두면 문제없겠지."

페르디난드의 칭찬에 엘비라가 기쁜 듯 웃었다.

이미 예상한 흐름이지만, 남편인 칼스테드의 부탁보다 페르디난드의 부탁이 더 효과가 있는 듯하다. 엘비라의 표정에서 험악한 분위기가 완전히 사라졌다.

"신전에서 내가 다소 기초는 가르쳤으니 눈 뜨고 못 볼 정도는 아니겠지만, 영주의 저택에 보내도 문제없게끔 단단히 가르치길 바라네."

"어머, 페르디난드 님께서 교육하셨나요?"

엘비라의 눈이 휘둥그레졌다. 기사단에서도 호랑이처럼 엄격하고

열혈 지도자라 소문이 자자한 페르디난드가 정말 어린 아이를 지도할수 있을까 의아한 것이리라. 칼스테드는 엘비라의 생각에 깊이 공감했다. 칼스테드 역시 처음 들었을 때 자신의 귀를 의심했으니까. 하지만 로제마인의 품위 있는 동작과 페슈필 실력으로 보건대, 페르디난드의 엄격한 지도를 받은 건 분명했다. 그런데 이상하게 로제마인은 페르디난드를 신뢰하며 잘 따랐다. 어린아이가 페르디난드를 잘 따르는 경우를 칼스테드는 처음 보았다. 토론베 토벌 때 페르디난드의 뒤로 몸을 숨기던 모습은 지금 떠올려도 충격적이었다.

"언젠가 귀족의 양녀로 보내야 할 때가 올 거라 생각했지."

그렇게 말한 페르디난드는 로제마인에 대해 설명하기 시작했다.

"서류 작업도 훌륭하고, 마력도 풍부하다. 생각이 단순해서 다루기 쉽지. 가끔 상식에 벗어나는 짓을 하지만, 머리는 나쁘지 않아서 가르치는 재미가 있어. 이해력도 좋은 편이지만 여성스러움은 내 영역이 아니라서 말이다."

"그건 제게 맡겨 주세요. 완벽하게 가르칠게요."

그리고 앞으로의 예정에 대해 의논했다. 칼스테드는 엘비라에게 세례식까지 해야 할 준비를 부탁했다. 로제마인의 방을 꾸미고, 아들의 예절 교사에게 세례식까지의 지도를 의뢰해 둬야 한다. 이 모든 준비가 완료되면 로제마인을 신전에서 귀족가로 보낸다.

"귀여운 방과 의상을 준비해야겠네요."

아들밖에 없는 엘비라의 눈이 초롱초롱하게 빛났다. 칼스테드는 그녀에게 맡겨도 괜찮을 것 같다는 생각에 가슴을 쓸어내렸다.

그리고 페르디난드로부터 로제마인의 건강 진단에 참여하라는 연락이 들어왔다. 칼스테드는 심문에서 빠져나와 신전의 신관장실로 갔다.

"어, 저기, 아버님. 안녕하십니까."

어색하게 더듬거리며 인사하는 앳된 목소리에 칼스테드의 입꼬리가 절로 올라갔다. 기사인 아들밖에 없는 칼스테드는 묘하게 낯간지러운 기분이 들었다. 정말 로제마리가 딸을 낳았다면 이런 기분이었을까.

"로제마인, 더 자연스럽게 부르지 않으면 주변이 의심할 거다."

칼스테드의 지적에 윽, 하고 신음한 로제마인은 진지한 얼굴로 "아버님."이란 단어를 몇 번이고 중얼거리며 조금이라도 익숙해지려고 연습했다.

자신의 가족을 지키기 위해 귀족 사회에 몸을 던진 조그마한 아이를 내려다보며 살짝 한숨 쉬는 칼스테드의 옆에서 페르디난드가 시종을 물리고, 방 한가운데에 마법진을 그린 종이를 펼치기 시작했다. 로제마인이 의아한 듯 고개를 갸웃거리며 마법진을 들여다보았다.

"이게 뭐예요? 뭐 하는 건데요?"

"그대의 마력 흐름을 확인하려는 것이다. 몸속에 일정한 마력이 채워져 있지 않으면 몸을 움직일 수 없다고 예전에 말하지 않았는가?"

"……그런 일도 있었나?"

귀족원에 들어가면 마력을 채우는 데 필요한 슈타프를 얻거나 몸속의 마력을 압축하여 저축하는 방법을 배운다. 그 전까지는 부모에게 선물 받은 마술구에 마력을 흘려 넣는 게 일반적이다. 마력을 움직이면 체력도 소모하고, 몸의 성장에도 부작용이 생긴다. 그래서 체내에는 되도록 마력을 적게 남겨두는 편이 좋다고 배운다.

"이제껏 몸에 가득 찬 마력 때문에 그대의 성장이 더딘 건 분명하다. 그런데 마력이 많아도, 또 적어도 몸 상태가 나빠진다는 얘기를 들어 본 적이 없군."

"네? 일반적인 게 아니었어요?"

페르디난드의 설명에 깜짝 놀란 로제마인이 자신의 몸을 내려다보았다.

"그래, 일반적이지 않다. 그걸 확인하기 위해서라도 그대의 몸에 흐르는 마력을 살펴볼 필요가 있어."

"아하, 그런 것도 가능하군요. 신기하네."

로제마인은 감탄하듯 마법진을 들여다보며 재차 고개를 끄덕인다. 천진난만해 보이는 로제마인과 달리, 칼스테드는 페르디난드를 노려보았다. 몸속에 흐르는 마력을 확인하는 마법진은 아무나 가질 수 있는 것이 아니기 때문이다.

"그런 마법진은 의사가 쓰는 것일 텐데, 왜 자네가 그런 걸 가지고 있나?"

"마법구를 만들 때 쓰는 일반적인 마법진을 조금 응용해서 만든 마법진이다. 의사가 가진 마법진과 똑같은지는 모르겠고, 나 외에 다른 사람에게 쓰는 일도 이번이 처음이야."

원하는 물건을 자기 손으로 만들어 버리는 페르디난드의 우수함에 칼스테드는 할 말을 잃었다. 그런 칼스테드에 아랑곳없이 마법진을 펼쳐서 네 모퉁이에 마석을 올린 페르디난드는 로제마인 쪽을 돌아보았다.

"로제마인, 옷과 구두까지 전부 벗고 이 위에 올라가거라."

"네!?"

"자, 잠깐만 페르디난드!?"

칼스테드는 화들짝 놀랐다. 아무리 어리다지만 여성에게 대체 무슨 소리인가. 하지만 페르디난드는 아무런 동요도 보이지 않고 당연하다는 얼굴로 마법진을 가리켰다.

"세례식을 치르고 영주의 양녀가 된 후에는 하고 싶어도 할 수가 없어. 기회는 지금뿐이다. 어서."

로제마인은 칼스테드와 페르디난드를 번갈아 쳐다보면서 수치스러움에 얼굴을 붉히고, 슬금슬금 뒷걸음질 쳤다.

"싫어요, 부끄럽단 말이에요!"

아무리 그래도 그렇지 불쌍한 생각이 든 칼스테드와 달리 페르디난드는 시치미를 뚝 떼고, 로제마인을 힐끗 쳐다보고는 코웃음 쳤다.

"애초에 목욕할 때도 부끄러워하지 않아 놓고 이제 와서 무슨 말인가?"

"뭐!? 목욕!?"

칼스테드는 페르디난드의 입에서 나온 말을 믿을 수가 없었다.

'목욕이 아무렇지 않다니? 설마 같이 목욕하는 건가? 페르디난드와 로제마인이!?'

"페르디난드, 이런 어린애에게 무슨 짓을……."

"차, 착각하지 마라, 칼스테드! 예의 마술구로 기억을 더듬었을 때의 얘기다. 같이 들어간 게 아니란 말이다!"

눈을 부릅뜬 페르디난드가 허둥대듯 칼스테드에게 대들며 변명했다. 평소의 무표정이 무너지고, 진짜 얼굴이 나온 것을 보면 거짓은 아닌 듯하다. 칼스테드는 머리 한 구석에서 냉정하게 판단했다. 하지만 그 마법구를 모르는 사람이 들었다면 어린 소녀를 좋아하는 사람이라 착각할 법한 발언이다. 질베스타가 있었다면 좋다고 달려들었을 터였다.

"로제마인, 그때는 태연하게 해 놓고 이제 와서 무슨 소린가!?"

"그치만 그때는 오랜만에 쓰는 '입욕제'랑 '샴푸'랑, '린스'로 들떴었고, 신관장님 모습도 안 보였으니까 '전화 통화' 하는 느낌이었단 말이에요! 또 현실도 아닌 꿈속이라서…… 어쨌든! 남 앞에서는 절대 안 벗을 거예요!"

기억을 엿보다가 목욕하는 상황에 맞닥뜨린 것이 분명해 보였다. 그때 로제마인이 크게 동요하지 않았다는 것도 사실임이 증명되었다.

"몸을 조사하려는 것뿐이다. 목욕보다 덜 꺼려지지 않는가?"

"전혀요! 건강 진단이라면 진짜 의사를 불러 줘요."

"날 의사라고 생각하면 되지 않은가. 어차피 하는 건 똑같다."

페르디난드는 쓸데없이 우수한 탓에 정말 의사 뺨치게 진단이 가능할 터이고, 궁금한 건 스스로 찾아야 직성이 풀리는 구석이 있다.

"마인이 된 후에 아버지라 생각지도 않았던 남자가 옷을 갈아입혀도 사흘 만에 포기했지 않은가. 로제마인이 된 후로 벌써 사흘이나 지났다. 이번에도 포기해라."

"무, 무무무, 무리예욧!"

팔을 파닥파닥 저으며 페르디난드와 거리를 벌리던 로제마인은 "도, 도와주세요, 칼스테드 님!" 하고 비명을 지르며 도망치기 시작했다. 하지만 페르디난드의 뒤에 서 있는 칼스테드에게 가려고 빙 둘러 도망치다가 결국 페르디난드에게 붙잡혀 버리고 말았다.

"꺅! 하지 마요! 으아악!"

"칼스테드를 아버님이라고 부르라고 몇 번을 말해야 알아듣느냐!

바보 같으니. 그리고 앞으로 신전 밖에서는 신관장님이 아니라 이름을 부르도록."

페르디난드는 담담하게 말하면서 울고불고 바둥거리는 로제마인의 옷끈을 풀어 파란 무녀복을 벗겼다. 페르디난드의 행동에 주저라고는 눈 씻고 찾아봐도 없었다. 옆에서 보면 꼭 투정 부리는 딸과 곤란해하는 부모다. 하지만 아무리 어리다고 해도 여성에게 할 행동이 아니었다. 기원식 때 보았던 담녹색 의상 차림이 된 로제마인이 칼스테드를 향해 필사적으로 팔을 뻗었다.

"아버님~! 신전장님은 어린 여자애를 좋아해요!"

"오해의 소지가 있는 발언은 하지 마라. 이 바보!"

로제마인의 머리를 덥석 잡아 손가락에 힘을 주는 페르디난드와 꺅꺅 고함지르며 도움을 요청하는 로제마인을 보면서 칼스테드는 반쯤 포기하며, 둘이 꽤 친하다고 생각했다. 토론베 토벌이 있고 난 뒤, 로제마인의 강한 마력을 알게 된 질베스타와 둘이서 "페르디난드의 색시로 삼으면 되겠네."라며 농담 삼아 얘기한 적이 있었다. 지금 보면 아주 가능성이 없는 말도 아닌 듯하다.

그런 생각을 하는 사이, 로제마인의 동작이 둔해졌다.

"페르디난드. 적당히 하는 게 어때? 애 숨이 거칠어졌어."

깜짝 놀란 페르디난드가 손에 힘을 풀자, 이때다 싶어 로제마인이 칼스테드의 품으로 뛰어 들어왔다. 그대로 등 뒤로 쏙 숨어서 망토 속에서 으르렁거리며 페르디난드를 노려본다.

필사적으로 이빨을 드러내는 작은 동물 같은 로제마인의 모습에 칼스테드는 웃음이 터졌다. 질베스타의 말처럼 로제마인은 스밀과 닮았다. 여기서 꿀~! 하고 울면 완벽했다.

위협적인 로제마인의 반응에 짜증스럽게 팔짱을 낀 페르디난드가 로제마인과 칼스테드를 덩달아 노려보았다. 예상대로 일이 진척되지 않아 짜증이 난 표정이다.

"칼스테드, 그대는 아비로서 로제마인의 허약한 건강 상태를 어떻게 생각하나?"

'어서 협력해' 라는 무언의 협박에 칼스테드는 로제마인과 페르디난드를 번갈아 쳐다보았다. 강제로 하려는 페르디난드의 방식을 찬성하진 않지만, 지나치게 허약해서 금방이라도 죽을 것 같은 로제마인이 조금이라도 건강해진다면 건강 진단을 하는 편이 좋다. 칼스테드는 로제마인을 안아 올려 시선을 마주쳤다.

"로제마인, 페르디난드는 마력에 관해서는 아주 우수해. 진찰을 받고, 너의 몸에 좋은 약이 있다면 처방받는 편이 좋지 않겠느냐?"

"그건 그렇지만……."

설득을 시도하자, 로제마인의 위협적이던 태도가 온순해졌다. 비록 다른 세계였지만 성인까지 살았던 기억 때문인지 다른 아이들처럼 갑자기 울음을 터트리거나 떼쓰지 않았다. 이대로 설득하면 넘어올 것 같았다. 하지만 그 기대를 단숨에 무너뜨리는 자가 있었다.

"칼스테드, 로제마인을 그대로 붙잡고 있어!"

기사단에서 명령을 내릴 때처럼 지시를 받은 칼스테드는 그만 반사적으로 로제마인을 꽉 붙잡았다. 그 순간 성큼성큼 걸어온 페르디난드가 로제마인의 등에 쭉 이어진 작은 단추를 재빠른 손놀림으로 끄르기 시작했다.

"히약~~! 신관장님, '변태'! 진짜 '로리콘'이었어!"

"무슨 말인지 전혀 모르겠다만, 시간이 별로 없다. 어서 벗어."

단추를 전부 끄른 페르디난드가 자기 침대의 천개를 가리켰다.

"저 천개 뒤에서 양말을 벗어라. 등부터 볼 테니 상체만 다 벗으면 된다. ……뭔가. 그 반항적인 눈은? 밑에까지 여기서 벗고 싶은가?"

"갈게요! 가면 되잖아요!"

"그래. 내 손이 안 가게 재깍재깍 움직여라."

글썽거리는 눈으로 페르디난드를 노려본 로제마인은 침대 뒤로 후다닥 뛰어갔다. 페르디난드는 울먹이는 로제마인을 보고도 별 느낌이 없는 듯했지만, 칼스테드는 가슴과 머리가 아팠다.

왜 페르디난드는 이렇게까지 저 어린 꼬맹이에게 엄격한 걸까.

"아무리 그래도 그렇지 부끄러워하는 애한테 너무 심하지 않나, 페르디난드. 내가 옛날부터 말했지? 여성에겐 좀 더 상냥하게 대하라고."

"쓸데없는 시간 낭비야."

영주의 어머니에게 괴롭힘을 당하고, 친어머니의 보호도 받지 못한 채 자란 페르디난드는 기본적으로 여성을 신용하지 않았다. 상냥하게 대하는 편이 합리적이라 판단했을 때 외에는 상당히 엄격하게 구는 페르디난드에게 칼스테드는 한숨을 쉬지 않을 수 없었다.

"여전히 무슨 말을 해도 죽어도 안 듣는 점은 질베스타랑 똑같군."

"불쾌한 소리 하지 마."

울컥한 듯 칼스테드를 노려보는 페르디난드의 뒤에서 벗은 옷으로 수줍게 앞을 가린 로제마인이 맨발을 꼼지락거리며 걸어왔다.

"저 위에 서거라."

바닥에 펼친 이 마법진은 마술구를 만들 때 마력의 순환과 흐름을 확인하는 용도로 쓰는 마법진을 페르디난드가 직접 손본 것이다.

로제마인이 쭈뼛거리며 살짝 마법진을 밟고, 페르디난드에게 등을 돌렸다. 가볍게 손을 흔들어 슈타프를 꺼낸 페르디난드가 무릎을 꿇고 마법진을 톡톡 두드린 후, 마력을 흘려 넣었다. 그러자 마력으로 가득 찬 마법진이 붉게 빛나며 공중에 붕 떠올랐다. 마법진이 로제마인의 다리부터 머리까지 훑으며 올라가자, 로제마인의 몸속에 흐르는 마력이 붉게 빛나 보이기 시작했다. 하체는 속옷에 가려서 보이지 않지만, 등과 팔에 붉은 선이 선명하게 드러났다.

"으앗!? 이게 뭐예요!?"

"마력의 흐름을 본다고 하지 않았느냐. 로제마인, 머리 치워라."

긴 머리를 치운 작은 등을 페르디난드가 난감하다는 표정으로 노려보았다. 마력의 흐름만 보는 것이라면 칼스테드와 로제마인도 충분히 할 수 있다. 하지만 그 붉은 선을 보고 어디의 흐름이 이상한지 진단할 수 있는 사람은 오직 페르디난드뿐이다.

잠시 등을 노려보던 페르디난드가 무거운 한숨을 내쉬며 몸을 일으켰다. 그리고는 난처한 얼굴로 관자놀이를 누르고 로제마인을 내려다보았다.

"그대는 한 번 죽은 적이 있군. 중심 근처에서 마력이 뭉쳐 있어."

진단 결과와 귀족가

반드시 '신전장님이 절 시집갈 수 없는 몸으로 만들었어욧!' 하고 우기며 정략결혼을 거절하고 친정에 눌러앉아 주겠다고 생각한 나는 눈 꼭 감고 건강 진단을 받았고, 한 번 죽은 적이 있다는 결과를 들었다.

'응, 알아. 자주 죽을 뻔했으니까 한 번쯤은 실제로 죽었겠지.'

나는 바로 납득했지만 칼스테드는 이해를 못 하겠다는 얼굴로 나를 보았다.

"한 번 죽은 적이 있다는 게 대체 무슨 뜻이냐?"

"예전에는 마력이 넘쳐서 죽을 뻔한 적이 많았어요. 한 번이 아니라 몇 번은 죽어도 이상하지 않았죠. 그것보다 전 마력이 뭉쳐 있다는 말을 더 모르겠는데요? 지금도 제 의지대로 마력을 움직일 수 있는데 어디에 뭉쳐 있다는 거예요?"

우리 둘의 반응에 페르디난드는 할 말을 찾는 듯 관자놀이를 눌렀다.

"칼스테드, 가령 마수(魔獸)가 죽으면 마력을 저장하는 기관으로 마력이 흘러가 응고된다. 그건 알지?"

"응? 흠. 마석의 원석이 되는 부위 아닌가?"

칼스테드는 당연한 소리라는 듯이 고개를 끄덕였지만, 나는 눈을 끔뻑였다.

'엥? 마력을 저장하는 기관? 어라? 혹시 원래 살던 세상과 몸 구조

가 다른 거야? 겉모습이 똑같아서 완전 똑같을 줄 알았는데…….'

살이 베이면 피가 나고, 울면 눈물이 나고, 입으로 먹고 밑으로는 내보낸다. 머리와 눈동자 색깔이 이상한 사람은 많아도 신체 구조는 완전히 똑같으리라 믿어 의심치 않았다. 그런데 마력을 저장하는 기관이 있다니 처음 듣는 소리다.

"지금 로제마인은 살아서 움직이는 상태니까 완전히 죽었다기보다 가사 상태에 빠졌다가 되살아난 것이겠지. 하지만 그때 중심에 가까운 위치까지 마력이 되돌아갔던 그대로 군데군데 굳어 버린 곳이 있다."

그림으로 상태에 대한 설명을 들은 결과, 마력을 저장하는 기관은 장소로 따지자면 아마도 심장이라고 생각되었다. 그리고 마력이 뭉쳐 버렸다는 상태는 느낌상 동맥경화에 가까운 증상이라고 이해했다.

"로제마인의 몸은 군데군데 마력이 굳은 탓에 흐름이 원활하지 않아 잘 쓰러지게 된 것이라고 본다. 흥분하면 마력의 흐름이 빨라지는데, 잘 흘러가지 않으니까 무의식적으로 몸을 지키기 위해 의식을 끊고 감정을 억제하려고 한 게 아닐까?"

"그럼 감정을 억제하는 훈련이 필요하겠군. 귀족이라면 꼭 익혀야 할 훈련이니 마침 잘 됐어."

지나치게 흥분하면 의식이 툭 끊기는 건 몸의 방어 작용인 듯하다. 하지만 도서실을 본 것만으로 흥분해서 쓰러지는 내가 과연 감정을 억제하는 고난이도 기술을 쓸 수 있을까 의문이다.

"신관장님, 체내에 모아 둔 마력이 적으면 조금 정도는 흥분해도 괜찮지요?"

"그대는 적어도 못 움직인다고 하지 않았나? 아마 마력의 양이 너무 적으면 흐름이 응어리를 넘지 못해 몸을 움직이지 못하게 되는 게 아닌가 싶군. 그래서 항시 적당한 마력을 체내에 채워 둔 상태로 유지 해둬야 할 것이다."

'음, 마력이 혈액 같은 거라 생각했는데 역시 약간 다른가 보네. 내가 아는 인체랑 조금 다른가 봐.'

"로제마인, 그대는 자신이 언제 죽었는지 아는가?"

"네? 음……."

내 기억의 초반에는 방 청소를 하다가 픽 쓰러졌고, 우물까지 가면 숨을 헐떡였다. 내가 마인이 되기 전부터 허약했으니 이미 마력의 응어리가 있었다고 예상할 수 있었다. 솔직히 언제 죽었는지 전혀 모르겠다.

"음, 제가 마인의 의식을 가진 게 다섯 살 때니까 그때 아마 한 번 죽었다고 생각해요. 하지만 허약한 원인이 마력의 응어리 때문이라면 태어날 때부터 허약하다고 들었으니 처음에 언제 죽을 뻔했는지는 모르겠어요."

"그대의 몸이다. 그렇게 어찌 됐든 상관없다는 표정은 짓지 말 거라."

세세하게 조사하고 싶어 하는 페르디난드는 씁쓸한 표정을 지었지만, 딱히 언제 죽었는지는 내게 중요하지 않았다.

"그야 언제 죽었든, 몇 번 죽었든, 솔직히 어찌 됐든 좋은걸요. 지금 이렇게 살아 움직이고 있잖아요. 제게 중요한 건 이 증상을 고칠 수 있느냐 없느냐예요. 신관장님은 치료약을 만들 수 있으세요?"

내가 페르디난드를 올려다보자 페르디난드는 미간을 찌푸리며 한숨을 쉬었다.

"못 만들진 않는다. 다만 상당히 어렵다."

마술구나 회복약으로 후다닥 끝낼 수 있을 줄 알았더니 그렇지도 않은 모양이다.

'마술구가 의외로 도움이 안 되는구나.'

마음속 목소리가 얼굴에 그대로 드러났는지 페르디난드가 내 볼을 꽉 꼬집었다.

"어렵다는 건 내가 아니라 그대다."

"저요?"

'뭐? 그럼 만들려고 하면 만들 수 있다는 말?'

"가사 상태를 되살리는 약을 만들면 된다. 마력의 응고를 막고, 녹이는 약은 있다. 단, 필요한 재료를 손에 넣기가 어렵지."

"설마 영주의 양녀라도 못 사는 가격이라는 말인가요?"

'하긴 죽음에 허덕이는 사람을 되살리는 약이니 다소 비싸겠지만, 영주의 양녀가 되어서도 돈으로 고민할 줄이야!'

Nooo! 하고 머리를 싸매자, 페르디난드가 "가격 문제가 아니다." 하고 고개를 저었다.

"직접 재료를 찾아야만 하는데, 그러려면 그 사람의 마력이 필요하다."

"죽어가는 사람에게 스스로 찾아오라니, 그 약도 참 너무하네요. 긴급히 필요할 때 못 쓰잖아요."

입술을 삐죽이자 페르디난드가 참으로 한심하다는 눈빛으로 나를 내려다보았다.

"그대는 바보인가? 상급 귀족은 귀족원에 재적하는 동안 건강할 때 미리 만들어 두고, 항상 휴대하는 약이다. 실제로 질베스타도 나도 칼스테드도 가지고 있지."

놀랍게도 상급 귀족의 상비약에 해당하는 모양이다.

"전 건강할 때가 없는데, 그럴 땐 어떻게 해야 좋은가요?"

부디 현명한 신관장님께서 가르쳐 주십사 질문하자, 페르디난드는 이번에 완전히 질린 표정이 되었다.

"그러니까, 그대에겐 어렵다고 내가 말하지 않았나. 안 듣고 있었는가?"

"그걸 채집하러 허약한 로제마인이 가야 하다니…… 참."

칼스테드도 턱을 쓰다듬으며 곤란한 표정을 지었다.

"우선은 기사들을 시켜 재료의 범위를 좁히고, 마지막으로 채집만 로제마인에게 시키면 가능하다. 그러려면 스스로 기수를 탈 수 있어야 얘기가 되는데……."

"음. 세례식과 신전 관련 의식 등등이 끝나면 특훈이군."

'히익, 상급 귀족에 어울리는 예의범절이나 일반 상식 공부로도 모자라서 그런 특훈까지 해야 한다고!? 약을 손에 넣기 전에 나 죽는 거 아닐까!?'

"로제마인이 귀족원에 가기 전에 다 모으면 좋겠다만……."

"네? 그렇게 오래 걸려요?"

"잘 되면 1년. 자칫하면 몇 년이 걸리지. 하급 귀족은 재학 중에 완성하지 못하는 경우도 있다."

내가 귀족원에 가는 열 살까지 아직 3년이나 남았다. 그래도 3년 안에 재료가 모일지 어떨지 가늠할 수 없는 듯하다. 그만큼 시간이 걸린다면 재료를 모아 두더라도 썩거나 상하지 않을까, 하고 잠깐 생각했다. 하지만 전제부터가 제조에 1년 이상 걸린다는 약재다. 뭔가 보존 방법이 있으리라.

"페르디난드, 겨울 재료는 어쩔 건가? 귀족원 주변에 유명한 고정 장소가 있긴 한데, 기사들이 중앙에 떼 지어 침입했다간 선전포고로 받아들일 걸세. 어디에서 채집할 셈인가?"

"에렌페스트 안에서 적당한 재료를 찾아야겠지. 몇 가지 후보는 있다. 그리고 품질을 따지자면 귀족원에서 딴 재료는 조금 약해."

"그런가?"

"본인도 기억 못 할 정도로 오래전에 굳은 응어리다. 최고 품질이 아니면 효과가 없을 거야."

내 일인데도 나는 완전히 배제한 채 둘이서만 이야기가 척척 진행되어 간다. 항상 있는 상황이지만, 무시하지 말고 내게도 질문해 주길 바랐다.

"지, 질문 있어요! 품질이 좋고 나쁘고를 뭐로 정하나요? 어떻게 하면 고품질 재료를 손에 넣을 수 있죠?"

손을 번쩍 들어 질문하자, 둘은 '아, 거기 있었냐.' 라는 듯한 눈으로 나를 내려다보았다. 키가 큰 둘의 앵글에 내 모습이 들어가지 않아 정말 나를 잊었던 모양이다.

"품질은 얼마나 마력이 풍부한 곳에서 채집했느냐로 좌우되지. 그리고 재료 속에 채워진 마력의 양에 따라 달라."

"고품질을 손에 넣고자 한다면 채집일, 채집 장소, 채집물을 잘 선택하지 않고는 손에 넣을 수 없다. 당연히 채집하는 자의 마력량에 따라서도 달라지지."

"당연하다는 듯이 말씀하시는데 전혀 모르겠어요."

좀 더 설명해 달라고 부탁하자, 페르디난드는 심히 귀찮다는 표정으로 고개를 저었다.

"오늘은 시간이 없다. 준비는 이쪽에서 다 할 테니, 그대는 쓸데없는 생각 말고, 우선 세례식을 극복할 생각에 전념하거라. 귀족가에 가는 건 사흘 후다."

페르디난드는 천개 뒤에서 옷을 갈아입고 오라며 가볍게 손을 저어 나를 쫓아냈다.

둘은 품질과 효율을 따져 어디에서 무엇을 채집해야 좋을지 의논했지만, 내가 옷을 다 갈아입자 페슈필 연습이라도 하라며 방에서 쫓아냈다. 항상 나만 왕따다. 너무해.

페르디난드의 방에서 나오니 복도로 물러나 있던 프랑이 "신관장님께서 무슨 말씀을 하셨습니까?" 하고 물었다. 프랑 옆에는 다무엘도 있었다.

"사흘 후에 견습 무녀, 아, 아니지, 로제마인 님께서 귀족가로 이동하신다고 들었는데, 그 얘기 아닙니까?"

"네. 방 준비가 끝났다네요. 당분간 귀족가에서 교육을 받아야 하니 세례식까지 다무엘 님, 아니, 다무엘과도 이별이네요."

다무엘은 치유의 마법을 받고 바로 기사단으로 복귀했다고 한다. 그리고 내가 귀족가에 있는 동안 기사단의 훈련을 거쳐 영주의 양녀가 된 나의 전속 호위가 될 예정이다. 익숙한 사람이 있는 편이 안심할 수 있으리라는 배려라고 한다. 하지만 갑자기 신분이 뒤바뀐 탓에 바뀐 경칭으로 서로를 부르는 데 애를 먹었다. 금방 익숙해질 것 같지가 않다.

"또 제 몸을 낮게 할 약을 제조할 수 있을지 진단받았어요."

"부모의 허가도 없이 멋대로 진단할 수 없다고 신관장님께 들은 바가 있습니다. 이번에 칼스테드 님께서 아버님이 되셨기 때문에 진단하셨겠지요."

하긴 딸의 옷을 홀라당 벗겨서 마법진 위에 세우는 진단을 우리 아빠가 허락할 리가 없다. 분명 변태 같은 짓 하지 마! 라며 소리쳤겠지. 딸 바보인 아빠가 뱉을 법한 말들이 뇌리를 스치자 무심코 미소가 번졌다. 그 직후에 갑자기 쓸쓸함이 가슴을 채웠다.

'우우, 다들 보고 싶어. 얼굴만이라도 보고 싶다.'

세례식이 끝날 때까지 길베르타 상회를 포함한 평민촌 사람들과의 만남은 금지되었다. 주위에 마인이 죽었다는 사실을 납득시키고, 로제마인의 설정을 뿌리 깊이 침투시킬 시간이 필요한 모양이었다. 그런 외롭고 쓸쓸한 나의 마음을 달래 주는 건 새로운 시종들이다.

"어서 오십시오, 로제마인 님."

고아원 원장실에 돌아오자, 에메랄드그린색 머리를 반듯하게 하나로 묶은 모니카가 맞아 주었다. 빌마를 너무 좋아해서 스타일도 따라 하는 아이다. 그녀는 첫 대면에서 "고아원에서 나오지 못하는 빌마의 몫까지 제가 로제마인 님을 모시겠습니다."라며 인사했다. 짙은 갈색 눈동자가 지적이고 성실한 반장 같은 분위기를 풍겼다. 마찬가지로 성실한 프랑과 마음이 잘 맞는 듯했고, 현재는 로지나의 서류 업무를 인수받을 수 있게끔 열심히 공부하며 노력한다. 고아원에서 빌마의 서류 업무를 도와서인지 생각보다 훨씬 이해력이 빨라서 편하다며 프랑이 칭찬했다.

"다녀왔습니다, 모니카, 니콜라."

"어서 오십시오, 로제마인 님. 바로 차를 준비하겠습니다."

밝게 활짝 웃으며 주방으로 향하는 사람은 주황색에 가까운 풍성한 붉은 머리를 양갈래로 땋아 묶은 니콜라다. 맛있는 음식을 아주 좋아하며 활동적인 13살이다. 난 항상 속으로 '활발한 생글생글(니코니코) 니콜라'라는 별명으로 불렀다. 예전에 델리아가 했던 업무는 니콜라가 전부 인수했고, 엘라를 보조하는 게 삶의 낙인 아이다.

두 사람은 겨울에 요리사의 조수로 드나든 경험도 있어서인지 방에도 금방 익숙해져서 부지런하게 일해 주었다. 이 두 사람이 요즘 나를 치유해준다.

2층에 올라가니 로지나가 있었다. 귀족가로 출발하기 전에 이것만큼은 꼭 끝내라며 프랑이 지시한 업무들을 처리하는 중이었다. 지금은 신전장의 방에 넣을 가구와 장식품 선정을 처리하고 있었다. 새로운 방을 어떤 색으로 꾸밀지, 어떤 도구가 필요한지 목록을 작성해야 하는데, 실무 책상 하나로도 넓이와 높이, 서랍의 크기와 개수까지 세세하게 적어야 한다. 그 목록을 보고 칼스테드가 재질과 디자인을 골라 물품을 주문한다고 한다.

"로제마인 님, 부재중이실 때 아버님께서 보내신 선물이 도착했습니다. 귀족가로 출발하실 때 입을 의상이에요."

귀족가로 출발할 때 입을 의상을 칼스테드가 보냈다. 거기엔 내 옷뿐만 아니라 함께 이동할 전속 악사 로지나, 전속 요리사 엘라의 옷까지 들어 있었다.

"신관장님께 들었는데, 사흘 후에는 귀족가로 이동해야 한다더군요."

"그럼 서둘러 끝내야겠네요."

로지나는 페슈필을 보며 파란 눈동자를 날카롭게 반짝였다. 회색 무녀에서 전속 악사가 된 것이 기뻐서 어쩔 줄 모르겠다는 심정이 표정에 여실히 드러났다.

조금이라도 귀족 아가씨다워 보이도록 로지나의 맹훈련을 받는 동안, 금세 출발 당일이 되었다. 아침 식사를 마치고 귀족가로 출발할 준비를 한다. 칼스테드에게 받은 의상을 입고, 천 구두를 신고, 화려한 의식용 비녀를 꽂았다. 각자의 방에서 옷을 갈아입어야 하는 엘라와 로지나를 대신해서 모니카와 엘라, 그리고 둘에게 가르치기 위해 고아원에서 와 준 빌마, 세 사람이 내게 옷을 갈아입혀 주었다.

"엘라를 데려가는 데다 얼마 뒤면 푸고와 토드까지 일제한테 수행하러 가 버리니까 모니카와 니콜라가 요리하느라 힘들겠지만, 잘 부탁해요."

내 말에 빌마도 고개를 끄덕이고 두 사람을 바라보며 부탁했다.

"마인, 아니, 로제마인 님의 방에서 요리하지 않으면 고아들이 먹을 신의 은총도 줄어 버리니까 두 사람이 힘써 줬으면 해요."

"맡겨 주세요, 빌마."

"겨울 동안 엄청 연습했으니까 맛있는 음식을 만들어 보일게요."

고아원에서 거처를 옮긴 지 얼마 안 된 두 사람이기에 청색 신관과 무녀가 한 사람만 줄어도 신의 은총이 얼마나 줄지 잘 알았다.

"식재료는 예전과 똑같은 예산으로 사도록 프랑에게 전해 둘 테니 신경 쓰지 말고 만드세요."

"감사하게 생각합니다, 로제마인 님."

모니카와 빌마가 한목소리로 말하며 닮은 미소를 지었다. 모니카가 빌마를 얼마나 좋아하는지 전해져서 매우 귀여웠다.

"전 로제마인 님께서 돌아오실 때쯤엔 다양한 요리를 만들 수 있도록 열심히 연습할게요."

"기대할게요, 니콜라."

옷을 갈아입고 모두와 함께 1층으로 향하자, 프랑과 길, 그리고 푸고를 포함해 평소에는 잘 모습을 보이지 않는 요리사들까지 나란히 무릎을 꿇고 나를 기다렸다.

"프랑, 시종들의 관리와 신전장 업무의 인수인계를 잘 부탁해요. 그리고 신전장실을 꾸미는 사항은 개인적으로 지금 그대로도 괜찮은데……."

"아닙니다, 현재 신전장실에 있는 가구들은 전혀 여성스럽지 않습니다. 전부 교체하라는 신관장님의 지시가 있었습니다."

그 비용이 아깝다고 생각되는 건 아마 평민일 적 사고가 여전히 머릿속에 박혀 있기 때문이리라. 겉치레가 중요한 귀족은 가구도 우아하고 화려하게 갖추어야 하는 듯하다.

평민들과 접견하는 장소로 썼던 고아원 원장실은 예전 가구를 그대로 쓰기로 합의했었지만, 청색 신관이나 귀족도 방문하게 될 신전장실은 외관이 중요하다고 했다. 그런데 영주의 양녀가 될 상급 귀족의 딸이 범죄자가 쓰던 물건을 물려받는 건 있을 수 없는 일인 모양이었다. 가구에는 죄가 없는데 참 융통성이 없다.

나는 상류 귀족의 딸이 쓰는 가구를 전혀 모르고, 도서실처럼 책장과 책을 대량으로 놓고 싶다는 희망은 처음부터 거절당한 터라 솔직히 내 방이 어떻게 준비되든 관심이 없었다. 그래서 가구 선택도 비용도 시종과 페르디난드와 칼스테드에게 통째로 떠맡겼다.

"길, 내가 없는 동안 근방 마을에 시찰하러 가지요? 되도록 길베르타 상회 사람들과 함께 움직이도록 하세요. 신관장님께서 문관에게 길이 내 대리라고 전해 뒀지만, 신분차가 어떻게 작용할지 모르니까요."

"알겠습니다. 조심하겠습니다."

길은 내가 상급 귀족의 딸이 되면서 프랑에게 말투와 태도를 철저하게 교정 받았다. 영주의 양녀가 되고 신전장이 되어 버리면 앞으로 편하게 머리를 쓰다듬어 주지 못할지도 모른다. 그렇게 되기 전에 나는 길의 머리를 듬뿍 쓰다듬었다.

그리고 드물게 1층 홀에 나온 두 요리사 앞에 섰다.

"두 사람에겐 매일 맛있는 음식을 만들어 줘서 고맙게 생각하고 있습니다. 다음에는 이탈리안 레스토랑에서 만나게 되겠군요. 이곳에서 배운 실력을 발휘해 주세요."

신전의 정문 현관까지 마중을 나온 칼스테드의 에스코트를 받으며 마차에 올라탔다. 귀족 의상을 입은 페르디난드도 함께다. 로지나와 엘라는 시종이 타는 다른 마차에 탄다. 귀족문을 열어 두기 위해 시종용 마차가 먼저 출발했다.

"그럼 다녀오겠습니다. 프랑, 내가 없는 동안 잘 부탁합니다."

"일찍 돌아오시기를 기다리고 있겠습니다, 로제마인 님."

배웅해 주는 시종들과 인사를 끝내자 문이 닫히고 마차가 가볍게 달리기 시작했다. 벤노와 탔던 마차와 확연히 다르게 흔들림이 전혀 없고 안락했다. 이미 귀족문은 활짝 열려 있었다. 우리의 마차는 문 앞에서 대기 중인 시종의 마차를 스쳐 지나가 귀족가로 들어갔다.

마차는 토론베 토벌 때 기사가 집합했던 광장을 지나 끝없이 이어지는 새하얗고 아름다운 돌길을 달렸다. 마치 작은 공원이 줄줄이 이어진 듯 보이지만, 사실은 하나하나가 귀족의 저택인 듯했다. 귀족문에서 멀어질수록 주택들이 고급스러워졌다. 문에서 멀수록 고급 주택지가 되는 건 귀족가도 마찬가지인 모양이다.

거리에는 얼룩이라곤 찾아볼 수 없이 깨끗한 마차들이 지나다닐 뿐, 걸어 다니는 사람은 보이지 않았다. 어른이라면 기수를 타고, 어린아이와 동행할 때는 마차를 타기 때문에 좀처럼 거리를 직접 걸어 다닐 일이 없다고 한다. 평민촌은 도보가 기본인데, 느낌이 묘했다.

"어?"

거대한 건물에 비해 일본의 주택지처럼 마당이 작은 저택들이 늘어선 구역이 보였다. 문에서 제법 달려왔으니 이 주변은 문 주변보다 고급 주택지일 터인데 어째서인지 규모는 더 작다.

"정원이 큰 집과 작은 집이 있는데, 뭐가 다른 거죠?"

"이 주변은 영주에게 땅을 부여받는 기베라 불리는 귀족들의 겨울 별장이다. 한겨울에만 머무는 저택에 거대한 정원은 필요 없지."

기원식에서 수확제까지는 개인이 소유한 땅에서 지내고, 겨울 사교 시즌에 귀족가로 돌아오는 귀족들이 머무는 집인 모양이다. 확실히 눈에 파묻히기만 할 정원이 거대할 필요는 없으리라. 영주를 모시며 에렌페스트에서 사는 귀족의 저택은 정원도 넓다고 한다.

"저 벽까지가 귀족가인가요?"

귀족가의 끝에 쌓인 높은 벽을 가리키며 묻자, 칼스테드가 가볍게 고개를 저었다.

"아니. 저 벽 너머에 네가 세례식 후에 가게 될 영주의 성이 있다."

높은 벽 근처에 앞으로 내가 살게 되는 저택이 있다. 공원처럼 넓은 정원을 마차로 달리자 신전이나 마을 벽과 똑같은 재료를 사용한 듯한 새하얀 건물이 보였다.

"이곳에는 나와 정처인 엘비라, 아들 코르넬리우스가 살고 있다. 두 명의 아들이 더 있지만, 이미 성인이 되어 기사 기숙사에서 지내지. 그리고 둘째 부인과 외동아들은 별채에 사는데 그 둘과 얼굴을 마주칠 일은 거의 없을 거다."

문 앞에서 나란히 서 있는 사람들 앞에 도착하자 마차 문이 열렸다. 그중에서 한 여성이 여유 있는 발걸음으로 걸어 나왔다.

"앞으로 그대의 어머니가 될 엘비라다. 되도록 잘 지내도록 해라."

어머님이 될 사람은 짙은 녹색 머리를 복잡하게 땋아 올리고 형형색색의 자수가 들어간 주름이 많은 의상을 입고 있었다. 외견상 30대 중반쯤으로 보였다. 가만히 서 있는 모습만으로도 자세가 바지런했고, 동작 하나하나가 우아하며 품위가 넘쳤다. 지금까지 봐 온 이 세계의 여성과는 달라도 너무 달라서 어떤 대화를 하면 좋을지 머릿속이 하얘졌다.

"저기, 잘 지내라는 게 어떤 식으로 지내야 하는 건가요? 전 어떻게 해야 상급 귀족의 부인과 잘 지내는지 몰라요."

내가 나약한 소리를 하자, 페르디난드도 "여성의 사교는 내 관할이 아니다." 라고 중얼거렸다.

"엘비라는 아들밖에 가지지 못했거든. 일단은 고분고분한 딸로 지내면 되지 않겠나? 네가 영주의 양녀가 된다는 걸 알면서도 함부로 대할 정도로 어리석은 여성이 아니다. 단, 되도록 그녀의 마음에 드는 편이 앞으로 네가 여성 사회에서 살기 편해질 거다."

여자들만의 다과회나 모임에는 아무리 보호자라도 칼스테드나 페르디난드가 끼어들지 못하기에 여성 사회 안에서 내 편을 만들어야 한다고 한다. 갑자기 난이도가 확 올라갔다.

"엘비라는 딸을 꾸밀 수 있다는 기대에 방도 꾸미고 옷까지 마련했으니 직성이 풀릴 때까지 맞춰 주면 될 거다."

"알겠습니다. 일단 철저하게 인형이 되어 볼게요."

기뻐하며 의상을 마련한 사람이라면 린샴이나 머리 장식, 다과회의 과자로 환심을 살 수 있지 않을까. 공통 화제를 찾는 것부터 시작해야 할 듯하다.

"어서 오십시오, 칼스테드 님. 그리고 잘 오셨습니다, 페르디난드 님."

"아아, 엘비라. 앞으로 신세를 지게 될 로제마인이다."

나는 페르디난드와 칼스테드에게 가볍게 등을 떠밀리며 앞에 섰다. 연습을 반복한 대로 되도록 천천히 엘비라 앞에 허리를 굽히며 무릎을 꿇었다.

"처음 뵙겠습니다. 로제마인이라고 합니다. 물의 여신 플류트레네의 청아한 강물의 인도로 인도받은 좋은 만남에 축복을 기도함을 허가해 주십시오."

"허가한다."

이 말은 만남을 기뻐한다는 말로써 귀족이라면 꼭 해야 하는 축복의 인사다. 페르디난드가 처음 만났던 벤노에게 내린 축복도 마찬가지였다고 들었다.

"물의 여신 플류트레네여, 새로운 만남에 축복을."

연습한 대로 약간의 마력을 마석에 담자 녹색 빛이 떠올랐고, 이내

쏟아져 내렸다. 축복을 받은 엘비라가 싱긋 웃었다.

"환영합니다, 로제마인. 앞으로 내가 당신의 어머니입니다."

'일단 인사는 합격인가 보네.'

세례식 준비

이래저래 해서 귀족가의 생활을 시작하긴 했다만, 귀족가는 평민촌
과도 신전과도 생활 습관이 전혀 달랐다. 벽 하나를 사이에 뒀을 뿐인
데 이렇게까지 다르다니, 하며 눈이 휘둥그레지는 일의 연속이었다.

가장 다른 점은 화장실이다. 변기에 누고 밖에 휙 버리는 게 아니
었다. 무려 방 안에 화장실이 있었다. 단, 수세식이 아니라 구멍이 깊
이 파인 푸세식이다. 바닥 쪽에는 뭔지 모를 끈적끈적한 것이 꿈틀거
렸다. 그걸 처음 봤을 때에는 비명을 질러 버렸다. 그 이상한 것이 배
설물을 분해한다지만, 금방 익숙해지지 않았다.

'진짜 징그럽다니까! 그 끈적끈적한 게 확 튀어 올라올 것 같아서
무서워!'

아직은 밤중에 혼자 화장실에 가고 싶지 않았다. 누군가에게 따라
와 달라고 부탁할 수 있는 어린애라 다행이다. 항상 시종이 붙어 다니
는 귀족 아가씨라 다행이라며 속으로 안심했다.

그리고 그토록 원하던 욕실이 있었다. 나는 아직 등 뒤로 손이 닿
지 않아 여태껏 투리와 서로 씻겨 주곤 했었다. 그래서 누군가가 내
몸을 대신 씻겨 주는 일이 딱히 거북스럽지는 않았다. 향이 진한 비싼
듯한 비누를 마음껏 쓰고, 조금 부담스럽지만 마사지까지 받으면 극
락에 온 것 같았다. 하지만 비누로 머리를 감으면 마른 후 찐득거리고
뻣뻣해져 버린다. 내 머리는 잘 빗겨지지 않았고, 점차 윤기를 잃어
갔다.

"어머님, 부탁이 있습니다."

"어머, 뭔가요?"

"길베르타 상회를 불러 주세요. 린샴이 없으면 머리가 상해서……."

처음엔 하급 귀족과 거래하는 상인을 부른다며 탐탁지 않아 하던 엘비라였지만, 머리 윤기에 좋은 상품이 필요하다며 간절히 부탁하자 불러 주게 되었다.

지정한 날, 벤노와 마르크가 나무 상자에 상품을 담아 왔다. 두 사람은 야무진 영업용 얼굴로 방에 들어왔다. 루츠도 올까 싶어 기대하며 기다렸지만, 루츠의 모습은 없었다. 아직 상급 귀족의 저택에는 데려올 수 없는 듯하다.

'쳇, 보고 싶었는데.'

장황한 인사를 끝내자 엘비라가 상품을 보이도록 재촉했다.

"벤노라고 했죠? 로제마인이 애용하는 상품을 보여 주세요."

"이것입니다."

벤노와 마르크가 가져온 나무 상자에서 린샴, 이 집에서도 평소에 쓸 수 있을 법한 조금 화려한 머리 장식, 양피지보다 싼 가격에 살 수 있는 식물지를 차례차례 꺼냈다.

"로제마인 님이 애용하신 상품은 이 린샴입니다. 계절에 맞는 새로운 향도 있습니다. 부디 직접 확인해 주십시오."

장사에 혼을 바치는 벤노는 공방에서 스크럽 재료를 바꾸어 네 가지 린샴을 만들었다. 지금까지 투리와 수제 린샴을 써 왔던 나는 조금 신기한 물건을 보듯이 냄새를 맡아 보았다. 거의 향이 없는 것과 허브

향이 나는 것, 달콤한 향, 산뜻한 향, 이렇게 네 종류가 있었다. 내 마음에 든 것은 이 계절 산물로 달콤한 향이 나는 코베와 페리지네 껍질을 으깨어 섞은 린샴이다.

"어머님, 저 이번엔 이 린샴을 써 보고 싶어요."

"어머나, 참 향이 좋네요. 나도 써 볼까?"

린샴과 공부용 식물지를 사기로 한 뒤, 나는 누름꽃을 찍어 만든 종이를 엘비라에게 추천해 보았다.

"어머님, 이 종이를 초대장에 쓰면 멋질 것 같지 않으세요? 꽃이 너무 아름다워요."

"어머, 정말이군요. 종이 속에 꽃이 들어가 있다니 신기하기도 해라."

어떻게 만들었는지 궁금해하며 엘비라가 흥미진진하게 종이를 손에 집었다.

"이 종이는 제작한 지 얼마 안 된 따끈따끈한 신작입니다. 봄꽃이 화사해서 받으신 분의 마음에 남는 초대장이 될 겁니다."

"하지만 이미 사서 쓰는 사람이 있지 않을까요? 우리가 따라 하는 건 좀……."

길베르타 상회는 주로 하급 귀족을 상대하는 상점이다. 상급 귀족인 엘비라가 하급 귀족의 유행을 따라하는 건 보기에 좋지 않은 일인 듯했다. 상급 귀족은 유행을 좇는 쪽이 아니라, 유행을 만드는 쪽이어야 한다고 했다.

'귀찮게 그게 뭐람.'

"아닙니다. 이것은 로제마인 님을 위해 오늘 처음 상점에 내놓은 상품이라 본 손님은 많이 없습니다."

"그렇군요. 그럼 사도록 하지요."

엘비라의 뒤에서 살짝 벤노를 향해 '해냈다'라는 말 대신 엄지를 척 세웠다. 벤노가 씨익 웃고, 마르크가 웃음을 참으며 은근슬쩍 몸을 돌렸다.

'아, 안 되지, 안 돼. 귀족 아가씨답게 해야지.'

"이것은 로제마인 님께서 애용하시던 머리 장식입니다."

"귀엽긴 한데 조금 더 좋은 실을 써서 화려하게 만들어 줬으면 싶군요."

오늘 머리에 단 장식보다 화려하지만 품질이 만족스럽지 못한 모양이다. 충분하다고 생각하는데, 하고 속으로 생각하며 벤노를 보자, 벤노의 눈이 사냥감을 발견한 사냥꾼처럼 번뜩였다.

"물론 주문도 받고 있습니다. 최고급으로 색과 실 종류를 지정해주시면 더욱 만족하실 겁니다. 꽃이나 잎 모양도 다양하니 좋아하시는 꽃을 어떻게 조합할지, 몇 개를 쓰는지로 인상이 바뀝니다."

엘비라는 몇 가지 머리 장식 중에서 이 형태는 이 크기로, 이것과 이것을 합치고, 색은, 실은…… 하고 주문하기 시작했고, 벤노는 술술 받아 적었다.

며칠 뒤에 완성한 상품을 가져오겠다고 약속하고 벤노와 마르크는 돌아갔다. 길베르타 상회는 상급 귀족 고객을 따는 데에 성공한 것이다.

"윤기가 흐르는 게 정말 아름답군요. 이것을 하급 귀족이 독점했었다니……."

새로운 린샴을 쓰자 내 머리에는 윤기가 돌아왔고, 엘비라의 머리카락도 반지르르해졌다. 엘비라는 자신의 머리카락에 만족하면서도 상급 귀족이 몰랐다는 사실에 불만을 내비쳤다.

"린샴을 판매하기 시작한 지 아직 1년 정도밖에 되지 않았고, 비누보다 가격이 비싸서 잘 팔리지 않는대요. 미용에 투자하는 상급 귀족들에게 적절한 상품일지도 모르겠어요. 영주님의 부인께 추천해 드리면 좋아해 주실까요?"

"그럼요. 물론이지요."

다과회 시간의 대화는 미용에 관한 화제가 대부분이다. 상급 귀족들 사이에서도 린샴이나 머리 장식을 본 적이 없는지 엘비라는 앞으로 유행시키겠다며 의욕에 불타올랐다.

지금껏 길베르타 상회에 별 도움이 안 되는 부탁만 해 왔던 나로서는 본업을 도와줄 수 있어 기쁠 따름이었다. '벤노 씨~, 본업으로 주문이 늘어서 다행이에요.' 하고 마음속으로 소리쳐 두었다.

"기다리셨습니다. 오늘은 찻잎을 넣은 쿠키입니다."

엘라가 나와 엘비라 앞에 최대한 소리 나지 않게 접시를 올렸다. 달콤한 냄새가 물씬 풍기자 엘비라의 눈이 부드럽게 가늘어졌다.

"오늘은 대체 어떤 맛일까?"

엘라가 만든 과자는 예상대로 엘비라에게 큰 호평을 받았다. 중앙에서 설탕이 들어오고 있지만, 아직 과자 레시피가 그렇게 유행하고 있지는 않은 모양이었다. 지금까지 차를 마실 때 카트르 카르, 크레이프, 쿠키를 내 봤는데 전부 평가가 높았다.

연구를 거듭하며 카트르 카르를 몇 종류나 만드는 일제를 당할 수는 없지만, 엘라도 카트르 카르를 만들 수는 있었다. 이제 독점 계약 기간도 지났으니 카트르 카르 레시피를 공개해도 문제없을 터였다.

"우리 집 요리사에게도 이 과자 레시피를 가르쳐 줬으면 싶을 정도 구나."

아직 집주인의 신용을 얻지 못하여 지금까지 내 전속 요리사로서 작은 주방에서 다과용 과자만 만들었던 엘라가 겨우 엘비라의 신용을 얻은 모양이다. 엘라의 얼굴에 미소가 번졌다.

"주방 출입을 허가해 주신다면 엘라가 모르는 레시피와 과자 레시피를 교환하도록 할게요. 전 엘라가 더욱 다양한 레시피를 배웠으면 해요."

"그럼 요리장과 상담한 후에 허가를 내리지요."

요리장을 불러 상담한 끝에 며칠 뒤부터 큰 주방의 출입을 허락받았고, 레시피 교환을 하기로 했다. 엘비라는 내가 영주의 양녀가 되어 거처를 옮기기 전에 다과회에 낼 과자 레시피를 손에 넣고 싶은 듯했다. 과자도 유행을 만들 셈이리라. 상류 귀족 부인들도 피곤하겠다.

"이 과자는 찻잎 향이 나고, 참 맛있네요."

"네. 이 쿠키는 페르디난드 님께서도 좋아하신답니다."

신전에 있을 때 외에는 '페르디난드 님'이라고 불러야 하지만, 솔직히 길어서 부르기 불편했다. 참고로 "양녀가 된 후에는 숙부님인가요?"라고 페르디난드에게 물었더니 아무 말 없이 내 머리에 주먹 돌리기를 먹었다. 숙부님이라 부르면 안 되는 모양이다.

"페르디난드 님께서? ……그렇군요."

엘비라에겐 페르디난드의 일상에 관련된 약간의 정보라도 매우 흥미로운지, 가장 반응이 좋았다. 불안했던 엘비라와의 관계도 페르디난드 덕분에 좋아질 수 있었다.

이틀에 한 번은 페르디난드가 상황을 보러 와 줘서인지 엘비라는 항상 기분이 좋아 보였다. 나는 밝은 엘비라밖에 몰랐는데, 이 집 셋째 아들이며 견습 기사인 11살의 코르넬리우스가 평소보다 훨씬 밝은 상태라고 귀띔해 주었다. 코르넬리우스는 막 돋아나는 잎새 같은 밝은 녹색 머리에 검은 눈동자, 한창 성장기의 앳된 소년이다.

이곳에 와서 처음 알게 된 것이 있다. 바로 페르디난드가 귀족 여성들의 아이돌이었다는 사실을. 얼굴 잘생기고, 혈통 좋고, 영주 대리며 문관이며 기사며 어떤 일도 척척 해내는 데다 예술에 능통하다. 심지어 신관이라 앞으로 결혼할 일도 없다. 확실히 멀리서 보며 꺅꺅거리기에 이만한 사람도 없으리라.

페르디난드가 올 때면 엘비라는 완전히 아이돌 디너쇼에 온 팬 같은 표정이 된다. 페르디난드 앞에서는 진지한 표정으로 나의 교육 방침이나 진행 상황을 설명하지만, 페르디난드가 돌아가면 이래서 멋졌다, 저래서 멋졌다며 이야기가 끝이 없었다. 심지어 똑같은 칭찬을 되풀이했다. 지금까지 그 얘기를 들어 줘야 했던 코르넬리우스는 좋다며 그 역할을 내게 넘겼다. "역시 페르디난드 님의 매력은 같은 여자가 더 잘 알겠지." 란다.

'아니, 잘 모르겠는데…….'

확실히 페르디난드는 못 하는 것이 없고, 뭘 맡겨도 해내는 대단한 사람이고, 매우 신세를 지고 있는 사람이다. 하지만 말투가 엄격하고, 인정사정이 없어서 무서운 구석이 있다. 내 눈에 페르디난드는 엘비라처럼 꺅꺅거리며 난리 칠 대상은 아닌 셈이다.

내가 그렇게 속삭이자, 엘비라는 "이런, 로제마인. 배짱도 하나 없어서 적을 제거하지도 못하는 착하기만 한 남자는 안 돼요."라며 타일렀다.

'귀족 사회, 무서워.'

물론 공부는 매일 해야 했다. 지금은 온종일 세례식에 모이는 친척을 공부했다. 영주의 사촌 형인 칼스테드의 친척은 전부 상류 귀족뿐이라 길고 긴 이름을 외우느라 고군분투했다. 심지어 땅을 가진 백작이나 자작도 많아, 기베+땅 이름과 개인 이름을 따로 외워야만 해서 머릿속이 혼란스러웠다.

"귀족들의 이름은 외우기가 너무 힘들어요. 뭔가 쉽게 외우는 방법이 없을까요?"

상황을 보러 와 준 페르디난드에게 불평을 털어놓자, 페르디난드는 하는 수 없다는 표정을 지었다.

"하긴 그대에게 낯설 테니 그럴 수도 있겠군. 하지만 외워두지 않으면 나중에 곤란해진다."

그렇게 말한 페르디난드는 영지 내의 지도를 펼쳤다. 그리고 친척이 소유하는 영지와 그곳에서 유명한 명물 등을 기원식 때 찾아간 순서대로 손끝으로 더듬으며 가르쳐 주었다. 초봄에 묶어 기억에 새로운 곳이 대부분이라 머릿속에 쏙쏙 들어왔다. 나는 옆에서 메모하며 이야기를 들었다.

"영지를 가진 친척은 그나마 외우기 쉽지만, 성에서 일하는 문관이나 무관은 직함도 비슷해서 헷갈리네요."

그러자 페르디난드가 씩 웃으며 나를 보았다.

"흠. 그럼 의욕이 솟도록 상을 걸어 볼까……. 세례식까지 이것을 전부 외워서 세례식을 무사히 마치면, 그대가 신전장이 되는 날 신전 도서실과 귀중본을 보관한 책장 열쇠 관리를 맡기마."

"페르디난드 님, 그 말은 혹시……."

도서실 열쇠를 가지고 있으면 마음대로 들어갈 수 있다는 말이 아닌가. 지금까지 신전장이 관리했던 탓에 보지도 못했던 귀중본을 읽을 수 있다는 말이 아닌가. 기대에 찬 눈을 반짝이자 페르디난드는 우아한 미소로 끄덕였다.

"그렇다. 내 허가 없이도 도서실에 들어갈 수 있고, 귀중본을 읽을 수 있게 되지."

"할게요! 죽더라도 외울게요!"

자유롭게 도서실에서 새로운 책을 읽을 수 있다면 예절이든 공부든 엘비라의 페르디난드 칭찬이든 뭣이 어려우랴. 갑자기 의욕이 불타올랐다. 진지하게 암기에 몰두하기 시작한 나는 엘비라와 페르디난드의 대화가 전혀 귀에 들어오지 않았다.

"귀중본 관리는 원래 신전장의 업무 아닌가요? 어차피 하게 될 일을 상으로 속이시다니, 여전히 사람을 잘 다루시네요."

"저 아이가 단순해서일 뿐이네."

그리하여 공부는 순조롭게 진행되었고, 온갖 노력을 불어넣은 끝에 한 번 쓰러진 후, 세례식 의상의 시침질 작업도 이루어졌다. 내가 저택에 오기 전부터 엘비라가 의욕적으로 주문했다는 의상은 어째서인지 네 벌이나 되었다. 세례식 의상은 하나로 충분한데 말이다.

"그땐 로제마인의 얼굴이든 뭐든 아무것도 모를 때라 만일을 위해 부탁해 뒀답니다. 어느 의상이 마음에 드나요?"

만약 여기서 "뭐든 상관없어요." 라고 말하면 귀족 아가씨 실격이다. 커다란 거울 앞에서 시종들의 손에 의해 옷을 갈아입은 나는 엘비라의 얼굴색을 살피면서 조금 고민했다. 어느 의상도 흰 베이스에 계절의 귀색인 파랑과 내 눈동자 색인 금색 자수가 들어가 있어서 느낌이 비슷비슷했고, 이런 외모인 덕택에 전부 잘 어울렸다. 우라노 때와 달리 숨겨야 할 결점 하나 없었다. 굳이 결점을 들자면 알맹이겠지.

나는 치렁치렁한 의상은 필요 없다고 생각하지만, 평소 입는 옷이나 장식으로 보아 엘비라는 화려하게 꾸미는 쪽을 좋아하는 듯했다. 일단 엘비라의 취향에 맞춰 의상을 가리켜 보았다.

"이쪽이랑 저쪽 중에 고민돼요."

"어머, 로제마인도?"

아무래도 정답인 듯하다. 엘비라는 둘 다 어울려서 곤란하다며 골똘히 고민하기 시작했다. 재봉사들은 내가 고른 의상으로 사이즈를 맞추기 시작했다. 세례식을 받는 아이의 평균 사이즈로 시침질한 의상이 내게는 조금 컸다.

'으윽, 1년 꿇었는데.'

"어때? 정했나?"

엘비라가 고민하는 사이에 칼스테드가 찾아왔다. 집안의 재정을 맡은 가장으로서 최종적으로 결정한 의상을 확인하러 왔다고 한다.

"아, 칼스테드 님. 어떠신가요? 아주 귀엽게 완성되었지요?"

"음, 잘 어울리는구나."

"그런데 이 둘 중에 고민하고 있답니다."

스커트 부분의 주름과 가슴께 디자인을 비교하면서 아주 세밀한 부분까지 꼼꼼히 따지는 엘비라를 보며 칼스테드는 어깨를 으쓱했다.

"작은 차이를 장황하게 설명해도 난 잘 모르네. 그냥 양쪽 다 주문하면 되는 것 아닌가? 그날 기분에 따라 고르면 돼. 그리고 어린애는 옷을 더럽힐 수도 있지 않은가."

"참, 그것도 좋은 생각입니다. 그렇게 하지요."

엘비라는 기뻐하며 재봉사들에게 지시를 내리기 시작했다. 그 모습을 힐끗 쳐다본 나는 칼스테드의 망토를 쭉 잡아당기며 작은 목소리로 속삭였다.

"아버님, 전 의상을 더럽힐 생각도 없고, 세례식 의상은 두 벌이나 필요하지 않은데요. 돈이 아까워요."

"엘비라의 장황한 설명과 나중에 재차 역시 그게 좋았느니, 하는 말을 듣게 될 고생에서 벗어난다고 생각하면 의상 하나쯤이야 싼 값이지."

의상을 두 벌 사는 것은 칼스테드 나름의 선행 투자였던 모양이다. 마음과 가정의 평화를 돈으로 살 수 있다면 그걸로 좋다고 한다.

'저 해탈한 눈이 신경 쓰이는데. 무슨 일이 있었나요, 아버님?'

세례식 전날에는 기사 기숙사에서 생활하는 장남 에크하르트와 차남 램프레히트가 집에 돌아온다는 연락이 왔다. 나는 코르넬리우스의 손에 이끌려 마중을 나갔다. 미성년자인 코르넬리우스는 견습 기사라서 집에서 다니기 때문에 아침 식사와 저녁 식사는 꼭 함께했다. 하지만 평소에 기사 기숙사에서 생활하는 오라버니들과 만나는 건 처음이다.

"처음 뵙는 자리라 조금 긴장되네요."

"……형님들과 만난 적 있다고 들었는데?"

놀랍게도 두 오라버니는 기사로서 토론베 토벌 때 동행했던 모양이다. 기사단은 모두가 똑같이 전신을 감싼 갑옷과 얼굴이 잘 드러나지 않는 투구를 썼기에 내 기억엔 없다. 하지만 오라버니는 나를 알고 있다고 한다.

"앗, 벌써 도착했나 봐."

전에 나를 재촉해서 쓰러지게 한 경험이 있는 코르넬리우스는 시종에게 나를 안아 들게 하고는 빠른 걸음으로 현관문에 향했다.

"형님들, 어서 오세요."

"코르넬리우스, 방금 도착했다."

장남 에크하르트는 18살로 진한 녹색 머리에 파란 눈동자다. 얼굴이 칼스테드와 많이 닮았으며 체격도 크고 어깨가 딱 벌어졌다.

"어서 오세요, 에크하르트 오라버니."

"아아, 다녀왔어. ……로제마인."

살짝 몸을 굽혀 시선을 맞춰주려는 에크하르트와 달리 차남 램프레히트는 나를 홱 안아 올려서 시선을 맞추었다.

"정말 그때 그 견습 무녀네. 견습 무녀가 내 여동생이었을 줄이야. ……로제마인은 빌프리트 님보다 작고 가볍구나."

"램프레히트 형님, 로제마인이 깜짝 놀라잖아요."

코르넬리우스가 주의를 줬지만, 램프레히트는 씩 웃을 뿐이었다.

"아아, 진짜네. 눈이 동그래졌어."

아직 성장기로 보이는 16살 램프레히트는 칼스테드에게 물려받은 적갈색 머리에 밝은 갈색 눈동자다. 에크하르트보다 머리 크기만큼 키가 작지만, 그래도 신장이 어른의 평균 정도는 되었다. 체격도 칼스테드와 에크하르트보다는 말라 보이지만, 나를 안아 올리는 팔은 딱딱한 느낌이다.

"다녀왔어, 로제마인."

"어서 오세요, 램프레히트 오라버니."

"난 아우브 에렌페스트의 아들인 빌프리트 님의 호위 기사야. 네가 양녀가 되어 성에 들어가서도 자주 보게 될 거야. 잘 부탁해."

드디어 내일은 세례식. 영주 부부와 빌프리트도 초대받았다고 하니, 또 새로운 가족과 만나게 된다.

귀족의 세례식

세례식 당일 아침은 작년 평민촌 세례식의 부산스러움은 저리 가라할 정도로 분주했다. 시종들은 아침 일찍부터 날 억지로 깨워, 비몽사몽한 나를 목욕시켰고, 의상이 더러워지지 않도록 평상복 차림으로 아침밥을 먹인 후, 바로 세례식 의상으로 갈아입힌다.

"안녕하세요, 어머님."

목욕을 끝내고 식당에 갔는데, 아침을 먹고 있는 사람은 엘비라뿐이었다. 귀족가의 세례는 신전에서 받지 않고, 자택에 신관을 불러 치른다. 그래서 세례식을 치르는 날은 온 집안이 시끌벅적해진다. 식사 시중도 평소라면 주방 담당자가 하는데, 오늘은 그들도 요리에 몰두했다. 지금쯤 주방은 손님이 오시는 시간에 맞추느라 전쟁터가 되어 있을 터였다.

"로제마인, 페르디난드 님께서 선물을 가지고 오실 테니 빨리 옷을 갈아입고 기다리세요."

"네, 어머님."

아침식사를 마친 엘비라가 나갔다 싶더니 이번엔 에크하르트가 들어왔다. 되도록 서둘러 먹으려는 나의 정면에 에크하르트가 앉으며 상냥하게 웃었다.

"안녕. 그리고 축하해, 로제마인."

"감사하게 생각합니다, 에크하르트 오라버니."

에크하르트는 식탁에 놓인 접시에 손을 가져가며 내게 말을 걸어 주었다. 묵묵히 먹기만 해야 할까 싶었는데 덕분에 긴장이 조금 풀렸다.

"오늘 세례식을 거행하는 신관이 페르디난드 님이라지? 페르디난드 님께서 의식을 치르는 모습을 보는 건 처음이라 실은 나도 기대하고 있어."

"……처음이세요?"

귀족의 세례식은 신관을 집에 불러서 치른다. 그리고 사례금도 받을 수 있어서 신관에겐 귀중한 수입의 기회이기도 하다. 귀족은 조금이라도 지위가 높은 신관을 부르려고 하지만, 페르디난드가 지금까지 귀족가에서 세례식을 거행한 적이 없는 듯했다. 왜 그럴까, 하는 생각이 내 얼굴에 드러났는지 에크하르트가 설명해 주었다.

"상급 귀족의 의식에는 지금까지 신전장이 왔었거든."

영주나 상급 귀족 등 페르디난드와 교류가 있는 집안은 대개 신전장과도 교류가 있어서 항상 신전장이 초대되었던 모양이다. 페르디난드는 딱히 의식에 불리지 않아도 별도의 수입과 대량의 업무 때문에 전혀 문제가 없는지, 다른 신관을 의식에 보내는 듯했다.

"페르디난드 님이 신관으로 오신다면 오늘 세례식에 오시는 여성분들로 난리가 나겠네."

귀족가에 올 때는 항상 귀족의 옷차림이던 페르디난드가 신관 의식용 의상 차림으로 나타나면 분명 여자들의 새된 비명이 일어날 거라는 사실을 가르쳐 주었다.

'의식용 신관복에 비명이라니, 유니폼을 입은 남성에게 두근거리는 것과 같은 맥락이려나? 난 신관복을 늘 봐서 아무런 느낌이 없는데.'

견습 기사가 된 후부터 페르디난드가 신전에 들어가기 전까지 함께 기사단에 소속되었던 에크하르트는 페르디난드에 관해 상당히 빠삭한 듯했다.

"페르디난드 님은 무슨 일이든 완벽하셔서 질투나 시샘이 나기보다는 동경이라 할까, 숭배의 대상이었어."

놀랍게도 에크하르트는 귀족원에 있는 동안 엘비라에게 페르디난드의 정보를 흘리며 용돈을 받아 왔다고 한다. 페르디난드의 정보는 내게도 짭짤한 수입이 될 듯하다.

"페르디난드 님께서 비호하신 견습 무녀니까 나도 널 여동생으로 아낄게. 그러니 너도 페르디난드 님을 소중히 대해 줘. 난 그분의 편이 한 사람이라도 늘어나길 바라니까."

"알겠습니다."

오물거리며 아침을 먹는 나보다도 빨리 식사를 마친 에크하르트가 식당을 나갔다. 수다를 떨며 느긋하고 우아하게 먹는 것 같았는데 이리도 빠를 수가. 뒤에 온 에크하르트가 나가고 혼자 남겨진 나는 급하게 목구멍에 넣듯이 아침 식사를 마쳤다.

"코르넬리우스 오라버니, 안녕하세요."

방으로 돌아가는 도중에 식당으로 향하는 코르넬리우스를 발견했다.

"로제마인, 안녕. 너도 억지로 깨우든?"

"시종들이 깨우긴 했지만, 전 벌써 목욕과 식사를 마쳤답니다."

옷까지 갈아입은 코르넬리우스는 아직 잠에서 덜 깬 표정이다. 그걸 지적하자 코르넬리우스가 키득거렸다.

"그럼 나도 서둘러 먹어야겠네. 아, 맞다, 로제마인. 오늘 축하해."

"감사하게 생각합니다, 코르넬리우스 오라버니."

    방에 돌아오면 의상을 입기 시작한다. 시종이 어느 쪽 의상으로 입으실 건가요, 하고 의상 두 벌을 나란히 놓았다. 어느 쪽을 고르든 전부 엘비라의 취향이라 문제는 없을 터였다. 두 벌 중에 별생각 없이 오른쪽 의상을 골랐다. 민첩하게 움직이는 시종들의 "팔은 이쪽으로." "오른쪽 다리를 이쪽으로." 라는 지시에 맞추자 금방 옷을 갈아입었다.

    거울 앞에서 정성 들여 머리를 빗고 있으니 문 뒤편에서 작은 종이 울렸다.

    "어머님이야, 열어 드려요."

    "로제마인, 옷은 다 갈아입었나요?"

    "네. 이미 끝났어요, 어머님."

    내가 대답하자, 엘비라는 한 번 방에서 나가더니 문 뒤쪽에서 누군가를 불렀다. 그러자 예복을 입은 칼스테드와 의식용 의상을 입고 작은 나무 상자를 든 페르디난드가 방에 돌아왔다. 칼스테드, 페르디난드, 그 뒤를 엘비라 순으로 들어왔는데, 페르디난드를 바라보는 엘비라의 눈이 반짝이는 모습이 조금 웃겼다.

    "세례식 축하한다, 로제마인. 음, 잘 어울리는구나."

    "감사하게 생각합니다, 아버님."

    감사의 인사를 전하자 칼스테드가 훗 하고 미소를 지은 후 내 손을 잡았다. 그리고 "나중에 세례식 때 돌려줄 테니 이 반지는 일단 돌려받으마." 하고 마술구 반지를 뺐다. 비밀의 방 등록과 신전에서 청색 신관에게 무슨 일을 당할 때를 대비해서 받은 반지였지만, 원래는 세례식 때 주는 물건이다.

귀족의 자제는 태어날 때 넘치는 마력을 담을 마술구를 받고, 세례식 때는 마력을 방출할 반지를 받는다. 하지만 나는 귀족의 자제가 받는 마술구를 받지 못했다. 신전에서 봉납하면 되고, 마력을 담은 마석이 필요해졌을 때 바로 준비할 만한 마력을 가졌기 때문이라고 페르디난드가 말했었다.

　칼스테드가 반지를 가지고 물러나자, 다음은 페르디난드가 나무 상자를 들고 다가왔다.

　"축하한다, 로제마인. 축하 선물로 이것을."

　"어머, 뭘 주시는 걸까? 로제마인, 열어 보세요."

　선물 받은 나보다도 엘비라가 더욱 흥분했다. 나는 페르디난드에게 고맙다고 하고 나무 상자를 테이블 위에 올린 뒤, 상급 귀족다운 동작으로 조심스럽게 뚜껑을 열었다.

　"어머, 멋있어라!"

　상자 속에 있는 건 최고급 실을 쓴 광택이 나는 화려한 머리 장식이었다. 살짝 꺼내어 보니 꽃잎 테두리를 금색으로 꾸민 하얗고 큼직한 꽃이 세 개. 마찬가지로 꽃잎 테두리가 금색인 작은 파란색 꽃이 그 주위를 둘러싸고, 그 아래로 파란색에서 흰색으로 서서히 옅어지듯 이어진 등꽃 같은 작은 꽃들이 하늘거렸다.

　'이건, 투리와 엄마가 만든 거야.'

　머리 장식의 중간에는 내가 코린나에게 기술을 넘긴 뒤 투리와 엄마에게 가르쳐 준 새로운 꽃이 있었다. 작년의 머리 장식과 디자인이 비슷한 점을 보아도 두 사람이 만든 게 분명했다. 그럼 이 비녀 부분을 깎아서 다듬어 준 사람은 아빠일지도 모른다. 뇌리에 가족들의 얼굴이 떠오른 순간, 분주함에 몰두하여 머리 한 구석에 밀어 두었던 외로움이 단숨에 덮쳐 왔다.

"……아……."

둑이 터지듯 눈물이 솟구쳐 나왔다. 억지로 생각하지 않으려고 했던 가족들의 생각에 가슴이 벅차올랐고, 머리 장식을 손에 쥔 채 움직일 수 없었다.

"로제마인?"

엘비라가 깜짝 놀란 듯 눈을 크게 뜨고 나를 보았다. 갑자기 흘러나온 눈물에 놀란 시종들이 수건을 들고 달려와 살짝 얼굴에 갖다대 주었다.

"로제마인, 진정해라."

내 손에서 머리 장식을 빼앗은 페르디난드가 무표정하게 조용한 목소리로 명령했다. 나 역시 멈출 수 있다면 그러고 싶었다. 하지만 고장 난 수도꼭지처럼 제멋대로 눈물이 흘렀다.

"……아, 안 돼요. 멈출 수가……큭……흑……."

안절부절못하는 주변을 둘러본 페르디난드의 얼굴은 비록 무표정이었지만, 옅은 금색 눈동자에는 약간의 초조한 기색이 보였다. 미간에 주름을 깊게 새긴 페르디난드가 자신의 관자놀이를 톡톡 두드렸다.

"칼스테드, 전부 방에서 내보내! 내가 허가할 때까지 아무도 들이지 말라!"

"네!"

엄격한 목소리로 명령을 받은 칼스테드가 곧장 걱정하는 모두를 이끌고 방에서 나갔다. 방에 아무도 남지 않은 것을 확인하고 칼스테드는 문을 닫았다.

둘만 남은 방 안. 모두가 퇴장하고 굳게 닫힌 문을 확인한 페르디난드는 수건을 들어서 익숙지 않은 거친 손길로 내 얼굴을 닦았다. 그래도 멈추지 않고 계속해서 흐르는 눈물에 굉장히 귀찮은 표정을 지었다.

"신관장님, 꼬옥."

"수건을 얼굴에서 떼지 말도록. 의상을 더럽히기라도 하면 돌아가 버릴 테다."

원망스러운 목소리로 그렇게 말한 페르디난드는 의자에 앉았다. 그리고 나를 안아 올려 감싸듯이 안아 주었다. 그 온기에 몸속의 힘이 빠져나간다. 칼스테드도 엘비라도 오라버니들도 상냥하게 대해 주지만, 지금까지의 생활에 비해 접촉이 더없이 적었다. 내 마음을 안심시켜 주는 스킨십에 굶주렸던 모양이다. 얼굴을 수건에 묻은 채 나는 페르디난드에게 매달렸다.

"……설마 세례식 당일 아침에 이렇게 될 줄이야."

페르디난드의 투덜거리는 목소리가 귓속에 울렸다. 겨우 눈물이 멈춘 나도 입술을 삐죽였다.

"세례식에 가족이 만든 비녀를 가져오다니, 일부러 그러신 거 다 알아요."

"호오, 그래? 난 그대를 기쁘게 해 줄 생각이었는데 역효과였나 보군. 그대에겐 이제 두 번 다시 머리 장식은 선물하지 않겠다."

"잠깐만요. 기뻤어요! 엄청 기뻤어요. 앞으로도 선물해 주세요."

"또 이런 상황이 되는 건 거절하겠다."

불쾌한 표정으로 그런 말을 들으니, 그렇지 않아도 아슬아슬했던 눈물샘이 다시 터졌다.

"기쁘다고, 말하는데…… 앞으로도 받고 싶다고, 말하는데도……
신관장님, 못됐어. ……후엥……힉."

"정말 귀찮은 녀석. 대체 나보고 어쩌라는 것이냐."

무심하게 던진 말에 비해 페르디난드의 목소리는 어찌할 바를 모르
는 듯했다.

"앞으로는 며칠 전에 주세요. 엄청 기쁜 건 정말이에요. 하지만 굉
장히 외로워지니까 마음을 정리할 시간도 필요해요."

"……알겠다. 고려할 테니 이제 그만 울어라."

우는 아이는 이길 수가 없다는 듯이 말한 페르디난드는 내 머리를
가볍게 톡톡 다독였다.

짧은 꼬~옥 덕분에 마음이 진정된 나는 페르디난드에게 기댄 몸을
일으켜 무릎에서 내려왔다.

"이젠 괜찮은 것 같아요. 죄송했습니다."

수건을 쥔 채 내가 몸을 비키자, 페르디난드는 "당연하지." 하고 말
하며 뚱한 표정으로 일어나 문 쪽으로 향했다.

"들어와라."

페르디난드의 말에 램프레히트와 시종 몇 명이 방에 들어왔다.

"실례하겠습니다. 손님을 마중 나가신 아버님과 어머님을 대신해
서 제가……."

그렇게 말하며 들어온 램프레히트는 눈가가 빨개진 내 얼굴을 본
순간, 말을 끊고 표정이 굳어졌다.

"로제마인의 눈이 새빨갛다. 얼른 식혀. 어머님이 봤다간 큰일이

날 거야."

깜짝 놀란 듯 시종들이 정신없이 분주하게 움직이기 시작했다. 그제야 내 눈이 빨갛다는 걸 알아챈 페르디난드가 나를 향해 손을 뻗었다.

"아니, 필요 없다. 로제마인, 치유할 테니 이리 오거라."

페르디난드가 마력을 넣었는지 왼손에 낀 마석 팔찌가 빛났다. 그 왼손으로 내 눈을 덮고, "룽슈멜의 치유를." 하고 조그맣게 중얼거렸다. 그러자 페르디난드의 손에 덮인 눈꺼풀 위로 부드러운 녹색 빛이 차올랐고, 시종들의 "오오." 하는 작은 술렁임이 귀에 들렸다. 빛은 금세 사라졌고, 페르디난드의 손이 눈에서 떨어졌다.

내가 천천히 눈을 뜨자 눈의 상태를 점검하는 페르디난드와 어머님의 노여움을 회피하는 데 성공해 안도하는 램프레히트가 보였다.

"의식을 치르기 전에 치유를 받게 될 줄이야……. 죄송합니다, 페르디난드 님."

"이 정도는 별거 아니다."

아무래도 눈의 부기가 가라앉은 모양이다. 나는 내 얼굴을 이리저리 만져 보고, 거울을 보며 확인했다. 괜찮아 보였다.

"페르디난드 님, 로제마인에게 무슨 일이 있었던 겁니까? 제게 알려 주시면 앞으로 도움이 될 겁니다."

"……오늘은 서로가 바쁘니 다음에 말하마. 로제마인은 어서 준비를 끝내도록."

페르디난드는 램프레히트의 질문에 대답을 흐리고 문으로 향했다. 전 가족이 만든 머리 장식 선물로 울려 버려서 껴안으며 달랬다는 말을 페르디난드가 어찌하겠는가. 다음에 재차 묻기 전까지 뭔가 변명할 거리를 생각하려는 것이리라.

세례식이 열리는 시간이 다가왔는지, 페르디난드가 방문을 열자 저 멀리서 술렁이는 소음이 들려왔다.

포마드 같은 젤로 머리를 정리하면 내 머리도 끈으로 깔끔하게 묶을 수 있는 듯하다. 시종들은 내 머리에 치덕치덕 젤을 묻히고, 반 묶음으로 복잡하게 땋았다. 그리고 페르디난드에게 받은 머리 장식을 꽂아 넣었다.

준비를 끝내자 램프레히트의 에스코트를 받으며 대기실로 이동했다. 세례식이 열리는 홀과 이어지는 계단 옆 대기실에서 부를 때까지 대기한다고 한다.

"아무래도 영주 일가가 도착했나 보네. 나도 인사를 드리러 가야 하는데…… 혼자 있을 수 있겠어? 빌프리트 님처럼 뛰쳐나가거나 숨지는 않겠지?"

질베스타의 아들은 아무래도 미니 질베스타 님인가 보다. 호위 기사인 램프레히트는 질베스타의 탈주와 폭주를 막는 칼스테드와 비슷한 입장인 듯하다. 평소에도 매우 고생하는 그를 무의식중에 동정해 버렸다.

"걱정해 주셔서 고맙습니다, 램프레히트 오라버니가 나가셔도 시종이 있으니 완전히 혼자는 아니랍니다. 게다가 전 평범한 아이처럼 도망칠 체력이 없어요. 안심하고 다녀오세요."

램프레히트는 "오히려 더 불안한데." 라고 말하며 방을 나갔다.

잠시 뒤, 초대객의 인사를 끝낸 칼스테드와 엘비라가 대기실에 들어왔다. 엘비라는 내게 다가와 찬찬히 얼굴을 훑어보았다.

"램프레히트에게 들었어요. 울어서 눈이 퉁퉁 붓는 바람에 페르디난드 님의 치유를 받으셨다면서요? 로제마인, 첫인상은 매우 중요합니다. 그 사람의 얼굴로 한순간에 인상이 정해져 버려요."

눈이 붓지 않은 걸 확인하면서 엘비라는 귀족 여성의 마음가짐을 설명했다.

"많은 사람과 처음 만나는 세례식에서 눈이 부을 정도로 우는 건 숙녀로서 실격입니다. 항상 가장 아름다운 자신을 보일 수 있도록 하세요."

그 뒤 세례식의 흐름을 복습했다. 다른 방에서 대기 중인 페르디난드가 나가면 세례식이 시작되고, 이름을 불리면 부모의 뒤를 따라 걸으며 단상에 오르는 것이다.

"어머머머머!"

"꺄아아아아아악!"

갑자기 여자들의 새된 비명이 방 안에까지 들려왔다. 무슨 일인가 싶어 깜짝 놀라 문 쪽을 쳐다보자, "페르디난드 님이겠지." 라는 칼스테드의 목소리가 나왔다. 오늘은 세례식이지, 딱히 페르디난드의 페슈필 콘서트도 아닐 터인데.

"……이래선 주인공인 저는 손님들 눈에 들지도 않겠네요."

"어휴, 다들 신관복 차림의 페르디난드 님을 처음 봐서 그렇답니다. 가슴이 뛰는 것도 어쩔 수 없지요."

우라노 시절의 몇 없는 친구 중에도 평소와 다른 이성의 모습에 설레는 애가 있었다. 그 아이들은 안경이나 정장에 이상하리만치 흥분했다.

'안경 군이 아닌 신관 군? 아니면 유니폼 취향 같은 걸까. 잘 이해

는 안 되지만, 겉모습만 봐도 신관장님은 '군'이라고 부를 나이가 아닌데.'

갑자기 새된 비명이 그쳤다. 그 뒤 무슨 말을 하는지는 들리지 않지만, 페르디난드의 잘 울리는 저음이 들려왔다. 드디어 시작되는 모양이다.

달랑하고 작은 종소리가 울리고, 문 앞에서 대기하던 시종이 문을 열었다. 동시에 칼스테드와 엘비라가 몸을 일으켰고, 나도 의자에서 내려왔다. 두 사람의 한 발짝 뒤를 걸으며 1층 홀로 가는 계단을 내려갔다. 계단 앞에 선 순간, 1층 홀에 모인 수많은 사람을 보고 저도 모르게 "힉." 하고 숨을 들이마셨다.

2백 명, 아니, 3백 명은 족히 있는 것 같다. 개인의 저택에 모였다고는 생각할 수 없을 정도의 많은 사람이 북적대며 이쪽을 응시했다. 따갑기도, 무겁기도 한 시선들이 나의 일거수일투족을 주목하고 있다는 것이 느껴졌다.

'이 분위기 속에서 걸으라고?'

홀 정중앙에 우리가 지나갈 길이 트여 있었고, 그 끝에 세워진 제단에는 신전에서 가져온 낯익은 신구들이 진열되어 있었다. 그 앞에서 의식용 신관복을 입은 페르디난드가 기다리고 있다. 마치 혼자 하는 교회 결혼식 같다.

앞에서 엘비라를 에스코트하는 칼스테드가 아주 잠깐 걱정스럽게 이쪽을 보았다. 나는 조금이라도 안심하도록 조그맣게 고개를 끄덕였다. 내 목숨을, 가족의 목숨을 지키기 위해 나는 가족과 헤어지기로 했다. 그리고 무사히 세례식에 성공하면 도서실 열쇠를 받기로 페르디난드와 약속했다.

나는 영주의 양녀가 되어야만 한다. 도서실을 드나들 자유와 귀중본의 열람권을 손에 넣어야만 한다. 무슨 일이 있어도 여기서 실패해서는 안 된다.

패기 있게 고개를 들고, 로지나와 엘비라에게 철저하게 주입받은 미소를 띠며 한 걸음을 내디뎠다. 등을 쭉 펴고, 절대 아래를 보지 않는다. 시선은 한 곳만 응시하지 않고 전체를 둘러보듯이. 천천히도 좋으니 우아하게 물 흐르듯 리듬감 있게 걷는다.

철저하게 배운 예의범절에 따라 걸음을 걷자, 계단 가까이에서 곡을 연주하는 악사 중에 로지나의 모습이 보였다. 로지나는 연주하면서도 걱정스럽게 나를 보고 있었다. 괜찮아, 하고 안심하도록 더욱 싱긋 웃어 보였다.

더 나아가자, 페르디난드의 가까운 곳에 가장 눈부시게 화려한 의상을 입은 질베스타가 보였다. 부인으로 보이는 여성과 나와 비슷한 또래의 남자아이까지 함께였다. 저 애가 빌프리트이리라. 질베스타와 통로를 낀 반대편에 오라버니 세 사람이 보였다. 코르넬리우스가 조마조마한 표정으로 이쪽을 보고 있다. 표정에는 드러나지 않지만, 다른 오라버니들도 마찬가지로 가슴을 졸이고 있음이 틀림없다.

칼스테드와 엘비라가 제단 앞에서 섰다. 그리고 내게 손을 내밀었다. 나는 그 손을 잡고 몇 계단 높은 곳에 있는 페르디난드 앞에 나아갔다. 내가 페르디난드 앞에 서자 칼스테드와 엘비라는 제단을 내려가서 오라버니들이 있는 자리로 물러났다.

"로제마인, 오늘부로 그대는 7살이 되었다."

페르디난드가 그렇게 말하며 작년 세례식 때도 본 것 같은 메달을 꺼냈다. 저 메달에 피로 도장을 찍은 기억이 있다. 또냐. 메달을 보고 무심코 짜증스러운 표정을 짓는 나를 페르디난드가 살짝 노려보고 "손을 내밀어라." 라고 말했다.

내가 쭈뼛거리며 손을 내밀자, 칼도 바늘도 아닌 화려한 장식이 달린 20센티 정도의 가느다란 봉을 건네받았다. 마석이 박힌 마술구였는지 그 봉을 손에 잡은 순간, 마력이 빨려 나가는 느낌이 들었다. 조금 강제적으로 빨린 마력에 봉이 빛났다. 그건 세례식에 필요한 과정이었는지 초대객들에게서 박수가 일었다.

페르디난드는 나를 향해 메달을 내밀고, 마치 도장을 찍듯이 그 봉의 평평한 부분을 메달에 찍어 눌렀다. 그러자 봉에 모인 마력이 메달에 흡수되는지, 봉의 빛이 옅어지는 대신 메달이 형형색색으로 빛났다. 메달을 지켜보던 페르디난드가 "역시." 하고 작게 중얼거리고는 바로 작은 상자 속에 넣었다.

"축하한다, 로제마인. 이것으로 그대는 정식으로 칼스테드의 딸로 인정받았다. 에렌페스트에 새로운 아이가 탄생하였다."

박수갈채가 쏟아지는 가운데, 칼스테드가 반지를 손에 쥐고 제단 위로 올라왔다. 그리고 제단에서 파란 마석이 박힌 반지를 높이 들어 올려 모두에게 보였다.

"신과 모두의 앞에서 나의 딸로 인정받은 로제마인에게 반지를 선사한다."

조금 전 반지를 뺐을 때와 마찬가지로 칼스테드가 내 왼손을 잡고, 중지에 반지를 슥 끼웠다. 그러자 반지의 크기가 변하더니 내 손가락에 딱 들어맞게 줄어들었다.

"로제마인에게, 불의 신 라이덴샤프트의 축복을."

페르디난드의 목소리와 함께 시야 끝에 파란빛이 드리웠다. 그쪽으로 고개를 돌리니, 마침 페르디난드가 반지를 빛내던 참이었다. 두둥실 떠오른 파란빛이 내 머리 위에 떨어져 내렸다.

"감사합니다, 신관장님."

페르디난드에게 축복을 받은 후엔 페르디난드와 참석해 준 모두에게 답례로 축복을 내려 주어야 한다고 배웠다.

"제 세례식을 축하해주신 신관장님과 이곳에 모인 여러분에게도 불의 신 라이덴샤프트의 축복이 내리길 기도합니다."

나는 다시 내 손에 돌아온 반지에 마력을 흘려 보냈다. 반지에서 파란빛이 부풀어 오르더니 홀 안을 빙글빙글 돌다가 전체적으로 쏟아져 내렸다. 그 빛은 비록 색이 다르지만, 가족과 헤어질 때 쏟아진 빛과 비슷했다.

'휴, 세례식 끝.'

배운 대로 의식을 끝내고 홀가분해진 나와는 반대로 홀에 모인 사람들이 술렁이기 시작했다. 조금 전까지 형식처럼 보내던 박수갈채와는 다른, 예상치도 못한 일이 일어났을 때 같은 술렁임이었다.

"어찌 이렇게 어마어마한 빛을?"

"저 작은 몸으로 대체 얼마나 많은 마력을 가지고 있기에?"

'어라? 뭐지? 혹시 나 뭐 실수했어?'

주변의 술렁임에 불안해진 나는 칼스테드와 페르디난드에게 시선을 보냈다. 내가 눈빛으로 묻자, 페르디난드와 칼스테드의 입꼬리가 씩 올라갔다. 뭔가를 꾸밀 때의 미소다. 내 등 뒤에 선 칼스테드가 어깨에 손을 툭 올리며 나에게만 들리는 작은 목소리로 속삭였다.

"원래 신관에게만 축복을 돌려주면 되거든. 영주의 양녀가 되기 위한 일종의 점수 따기라고나 할까."

장난을 성공시킨 듯한 미소를 짓는 질베스타가 한 걸음, 또 한 걸음 천천히 단상 위로 올라왔다. 그 모습을 본 초대객들에게서 점차 술렁임이 사라졌고, 잠잠해진 채 영주의 움직임을 지켜보는 자세로 바뀌었다.

"로제마인, 축하한다. 이로써 그대는 에렌페스트의 자식으로 인정받았다."

단상에서 나를 향해 그렇게 말한 질베스타는 초대객들을 향해 몸을 돌렸다. 망토가 펄럭이는 동시에 또랑또랑한 목소리가 홀에 크게 울려 퍼졌다.

"지금부터 이 자리에서 로제마인을 나의 양녀로 들이는 양자결연 의식을 치르겠다."

대부분의 초대객들이 이 의식을 행한다는 사실을 통지받지 못했는지, 홀은 벌집을 쑤신 듯 대혼란에 빠졌다.

양자결연

    대혼란에 빠진 초대객들을 단상에서 바라보면서 나는 속으로 보호자 세 사람에게 욕을 퍼부었다. '셋이서만 알지 말고, 나한테도 설명해 줘!' 라고. 나를 무시할 때가 많은 건 알고 있었지만, 이렇게 단상에서 주위의 주목을 받을 때만큼은 미리 알려줬으면 했다.

    "그대들도 봤듯이 로제마인의 마력은 그 양이 엄청나다."

    '조용히'라든가 '주목'이라는 구령도 없이 질베스타가 갑자기 말하기 시작했다. 영주라는 직업상 이렇게 말하는 일에 익숙한지, 넓은 홀에 힘 있는 목소리가 울렸다. 그것만으로 귀족들이 숙연해졌다. 이것이 계급 사회의 암묵적 규칙인지, 아니면 질베스타의 카리스마인지 잘 모르겠지만, 모두가 입을 다물고 단상에서 말하기 시작한 질베스타를 주목했다.

    "그리하여 칼스테드는 막 태어난 아이를 둘러싼 분쟁을 피하고자 딸의 존재를 숨기며 키웠다. 신전에서도 존재를 숨기려고 하였으나, 전 신전장이 이를 오해하여 평민 청색 견습 무녀가 신전의 법과 질서를 어지럽힌다며 큰소리쳤던 사건을 다들 기억하고 있을 거다."

    '역시 나왔다. 신전장에게 책임 전가하기. 필살기 「전부 그놈 탓이다」.'

    신전장의 악행은 일일이 목록을 만든 페르디난드가 질릴 만큼 있었다는 얘기를 칼스테드와 오라버니의 이야기를 듣고 대강 이해했다. 내가 계산을 도우면서 나온 횡령만으로도 그 양이 어마어마했으니

거기에 죄 하나 더 추가해 봤자 크게 달라질 건 없을지도 모른다. 그래도 이 많은 사람 앞에서 당당하게 거짓말을 하는 질베스타도 대단했다.

"로제마인은 자신의 부모가 어떤 위치에 있는 사람인지도 모른 채 조용히 살아왔음에도 자기보다 험한 환경에서 살아가는 자에게 베푸는 자비의 마음을 잊지 않았다. 고아원에서 사는 아이들을 가엾게 여겨 그들에게 일거리와 음식을 제공했다."

잘 울리는 또랑또랑한 목소리로 이야기하는 로제마인의 삶은 그거 대체 누구 얘기? 라고 말하고 싶을 정도로 황당했다. 확실히 고아원의 참상에 깜짝 놀란 것도, 개선하자는 생각에 공방을 세운 것도 사실이니 아예 틀린 말은 아니었다. 그런데 내가 한 일처럼 들리지 않았다.

"페르디난드 신관장에게 로제마인의 헌신적인 노력에 대해 이야기를 들었을 땐 솔직히 의문스러웠고, 그런 아이가 있을 리가 없다는 생각에 실제로 고아원을 방문했었다. 그런데 그곳에는 고아들이 성녀처럼 우러르고 추앙하는 로제마인이 있었다. 그 모습을 본 나는 로제마인의 맑고 깨끗한 마음에 감동하였다."

'오버야! 누가 성녀라고!? 우리의 성녀는 빌마인데요!'

내 마음속의 외침에도 불구하고 페르디난드의 말을 의심하여 실제로 직접 확인했다고 영주가 자기 입으로 밝힘으로써 묘한 신빙성이 생긴 듯하다. 조금 전까지 "말도 안 돼." "그런 일은 절대 있을 수 없어."라고 말하며 의심스러운 얼굴을 하던 초대객들이 "정말이야?" "믿을 수 없지만, 직접 보셨다면……." 으로 조금씩 바뀌었다.

'아아아아! 도저히 이 단상 위에 못 서 있겠어! 「난 그렇게 대단한

사람이 아니니까 믿지 마!」라고 소리치며 도망치고 싶어! 아빠, 루츠, 살려 줘!'

"그리고 로제마인이 고아들을 위해 제공한 그 진귀한 업무에서 이 영지의 새로운 사업이 될 가능성을 발견했다. 20년 정도의 기간을 거쳐 영지 내에 보급해야겠다고 생각하던 참에 타 영지 귀족이 로제마인의 목숨을 노렸다."

순간 홀이 술렁거렸다.

"그대들도 이미 통보받았을 것이다. 내가 자리를 비우는 영주 회의 기간을 노려 허가증을 위조한 악질적인 범죄가 일어났다는 사실을. 전 신전장의 입에서 이미 로제마인의 풍부한 마력량과 고아원을 구했다는 이야기가 새어 나갔다. 그러니 로제마인의 지위를 확고히 하기 위해, 풍부한 마력을 가진 에렌페스트의 자식을 지키기 위해 나는 로제마인을 양녀로 삼겠다."

다시 홀이 떠들썩해졌지만, 그 속에는 납득의 기색이 스며 있는 느낌을 받았다. 아마 영지 내의 마력 부족을 가장 통감하는 사람들은 마력을 공급하는 귀족들이리라.

"전 신전장을 처분함으로써 기도와 축복을 행할 신관의 숫자가 부족해진 점, 앞으로도 고아들을 구하고 싶다고 본인이 희망한 점을 고려하여 나의 양녀가 된 후부터 성인이 되기 전까지는 로제마인을 신전장 자리에 앉히기로 한다. 우선은 로제마인의 요청대로 근처 마을의 고아원에 공방을 설립하여 고아들을 구하는 일부터 시작할 것이다."

결혼 따위 전혀 원하지 않는 나는 신전장으로서 인쇄업을 보급해 가면서 신전 도서실에 뼈를 묻어도 상관없지만, 그 소망은 허락해 주지 않을 모양이다. 타 영지의 귀족에게 빼앗기지 않으려고 나를 양녀로 삼은 게 설마 빌프리트의 결혼 상대로 점찍어서였을까. 빌프리트는 미니 질베스타 님인 것 같은데, 우울하다.

"페르디난드, 이것을 확인하라."

질베스타가 품에서 양피지 한 장을 꺼내어 페르디난드에게 내밀었다. 이미 뭔가 쓰여 있는 종이를 페르디난드가 쭉 훑고 고개를 끄덕였다. 그것은 양자결연의 정식 서류였다. 질베스타는 품에서 세밀하게 세공된 만년필처럼 생긴 화려한 펜을 슥 꺼내더니 칼스테드에게 건넸다. 펜을 건네받은 칼스테드는 잉크를 찍지 않고 사인했고, 그 펜을 내게 건넸다.

잉크를 찍지 않아도 되는 펜이라 볼펜 같은 줄 알았던 나는 펜을 쥔 순간 스르륵 빠져 나가는 마력의 흐름에 작게 숨을 삼켰다. 마력을 잉크로 쓰는 마술구였다. 나도 건네받은 펜으로 사인했다. 아주 약간의 마력만 흘려 보내도 잉크 없이 평범하게 쓸 수 있는 펜이었다.

'와우, 이거 갖고 싶어.'

황홀하게 펜을 바라보고 있자, "크흠." 하고 누군가의 헛기침 소리가 들렸다. 나를 날카롭게 노려보는 페르디난드의 시선이 천천히 질베스타에게로 향했다. 시선을 따라가 보니 질베스타가 손바닥을 펼치고 있었다. 입이 '빨리 내놔'라고 작게 움직였다.

나는 초조해진 속마음을 감추고, 억지웃음과 함께 되도록 우아하게 펜을 돌려주었고, 질베스타도 서류에 시원하게 사인했다.

계약 마술과 마찬가지로 종이가 금빛에 휩싸이더니 불에 타며 사라져 간다. 이로써 계약은 성립했다. 술렁임과 환성이 터지는 가운데, 칼스테드가 나를 번쩍 안아 들었다.

"웃으면서 손 흔들어."

환성에 묻히는 낮은 음량으로 지시받은 나는 아차 싶어 왕실 사람 같은 우아한 미소를 지으며 손을 흔들었다. 사방으로 손을 흔들면서 살짝 칼스테드에게 물었다.

"저기, 계약 마술은 이 마을에만 한정되지요? 양자결연을 이 마을에만 한정해도 되는 건가요?"

"이 마을에 한정되는 건 평민 상인들이나 맺는 계약 마술이다. 똑같은 취급 마라."

칼스테드가 아니라 페르디난드의 입에서 대답이 튀어나왔다. 아무래도 계약 마술에도 여러 종류가 있는 듯하다.

세례식과 양자결연 계약이 끝난 후에는 이 집의 요리장과 엘라의 두 팀이 뽐낸 요리를 먹으면서 담화를 나누는 시간이다. 안타깝게도 나는 단상에 앉아 귀족들의 인사를 받는 처지이다. 끝없이 다가오는 사람들 앞에서 입을 우물우물할 수 없는 나는 인사 줄이 끊길 때까지 마실 것 외에는 입에 넣으면 안 된다.

'아아, 맛있겠다. 나도 먹고 싶어. 부럽다, 코르넬리우스 오라버니.'

신나게 음식을 먹는 코르넬리우스 근처에서 음식을 집으려는 빌프리트와 그 손을 제지하는 램프레히트의 모습이 보였다. 영주의 부인이 음식을 향해 달려들려는 빌프리트를 붙잡고, 램프레히트에게 뭐라고 지시를 내리더니 이쪽으로 다가왔다.

가장 먼저 소개받아야 한다고 할까, 내가 인사해야 할 사람들이 질베스타의 가족이었다. 영주의 인사부터 끝내지 않으면 다른 귀족들이 내게 인사하러 올 수 없다. 요리를 눈앞에 두고 끌려온 빌프리트의 무표정 속에 꽁한 분위기가 풍겼지만, 부모는 일부러 이를 무시하는 듯했다.

칼스테드가 세 사람을 소개해 주었다.

"영주이신 질베스타 님과 정처이신 플로렌치아 님. 그리고 질베스타 님의 자제인 빌프리트 님이다."

플로렌치아는 은색에 가까운 금발에 남색 눈동자였다. 첫인상은 얌전한 미녀로 보이지만 빌프리트의 고삐를 붙잡는 모습으로 보아 억척스러운 엄마의 분위기가 풍겼다. 빌프리트가 정말 미니 질베스타 님일 경우엔 똑같이 별난 사람이 둘이나 있는 셈이니 힘이 들겠지.

"플로렌치아 님은 질베스타 님보다 두 살 연상으로 질베스타 님을 제압하는 위대한 능력을 갖추고 계시지."

"칼스테드."

그 소개에 질베스타가 불쾌한 표정을 지었지만, 플로렌치아는 후훗 웃으며 흘려 넘겼다. 연상의 아내로 질베스타를 제압할 수 있는 사람이라면 꼭 사이좋게 지내고 싶다.

"로제마인이라고 합니다. 앞으로 잘 부탁드립니다."

"엘비라에게도 얘기 들었어요. 질베스타 님의 양녀가 되면 이래저래 힘든 일도 많겠지만, 잘 지내 봐요."

빌프리트는 어머니에게 물려받은 옅은 금발에 질베스타를 똑 닮은 짙은 녹색 눈동자를 가졌다. 솔직히 말하면 머리색 외에는 어머니와 닮은 요소가 없다. 얼굴도 완전히 미니 질베스타 님이다.

"빌프리트 님은 봄에 세례식을 마쳤기 때문에 너와 같은 나이지만 빌프리트 님 쪽이 오빠가 되겠구나. 성에는 두 자제분이 더 계신

단다.”

사실은 내 쪽이 누나지만, 7살을 1년 더 보내기 때문에 대외적으로 내가 여동생이 된다. 그리고 세례식이 끝나지 않은 아이는 아무리 영주의 자식이라도 공식 석상에 데리고 올 수 없어서 세례식에 참석한 사람은 빌프리트 한 명이지만, 성에 여동생과 남동생도 있다고 한다. 어른 초등학생인 질베스타에게 자식이 세 명이나 있다니 오늘 최고로 깜짝 놀란 사건이다.

‘내가 말하긴 뭣하지만, 좀 성숙해지세요, 질베스타 님.’

“오라버니라고 불러도 돼, 로제마인. 샤를로테도 그렇게 부르고 있으니까.”

“그럼 말씀하신 대로 빌프리트 오라버니라고 부르겠습니다.”

“흠.”

형제의 서열에서 자신이 나보다 위라서 만족한 듯하다. 빌프리트는 웃으며 “내가 잘 돌봐 줄게.” 하고 말했다. 빌프리트에게 휘둘려서 정신없을 미래가 보이는 듯했다.

영주 일가가 인사를 끝내자, 다른 귀족이 다가오기 전에 칼스테드가 팔을 슥 들었다. 미리 정해둔 신호였는지 두 인물이 다가오는 모습이 보였다.

“넌 신전장 취임식이 끝난 후에 성으로 거처를 옮기게 되지만, 영주의 양녀가 되었으니 미리 호위 기사를 붙이기로 했다. 내일부터 함께 행동할 호위 기사를 소개하마.”

인파를 누비며 다가오는 둘 중 한 사람은 익숙한 얼굴이지만, 다른 한 사람은 옷자락이 질질 끌리는 의상을 입은 여성이었다.

"공방 업무로 신전은 물론 평민촌에도 나가야 하는 네게 붙여 줄 여기사를 찾느라 애 좀 먹었다."

어디든 함께 행동하며 호위해 줄 여기사는 필요하지만, 일반 여기사는 귀족 여성의 행동 범위 내에서만 행동하기에, 귀족가에서 나가고 싶어 하지 않는 모양이었다.

"오늘 소개할 두 기사는 신전에서도 행동을 함께 할 호위 기사다. 한쪽은 너도 잘 알 거다."

내 앞에 다가온 두 사람이 무릎을 꿇었다.

"건강해 보여서 다행이에요, 다무엘. 앞으로도 잘 부탁합니다."

"오래간만에 뵙습니다, 로제마인 님. 온 힘을 다해 성심성의껏 모시겠습니다."

다무엘 같은 하급 귀족이 영주 일가의 호위 기사가 되는 건 있을 수 없는 행운이라고 한다. 주변에서는 시키코자의 사건에 말려들어 처벌받은 불행한 남자에서 신전이라는 쓰레기장에서 마석을 주운 행운의 남자로 불리게 되었다.

"이 여성은 브리기테. 다무엘과 동기다. 실력이 확실하고, 중급 귀족이라 다무엘보다도 마력이 많다. 의지가 될 거다. 그녀는 굳이 따지자면 신전에 동행할 호위 기사다. 영주의 성에 있을 땐 또 다른 호위를 붙여주마."

어두운 붉은 머리에 자수정색 눈동자의 여성이 고개를 들고 똑바로 나를 응시했다. 평균 귀족 여성보다 몸집이 훨씬 크고, 단단한 몸을 가진 브리기테는 척 봐도 여기사로 보였다. 여장부 같은 첫인상이 믿음직스러웠다.

"브리기테, 신전까지 가는 일은 힘들겠지만, 잘 부탁합니다."

"저야말로 잘 부탁드립니다, 로제마인 님."

기사의 소개가 끝나자 이번엔 귀족이 하나둘씩 인사와 축하의 말을 건네기 위해 다가왔다.

"로제마인."

귀족 몇 사람의 인사를 받는 동안 배가 불러서 한가해진 빌프리트가 다가왔다. 영주의 아들이 다가오면 아무리 어리더라도 자리를 비켜 줘야만 하는 것이 귀족 사회의 규칙이다. 귀족들이 재빨리 그 자리에서 물러났다.

"여기 있어 봤자 시시하니까 놀러 가자. 따라와."

빌프리트가 그렇게 말하며 내 팔을 잡아당겼다. 나는 일단 오늘의 주인공이며 귀족과 처음 대면하는 중요한 행사다. 필사적으로 외운 귀족의 이름과 직위, 세례식을 성공시키기로 페르디난드와 한 약속이 머릿속을 빙글빙글 맴돌았다.

"저기, 전 손님들과 인사를……."

"괜찮으니까 따라와."

도움을 청하려고 뒤돌아보자, 페르디난드가 가라는 듯이 손을 흔들었다.

"어린애는 어린애들끼리 놀도록 놔두면 어떻겠나? 로제마인도 어른들과 있는 것보다 또래들이랑 있는 편이 좋겠지."

'네? 아니요, 전 어른이랑 있는 편이 좋은데요? 그건 그렇고 세례식을 빠져나가도 되는 겁니까?'

페르디난드가 허락하다니 믿을 수가 없어 입을 뻐끔거리는 사이에 빌프리트가 내 팔을 확 잡아당겼다. 넘어지지 않으려고 발을 움직이자 점점 속도가 빨라졌다. 단상에서 끌려 나온 나는 차려입은 신사숙녀 사이를 누비며 질질 끌려가듯 달렸다.

"빌프리트 오라버니, 조금만 더 천천히……."

"너처럼 그렇게 느리면 추격대한테 잡혀."

말을 걸었더니 '한심스럽다'며 혼이 났다. 추격대가 쫓아오는 짓을 늘 한다는 말이리라. 질베스타의 행동을 생각해 보면 그 정경이 쉽게 떠올랐다.

"시끄러운 램프레히트를 교묘하게 따돌리고 몰래 도망치려면 평상시의 단련이 중요해. 너처럼 굼뜨면 바로 잡힌다고."

"전 추격대에게 도망치지도 숨지도 않을 테니 손 좀 놔 주……."

"안 돼! 그러다 잡히면 엄청 혼나!"

호위 기사를 따돌리고 도망치니까 쫓기고 혼나는 거라고 반박하고 싶었지만, 벌써 숨이 차서 말이 나오지 않았다.

'안 돼. 의식이 끊길 것 같아.'

"멈춰, 주세요. 숨이……."

"응!? 로제마인!?"

철퍼덕, 하고 내 몸이 지면에 나자빠졌다. 질질 끌리는 충격과 아픔과 함께 빌프리트의 깜짝 놀란 외침을 마지막으로 나의 의식은 끊겼다.

두 번째 세례식에서도 또 리타이어.

'세 번째는 필요 없어.'

정신을 차려 보니 내 방이었다. 꿈지럭거리며 몸을 일으키자 오셀로를 하고 있는 칼스테드와 페르디난드가 보였다.

"정신 차렸느냐?"

"……입안이 써요."

또 그 약을 먹인 듯하다. 어마어마하게 쓴맛이 입안에 남아 있다.

"빌프리트는 질베스타의 어렸을 적과 똑 닮아서 말해도 듣지 않으니 그대가 얼마나 허약한지 직접 느끼게 해 주는 편이 빠른 길이란 생각에 이런 수단을 취했다만……."

"끌고 나온 순간 갑자기 쓰러지면 빌프리트 오라버니에게 상처가 될 거예요."

길거리에서 갑자기 쓰러진 나를 보았던 마르크와 벤노마저도 심장이 오그라들었다며 그 뒤부터 나를 격하게 과보호했다. 코르넬리우스도 마찬가지다. 상대가 어린애였으니 더 트라우마가 심하게 남지 않을까.

"음. 아직 힘 제어가 안 되지만, 빌프리트도 근본은 착하니까 마음에 상처가 됐겠지. 그러나 다음부터는 너를 조심스럽게 대할 거라고 생각한다."

간단하고 확실한 결과를 내기 위해 어린아이의 마음에 트라우마를 심어도 개의치 않은 듯하다. 나를 지나치게 합리적이고 엄격하게 대하는 건 나의 알맹이를 알기 때문이라고 생각했더니, 지독한 페르디난드는 자신의 조카에게도 가차 없었다.

"납득이 안 가는 얼굴이다만 어차피 결과는 같다. 고집 센 빌프리트의 기세에 그대의 몸이 따라가지 못하겠지. 가령 성에서 똑같은 일이 일어나면 어떨까. 주인을 지키지 못했다는 이유로 그대의 호위 기사는 벌을 받는다. 그렇게 되기 전에 주변 사람도, 그대 자신도 허약한 정도와 입장을 깨달아 둬야 한다."

그랬다. 나는 영주의 양녀로서 성에 들어간다. 내게 무슨 일이 생기면 호위 기사는 처벌의 대상이 된다. 오늘은 칼스테드의 딸로서 세례식을 치룬 덕분에 호위 기사도 없고, 빌프리트의 폭주 정도로 마무리되었지만, 앞으로는 다른 사람까지 말려들 수 있다.

"램프레히트도 깜짝 놀라서 당황하더군. 빌프리트도 그대와 동갑이고, 세례식을 마친 영주의 자식으로서 앞으로 함께 행동할 기회가 많을 거다. 그러니 서로의 호위 기사도 너의 상태를 정확히 인지하게 해야 했다."

내가 쓰러진 탓에 빌프리트의 호위 기사로 몰래 뒤를 쫓던 램프레히트에게도 트라우마를 심어 준 듯하다.

'미안해요, 램프레히트 오라버니.'

"우연히 그 자리에 있던 귀족이 알려줘서 달려갔을 땐 심각한 상태였다. 엄청난 기세로 바닥에 질질 끌린 탓에 그대는 관자놀이부터 볼까지 넓은 범위로 찰과상을 입었고, 그 시뻘건 피가 하얀 돌바닥에 질질 끌려 있더군. 그리고 팔꿈치와 무릎이 긁히면서 생긴 상처 때문에 세례식의 하얀 옷이 피로 흥건하게 물들었다. 넌 그렇게 쓰러진 채 꿈쩍도 하지 않고 전혀 반응이 없어서 꼭 죽은 줄 알았다."

"으아! 듣고 싶지 않아! 아파! 아프다고!"

내가 귀를 누르며 고개를 휙휙 젓자, 페르디난드는 어이없다는 눈빛으로 나를 내려다보았고, 칼스테드는 웃음이 터진 입을 틀어막았다.

"걱정하지 마라, 로제마인. 상처는 페르디난드 님이 치유해 줬고, 약도 먹였단다. 빌프리트와 램프레히트에게 설교도 했다. 이제 다 끝난 얘기다."

"······상처는 안 남았나요?"

우라노 시절의 얼굴이면 몰라도 귀여운 소녀 얼굴에 상처가 남으면 큰일이다. 내가 얼굴을 만지작거리며 확인하자, "내 실력을 의심하는가?" 하고 페르디난드가 불쾌한 표정을 지었다.

'아뇨, 아뇨. 신관장님이 굉장한 건 알고 있죠. 의심하다니요.'

"어쨌든 세례식도 양자결연 수속도 무사히 끝났다. 내일은 하루 쉬고, 몸 상태에 이상이 없다면 신전장 취임식을 치러야 하니까 신전에 돌아오도록."

앞으로의 예정을 말해 두고 페르디난드는 돌아갔다. 이걸로 얘기가 끝난 줄 알았더니 칼스테드가 뭔가 할 말이 있는 듯 가만히 나를 바라보았다.

"아버님, 무슨 일 있으세요?"

"······로제마인, 다무엘에게 뭔가 했느냐?"

"뭔가, 라니 무슨 의미인가요? 단 걸로 길들인 거요?"

고아원에서 가끔 나오는 파루 케이크 건을 들킨 걸까. 아니면······ 하고 고민하는데, 칼스테드가 미간을 누르며 고개를 저었다.

"그게 아니라 다무엘의 마력 말이다. 조금씩이긴 하지만, 단련하면 할수록 마력이 커지고 있어. 성장기가 거의 끝난 다무엘에겐 있을 수 없는 변화다. 멋대로 축복을 주거나 하지 않았느냐?"

다무엘에게만 따로 축복을 준 적은 없다. 있다면 가족에게 보낸 축복을 나눠줬을 때 정도다.

"······축복이 있었다면 가족에게 보낸 축복을 나눠줬을 때 정도인데요? 다친 사람들도 낫길 빌었는데 프랑과 디르크에게도 빛이 왔다니까 아마 의식을 잃었던 다무엘에게도 날아갔을 거예요."

"그거군……."

칼스테드는 그렇게 중얼거린 뒤, 잠시 머리를 싸맸다. 뭔가 큰일이라도 저지른 걸까.

"로제마인, 그 얘기는 함묵하거라. 질베스타는 물론 페르디난드에게도 말하면 안 돼."

"네?"

"다무엘이 질베스타에게 들볶일 모습이 훤하니까."

내가 가족에게 준 축복은 말도 안 되게 엄청난 것인데, 그 축복을 받은 페르디난드가 온종일 질베스타의 시비를 받으며 괴롭힘을 당했다고 한다.

"그래도 페르디난드는 이복형제라는 신분이 있고, 오래 알고 지내온 터라 질베스타의 말을 무시하는 기술을 터득했지만, 다무엘에게는 버거운 상대다."

그 말은 기원식 때의 상황을 떠올리면 바로 납득할 수 있었다. 다무엘은 질베스타의 괴롭힘과 구박에 복통을 일으킬 뻔했다. 그 상황이 반복되면 다무엘이 너무 불쌍하다.

"……질베스타 님께 알려서 안 된다는 건 이해하는데, 페르디난드 님에게까지 말하지 말라는 건 무슨 의미인가요?"

"그 합리주의자를 모르겠느냐. 자기가 질베스타에게 도망치기 위해 아무렇지도 않게 다무엘을 희생물로 바치고도 남겠지."

"알겠습니다. 입 꼭 다물게요."

나는 페르디난드의 심한 합리주의를 몸소 느낀 바 있다. 다무엘이 축복을 받은 사실은 비밀에 부치기로 마음속으로 맹세했다.

신전장 취임식

세례식 다음 날 하루는 푹 쉬라는 페르디난드의 당부가 있었다. 엘비라에게도 상태를 지켜보라고 말하고 갔는지 아침 식사 자리에서 "오늘은 침대에서 지내세요." 라는 말을 들었다. 아픈 몸을 약으로 억지로 돌려놓으면 부작용이 올 수도 있으므로 느긋하게 지낼 수 있어서 다행이었다.

"로제마인, 조금 괜찮아?"

"램프레히트 오라버니? 네, 전 괜찮은데 무슨 일이세요?"

"네 상태를 확인하고 싶어서. 빌프리트 님도 걱정하고 계시니까……."

굉장히 혼쭐이 났었는지, 풀이 죽은 램프레히트가 출근 전 나를 보러 와 주었다. 발랄하고 기운이 넘치던 램프레히트의 기죽은 모습에 칼스테드와 페르디난드에게 얼마나 혼이 났을지 생각하면 가슴이 저렸다. 내가 평범한 아이였다면 넘어져도 살짝 긁힌 정도로 끝났을 것이고 트라우마까지 생기진 않았을 텐데.

"페르디난드 님께서 일부러 빌프리트 님께 따끔한 맛을 보여 드리려다 생긴 일이니 그렇게 걱정하지 않으셔도……."

"페르디난드 님은 스스로 약 제조와 치유도 하시는 분이라 눈에 닿는 범위 내에서 그런 과격한 판단을 하셨던 거야. 네가 곧바로 치유 받은 덕분에 설교로 끝났지만, 만약 성에서 똑같은 일이 벌어졌을 때 치유를 쓸 수 있는 자가 곁에 없었다면 어떻게 됐을까? 그때 너를 잃었다면 빌프리트 님은 지금보다 훨씬 큰 마음의 상처를 입으셨을 거야."

'어라? 왠지 인정머리 없는 합리주의자 신관장님이 엄청 좋은 사람이라는 말로 들리는 것 같은데.'

"원래라면 내가 빌프리트 님께 가르쳐 드려야 했을 일인데, 페르디난드 님에게 폐를 끼치고 말았어."

램프레히트는 깊이 반성하고 있지만, 오히려 반성해야 할 사람은 넓은 범위로 트라우마를 심은 페르디난드라고 생각했다. 조금 더 주변 사람들과 내게 상냥하게 해 줄 수 없을까.

"빌프리트 오라버니와 램프레히트 오라버니께서 앞으로 조심해 주시면 그걸로 충분합니다."

"로제마인, 너는 죽을 뻔한 일을 겪었는데도 굉장히 관대하구나……."

천천히 밝아지는 램프레히트의 갈색 눈동자에 놀라움과 칭찬의 색이 어렸다.

'큰일이다. 뭔가 이상한 방향으로 감동하게 했나 봐.'

"저기, 램프레히트 오라버니. 아니에요. 전 그런 상황에 익숙해서 실수 한 번쯤은 괘념치……."

"역시 넌 참 자비로워."

'왠지 무슨 말을 해도 안 먹혀. 전혀 듣질 않네. 에잇, 몰라.'

해도 안 될 것 같은 설득을 포기한 찰나 램프레히트가 손에 들고 있던 천을 풀어 책 한 권을 꺼냈다.

"너에게 문병 갈 때 뭘 가지고 가면 좋을지 페르디난드 님께 여쭸더니 이게 최고라고 전해 주셨는데……."

"책이지 않습니까!"

"네가 하루 만에 완독할 수 있는 분량이고, 읽은 적 없는 책이라고 하셨어. 그런데 정말 이렇게 두꺼운 책을 읽을 수 있어?"

램프레히트는 의심스러운 눈빛으로 나와 책을 번갈아 보았지만, 이 정도쯤이야 식은 죽 먹기다.

"읽을 수 있어요! 읽을게요! 램프레히트 오라버니, 감사하게 생각합니다."

"그렇게까지 좋아해 주니까 내가 기쁘네. 그럼 난 성에 갈 테니 푹 쉬어. 알겠지?"

"네~"

페르디난드는 인정머리 없는 합리주의자지만 굉장히 좋은 사람이다. 만약 이보다 더 두꺼운 책이었다면 하루 만에 다 읽지 못해 신전에 오지 않으려고 꾀병을 부릴 거라는 내 행동까지 완전히 파악했다는 뜻이지만, 신경 쓰지 않겠다.

'신관장님, 땡큐!'

그날 하루는 신전 도서실에 없었던 병사의 기초 운용 방식에 관한 책을 읽으며 오랜만에 침대 위에서 푹 쉬었다. 마법을 쓰는 병사의 운용 방식이 이해가 잘 가지 않아 '왜 그렇게 되지!?' 라는 의문의 연속이었지만 무척 즐거웠다.

페르디난드의 치유와 약의 이중 효과와 책을 읽으면서 하루를 느긋하게 쉰 덕분에 몸 상태는 매우 좋다. 엘라와 로지나에게 신전에 돌아가겠다는 소식을 전하게 했다.

아침 식사 후, 출발 준비가 끝났을 때쯤에 호위 기사인 다무엘과 브리기테가 찾아왔다. 그들은 내 앞에 무릎을 꿇고, 가슴 앞에서 팔을 교차했다.

"안녕하십니까, 로제마인 님."

"오늘부터 신전에 돌아가겠어요. 호위 부탁드릴게요."

인사를 끝낸 두 사람이 "네!" 하고 짧게 대답하며 일어났다. 나도 일어나려는데 브리기테가 말렸다.

"로제마인 님은 그대로 기다려 주십시오. 페르디난드 님께 올도난츠를 날리겠습니다."

브리기테가 빛나는 지휘봉을 꺼내어 노란색 마석을 톡톡 두드리며 "올도난츠." 하고 중얼거리자 마석은 하얀 새가 되었다. "로제마인 님께서 지금부터 신전에 가십니다." 라고 말하고, 지휘봉을 휘두르자 새가 날아갔다.

잠시 뒤 새가 돌아와 페르디난드의 목소리로 "알겠다." 라고 세 번 말하더니 다시 마석으로 돌아갔다. 처음 봤을 땐 깜짝 놀랐지만, 최근엔 마술구가 주변에 있는 것이 조금 평범하게 느껴졌다. 내가 생각해도 적응력이 정말 빠른 것 같다.

보고를 끝내고, 나는 다무엘과 브리기테의 에스코트를 받으며 마차에 올라탔다. 함께 신전에 돌아가는 엘라와 로지나도 시종용 마차에 탔다.

"페르디난드 님께 안부 전해 주세요. 착실하게 근무하고 와요."

"네, 어머님."

칼스테드와 코르넬리우스는 이미 기사단에 갔고, 엘비라에게만 배웅을 받았다. 마차는 매끄럽게 움직이기 시작했고, 새하얀 거리를 달리며 신전을 향했다.

"브리기테도 신전이나 평민촌에 나온 적이 없나요?"

"네. 지나간 적 외에 귀족문 너머로 나오는 일은 처음입니다."

브리기테는 이 마을에서 남쪽에 영지를 가진 일크너 자작의 여동생이라 했다. 자작은 중급 귀족 기베에게 내리는 작위다. 그래서 마석을 변화시킨 기수를 타고 평민촌을 뛰어넘거나 가족과 함께 마차로 통과하는 식으로 평민촌에 나간 적은 있어도 신전이나 평민촌에 내린 적은 없는 듯했다. 내 곁을 호위하느라 평민촌에 끌려다닌 적이 있는 다무엘은 복잡한 표정으로 브리기테를 격려했다. "⋯⋯신전은 둘째 치고, 평민촌은 여자한테 힘들겠지만 힘내." 라며.

"어서 오십시오, 로제마인 님."

신전의 정면 현관에는 프랑이 기다리고 있었다. 내가 귀족가로 거처를 옮긴 때가 한봄이 조금 지난 시기였고, 지금은 곧 한여름이 다가오는 계절이므로 프랑과 제법 오랜만에 만난 셈이다.

"다녀왔어요, 프랑. 다들 여전하죠?"

"로제마인 님의 방이 바뀌었고, 길이 기를 쓰며 일을 하고 있으니 제법 변했을 겁니다."

"그거 기대되네요. 브리기테, 제 수석 시종인 프랑이에요. 프랑, 제 호위 기사인 브리기테입니다."

각자 소개한 뒤 나는 신전장실로 향했다. 귀족 구역에서 가장 안쪽인 그 방 앞을 겨울 봉납식 때 몇 번인가 지나간 기억이 있다.

"모니카와 니콜라는 주방에서 준비 중이고, 길은 공방에 있습니다. 인사는 취임식 뒤에 하실 수 있으실 겁니다."

프랑이 문을 열어 주었고, 나는 새 방에 들어갔다. 로지나가 작성한 목록대로 인테리어를 바꾼 신전장실은 여성스러운 방이 되어 있었다. 붉은 계열 꽃무늬로 맞춘 동화 같은 분위기로 예전의 분위기가 거의 없다.

디자인은 다르지만 30센티 정도의 신상과 성경, 성경을 중심으로 촛불이 대칭으로 세워진 진열장이 있는 건 비슷했다. 아마 신전장실에 꼭 필요한 제단이리라.

그러고 보니 내가 청색 견습 무녀가 되었을 때 "원래라면 신전장실의 제단 앞에서 신과 신전에 봉사하는 맹세를 하고, 옷을 부여받는다." 라고 페르디난드가 말한 적이 있다. 즉, 앞으로 청색 신관이나 무녀가 늘어날 땐 이곳에서 맹세의 의식을 하게 되는 셈이다.

'으~음, 내가 할 수 있을까?'

"굉장히 귀여운 방이네요. 로제마인 님께 잘 어울립니다."

이렇게까지 돈을 쓴 신전의 방에 감탄한 듯 브리기테가 몇 번이고 고개를 끄덕였다. 이 인테리어는 전부 칼스테드가 비용을 대서 내 돈은 전혀 쓰지 않았다. 어쩌면 공방 이익의 일부를 생활비로 칼스테드에게 내는 편이 좋을지도 모르겠다.

"그리고 신관장님께서 호위 기사도 묵을 일이 있을 거라 하시며 신전장실 옆에 남자 기사와 여자 기사의 방을 갖추라는 지시가 있었습니다. 불편한 점이나 부족한 물건이 있으면 알려 주십시오."

프랑의 말에 난 각각의 방을 보러 발길을 돌렸다.

남자 기사의 방은 객실처럼 마련된 방이지만, 쓸데없는 물건이 하나 없는 심플한 방이었다. 다무엘의 말을 빌리자면 '기사 기숙사의 복제'인 듯하다. 칼스테드의 '익숙한 환경이 최고'라는 콘셉트로 꾸민 모양이다.

여자 기사의 방도 기숙사와 똑같을 줄 알았다. 그런데 칼스테드가 이번 조사 때문에 여자 기숙사에 발을 들였을 때 자기 방을 취향대로 마음껏 바꾼 탓에 원래 구조를 알 수가 없었다고 한다. 이것저것 고민하기 귀찮았는지 "로제마인과 비슷한 물건을 두면 어떤 신분의 여기사라도 불평은 없겠지." 하고 고른 결과가 이 방이라고 했다. 즉, 여자애 취향. 여성스러움을 상징하는 흙의 여신 게두르리히의 귀색인 빨강과 분홍색을 조합한 꽃무늬가 기본이다. 여장부 같은 브리기테가 싫어할 것 같이 아기자기하다.

"굉장히 귀엽네요……."

내 방을 봤을 때와 똑같은 대사지만, 그 말속에 약간의 놀라움과 당황이 섞여 있다. 너무 귀여워서 당혹스러운지도 모른다.

"브리기테, 저기, 마음에 들지 않으면……."

"로제마인 님께서 걱정하실 일이 아닙니다. 객실이니 잠만 잘 수 있다면 상관없습니다. 일부러 교체할 필요는 없으니 신경 쓰지 마십시오."

자수정색 눈동자에 부드러운 미소를 띤 브리기테가 그렇게 말해 주었다. 멋진 여성의 상냥한 말에 내 마음이 가벼워졌다.

신전장실에 돌아가자, 모니카가 주방에서 나와 있었다. 엘라가 도착했으니 니콜라에게 조수를 맡기고 평상시 업무를 시작한 듯하다.

"어서 오십시오, 로제마인 님."

페슈필 설치와 짐 정리를 끝낸 로지나와 모니카의 도움을 받으며 나는 신전장의 의식용 의상으로 갈아입었다. 이 의상은 페르디난드가 길베르타 상회에 주문 제작한 옷이다.

"시간이 없어서 급하게 전 신전장의 의식용 의상을 수선했다고 합니다.”

모니카의 말에 상황을 이해한 나는 고개를 끄덕였다. 이런 질 좋은 천을 처음부터 준비할 여유 따위 전혀 없었을 터이다. 영주의 어머니를 누나로 둔 전 신전장의 의상은 최고급 천이었다. 천의 촉감도 좋고, 가벼워서 품질이 뛰어나다. 다만, 내가 모처럼 생각한 마인 공방의 문장이 아닌 에렌페스트 영주의 자제를 나타내는, 페르디난드와 똑같은 사자 문장이 의상에 새겨져 있다.

'공방 문장이 마음에 들었는데.'

입술을 삐죽이며 손끝으로 문장을 문지르자 모니카가 곤란한 표정을 지었다.

“전 신전장이 입던 옷을 입게 되셔서 불쾌하시겠지만, 참아 주십시오.”

“아니에요, 모니카. 예전 문장이 마음에 들었던 거라 조금 아쉬울 뿐이에요. 사람은 미워하되 옷을 미워하지 말라. 저와 주변 사람들이 부끄러워하지 않는 물건이라면 누구의 옷을 수선했든 상관없어요.”

나는 요 몇 년간 헌 옷만 입고 살았다. 남이 입었던 옷이 싫었다면 헌 옷 따위 입지도 못했다. 검댕을 긁어모을 때 걸레를 누빈 옷을 입어야 했던 그 시절을 생각 못 하고 이런 깨끗한 옷에 투덜대면 천벌을 받는다.

“역시 훌륭하신 분이시군요. 빌마의 말이 맞았어요.”

모니카는 눈을 반짝이며 감동했다. 왜 그런 말이 나오는지 영문을 몰라 잠시 고민하던 나는 손을 '탁' 쳤다. 프랑이나 길은 누더기 차림으로 평민촌을 걸어 다니던 시절의 나를 알지만, 모니카는 신전 안에서 지낸 청색 견습 무녀의 나와 영주의 양녀가 되어 버린 나밖에 모른다. 항상 새 옷만 입을 것 같은 상급 귀족의 딸이 전 신전장의 낡은 옷인데도 참고 있는 것이라 착각한 듯하다. 하지만 브리기테도 있는 곳에서 정정할 수도 없는 노릇이었다. 설명을 포기하고 그냥 내버려 두기로 했다.

"치수는 문제없군요. 그럼 오늘 예정부터 설명드리겠습니다."

나의 의식용 의상을 쭉 확인한 프랑은 나를 집무 책상으로 안내하고 오늘 예정을 설명했다. 이후에 페르디난드가 이 방에 방문하여 취임식 전 회의를 가지고, 오후부터 취임식이 열린다고 한다. 그리고 내일은 길베르타 상회와의 회의가 있을 거라고 했다.

'오랜만에 루츠를 만날 수 있겠네.'

프랑의 설명이 끝날 때쯤에 페르디난드가 찾아왔다. 내 쪽이 표면상 직책이 높기 때문에 앞으로는 기본적으로 페르디난드가 내 방을 방문하게 된다고 한다. 나는 램프레히트의 문병 선물로 받은 책과 의식용 의상, 기사들의 방 등 여러 가지로 준비해 준 감사의 뜻을 전했다.

"그나저나 취임식을 꽤 급하게 서두르네요."

취임식은 신전 내에서만 치르는 내부 행사라 준비할 물건도 거의 없다. 순서를 확인한 나는 신전에 돌아온 당일에 급하게 취임식을 치르는 이유를 물어보았다. 일단 귀족인 청색 신관을 소집해야 하므로 원래라면 며칠 여유를 둬야 하지 않을까 하는 의문에서였다.

"신전장실을 그대가 쓰려면 꼭 필요한 의식이다. 그리고 정식으로 신전장으로 취임하지 않으면 그대에게 도서실 열쇠를 줄 수도 없다."

"그건 큰일이네요. 서둘러야죠. ……하지만 그 이유만이 아니죠?"

도서실 열쇠는 중요하다. 하지만 페르디난드가 도서실 약속 따위를 신경 쓸 사람이 아니다. 반드시 뭔가 다른 이유가 있다.

"청색 신관에겐 이미 며칠 전부터 통지해 뒀으니 문제는 없다. 약과 치유로 그대의 건강 상태가 회복될 게 당연했으니까. ……애초에 이런 내부 의식을 치르는 데 시간을 들여서 좋을 게 없는 건 그대 쪽이지 않은가? 질베스타가 한 말을 서둘러 시작하지 않으면 시간이 부족해."

"질베스타 님이 하신 말씀?"

'뭐가 있었더라?'

내가 고개를 갸웃거리자, 페르디난드는 손끝으로 관자놀이를 톡톡 두드리며 짜증스럽게 나를 노려보았다.

"안 듣고 있었는가? 인쇄업의 확장과 식당 건이다."

"인쇄업의 확장은 옆 마을 고아원에 공방을 세우겠다는 얘기를 세례식에서 말씀하신 건 알겠는데, 식당 건이라니요?"

벤노가 휘갈겨 쓴 보고서를 보고 이탈리안 레스토랑의 공동 투자자로 길드장이 참가했다는 사실과 대신 푸고와 토드가 일제에게 수련을 받으러 가기로 했다는 사연은 알았지만, 자세히는 모른다.

"질베스타가 벤노에게 명령서를 보냈다. 성결식까지 문관과 상의하여 시찰을 가고, 결과를 정리하여 이탈리안 레스토랑에서 보고하라는 터무니없는 명령을 말이다."

"네에!?"

"아무리 벤노라도 부담이 크겠지. 그대가 질베스타의 양녀가 됨으로써 기간이 앞당겨졌으니 되도록 도와주도록 해라."

페르디난드가 동정심에 상냥해질 정도로 큰일인 모양이다. 핏기가 싹 가시고 현기증이 일었다.

'취임식 따위 후다닥 끝내 버리고 하루빨리 도와줘야겠어.'

취임식은 청색 신관과 그 시종, 세례식을 끝낸 회색 신관이나 회색 무녀 전체가 예배실에 모여서 새로운 신전장을 맞이하는 피로연이다. 진행은 페르디난드가 맡고, 전 신전장이 교체된 경위를 간단히 설명한 후, 영주의 지시로 새로운 신전장이 결정된 사실을 알린다. 그동안 나는 페르디난드가 부를 때까지 문 뒤에서 대기한다.

"……라는 영주의 의향에 따라 새 신전장은 영주의 양녀인 로제마인으로 결정되었다."

페르디난드의 목소리와 함께 내 앞의 문이 천천히 열리기 시작했다. 문이 완전히 열리자, 예배실에 질서정연하게 서 있는 회색 신관들이 보였다. 그리고 한층 높은 곳에 페르디난드가 있다.

"신에게 기도를 올려 모두 함께 맞이하자. 신에게 기도를!"

오랜만에 보는 대인원의 구리코에 반가움을 느끼며 나는 프랑의 손에 이끌려 천천히 중앙으로 걸어갔다. 단상의 계단을 오르자 예배실 광경이 훤히 보였다.

제일 앞에는 청색 신관 10명 정도가 한 줄로 나란히 서 있었는데, 나를 보고 안색이 싹 바뀐 사람이 몇 명 있었다. 스쳐 지나갈 때마다 시비를 걸거나, 마인일 때 마주친 적이 있는 청색 신관은 경악스러움에 눈이 커다래졌다. 하지만 '호오, 저 사람이 새로운 신전장이구나.'라는 표정을 짓는 사람도 있었다. 마인의 얼굴을 모르는 청색 신관이리라. 차이가 확연해서 쉽게 판단할 수 있었다.

"이렇게 모여 주셔서 감사합니다. 불의 신 라이덴샤프트의 권위가 빛나는 좋은 날, 양아버님이신 영주로부터 신전장직을 임명받은 로제마인이라고 합니다."

"영주의 양녀라고? 그럴 리가! 저 아이는 분명 평민이었어!"

한 청색 신관의 목소리에 페르디난드는 질베스타가 세례식에서 했던 똑같은 설명을 반복했다. 그래도 납득이 가지 않고, 상황을 받아들일 수 없는 신관은 침 튀기듯 소리쳤다.

"영주의 이복동생인 신관장님이라면 상급 귀족의 딸인 걸 알고 있었을 텐데, 평민이라고 말할 리가 없지 않나. 말도 안 되는 소리다!"

"영주와 가장 가까우며, 스스로 고귀한 태생이라 말하던 전 신전장도 몰랐던 사실을 내가 어찌 알았겠는가."

'나왔다! 필살기 「다 그놈 탓」! 전 신전장은 죄를 덮어씌우기에 최적의 분이십니다.'

질베스타뿐만 아니라 페르디난드까지 필살기를 썼다. 덕분에 다들 납득했는지 어떤지는 둘째 치고, 그 청색 신관 빼고는 일단 사정과 상황을 받아들인 듯하다.

원래부터 윗사람의 지시에 익숙한 회색 신관들은 "잘 모르겠지만, 그런가보다." 하고 쉽게 받아들였다. 이곳에서 설명을 들은 회색 신관이나 무녀는 고아들에게도 마찬가지로 '앞의 신전장님은 마인 님을 평민이라고 했지만, 사실은 평민이 아니었대. 이제 영주님의 양녀가 되셨으니까 마인 님은 로제마인 님이 되신 거야.' 라고 가르칠 테니, 이제 나는 신전에서도 완전히 상급 귀족의 딸로 대우받게 된다.

"제가 상급 귀족의 딸이란 게 의심스럽다면 제 아버지이자 기사단장인 칼스테드나 양아버님이신 아우브 에렌페스트에게 직접 확인하세요."

'좌우간에 닥쳐' 라는 말을 돌려 말한 나는 앞으로의 포부를 예쁘게 포장해서 발언하고, 끝에는 신을 향해 기도와 감사로 마무리했다.

"높고 청정한 천공을 관장하는 최고신, 넓고 호호막막한 대지를 관장하는 다섯 분의 대신, 물의 여신 플류트레네, 불의 신 라이덴샤프트, 바람의 여신 슈첼리아, 흙의 여신 게두르리히, 생명의 신 에이비리베에게 기도와 감사를 바칩시다."

내 기도에 반응한 신관들이 일제히 자세를 잡는다.

"신에게 기도를! 신에게 감사를!"

전원이 신에게 기도를 올리면 나는 퇴장한다. 페르디난드의 손에 이끌려 계단을 내려가 중앙을 걸었다. 그런데 퇴장 도중에 살짝 얼굴을 숙이고 시선을 피하려는 한 청색 신관을 발견하고는 걸음을 멈췄다. 저 귀족티가 나는 중년의 얼굴이 어딘지 낯이 익다.

"어, 당신……."

"에그몬트를 아느냐, 로제마인?"

"제 도서실을 엉망으로 만든 분, 맞죠? 성함이 에그몬트셨군요?"

후훗, 발~견, 하고 내가 씨익 웃자, 딱히 위압을 가한 것도 아닌데 에그몬트의 안색이 새파래졌다. 에그몬트는 "그, 그건…… 그……." 하고 입을 뻐끔거리며 의미 모를 말만 중얼거리고, 도움을 요청하듯 여기저기 시선이 방황했다.

그리고 페르디난드를 바라보고 퍼뜩 정신을 차린 듯 변명했다.

"그건 전 신전장의 지시로! 제 뜻이 아닙니다!"

'네, 또 나왔네요! 필살기 「다 그놈 탓」! 전 신전장님, 진짜 인기 많으시다.'

그렇지만 언제까지고 그 필살기가 통한다고 생각해서는 곤란하다. 나의 소중한 도서실을 엉망으로 만든 죄는 크고, 책이 엮인 나의 분노는 집요하다. 전 신전장에게 책임을 전가한다고 없어질 죄가 아니다.

"그래요? 전 신전장의 지시라고요?"

내 말에 에그몬트는 "그렇습니다." 라며 미소 지었다. 그 미소에는 분노를 피한 기쁨만 있을 뿐, 반성의 기미는 손톱만큼도 없었다.

"전 아직 화가 안 풀렸는데……? 당신은 제게 빚을 지셨어요. 두 번째는 없다고 생각하시는 게 좋을 거예요."

나는 후훗 하고 웃으며 가볍게 위압을 줬다. 피를 보지 않은 만큼 매우 이성적이며 지극히 원만하게 끝냈다고 생각했는데, 방에 돌아오자마자 페르디난드에게 "도가 지나쳤다." 라며 혼이 났다. 의미를 모르겠네.

"이해가 안 가요. 마음에 상처를 심고, 몸으로 철저하게 가르쳐 주는 게 최고로 합리적인 방법이다, 라고 신관장님이 가르쳐 주셨잖아요."

"……그건 상대방이 말귀를 알아듣지 못할 경우다."

페르디난드는 씁쓸한 표정으로 그렇게 말했다. 하지만 말해도 알아들을지 어떨지 확인하기도 귀찮은데, 만약 알아듣지 못하고 다시 도서실을 휘젓는 경우가 더 큰 문제다.

"지금은 말해서 듣는 사람인지 아닌지는 관심 없어요. 제 도서관에 손을 대면 어떻게 되는지 모든 청색 신관들이 톡톡히 기억해 주면 되니까요. 매우 합리적이었죠?"

내가 싱긋 웃자, 페르디난드도 덩달아 억지웃음을 지었다.

"그대의 합리성은 감정에 치우치니까 상당히 무섭구나. 어디에서 어떤 영향을 끼칠지 걱정이다."

"그래요? 하지만 신관장님의 합리성은 계획적인 만큼 엄청 넓은 범위로 깊이 영향을 끼치잖아요?"

후후후후, 하고 서로 웃는 도중에 중요한 일이 떠올랐다. 에그몬트의 트라우마 같은 쓸데없는 화제로 페르디난드와 웃고 있을 때가 아니다.

"자, 신관장님. 세례식도 취임식도 무사히 끝났습니다. 위험 인물도 배제했어요. 이제 도서실 열쇠를 주셔야지요? 내일 길베르타 상회와 만나기 전에 최대한 많이 읽어 둬야 해요."

내가 기대에 찬 환한 미소를 띠며 손을 척 내밀고 도서실과 책장 열쇠를 요구하자, 페르디난드가 눈을 꼭 감고 고민했다.

"오늘 쓰러지면 약도 치유도 없을 줄 알거라."

오랜만의 재회

페르디난드에게 열쇠를 받자마자 도서실로 냉큼 뛰어가고 싶었는데 프랑에게 제지당하고 말았다.

"로제마인 님, 오랫동안 신전을 비우셔서 보고할 것과 말씀드려야 할 일들이 잔뜩 쌓여 있습니다. 비록 가볍긴 했지만 새 신전장의 위압을 받았으니 앞으로 그 신관이 도서실을 어지르거나 도망칠 일은 없을 겁니다. 급한 안건만 정리하시면 느긋하게 독서를 즐기셔도 됩니다."

나는 방문과 프랑을 번갈아 보고, 내 편이 돼 줄 사람이 없는지 방 안을 돌아보았다. 프랑의 뒤에서 대기 중인 모니카, 나 몰라라 페슈필을 닦는 로지나, 그리고 말려들지 않으려고 시선을 피하는 다무엘과 곤란한 얼굴로 상황을 지켜보는 브리기테. 아무도 도움이 안 될 것 같다.

"하지만 내일 루츠와 길베르타 상회 사람들이 오니까 오늘 안에 조금이라도 읽고 싶은데……."

페르디난드가 동정할 정도로 길베르타 상회 사람들이 정신없이 바쁘다면 나도 필연적으로 바빠질 것이다. 느긋할 수 있는 건 오늘밖에 없다고 봐야 했다. 시간이 없다며 호소하자 프랑은 마치 페르디난드처럼 사악한 미소를 지었다.

"안심하십시오, 로제마인 님. 굳이 도서실에 가지 않으셔도 읽으셔야 할 책이 있습니다. 도서실 책보다 먼저 그쪽을 읽으시고 성결식까지 외우십시오."

그것은 집무 책상에 산더미처럼 쌓인 목패였다. 놀랍게도 프랑과 시종들이 정리한 의식 순서와 기도문들이었다. 쌓인 목패 개수에 얼굴이 싹 굳어진 사람은 내가 아닌 브리기테였다.

"잠깐만요. 이것들 전부를, 아무리 그래도 너무 많습니다. 어린 로제마인 님에겐……."

이제 막 세례식이 끝난 아이에게 내줄 양이 아니라며 브리기테가 나를 감쌌다. 귀족의 추궁을 받은 프랑은 난처한 듯 인상을 찌푸렸다. 그러면서도 브리기테를 지긋이 바라보며 조용히 말했다.

"로제마인 님은 성결식에 신전장으로서 출석하셔야 합니다. 첫 의식에서 실수하면 앞으로도 쭉 로제마인 님의 평가에 남게 됩니다. 귀족 사회에서 그런 평가를 받으면 어떻게 되는지, 브리기테 님께서 더 잘 이해하시겠지요."

페르디난드의 시종이었던 프랑은 그의 곁에서 귀족 사회의 방식을 익혔다. 페르디난드가 어떻게 주의하며 행동했는지, 타인을 어떤 식으로 평가했는지 잘 알았다.

"……알겠습니다. 제가 주제넘게 참견한 것 같군요."

그렇게 말한 브리기테는 한발 물러섰다. 프랑은 긴장을 풀고 내게 목패를 건넸다.

"여기 있습니다, 로제마인 님."

"이건 제가 썼어요. 로제마인 님을 위해 열심히 했어요."

반짝거리는 눈빛으로 모니카가 나를 내려다보았다. 주인을 생각하는 마음과 천진난만하게 응원하는 미소에 누가 이기랴. 그리고 모니카의 뒤에서 싱긋 웃는 프랑에게서 빠져나갈 수 있을 것 같지가 않다.

역시 페르디난드에게 교육받은 시종이다.

'프랑도 참 신관장님의 영향을 너무 받았어!'

"우우, 외울게요. 두 사람의 노력에 보답하기 위해 저도 정신 차리고 노력할게요."

"로제마인 님을 위해 정리한 노력이 물거품이 되지 않아서 다행이네요, 프랑."

"로제마인 님께서 모니카의 노력을 헛되게 하실 리가 없습니다. 자, 우선 여기에 있는 의식 순서부터 외우십시오."

나는 도서실을 포기하고, 울며 겨자 먹기 식으로 목패를 손에 집었다.

'흥, 기뻐서 우는 거야. 주인을 생각하는 시종들의 마음이 너무 기뻐서. 하아, 도서실……'

이렇게 성결식 흐름과 신전장의 업무에 관해 얘기를 나누면서 오늘 하루가 끝났다.

오늘은 인쇄업에 관한 업무 진행을 확인하려고 페르디난드도 함께 길베르타 상회의 사람들과 만나겠다고 했다. 문관이 수정하기 전의 보고가 듣고 싶다고 했다. 그렇게 전하자 길은 아침을 먹은 뒤, "신관장님도 동석하신다는 소식을 전하고 오겠습니다."라고 말하며 바로 방을 뛰쳐나갔다. 문관과 함께 하는 고된 시찰을 경험하면서 벤노와 루츠에게 강한 동료 의식을 가지게 된 듯하다.

길은 내가 신전을 비운 사이 글도 제법 늘었고, 보고 방법도 제법 그럴싸해졌다. 상인과 문관 사이에 끼여 얼마나 필사적으로 노력했는지가 결과에 여실히 드러났다. 내가 평소처럼 길의 머리를 쓰다듬으며 칭찬하자, "시종에게 그런 태도는⋯⋯." 하고 굉장히 말을 꺼내기 곤란해 하며 브리기테가 주의를 줬다.

'역시 상급 귀족의 딸이 시종의 머리를 쓰다듬어서는 안 되나 봐.'

길베르타 상회의 사람들이 세 점 종에 맞춰 방문하면 점심도 함께 먹을 예정이었다. 엘라와 니콜라는 아침 준비를 끝낸 뒤, 고아원 원장실의 주방에서 점심 준비를 하러 이동했고, 프랑도 시중과 안내를 모니카에게 맡기고 고아원 원장실에서 차를 준비한다. 귀족의 식사에는 음악이 필수라서 로지나도 아침식사 후엔 페슈필을 안고 고아원 원장실로 갔다. 나는 신전장실에 남아서 어제의 암기를 이어서 했다.

"로제마인, 슬슬 가자."

아르노가 아닌 잠이라는 시종을 거느린 페르디난드가 방에 왔다. 이동할 준비를 이미 끝마쳤던 나는 모니카와 함께 방을 나왔다.

"로제마인, 오랜만에 평민촌 사람과 재회해서 흥분될지도 모르나, 내 얘기가 끝날 때까지는 얌전히 있거라. ⋯⋯대신, 그 방에 들어간 뒤에는 눈감아 줄 테니 충분히 마음의 평온을 얻고 와라."

페르디난드가 걸으면서 나직이 말했다. 아마 자신이 꼬~옥에서 벗어나기 위해 루츠를 희생물로 삼을 속셈이겠지만, 나 역시 바라던 바였다.

"넷!"

복도를 걸어 고아원 원장실에 도착하자 모니카가 문을 열어 주었다. 오랜만에 들어온 내 방이 너무나도 반가웠다. 익숙한 가구들이 배치된 방에서 안정감을 느꼈다.

"이곳은 여전해서 안심되네요."

약속 시각이 될 때까지 나는 2층 테이블에서 페르디난드와 성결식에 관해 논의했다. 오전에는 평민촌에서, 오후부터는 귀족가에서 성결식을 치러야 하기 때문에 바쁘다고 한다. 그리고 성결식 당일 고아들의 처우에 관한 상담도 했다. 고집스럽게 협상한 끝에 루츠에게 여유가 있고, 빌마를 책임자로 둔다면 작년처럼 놀아도 상관없다고 페르디난드가 허락해 주었다.

세 점 종이 울렸다. 거의 정확한 시간에 평민촌 문에서 대기하던 길이 길베르타 상회의 사람들을 데리고 왔다. 벤노와 마르크, 그리고 루츠도 함께였다.

루츠는 잠시 안 본 사이에 키가 조금 자란 것 같았다. 얼굴도 어른스러워진 듯하다. 길의 성장에도 놀랐지만, 루츠도 한층 성장한 모습이었다. 오랜만에 보는 루츠에게 폴짝 안기고 싶은 충동을 억누르며 나는 손을 흔들려고 살짝 팔을 들려 했다. 그러나 내 손이 움찔거린 순간 "로제마인." 하고 페르디난드가 저음으로 이름을 부르며 노려보았다.

'미안합니다, 얌전히 있을게요.'

"그럼, 벤노. 시찰에서 본 것과 느낀 것을 솔직하게 말하라. 난 문관 외의 보고를 듣고 싶구나."

"알겠습니다."

벤노의 이야기로 처음 알게 된 사실인데, 신전이 있는 곳은 에렌페스트 영지뿐이었다. "그렇게 많은 청색 신관이 여기저기 있을 리가 없지 않은가."라는 게 페르디난드의 말이다. 그렇게 당연하다는 얼굴로 말했지만, 신을 모시는 곳인 신전이라면 우라노 시절의 교회나 절처럼 어느 마을에나 하나쯤은 있을 줄 알았다.

하지만 영지에 큰 신전이 하나 있고, 그 외에는 마을에서 각자가 믿는 신을 사당이나 제단을 만들어서 모신다고 한다. 평민촌의 상점에는 장사의 신이나 물의 여신을 모시고, 대장간에는 불의 신이나 대장간의 신을 모신다. 마을문에는 여행객의 수호신이나 바람의 여신을 모신다고 한다. 농촌에는 겨울을 나는 마을에 작은 예배당 같은 곳이 있는데, 그곳에 신전처럼 모든 신을 모시는 대신 작은 사당은 딱히 없다고 한다.

그런 가운데 마을 고아원은 촌장이나 마을의 유력자들에 의해 운영되었다. 몇 대도 더 전의 영주가 치안 유지를 위해 촌장 집의 별채에 고아원을 세워 놓고, 고아를 발견하는 즉시 수용하도록 했다고 한다. 그렇게 촌장은 고아들에게 식사를 주는 대신 고아들을 노예처럼 부려먹을 권리를 얻었다. 청색 신관이 촌장이나 마을의 유력자로 바뀌었을 뿐, 상황은 신전의 회색 신관이나 무녀와 마찬가지라고 생각했다.

"핫세 고아원은 상태가 심각했습니다."

벤노의 발언 뒤에 길이 일어서서 공방이 세워지기 전의 신전 고아원과 비교하면서 그 참상을 보고하기 시작했다. 다른 마을 고아원은 신전의 병설 시설이 아니다. 그래서 신의 은총도 없을뿐더러 귀족이 아닌 촌장도 운영 예산이 적어 곤란해하고 있었다. 모두가 더럽고 비위생적인 환경에서 살고는 있지만, 신전 지하층의 아이들처럼 완전히 버림받은 모습은 발견되지 않았다고 했다.

"아이들이 고아원에 갇혀 지내지는 않고, 숲에서 채집하면서 연명하고 있었습니다. 여름부터 가을에 걸쳐 공방 설립이 궤도에 오르면 조금은 생활이 나아질 거라고 생각합니다."

길이 보고를 끝냈다. 그 시건방지고 말투가 험했던 길이 이렇게 훌륭해지다니…… 하고, 자식의 공개수업을 보며 감동에 몸을 떠는 부모처럼 나는 길을 바라보며 웃는 얼굴로 끄덕였다. 길은 헤헷, 하고 끝까지 해낸 만족감에 찬 미소로 내게 고개를 끄덕여 주었다.

길이 자리에 앉자, 이번에는 루츠가 일어나 보고를 시작했다.

"신전 고아원과 달리 신의 은총이 없는 만큼 생활을 향상하려면 예산이 커집니다. 그리고 가장 어려운 점은 농촌 고아원은 신전처럼 모두가 평등해야 한다는 사고방식이 없다는 겁니다. 그래서 이곳 고아원만큼 평화롭게 생활이 향상되리라 생각하기 어렵습니다."

가정 내에서도 약육강식이 당연했던 루츠의 눈에는 이 신전 고아원의 철저한 평등 구조가 신기하기 짝이 없다고 했다. 그 평등한 사고방식 덕분에 모든 일이 평화롭게 진행되었지만, 그 방식이 다른 고아원에 꼭 적합하지는 않을 것이라 한다.

"그리고 그곳 고아원장은 이곳 청색 신관 같았습니다. 결국은 그가 고아들이 올린 이익을 계속해서 가로챌 거라 생각합니다."

"……그럼 공방을 세우기 전에 고아원까지 전부 제 명의로 세우고, 처음부터 이쪽 방식을 주입하는 쪽이 좋을지도 모르겠네요."

약육강식 세계에서 살아온 자들은 본능적으로 강한 자를 따른다. 권력을 써서라도 애초부터 토대를 세워 놓고 시작하는 편이 편할지도 모른다. 내게는 옆에서 훼방을 놓는 마을 유력자 따위 인쇄업의 방해물에 불과했다. 즉, 책 제작의 적이다. 권력을 써서 제거해도 크게 망설일 게 없다.

"로제마인 공방으로 세울 거라면 초기 투자에 필요한 어느 정도의 금액은 제가 내도 상관없어요. 그런데 영지 사업으로 처리할 거라면 영지 예산에서도 투자금이 나오지 않나요?"

"그야 당연하지."

당연한 얼굴로 그렇게 말한 페르디난드와는 반대로 벤노는 고개를 저었다.

"……하지만 영지 사업으로 진행하기는 어려울지도 모릅니다."

"그건 어째서인가?"

"문관들이 인쇄업을 망칠 속셈이 있다고 여겨지기 때문입니다."

벤노의 눈이 날카로운 빛을 발했다. 옆에서 마르크도 조용히 고개를 끄덕였다.

"문관들에게 어떤 식으로 보고받고, 어떻게 일하라고 지시하셨는지 모르겠지만, 정말 끔찍이도 하기 싫은 일을 억지로 하는 듯이 보였습니다."

루츠와 길도 벤노의 말에 고개를 크게 끄덕였다. 동행했던 문관 때문에 굉장히 불쾌한 경험을 한 듯하다.

"솔직한 의견을 말하라고 하시니 의견을 드립니다만, 그 사람들이 정말 영주님의 주도하에 일으키려는 새로운 사업 담당자가 맞는지 의심스럽습니다. 당사자의 의식이 낮은 것뿐인지, 아니면 영주님의 의사가 통하지 않은 건지, 고의로 사업에 실패하고 싶은 건지, 일개 상인에 불과한 저로서는 판단하기 어렵습니다. 하지만 그 문관이 담당자가 된다면 반드시 계획이 틀어질 겁니다."

마인 공방 고아원 지점을 세울 때도 벤노는 '또 귀찮은 일을 벌인다'라며 밑물 작업이나 진행 방법에도 주의를 줬지만, 안 된다고 말하지는 않았다. 이번에는 돈 냄새와 손익에 민감한 상인인 벤노가 망친다고 할 정도로 상태가 심각한 모양이다. 인쇄업이 중단될 가능성에

대한 발언에 히익, 하고 숨을 삼킨 나와 달리 페르디난드는 입꼬리를 올리며 씨익 웃었다.

'아아, 저 사악한 검은 웃음. 분명 머릿속이 온통 이상한 계략으로 꽉 찼을 거야.'

시찰을 간 문관은 희생물이 될 게 뻔하다. 인쇄업이 중단되면 곤란한 나는 속으로 페르디난드를 응원하면서 지켜볼 뿐이다.

"흠. 그대들의 의견은 참고하겠다. 일부러 여기까지 부른 보람이 있구나. 그리고 곧 성결식이 다가오는데, 식당 건은 어떻게 되고 있는가?"

영주, 영주의 이복동생, 영주의 양녀, 기사단장이라는 쟁쟁한 멤버들이 모이는 식사 모임이다. 질베스타의 기대치를 떠올리면 머리가 지끈거렸다. 하지만 벤노는 여유로운 미소를 지었다.

"순조롭습니다. 식당 자체는 이미 완성했고, 요리사의 실력도 늘었으니 그렇게 큰 문제 없이 열 수 있을 겁니다."

"그렇군. 다른 문제는?"

"……신관장님께 보고를 드릴 사항은 이것이 전부입니다. 이탈리안 레스토랑에 관해서는 로제마인 님께 질문을 드리고 싶은 점이 몇 가지 있습니다."

이쪽을 힐끗 쳐다보는 벤노의 시선이 나를 날카롭게 찌른다.

"그럼 보고 정리와 초기 비용 계산 등은 로제마인의 도움을 받도록 하라. 하나의 사업을 일으키기가 얼마나 힘든지 알아 두는 것도 영주의 양녀로서 필요한 경험이다."

'윗사람이 시키는 일을 해야 하는 아랫사람의 고생을 뼈저리게 느끼고, 양아버지처럼 터무니없는 소리는 하지 말라는 뜻이죠? 알아요.

아는데, 저는 책을 가지기 위해서는 자중 따위 없답니다.'

"로제마인, 이제 저 비밀의 방을 써도 좋다. 호위는 다무엘이 맡아라. 브리기테는 이곳에서 대기하고, 먼저 점심을 먹거라."

"네!"

페르디난드의 지시에 모니카는 브리기테의 점심 준비를 시작했고, 프랑은 퇴실하려는 페르디난드와 잠을 배웅하러 갔다.

페르디난드가 1층으로 내려가는 것을 배웅한 뒤, 나는 비밀의 방문을 잡고 가볍게 마력을 흘려 보냈다. 반지에서 마력이 흐르고, 인증이 끝나면 비밀의 방이 열린다. 페르디난드의 방에 있는 공방과 달리 이곳은 마력이 없는 자도 들어올 수 있게 설정해서 내가 허락한 자라면 누구도 들어올 수 있다.

"길베르타 상회 분들은 이쪽으로 들어오시겠어요? 신관장님이 말씀하셨듯이 호위 기사는 다무엘, 시종은 길. 모니카는 브리기테의 식사 시중을 부탁합니다. 용무가 있으면 문에 있는 마석을 눌러 주세요."

모니카에게 그렇게 지시한 나는 모두가 비밀의 방에 들어간 것을 확인하고 천천히 문을 닫았다.

비밀의 방은 그렇게 넓지 않다. 테이블과 의자가 놓인 응접실 같은 4평 정도의 방이다. 평수는 마력의 양에 따라 바꿀 수 있지만, 시종에게도 비밀로 하고 싶은 얘기를 하기 위한 방이므로 그렇게 넓을 필요가 없다.

비밀의 방문을 탁 닫은 나는 "하아." 하고 숨을 내쉬었다. 참는 건 끝. 나는 몸을 빙글 돌려 루츠에게 달려가 안겼다.

"우아아앙, 루츠, 보고 싶었어~!"

"우왓!?"

루츠의 가슴에 머리를 부비부비 누르면서 쌓이고 쌓인 울분을 풀려는 듯 꼬~옥 매달렸다.

"이제 귀족 놀이 따위 싫어! 맨날 예의범절 연습에 공부만 해서 우울하고 너무 피곤해. 쓰러지면 약을 먹이는데, 억지로 회복시키면 나중에 머리가 어지러워. 주변엔 음흉한 사람들이 많아. 힐링도 없고, 가족도 루츠도 없고, 아버님도 어머님도 이렇게 꼬~옥 해 주지 않고…… 그리고, 그리고."

내가 루츠에게 꼭 안긴 채 귀족가의 불만스러웠던 생활을 술술 털어놓자, 루츠는 어떻게 해야 좋을지 모르는 표정으로 자신의 이마를 눌렀다.

"……아~, 마인?"

"루츠, 거긴 틀리면 안 돼. 제대로 로제마인이라고 불러야지."

오랜만에 불린 '마인'이란 이름에 눈가가 뜨거워지는 걸 느끼며 나는 천천히 고개를 저었다.

"있지, 루츠. 가족들 대신 꼬~옥 해 줘. 한참 부족해."

내 요구에 루츠는 익숙한 동작으로 꼬~옥 안아 주었다. 나는 만족스러운 미소를 지었지만, 주변에 있는 사람들은 얼굴을 잔뜩 찌푸렸다. 하지만 멈출까 보냐. 난 아직 부족하다. 루츠에게 꼬~옥을 받으며 벤노를 올려다보았다.

"벤노 씨, 벤노 씨, 부탁이 있어요."

"……뭐냐?"

어이없는 표정에서 살짝 경계의 빛을 띤 벤노가 나를 내려다보았다.

"잠깐이라도 좋으니까, 절 혼내 주세요."

"하아!?"

벤노의 목소리가 삑사리를 내고, 귀족용 표정이 싹 사라졌다. 그 모습이 왠지 모르게 기뻤다.

"귀족의 저택에 가니까 신분이 달라서인지, 아무도 절 혼내 주지 않아요. 뭘 해도 칭찬해서 속이 뒤집힐 것 같아요. 그렇게 칭찬받을 만한 일을 한 적이 없는데요!"

예의범절 선생도 공부 선생도 기분 나쁠 정도로 나를 치켜세웠다. 그리고 칼스테드나 엘비라도 기본적으로 혼내지 않았다. 뭔가 실수라도 하면 웃는 얼굴로 버림받을 것 같아 솔직히 무서웠다. 내가 그렇게 호소하자 고개를 푹 숙이고 몸을 부들부들 떨던 벤노가 머리를 홱 쳐들고 특대 호통을 쳤다.

"긴장 풀지 마, 이 멍청아! 그렇지 않아도 멍청하고 얼빠져서 정신 산만한데 그러다 약점 잡힌다!"

"그거예요! 그거! 그런 호통을 듣고 싶었어요! 아아, 마음이 편해진 다아~"

벤노의 호통마저 반가워서 기쁘다니, 나도 꽤 참았던 모양이다. 하아, 하고 만족스러운 숨을 내쉬자, 반대로 지친 한숨을 내쉬며 어깨의 힘을 축 뺀 루츠가 내게 채중을 조금 실었다.

"야, 넌 어떻게 귀족님이 되어서도 속이 그대로냐······."

"무슨 말이야? 루츠. 인간의 속은 그렇게 쉽게 변하지 않아."

그렇게 쉽게 바뀌는 사람이 신기하다. 단기간에 양의 탈을 쓰는 기술은 능숙해졌고, 행동거지도 세련되어졌다고 생각하지만, 속은 크게

달라지지 않았다. 그러자 내 말에 벤노가 루츠에게 체념 섞인 목소리로 말했다.

"내가 뭐라 했냐, 평민에서 상급 귀족의 딸이 됐다고 해서 이 녀석의 본질이 그렇게 쉽게 변하지 않는다고 했잖냐."

루츠가 분한 듯이 어금니를 꽉 깨물며 "크으으으……." 하고 나를 째려보았다.

"젠장……. 마인과는 이제 두 번 다시 못 만난다고 생각한 내 눈물을 물어내!"

"알았어. 2배로 꼬~옥 해서 갚을게."

매우 좋은 아이디어였는데, 루츠에게 거부당해 버렸다. 이상하다.

여하튼 루츠로 보충은 된 것 같아 만족, 대만족이다.

"만족했으면 이제 얘기해도 되겠냐? 이탈리안 레스토랑에서 판매할 폭신폭신한 빵 말이다만……."

장사꾼의 얼굴로 돌아온 벤노의 눈빛이 날카롭게 빛났다.

폭신폭신한 빵 만들기

"폭신폭신한 빵이라면 천연 효모를 만드는 방법을 알고 싶다는 말인가요?"

"아아, 그래."

나는 음~, 하고 입술을 쭉 내밀며 고민에 잠겼다. 폭신폭신한 빵은 다른 식당이 빼돌리지 못하게…… 가령 레시피를 완벽하게 가르친 요리사를 다른 식당에 뺏겨도 우리가 우위에 설 수 있게 만든 비장의 카드였다. 예상했던 라이벌은 길드장이나 일제였지만, 그들은 이미 공동 투자자가 되었고, 푸고와 일제 사이에서는 레시피 교환이 이뤄지고 있다. 솔직히 지금 상태라면 딱히 식당에 폭신폭신한 빵을 낼 필요가 없다.

"양아버님은 아마 독특한 식당을 기대하고 계실 테니 제가 동행하는 식사 모임에는 미리 천연 효모를 드릴게요. 그러면 푸고와 토드도 쓰는 방법을 아니까 폭신폭신한 빵을 만들 수 있거든요. 하지만 제조법 외에 관해서는 비밀이에요. 당분간은 폭신폭신한 빵 없이 운영해주세요."

"뭐어!?"

길드장의 집에서 먹었던 일제의 빵도, 칼스테드의 집에서 먹었던 빵도 딱딱했다. 이탈리안 레스토랑은 '귀족이 먹는 요리를 내는 가게'라는 콘셉트로 운영하기 때문에 굳이 폭신폭신한 빵을 낼 필요는 없다.

"왜지? 폭신폭신한 빵을 팔려던 게 아니었어?"

벤노의 눈이 휘둥그레지고, 마르크와 루츠도 놀란 표정을 지었다. 어쩌면 폭신폭신한 빵을 매우 마음에 들어 한 벤노 자신도 레시피가 궁금했는지도 모른다.

"천연 효모는 이탈리안 레스토랑을 다른 사람이 흉내 내지 못하게 하는 데 필요했어요. 하지만 길드장을 우리 편으로 만든 지금은 다른 사람이 흉내를 내고 싶다 한들, 대체 어떤 상인이 길드장과 벤노 씨 팀에 정면으로 도전장을 내밀까요? 이미 무적이잖아요."

"……윽, 하긴 뭐, 그렇지."

귀족과 거래하는 큰 상점은 그 외에도 있지만, 길드장과 벤노 팀을 적으로 돌려 봤자 승산이 없을 테고, 부호를 타겟으로 삼은 이탈리안 레스토랑을 베껴서 식당을 세워 봤자 같이 망할 뿐이다.

벤노가 고생했듯이 재료 조달과 요리사, 접객원을 갖춘 수고와 비용을 고려하면 어차피 손을 떼는 쪽은 평범한 상인이다. 벤노는 일제와 길드장에게 대항하려고 이 사업을 벌였지만, 라이벌 의식으로 새로운 사업에 발을 들이는 바보 같은 짓은 보통 하지 않는다.

"그리고 폭신폭신한 빵은 이탈리안 레스토랑보다 오히려 제게 필요한 거예요."

"너한테? 이미 평소에도 먹고 있지 않냐?"

"……영주의 양녀가 된 이상, 저도 유행의 선구자가 되어야 한대요."

아랫사람의 유행을 좇는 건 아름답지 않다. 그건 엘비라 혼자만의 지론이 아니라 상급 귀족 여성에게는 필수적인 일이다. 새로운 유행을 스스로 찾고 퍼트림으로써 수요가 생긴다. 그렇게 영지 내의 경제를 활성화하는 일도 귀족의 역할이라고 한다.

다시 말해서 나도 영주의 양녀로서 앞으로 귀족이 모두 지갑을 열고 싶게 만드는 유행을 만들어야 한다.

"그런 귀족의 복잡한 사정이 있어서요. 폭신폭신한 빵은 제 입지를 다지기 위해서 영주의 성과 상급 귀족 사이에 퍼트리고 싶은 거예요. 어머님 쪽 파벌에서 유행되면 그땐 이탈리안 레스토랑에 레시피를 공개해도 괜찮다고 생각하고 있어요. 길드장과 협력해서 운영한다면 딱히 천연 효모 같은 비장의 카드는 필요 없잖아요?"

"비장의 카드는 몇 개라도 있는 편이 좋지 않냐? 역시 귀족도 나름 피곤하군."

벤노는 불만스럽게 말하며 나를 바라보았지만, 일단은 이해해 주었다.

"제가 필요하다고 느낀 물건은 앞으로도 대부분 길베르타 상회를 통해서 만들어 팔 테니까 폭신폭신한 빵을 처음부터 식당 메뉴로 내는 건 포기해 주세요."

"알겠다. 뭐 세상만사에는 순서라는 게 있으니까."

유행은 위에서부터 아래로 퍼트리는 편이 순조롭다. 그것이 고급스러운 물건이면 더하다. 평소에도 직접 만들어서 쓰느라 깜빡깜빡하지만, 린샴도 식물지도 머리 장식도 그림책도 누구나 손에 넣을 정도로 저렴한 상품이 아니다. 구매층은 돈이 있는 사람 한정이다. 그리고 윗사람이 아랫사람의 유행을 좇지 않는다면 더욱 위에서부터 퍼뜨려야 한다.

"어쨌든 이탈리안 레스토랑의 '귀족도 이용하는 식당'이라는 선전 문구는 제가 확실히 지킬 테니까 그걸로 참아 주세요."

"지키다니, 뭘 할 생각이냐?"

벤노의 표정이 굳어졌다.

'왠지 나, 엄청 신용이 없나 봐. ……알고 있었지만.'

"큰 상점 주인들을 모아서 시식회를 치를 때 제가 공동 투자자로 인사할게요. 새 신전장의 보증을 받은 식당으로 영업을 시작하면 평가가 높아지겠죠?"

"……알맹이는 그렇다 치고, 지위가 신전장에 영주의 양녀면 손님들이 기겁할 텐데."

"인사만 하고 빠질게요. 손님들이 맛을 못 느끼게 되면 가엾잖아요."

슬쩍 얼굴만 내밀고, "많은 후원 바랍니다." 하고 애교만 떨어도 충분히 효과가 있을 것이다. 그리고 영주나 귀족과 관계를 맺고 싶은 큰 상점의 주인들이 벤노에게 접근해 준다면 인쇄업을 보급하는 데에도 그들의 협력을 얻기 쉬울 터이다.

"어찌 됐든 이탈리안 레스토랑 일은 되도록 길드장에게 맡기면 벤노 씨는 그렇게 고생하지 않아도 되지 않나요?"

"공동 투자자는 길드장이 아니고 그 손녀딸인데?"

벤노는 공동 투자자 중에서 유일한 성인인 자신이 고군분투해야 한다고 주장했다. 하지만 나는 프리다에게 전부 떠맡겨도 괜찮다는 생각이 들었다.

"프리다가 공동 투자자라면 믿음직스럽네요. 아마 무슨 일이 있어도 이익을 내 줄 거고, 프리다만으로 벅찰 땐 그쪽 가족이 적극적으로 협력해 줄 테니까요. 그러니 벤노 씨는 조금은 손을 떼도 돼요."

이러니저러니 해도 프리다는 가족들에게 사랑받고 있다. 게다가 이익에 민감하고, 조금 극성맞은 집안이니까 전력을 다해 이탈리안 레스토랑 운영에 협력해 주리라.

"손을 뗐다간 **뺏긴다**?"

"네? 어차피 1년도 안 가서 인쇄업이 엄청 바빠질 거라서 결국 이탈리안 레스토랑에는 신경을 쓸 겨를이 없을 텐데요? 공동 투자자로서 이름을 남겼으니까 그만한 이익만 얻을 수 있으면 충분하다니까요."

이해를 못 하겠다는 표정을 짓는 벤노와 마르크와 루츠의 얼굴을 차례로 바라보았다.

"벤노 씨, 조금 전에 문관이 정말 의욕이 있는지 없는지 모르겠다고 하셨죠? 그런데 사실 문관의 의욕 따위 지금은 전혀 관계없어요."

"계획이 중단될 수 있을 만큼 의욕이 없는데도 말이냐?"

의아해하는 벤노를 바라보며 나는 힘 있게 고개를 끄덕였다.

"왜냐면 바로 얼마 전에 제 세례식에서 양아버님이 선언해 버리셨거든요. 20년에 걸쳐 영지에 확산하겠다고. 그리고 신관장님의 사악한 표정을 보건대, 태도가 불량한 문관은 바로 없어질 거예요. 오히려 계획이 앞당겨질 걱정을 하는 편이 더 좋아요."

그 페르디난드의 얼굴을 보면 안다. 분명 뭔가 술수나 덫을 꾸미는 얼굴이었다. 그 함정이 의욕 없는 문관을 향한 것이면 좋겠지만 '길베르타 상회는 정말 쓸 만한가'라는 시련이었을 경우엔 정신을 바짝 차려야 한다.

"……너무 무책임한 말은 마라."

"무책임한 말이라니요. 경험을 토대로 낸 확신이에요."

당당하게 단언하는 나를 보며 아직도 의심스러운 표정인 벤노의 뒤에서 마르크가 양손을 가슴 앞에서 교차했다.

"귀중한 조언 감사드립니다. 기억해 두겠습니다."

"마르크……."

"주인님, 현실이 아무리 바쁘다 해도 외면하시면 안 됩니다. 충고대로 어떤 실현 불가능한 지시가 떨어져도 어느 정도 대응할 수 있게 준비하셔야 합니다."

마르크의 말에 벤노와 루츠, 어째서인지 길과 다무엘까지 표정이 굳어졌다.

'제멋대로인 윗사람을 두면 아랫사람이 참 힘들구나.'

"그럼 벤노 씨의 얘기는 이걸로 끝내도 되나요?"

"상관은 없다만……."

"길과 루츠의 얘기가 듣고 싶어요."

나는 몸을 내밀어 길과 루츠를 바라보았다. 나도 다른 마을과 농촌의 겨울 저택에는 가 봤지만 대부분 기수를 타고 이동했고, 마차를 탔을 땐 귀족을 경계하는 주변 분위기에 긴장했었다. 심지어 기도를 올리는 일 외에 한 게 없으니 평범한 여행은 아니었다. 나는 평범한 여행 얘기가 듣고 싶었다. 특히 루츠에게는 그리도 가고 싶어 하던 마을 밖이었다.

"말해 봐, 두 사람 다 다른 마을에 처음 가보고 어땠어? 에렌페스트랑은 뭐가 달랐어? 흔들거리는 마차 때문에 속 울렁거리지 않았니?"

"엄청 흔들렸어! 반나절도 안 걸리는 거리였는데 길은 갈 때나 올 때나 비실거렸어."

"뭐!? 루츠 너야말로 갈 때 축 늘어져 있더니만!?"

즐겁게 눈을 반짝이던 두 사람은 티격태격하며 첫 여행의 감상을 얘기해 주었다. 마을 안을 달리던 때와는 달리 마차가 심하게 흔들렸던 일. 귀족 문관이 한 대 때려 주고 싶을 정도로 짜증 나는 상대였다는 것. 다른 마을의 작은 규모와 적은 인구수에 놀랐던 일. 고아원의 심각성에 1년 전을 떠올린 일. 누더기를 입고 생기 없는 눈을 한 고아들에게 좀 더 정상적인 생활을 하게 해 주자고 둘이서 결심한 일.

"처음으로 멀리 나간 거였지만 마차 멀미에도 지지 않고, 둘 다 노력했구나. 고마워. 길, 밖에선 쓰다듬으면 안 된다니까 여기서 칭찬해 줄게."

내게 달려와 무릎 꿇은 길의 머리를 쓰다듬었더니 길이 기쁜 듯 환하게 웃었다.

"……이제 열심히 해도 칭찬 못 받을 줄 알았어."

"이제 이렇게 쓰다듬으면서 칭찬해 주는 건 여기서만 가능하게 될 거야. 신분이란 게 생각보다 훨씬 귀찮거든."

길을 쓰다듬은 뒤 루츠도 쓰다듬으려고 했더니 "난 됐어." 하고 피했다. 살짝 분하니까 꼬~옥을 해 주었다. 하지만 이렇게 솔직한 의견을 들어 보니 고아원의 인쇄업은 앞으로 상당히 힘들 듯하다.

"벤노 씨, 마르크 씨. 어떻게 하면 그 고아원에서 인쇄업을 할 수 있을 거라 생각하세요?"

"그곳은 정말 인구도 적고, 힘이 센 녀석이 많지 않아서 인고가 만든 인쇄기를 다루기는 힘들 거다. 인쇄를 시킬 게 아니라 종이 제작을 중심으로 시키는 편이 좋지 않겠냐?"

벤노가 턱을 어루만지면서 의견을 말하자 마르크도 쓴웃음을 지었다.

"영주님이 계시는 에렌페스트만 클 뿐이지, 이 주변 영지는 그렇게 크지 않으니까요."

"그럼 종이 제작과 인쇄업으로 나누는 편이 좋을지도 모르겠네요. 가능한 한 주변 마을에서 종이를 만들고, 신전 공방을 인쇄 전용으로 한다든지……. 되도록 빨리 등사기를 완성해서 힘이 없어도 인쇄할 수 있게 한다든지……."

내가 손가락을 접어가며 대강 머릿속에 떠오른 생각을 하나둘씩 늘어놓자, 벤노가 머리를 벅벅 긁적이며 어이없는 눈으로 나를 내려다보았다.

"로제마인, 너 그런 개발을 하고 있을 여유가 있냐?"

"물론 지금은 여유가 전혀 없어요. 그래서 그 마을 권력자와 복잡하게 왕래하면서 해결책을 찾는 것보다 모처럼 가진 권력을 마~음껏 휘둘러서 고아원 겸 공방을 새로 만드는 편이 번거롭지 않을 거라고 생각했어요."

내친김에 신의 가르침을 넓힌다는 명목으로 아담한 예배실을 붙여 두면 내가 상황을 보러 갈 변명거리가 생긴다.

"어이, 인마! 갑자기 권력을 남용한다고!? 너 싸움은 싫다고 했잖아!"

"싸움은 싫지만 이 경우는 싸움이 일어나지 않아요. 신분 차를 생각하면 반드시 제 요구가 통할 거 아녜요? 책 제작의 훼방꾼을 처리할 수단이 있으면 써야죠……."

솔직한 말로 직함이 너무 많고, 거기에 따른 책임과 업무와 새로 익혀야 할 일이 너무 많아서 나도 머리가 터질 지경이다. 다른 작은 마을의 유력자와 느긋하게 속내를 떠보며 해결책을 찾을 여유 따위 없다.

'권력으로 처리된다면 얼른 해결해 버리면 그만이잖아.'

"누구냐, 네게 그렇게 권력을 쥐여 준 녀석이!?"

"영주이신 양아버님이요."

"……젠장, 불평도 못 하겠군."

벤노는 고민에 빠졌지만, 세상만사에는 우선순위가 있다. 우선 책을 만들어 늘리는 것. 이것이 내게 가장 중요한 최우선 과제다. 그러려면 권력도 돈도 쓰는 편이 좋다. 신전장과 영주의 양녀로서 책임을 다하는 건 목표를 달성하기 위한 과정이므로 열심히 할 수는 있지만, 손에 넣은 권력으로 제거할 수 있는 훼방꾼에게 들일 시간과 수고가 아깝다.

"비록 권력을 휘두르겠다고 해도 세례식이 끝난 지 얼마 안 된 제 마음대로는 되지 않겠죠. 하지만 양아버님은 저보다 훨씬 성미가 급한 사람입니다."

짐작 가는 바가 있는지 벤노가 "아아~" 하고 절망 섞인 목소리를 냈다. 동시에 마르크가 살짝 이마를 눌렀다. 역시 질베스타의 폭주로 길베르타 상회가 골머리를 앓고 있는 듯하다.

이번 식사 모임에서 질베스타에게 대체 어떤 무리한 요구를 듣게 될지 딱딱하게 굳은 표정으로 대화하기 시작한 둘을 바라보자, 루츠가 작게 접은 식물지를 꺼냈다. 그리고 주위를 힐끗 둘러보더니 목소리를 낮추면서 몰래 건네주었다.

"여길 나가기 전에 주는 편이 좋겠어. ……편지야."

이 식물지는 내가 마인일 때 번 돈으로 사 놓고, 부담 없이 편지를 쓰라고 루츠를 통해 가족에게 보낸 종이다. 마인이 죽게 된 후부터 귀족가에 가기 전까지 페르디난드와 상담하여 벤노에게 편지로 의뢰했다.

페르디난드의 말로는 마인은 귀족에게 살해당했다는 설정이라 빈데발트 백작에게 몰수한 돈 일부가 위로금으로 나왔다고 한다. 하지만 우리 가족들은 딸을 돈으로 판 것 같아서 싫다며 돈을 거부했다고 한다. 왠지 그 모습이 눈에 선하다.

결국, 위로금도 유산도 이쪽에서 관리하면서 내 마음대로 쓰기로 했다. 그래도 적어도 편지를 받고 싶은 마음에 내 이름으로 종이와 잉크를 가족에게 보냈다. 그러면 가족들도 어쩔 수 없이 편지를 쓰게 될 테니까. 나도 덜 외로울 테고.

'우후훗. 난 참 머리가 좋아.'

"이건 죽은 마인에게 보내는 편지니까 내용엔 '로제마인 님에게'라고는 안 쓰여 있어."

가족에게 받은 첫 편지에 긴장하면서 종이를 펼쳤다. 지면 위에서 춤추는 투리의 서툰 글씨가 보였다. 아직 익숙하지 않은 데다 처음 잉크로 쓴 글자라 군데군데 번진 곳이 있다. 방향이 이상하거나 비뚤비뚤한 글씨체 때문에 '마인, 난 잘 있어'밖에 못 읽겠다.

"음, 이건…… 뭐라고 쓴 거지?"

"아아, 거기는 코린나 님 밑에서 재봉 공부를 시작했다고 쓰고 싶었을 거야. 이 부분은 아저씨네. 카밀이 목을 들었대. 이 부분은 아줌마일 거야. 쓰러지진 않았는지 엄청 걱정하고 있어."

아빠는 직장에서 글을 쓰고, 나도 문에서 아빠 글씨를 본 적이 있어서 조금 버릇이 있어도 문제없이 읽었다. 하지만 엄마는 걸음마 수준이라 투리보다도 읽기 어려웠다. 그런 세 사람이 제각기 쓰고 싶은 대로 쓴 글씨라 힘들게 편지를 받아 놓고도 해독할 수가 없다.

"……루츠, 다음부터는 한 사람당 한 장씩 써 달라고 해 줘. 글자가 겹쳐서 못 읽겠어."

"일단 말은 했는데."

비싸서 아깝다는 말을 들었다고 한다. 그렇게 말하는 모습이 눈앞에 아른거린다. 비싸서 가족들이 스스로 편지를 보내주지 않을 걸 알고 마인의 유산으로 식물지와 잉크를 산 것이다. 그러니 내가 읽을 수 있게 써 주길 바랐다.

"못 읽겠으니까 한 사람당 한 장씩 쓰라고 했다고 전해 두긴 할게."

"고마워, 루츠. 나중에 나도 서둘러서 답장 쓸 테니까 전해 줄래?"

"알았어."

이 방에도 필기도구를 가져다 놔야겠다. 상담용 책상과 의자밖에 없는 방을 둘러보면서 생각했다. 그때 마르크가 자신의 짐 속에서 필기구 세트를 꺼내 테이블 위에 올려놓았다.

"빌려드리겠습니다. 이곳에서 쓰시는 편이 좋겠지요."

"역시 마르크 씨네요. 딱 간지러운 곳을 긁어 주는 그 행동력. 너무 훌륭해요."

마르크가 빌려준 필기도구로 나는 바로 답장을 썼다. 바쁘지만, 난 건강하다고.

비밀의 방에서만 할 수 있는 얘기가 끝나고, 방에서 나와 점심을 먹게 되었다. 이미 식사를 마친 브리기테는 호위를 교대했고, 다무엘은 우리와 함께 먹었다.

"브리기테, 점심은 어땠어요? 입에 맞았나요?"

식사 준비가 이뤄지는 동안 나는 브리기테에게 물었다. 브리기테는 평범한 귀족이다. 이탈리안 레스토랑의 개점을 눈앞에 두고 있어서 조금이라도 많은 귀족의 감상을 듣고 싶었다.

"네, 아주 맛있게 먹었습니다. 로제마인 님의 요리사가 실력이 뛰어나네요. 앞으로도 기대됩니다."

야무진 표정은 거의 변화가 없었지만, 자수정색 눈매는 살짝 부드럽게 가늘어졌다. 그렇게까지 말해 준다면 제법 마음에 들었음이 틀림없다.

내가 안도의 한숨을 쉬자, 시야 끝에 주황색에 가까운 빨간 양갈래 머리가 눈에 들어왔다.

"로제마인 님, 이 중 절반은 제가 만든 거예요."

니콜라가 자랑스럽게 생글생글 웃으며 접시를 가져왔다. 귀족가에 가기 전에는 "로제마인 님께 낼 자신이 없습니다." 라고 말하던 니콜라였는데, 내가 없는 동안 자신감을 가질 만큼 실력을 쌓은 듯하다. 그녀의 요리가 기대된다.

"로제마인 님, 새로운 레시피가 있으신가요? 더 다양하게 만들어 보고 싶어요."

맛있는 것을 무척 좋아하고, 내 시종이 되어 가장 기쁜 것이 식사이며, 맛있는 밥을 위해 노력하겠습니다, 하고 결의를 표명했던 니콜라를 떠올리며 나는 키득거렸다.

"오늘 밤이라도 레시피를 줄게요. 엘라와 함께 연습하세요."

우선은 극비로 취급하여 엘라와 니콜라에게 천연 효모를 만들 수 있게 하자. 그리고 상급 귀족 여성에게 유행할 법한 과자 레시피도 습득하게 하고 싶다. 마술구 빙실이 있다고 들었으니 지금 이 더운 시기라면 차가운 과자도 괜찮을지도 모르겠다.

'인쇄업이 퍼지면 「로제마인 추천 레시피집」도 만들어 볼까?'

성결식-평민촌 편

나는 성결식까지 신전에서 꼭 틀어박혀 지냈다. 기도문을 외우고, 니콜라에게 천연 효모의 진척 상황을 보고받고, 고아원 원장실에 있는 비밀의 방에서 식사 모임에 낼 메뉴나 영주에게 낼 보고와 예산안에 관해 루츠나 벤노와 의논하고 정리했다.

오늘도 길베르타 상회에서 벤노와 루츠가 찾아왔고, 비밀의 방에서 의논했다.

"성결식 때문에 귀족가에 가니까 그때 양아버님께도 날짜나 시간을 여쭤 볼게요."

"그래, 부탁한다."

식사 모임 전에 해야 할 일은 대략 끝냈다. 벤노의 눈에 살짝 생기가 없지만, 식사 모임까지는 느긋하게 쉴 수 있을 것 같다. "이제 됐나. 어떻게든 해결은 봤군." 하고 안도한 얼굴로 한숨을 푹 쉬는 벤노가 미간을 손가락으로 짚고는 빙글빙글 돌렸다.

"……있지, 루츠는 별 축제 때 어쩔 거야?"

"작년이랑 똑같이 지낼 생각인데? ……고아원에서 점심을 준다면야."

루츠가 먹을 점심을 준비해서 고아원 식당에서 함께 먹는 것 정도는 나도 준비해 줄 수 있다. 하지만 벤노가 과로사할 것같이 바쁜 와중에 고아원을 보러 와도 되는 걸까.

"바쁘지 않아? 괜찮아?"

"지금 꼭 해야 할 일은 끝났고, 축제 날 집에서 쉴 수 있겠냐? 차라리 고아원이 느긋하고 좋아. 밥도 맛있고……."

별 축제는 마을이 하나가 되는 축제다. 신랑신부와 그 가족 외에는 마을문이 열림과 동시에 타우 열매를 주우러 가고, 마구 던진 후에는 광장에서 다 같이 먹을 음식과 저녁 축제 준비로 바쁘다. 결혼하는 사람이 가족 중에 없다고 나 몰라라 집에서 느긋하게 지낼 수는 없는 셈이다. 억지로 집밖에 끌려 나와서 도와야 한다.

"타우 열매는 전부 던지지 말고, 조금 챙겨 둬."

루츠는 씨익 웃으며 "알고 있어." 라고 대답해 주었다. 그런 루츠는 예전과 전혀 변함이 없는데, 내가 보고 싶어 하는 가족들은 코빼기도 얼굴을 보여주지 않는다. 별 축제날에 고아원 아이들을 돌봐 주는 명목으로 와 달라고 부탁했지만, 그날은 예정이 있다며 거절당했다. 고아원에 가끔 들리겠다고 한 투리도 아직 한 번도 오지 않았다.

"……투리, 안 오네."

내가 조그맣게 중얼거리자, 벤노가 코웃음을 쳤다.

"당연하지. 투리는 지금 바빠. 주중엔 다루아 계약을 딴 공방에서 일하고, 휴일엔 코린나의 공방에서 머리 장식 제작을 가르치면서 재봉 공부를 하고 있거든."

"네?"

"코린나가 그러던데, 미친 듯이 기술을 흡수하는 모양이야. ……일류 재봉사가 되는 게 너와의 마지막 약속이라며?"

편지에서 읽을 수 없었던 투리의 노력을 벤노의 입에서 듣고, 눈시울이 뜨거워졌다. 나와 한 약속을 지키기 위해 투리는 필사적으로 노력하고 있다.

"귄터 아저씨도 고생이 많으셔. 통보를 받아 놓고도 다른 영지 귀족을 마을에 들인 사건으로 기사단에서 조사가 들어와서 중요 사항을 전달하지 않았던 동문 병사장이 처벌됐거든."

아빠가 '영주님의 부재 이후로 허가증이 나올 리가 없다' 라는 정보를 각 문에 전달한 사실은 각 문의 병사장들이 증언해 주었다. 또 동문 외에는 똑똑히 그 정보가 문지기에게까지 전달되었다. 그런데도 가장 외부인의 왕래가 잦고 가장 경계해야 마땅한 동문의 병사장이 제일 먼저 통보를 들었음에도 전달을 소홀히 했다.

기사단은 이 점을 중대한 과실이라고 판단한 듯하다. 그리고 딸을 잃고, 마을에 침입한 귀족을 잡기 위해 고군분투한 점을 고려하여 아빠를 병사장의 빈자리를 메우듯 승진시켜 동문 병사장이 되었다고 한다.

"길어진 근무 시간 때문에 바빠서 제대로 가족끼리 밥도 못 먹는다며 울고불고하신대."

"……으아, 상상이 가네."

다들 바빠서 못 오는구나. 일이라면 어쩔 수 없지, 하고 어깨를 축 떨구는 내 머리를 루츠가 톡톡 두드렸다.

"너무 풀 죽지 마. 투리의 별 축제 예정은 너니까."

"응?"

생각지도 못한 루츠의 말에 눈을 동그랗게 뜨자, 루츠가 키득거렸다.

"신랑신부 가족에 섞여서 신전 앞 정원에서 문이 열리기를 기다릴 거래. 신랑신부가 퇴장할 때 넌 예배실 제단에 있을 거잖아?"

루츠는 투리에게 "고아원 아이들이랑 행동하면 신전장의 모습을 못 보잖아." 라는 말을 들었다고 한다. 아주 잠깐, 순간적이나마 나를 보기 위해 가족이 다 함께 문 앞에서 대기할 예정이라고 루츠가 귀띔해 주었다.

"이왕이면 멋진 모습을 보여줘야지?"

"……우, 의식 직전까지 한 번 더 기도문을 외울게."

지금 이 기분은 첫 수업 참관에 긴장한 선생이 된 것 같다. 모처럼 와 주는 가족들에게 좋은 모습을 보여주고 싶다. 하지만 실수할까 봐 불안해져 버렸다.

극심한 피로로 초췌한 얼굴에 성취감을 띤 벤노와 루츠하고 헤어진 뒤 비밀의 방에서 신전장실로 돌아왔다. 루츠가 함께 행동해 주겠다고 했으니까 성결식 당일에 고아원 아이들을 어떻게 지도해야 하는지 빌마와 상담해야 했다.

"이제 고아원에 갈 거예요. 동행 부탁합니다."

"제가 함께 가게 해 주세요, 로제마인 님."

빌마를 만나고 싶어서 어쩔 줄 모르겠다는 얼굴로 모니카가 활짝 웃으며 달려왔다. 나는 시선을 들어 프랑을 보았다.

"프랑은 이곳에서 일하고 있어 주세요. 성결식 때 고아들에 관해 빌마와 얘기하고 올게요."

페르디난드가 파견한 잠과 대화 중이던 프랑은 가볍게 고개를 끄덕였다.

"모니카, 로제마인 님을 잘 부탁합니다. 다녀오십시오."

"다녀오십시오, 로제마인 님."

프랑을 따라 잠도 팔을 교차하고 그 자리에 무릎 꿇고 앉아 배웅해 주는 가운데 나는 모니카와 함께 방을 나섰다. 물론 두 호위 기사도 따라왔다.

최근에 페르디난드가 신전장실에 파견해 준 잠이라는 시종이 프랑과 함께 신전장 업무를 처리해 주고 있다. 잠은 페르디난드의 시종 중에서 주로 전 신전장과 소통을 담당하던 시종이었다. 페르디난드는 항상 아르노를 데리고 다녀서 잠은 그다지 내 기억에 없었다. 하지만 앞으로는 아르노가 아니라 잠이 신전장인 나와 페르디난드의 연락 담당이 되는 듯하다.

전 신전장이 있던 시절에도 아르노가 페르디난드 곁을 따라다니는 것처럼 보였지만, 페르디난드의 시종이 어떤 식으로 업무를 나누는지 자세히는 모른다. 단, 아르노와 대화할 때는 어쩐지 상사를 대하듯 딱딱한 분위기를 풍기던 프랑이 잠에게는 동료처럼 허물없이 대하는 모습을 보니 프랑에게는 좋은 변화였던 모양이다.

"빌마, 로제마인 님께서 오셨습니다."

고아원 문을 열며 모니카가 기다리던 빌마에게 말을 걸었다.

"바쁘신 와중에 여기까지 와 주셔서 감사하게 생각합니다. 신전장님께서 직접 방문하시는 데 대해서 신관장님께서는 아무 말씀 없으셨습니까?"

빌마가 걱정스럽게 내게 물었다. 고아원 원장이었을 때와 달리 신전장이 고아원을 출입하리라고는 생각지도 못했던 모양이다.

"신전장은 저니까 제가 하고 싶은 대로 하면 됩니다. 신변의 안전이 걸리거나, 숙녀로서 어지간히 부끄러운 일이 아닌 이상, 신관장님은 막지 않으십니다."

다른 마을에 고아원 겸 공방을 세우는 계획에 페르디난드까지 끌어들이려고 했을 때 "성녀다운 실적을 쌓아라." 라고 말했을 정도다. 고아원에 간다고 불평을 터트릴 리가 없다.

"그래서 성결식 날 말인데요……."

청색 신관은 귀족가에 모든 시종을 데리고 간다고 한다. 그 이유는 친정에 돌아가도 자기의 시중을 들어줄 자가 없으므로 스스로 데려갈 수밖에 없는 사정 때문이란다. 페르디난드는 귀족가에 개인 저택을 소유하고 있고, 그곳에도 시종이 있어서 굳이 데리고 갈 필요는 없지만, 일단은 다른 청색 신관들처럼 동행한다고 했다.

"다만 저는 영주의 양녀라서 사전 허가를 받지 못한 자를 성에 들여보낼 수가 없습니다. 그래서 제 시종들은 모두 신전에 남을 거예요. 로지나는 데리고 갈 거지만……."

전속 악사는 연회에 필요한 존재라서 로지나만 나와 함께 성에 간다. 전속 요리사인 엘라도 마음만 먹으면 데리고 갈 수는 있지만, 성대한 결혼식을 앞두고 전쟁터가 되는 귀족의 주방에 사정도 모르는 엘라를 던져 넣어 봤자 고생만 할 뿐이다. 본인의 희망도 들은 끝에 이번 동행은 보류하고, 내가 영주의 성에 살게 될 때 데리고 가기로 했다.

"그래서 엘라와 니콜라에게 고아원 식사를 준비하라고 명령했습니다. 그리고 다른 청색 신관에게도 식사 준비를 하도록 통보를 보냈어요."

청색 신관이 모두 신전을 나가고 없는 성결식 날마다 고아들은 저녁을 걸러야 했다. 하지만 청색 신관이 요리사까지 데리고 나가지는 않는다. 귀족의 저택에도 요리사가 있는데 또 따로 신전 요리사까지 데리고 갈 필요가 없기 때문이다. 올해는 '내가 신전에 없으니까 식사를 만들 필요가 없다' 라고 말하는 청색 신관들에게 신전장 명령으로 식사 준비를 명령했다.

그 대신 성결식 때 들어오는 시주를 작년과 다른 방식으로 배분하기로 했다. 전 신전장은 자기가 절반을 먹고, 자신에게 가깝거나 아첨하는 사람일수록 몫을 많이 나눠 줬다.

나는 인원수대로 평등하게 나누자고 제안했지만, 페르디난드에게 제지를 당했다. 귀족 사회의 신분적 명분이나 내가 신전장직에서 물러난 후도 고려해야 하므로 똑같이 나누면 안 된다고 했다. 최종적으로 신전장과 신관장이 4분의 1씩, 나머지 절반을 청색 신관에게 똑같이 나눠주기로 했다. 전 신전장의 측근들 외에는 쌍수를 들고 찬성해 주었고, 측근들 역시 불만스러운 표정만 지을 뿐, 대놓고 불평하지는 못했다.

"그럼 식사 준비가 필요 없군요. 정말 감사하게 생각합니다, 로제마인 님."

"그리고 작년과 마찬가지로 루츠가 고아원 아이들을 숲에 데려가 주겠대요. 루츠도 이 식당에서 함께 점심을 먹도록 해 주세요. 작년과 똑같이 지내면 되니까 그렇게 혼란은 없을 거예요. 고아원 관계자가 평민촌에 폐를 끼치지 않는지 잘 지켜봐 주세요."

"알겠습니다."

미소를 띠며 고개를 끄덕인 빌마에게 싱긋 웃어 준 뒤 나는 식당을 둘러보았다.

"……델리아라면 디르크와 낮잠 중입니다."

"둘의 상태는 어떤가요?"

디르크에게도 축복의 빛이 날아갔다는 소식은 시종 발탁 때 소집한 니콜라와 모니카에게 들었다. 생명에 별 이상이 없다는 건 알았지만, 델리아가 주변과 어울리지 못해서 고생한다는 보고를 빌마에게 들었던 터라 걱정되었다.

"두 사람 다 건강해요. 델리아도 디르크를 혼자 싸매고 돌보느라 쓰러지지도 않고, 주변에 부탁하는 방법을 배워서 여유가 생겼나 봐요. 하지만 최근에 디르크가 기어 다니기 시작해서 청소하랴 쫓아다니랴 정신이 없어 보여요. 정말! 하고 화내면서 디르크를 따라다니는 모습을 종종 본답니다."

"그렇군요, 그럼 다행이네요."

걱정을 한결 덜고 안도의 한숨을 쉬자, 빌마가 성녀 같은 미소로 나를 바라보았다.

"로제마인 님, 전 당신을 모시게 되어 정말 다행이라고 생각합니다."

"왜 그래요, 빌마? 갑자기 그런 말을……."

"어린 나이에 신전장직에 앉으셔서 힘드시겠지만 분명, 분명 끝까지 해내실 거라 믿습니다."

상냥하게 나를 바라보는 빌마의 뒤에서 후광이 비치는 듯했다. 신전이니까 후광이 아니라 축복의 빛인지도 모른다. 마력도 아닌데 축복을 받은 기분이다.

'빌마, 당신은 진짜 성녀예요. 너무 성스러워.'

그리고 성결식을 치르는 당일 아침. 아침 일찍부터 모니카의 손에 억지로 침대에서 일어나고, 간단하게 밥을 먹었다.

"로제마인 님, 고아원에 다녀오겠습니다."

"길, 아이들을 잘 부탁해요."

길이 방을 나가고 얼마 뒤, 두 점 종이 울려 퍼졌다. 나는 루츠와 길이 슬슬 숲에 갈 시간이겠지? 라는 상상을 하며 목욕했다. 원래라면 찬물을 끼얹으면 그만이지만, 의식 당일이니 온수로 목욕재계하는 것이 중요하다.

"모니카, 안 돼. 그러면 여기에 주름이 생겨 버리잖아요?"

악사인 로지나는 시종의 직분을 침범해서는 안 된다. 하지만 아직 업무가 서투른 모니카와 니콜라에겐 의식용 의상을 말끔하게 차려 입히는 작업이 어려운 탓에 교사 담당을 겸해 주었다.

"여기를 이렇게 해서…… 이렇게요?"

"좋아요, 니콜라. 깔끔하게 됐네요."

신전장으로서 처음 사람들 앞에 나오는 의식이므로 대충 입고 나갈수는 없다. 로지나가 둘에게 예쁘게 입는 방법을 가르치면서 입히느라 시간이 걸렸다.

'전 신전장의 전속 시종이었던 이유도 있지만, 처음부터 의식용 의상을 깔끔하게 입혀준 델리아는 의외로 대단했구나.'

신전장 의상 위에 검정과 금색 옷감으로 짠 어깨띠를 오른쪽 어깨에 비스듬히 걸치고, 브로치로 고정했다. 허리띠 장식도 검정과 금색이라서 성결식이 최고신인 부부신의 축복을 받는 의식임을 한눈에 알수 있었다.

신전에서도 귀족답게 머리를 단정히 하라며 엘비라가 준 젤로, 크리스티네의 머리를 땋아 온 로지나가 귀족의 딸에게 어울리는 복잡하게 땋는 방법을 둘에게 가르쳤다. 금색과 검정으로 짠 끈으로 내 머리를 묶고, 아름답게 보이는 각도를 재차 점검하면서 비녀를 꽂아 넣었다. 오늘의 비녀는 세례식 때 페르디난드에게 받은 비녀다.

"신전장님, 예배실로 이동해서 대기해 주십시오."

"로제마인 님, 가실까요."

아직 '신전장'이란 호칭이 익숙하지 않아 약간씩 반응이 늦는 나를 프랑이 보조해 주었다. 나는 프랑의 손을 잡고 옷을 밟지 않게 조심조심 걸었다. 평상시의 신전장복은 띠 부분에 오하쇼리*처럼 옷을 접어 넣어서 기장을 맞추지만, 의식용 의상은 성인 여성과 마찬가지로 밟고 넘어질 것처럼 완전히 발을 가릴 정도로 기장이 길다. 신중하게 걷는 내 뒤에서 커다란 신전장용 성경을 꼭 안은 모니카가 따라왔다. 니콜라는 엘라의 점심 준비를 도우러 갔다.

"신전장, 입실."

페르디난드의 목소리와 동시에 회색 신관들이 서서히 문을 열었다. 제단 앞에 늘어선 청색 신관들이 손에 든 봉을 흔들자, 수많은 종이 일제히 울리는 우렁찬 소리가 예배실에 울려 퍼졌다. 나는 모니카에게 크고 무거운 성경을 받아들고, 그 가운데를 천천히 걸어갔다. 오른쪽에는 청색 신관이, 왼쪽에는 몇십 쌍의 신랑신부가 쭉 서 있다.

신랑도 신부도 각자가 태어난 계절의 귀색 예복을 갖춰 입고 있었다. 다정하게 서로의 몸에 꼭 붙은 커플은 대부분 이웃사촌이라 어릴 적부터 양쪽 집안을 잘 아는 연애결혼이고, 무표정하게 나란히 서 있는 커플은 집안 관계로 혼인이 결정된 사람들이다. 어쩌면 오늘 처음

---

* 기모노처럼 기장을 맞추기 위해 허리춤에서 옷을 접어 넣고 오비로 묶는 방식

만난 부부도 있을지 모른다.

그런데 지금 나를 본 모두의 표정은 싹 굳어 있다. 입을 뻐끔거리며 서로의 얼굴을 마주 보거나, 다른 커플에게 속삭이거나 했다. 마인이었을 때 치렀던 세례식처럼 목소리를 내지 못하는 마술구를 사용하지 않았다면 큰 소란이 일었으리라.

나는 제단 앞에서 페르디난드에게 성경을 건넸다. 그러면 페르디난드가 제단 위에 성경을 놔 준다. 팔이 가벼워진 나는 조금 긴장을 풀고 계단을 올라가려고 다리를 들었다. 그때 첫 계단에서 옷을 밟고 말았다. 천이 당기는 느낌을 받았을 때 밟은 걸 느꼈다. 이대로 계단을 오르려 하면 고꾸라질 게 틀림없다.

어쩌지!? 하고 굳어 버리자, 페르디난드가 나를 홱 안아 올려 단상에 내려 주었다. 차가운 미소에 '이 바보 녀석'이라고 크게 쓰여 있는 듯했다.

'네, 미안합니다.'

"새 신전장으로 취임한 사람은 영주의 딸인 로제마인 님이시다."

페르디난드의 소개에 신랑신부의 얼굴이 굳어졌다. 소곤거리던 대상을 영주의 딸이라 소개받았으니 안 놀랄 사람이 어디 있겠는가.

그런 가운데 페르디난드는 우렁찬 목소리로 기도문을 외었고, 신화를 읽기 시작했다. 최고신인 어둠의 신과 빛의 여신이 결혼하는 이야기로, 혼인 후에도 여러 가지 문제가 일어나지만 두 신은 힘을 합쳐 극복해 간다. 그리고 태어나고 자란 자식들의 결혼에 축복을 내려 준다는 내용이 성결식의 이야기였다. 참고로 페르디난드는 전 신전장처럼 성경을 그대로 읽지 않고, 암기했다.

신화를 낭독하는 건 신전장의 일이다. 하지만 내 목소리가 어리고 작은 점, 장시간을 소리 내어 읽으면 숨이 찬다는 이유로 페르디난드가 대리로 읽게 되었다. 내가 할 일은 오직 신을 향해 기도와 감사를 바치게 하는 대신 신의 축복을 내려 주는 것이다.

"그럼 신에게 기도를 바칩시다. 신에게 기도를!"

청색 신관들에 이어서 신랑신부가 나란히 기도를 바친다. 나는 그 모습을 바라보면서 아무 생각 없이 성경 책장을 팔락이며 넘겼다.

'뭐야! 기도문을 적어 놨잖아! 필사적으로 외웠는데 사기꾼!'

성경 군데군데에 페르디난드의 글씨도, 프랑의 글씨도, 내 글씨도 아닌 메모를 발견하자 볼 근육이 움찔거렸다. 프랑과 모니카가 쓴 목패를 노려보며 외우는 데 급급해서 방에 있는 성경을 다시 읽어 볼 여유 따위 없었다. 그런데 성경에는 기도문이 쓰여 있었고, 일부러 외울 필요가 없었던 듯했다.

"그럼 지금부터 그대들에게 신들의 축복을 내리겠다."

분노로 부들거리는 내 옆에서 페르디난드가 신랑신부들에게 자리에서 무릎을 꿇으라고 말했다. 내 차례다.

'내가 얼마나 열심히 암기했는데. 절대 커닝 안 해!'

나는 성경을 닫고, '스읍' 하고 숨을 들이마신 후 반지에 마력을 채웠다.

"높고 정정한 천공을 관장하는 최고신인 어둠과 빛의 부부신이여, 나의 기도를 듣고 새로운 부부의 탄생에 당신의 축복을 주소서. 당신께 그들의 마음과 기도와 감사를 바치오니, 거룩한 가호를 내려 주소서."

최고신인 부부신의 축복을 기도하자, 반지에서 금빛과 검은 빛이 소용돌이치며 날아가 예배실 천장 가까이에서 터졌다. 검정과 금색 빛이 흩날리며 신랑신부의 머리 위로 떨어져 내렸다.

모두가 믿을 수 없는 광경을 본 듯 입을 쩍 벌린 채 위를 바라보았다. 신랑신부뿐만 아니라 청색 신관도 똑같은 표정으로 위를 올려다보았다. 태연한 사람은 페르디난드뿐이다.

"신구도 들고 있지 않은데, 진짜로 축복인가……?"

가까이에 있던 청색 신관의 중얼거림에 나는 내 손에 낀 반지를 바라보았다. 그러고 보니 청색 신관은 마력이 적은 귀족이나 마술구를 갖출 수 없는 가난한 귀족 출신이다. 그래서 당연히 마석이 들어간 마술구를 소지하고 있을 리가 없다. 똑같은 방법이라도 마력을 흘려 넣을 도구가 신구밖에 없는 청색 신관들에게는 신구 없이 축복을 내리는 건 있을 수 없는 일일 거다.

'설마 실수했나?'

내가 쭈뼛거리며 페르디난드의 눈치를 보자, 페르디난드는 계산대로라는 표정으로 입꼬리를 올렸다.

'아아, 그 성녀 계획이었군요.'

"최고신의 축복을 받은 그대들의 새 출발은 밝을 것이다."

페르디난드의 목소리와 함께 회색 신관들에 의해 신전 문이 끼이익소리 내며 조금씩 열렸다. 단숨에 들어온 여름 햇살이 흰 벽에 반사되자, 예배실이 갑자기 환해졌다. 그와 동시에 정적의 마술구는 효과를 잃고, 신랑신부의 입에서 흥분한 목소리가 쏟아지기 시작했다.

"처음 봤어! 축복이야! 영주님의 따님이라고 했지?"

"최고신의 축복이래. 새로운 신전장님, 조그만데 대단하지 않아?"

"이런 축복은 올해 처음 아냐? 형님 땐 이런 게 있다고 못 들었어."

주위에서 말로만 들어 왔던 성결식과 차원이 다른 의식에 흥분하면서 신랑신부가 활짝 열린 문으로 차례로 퇴장했다.

"엄청난 축복을 받았어! 이 뒤에 타우 열매를 모조리 피해 버리겠어."

신부를 지키면서 신혼집으로 뛰어들어가야 하는 신랑들이 기합에 찬 소리를 질렀다.

"그럼 신전장도 퇴장을……."

"아뇨. 전 모두를 마지막까지 배웅하겠습니다."

페르디난드의 재촉에도 제단 위에 남아서 문 너머를 가만히 바라보았다.

문 너머로 퇴장하는 신랑신부에게 축복의 말을 건네지도, 표적으로 삼은 신랑신부를 찾지도 않고, 오로지 예배실 안만 들여다보는 가족들의 얼굴이 보였다. 루츠의 말처럼 가족들 모두가 신전장의 모습을 보기 위해 와 주었다. 신전에 찾아온 목적이 달라서 그런지, 예배실을 들여다보며 기웃거리는 우리 가족은 결혼을 기뻐하는 사람들 주위에서 확연하게 겉돌았고, 매우 수상해 보였다.

'눈에 띄어! 엄청 눈에 띈다구!'

가족들의 움직임이 웃겨서 작은 웃음이 치밀어 올랐다. 가족의 목소리를 듣고 싶은 충동을 꾹 참으며 오른손 주먹으로 왼쪽 가슴을 가볍게 두 번 두드렸다. 그쪽도 눈치채 줬는지 똑같은 동작을 보여 주었다.

"……그랬군."

페르디난드는 납득한 듯 고개를 끄덕이더니 주변의 청색 신관과 회색 신관에게 정리와 그 뒤의 지시를 내리기 시작했다. 아무래도 내가 하고 싶은 대로 내버려 둘 생각인 듯하다.

페르디난드가 못 본 척해 주는 동안 나는 가족과 결코 만질 수 없는 접촉을 했다. 비녀를 만지며 꽃을 흔들어 보이자 투리가 펄쩍 뛰며 기뻐해 줬다. 엄마는 포대기에 싼 카밀을 내밀며 보여 주었다. 카밀은 목을 빳빳하게 세우고 있었다. 아빠는 웃고 있다. 모든 신랑신부가 퇴장하고 문이 닫힐 때까지 나는 제단에서 한 발짝도 움직이지 않았다.

문이 닫혔을 때는 예배실을 정리하는 회색 신관들 외에 단 한 사람의 청색 신관도 남아 있지 않았다. 행복한 꿈에서 깬 듯 황홀함에 젖은 내게 페르디난드가 미간을 찌푸리고 다가왔다. 단상 위의 나를 안아 들고 성큼성큼 걸어서 예배실 밖에서 대기 중이던 프랑에게 나를 넘겼다.

"서둘러 점심을 먹어라, 로제마인. 시간이 없다."

아주 짧은 시간이었지만 가족과 접촉할 수 있었던 나는 마음속에 가득한 따뜻한 온기를 느끼며 "네." 하고 힘차게 끄덕였다.

영주의 성

"저기, 프랑. 귀족가의 성결식은 어떤 느낌인가요?"

점심을 먹으면서 묻자, 프랑의 시선이 곤란한 듯 방황했다.

"다른 청색 신관은 그렇다 치고, 신관장님은 귀족가의 저택에도 시종이 있어서 딱히 저희가 할 일은 없었습니다. 저택에서 지낼 뿐이지요. 식사도 평소와 크게 다르지 않습니다. 신관장님께선 휴식을 취해도 좋다고 말씀하셨지만, 결국 일이 없어서 진정되지 않았던 신전 시종들끼리 모여 업무 얘기를 했었습니다."

페르디난드의 시종들은 아무래도 전원 심각한 일 중독인 듯하다. 약간이나마 휴식을 줄 생각이었던 페르디난드와 일이 없는 한가함이 불편한 시종들의 엇갈림이 조금 안쓰러웠다.

"전 신전에 남아있는 편이 진정됩니다. ……귀족가는 회색 신관에게 그다지 편한 곳은 아니기 때문입니다."

마지막으로 조그맣게 덧붙인 말에 나는 눈을 내리깔았다. 아마 귀족가에서 심한 차별을 당했으리라. 귀족가에 가기가 조금 꺼려졌다.

식후로 나온 차를 홀짝이며 마시는데, 문 뒤에서 몇 명의 발걸음이 다가오는 소리가 들려왔다. 신전장실 뒤편에는 봉납식 때 쓰는 방뿐이라서 내게 용무가 있는 사람의 발걸음이 분명하다.

"로제마인, 내가 분명 서두르라 했을 텐데!? 벌써 전원이 모여 있다. 그대가 마지막이다!"

기다리다 지친 얼굴을 한 페르디난드가 짜증스럽게 언성을 높이며 들어왔다.

"바로 가겠습니다!"

나는 서둘러 차를 목구멍에 흘러 넘기고, 의자에서 미끄러지듯이 내려와 로지나와 함께 방을 나섰다. 페르디난드의 노성에 잔뜩 긴장한 호위 기사 두 사람도 함께다.

오늘 밤은 영주의 성에서 하룻밤 묵기로 했다. 이미 칼스테드와 엘비라가 옷이나 소품을 보내고 방을 준비해 줘서 내가 가져가야 하는 물건은 신전장의 의식용 의상을 제외하면 딱히 없다고 들었다.

로지나는 시종들과 같은 마차에, 나는 호위 기사들과 함께 페르디난드의 마차에 올라탔다. 다무엘과 브리기테는 신분 차이 때문인지, 아니면 견습 기사로 페르디난드의 교육을 받은 적이 있어서인지 평소보다 몸을 움츠리고 마차를 탔다.

활짝 열린 귀족문을 지나서 귀족가를 빠져나간다. 귀족가의 가장 끝에 있는 높은 벽의 거대한 문을 통과하면 영주의 성이다. 성의 본채는 문에서 더 깊이 들어가야 했다. 귀족가나 신전과 똑같은 재료를 썼다고 추정되는 온통 흰색 건물로 깔끔한 아름다움이 있다. 높이는 밖에서 보면 3, 4층쯤 되어 보인다. 6, 7층 건물이 **빽빽**하게 밀집된 평민촌에서 살았던 내 눈에는 성 자체가 생각만큼 커 보이지 않았다. 아마 높이가 낮아서 위압감이 덜한 탓이리라.

다만 넓다. 문에서 본성까지 마차가 없었다면 이동을 못 할 정도로 광대해서 따닥따닥 붙어 사는 평민들에게 땅을 나눠주고 싶을 정도다. 이 넓이가 부의 상징인 셈이다. 문에서 성까지 가는 동안 대체 어디에 쓰이는지 모를 건물 몇 채가 드문드문 있다.

"이곳엔 가정교사나 산림 관리인의 집이 있고, 농원이나 과수원도 있다. 그리고 기사단의 훈련소나 다과회를 여는 정원도 몇 군데가 있지. 별채에는 기사단의 기숙사도 있고, 그대가 살게 될 북쪽 별채, 영주의 둘째 부인과 셋째 부인이 살게 될 서쪽 별채도 있다."

마차는 기사 훈련소와 아름답게 정돈된 정원을 지나쳐 성의 북측 현관에 도착했다. 업무용인 남측 정면 현관은 문관이나 기사, 영주에게 집무상 용건이 있는 귀족이 출입하는 곳이고, 영주의 가족이나 아주 개인적인 손님은 북쪽 현관으로 출입한다고 한다.

'하긴 업무에 허덕이는 문관에게 「다녀왔습니다.」 라고 인사하긴 좀 그렇지.'

마차에서 대기하는 중에 시종용 마차에서 내린 로지나가 허드레꾼들에게 짐 몇 가지를 옮기게 하는 모습이 보였다. 시종용 마차에서 나온 사람은 로지나뿐이다. 짐을 다 옮기자 시종용 마차는 다시 달리기 시작했다. 페르디난드의 시종을 페르디난드의 저택에 보내는 것이리라.

로지나의 준비가 끝나자, 우리가 탄 마차의 문이 열리며 다무엘과 브리기테가 마차에서 내렸다. 다음으로 페르디난드가 내렸고, 내가 내려올 수 있게 손을 뻗어 주었다. 그러고 보니 다무엘도 에스코트해 주려고 했던 기억을 문득 떠올리고 발밑을 확인하려고 슬그머니 아래를 내려다보았다. 그 순간 다른 사람에게는 들리지 않을 정도의 작은 목소리로 "숙이지 마라." 라는 페르디난드의 질책이 날아왔다.

"안 돼요. 다리를 디딜 곳을 확인하지 않으면 굴러떨어져요."

내가 작은 목소리로 반론하자, 페르디난드는 가볍게 눈을 감은 뒤,

나를 획 안아 올려서 땅에 내려 주었다. 나는 싱긋 웃으며 "고맙습니다." 하고 온화하게 인사했다. 그런데 페르디난드에게선 한숨이 돌아왔다. 왜지?

내가 마차에서 내려오는 동안, 북측 현관문이 열리며 마중 나와 준 몇몇 사람이 보였다. 평소에는 더 많은 사람들이 마중해 주지만, 오늘은 성결식 준비로 다들 매우 분주한 모양이다.

선두에 서 있던 집사 같은 할아버지가 무릎을 꿇자, 그곳에 있는 사람이 일제히 무릎을 꿇었다.

"잘 오셨습니다, 페르디난드 님. 그리고 어서 오십시오, 로제마인 님. 불의 신 라이덴샤프트의 권위가 빛나는 좋은 날, 신들의 인도에 의한 만남에 축복을 기도함을 허가해 주십시오."

"허가한다."

"불의 신 라이덴샤프트여, 새로운 주인께 축복을. ……처음 뵙습니다. 시종을 통솔하는 노르베르트라고 합니다. 앞으로 잘 부탁드립니다."

몇 줄기의 파란 빛이 살랑거리며 내게 날아왔다. 그 빛을 받자 선두에 무릎을 꿇던 노르베르트가 자기 이름을 댔다. 집사 같다고 생각했더니 진짜 집사 같은 업무를 하는 사람이었다.

"로제마인입니다. 앞으로 잘 부탁드립니다."

노르베르트는 인사를 끝내고 몸을 일으켜 "그럼 호위 기사를 교대하시지요." 라며 몸을 돌렸다. 왜 갑자기 호위 기사를 교대해야 하는지 몰라서 당황한 내게 페르디난드가 설명해 주었다.

"다무엘과 브리기테는 미혼 성인이라 성결식 후의 저녁 연회에 참석해야 하니 이제 슬슬 기숙사에서 옷을 갈아입고 준비해야 할 시간이다."

"그랬군요."

아마 평민층과 마찬가지로 결혼하지 않은 성인이 저녁 연회에서 결혼 상대를 찾는 것이리라. 그래서 오늘은 성인이 되기 전인 견습 기사가 나의 호위로 붙게 되었다고 한다.

"코르넬리우스, 안게리카."

노르베르트가 이름을 부르자, 몸을 일으켜 앞에 나온 견습 기사는 두 사람. 한 사람은 오빠인 코르넬리우스, 또 한 사람은 코르넬리우스와 비슷한 또래로 보이는 소녀였다. 옅은 하늘색 머리에 짙은 파란 눈동자. 여기사 분위기가 마구 풍기던 브리기테와 달리, 시종이라면 모를까, 어디를 보아도 기사로 보이지 않는 몸집이 작고, 여리여리한 미소녀였다.

"앞으로 그대의 호위를 맡을 코르넬리우스와 안게리카다. 코르넬리우스는 알 테니까 생략하마. 안게리카는 그대가 귀족가에 있는 동안에 호위할 기사라고 생각해라. 이런 용모라 다과회나 연회석상의 호위에 적합한 자다."

페르디난드의 말에서 실력이 뛰어나리라 예상되었지만, 귀여운 미소녀로 보이는 안게리카를 여기사라고 생각하기는 어려웠다.

호위 기사를 교대하고 성안을 걷는다. 보이는 건 새하얗고 기나긴 복도와 계단뿐이다. 여름의 귀색인 파란색 카펫이 깔렸고, 벽에 걸린 태피스트리로 알록달록하지만, 복도 도중에 있는 문 너머에 무엇이 있는지는 아무도 설명해 주지 않았다.

2층으로 올라오고, 또 복도를 걷자 창문으로 별채가 보였다.

"저 건물이 북쪽 별채다."

페르디난드가 그 건물을 가리키며 가르쳐 주었다. 세례식을 마친 영주의 자식이 사는 곳으로 2층에 본관으로 이어지는 복도가 있었다. 이대로 북쪽 별채로 통하는 복도로 가는 줄 알았더니, 노르베르트는 그 앞의 문 앞에서 걸음을 멈추었다.

"이곳에 오십시오. 로제마인 님의 시종을 소개하겠습니다."

두 호위 기사는 문 앞에서 대기하고, 나와 페르디난드는 노르베르트와 함께 방 안으로 들어갔다. 긴 소파와 1인용 의자 몇 개, 그리고 테이블이 있는 대기실 같은 방이었다. 그곳에는 아주머니라기보다 할머니라고 부르는 편이 좋을 것 같은 나이 지긋한 여성이 서 있었다. 그 여성을 본 순간 페르디난드의 얼굴이 살짝 굳었다. 매우 보기 드문 반응이다.

"리카르다, 그대가 로제마인의……?"

"네, 질베스타 님께서 부탁하셨습니다."

내가 페르디난드와 리카르다를 번갈아 보자, 한 발 앞으로 나온 노르베르트가 리카르다를 소개해 주었다.

"로제마인 님, 이 여성은 리카르다. 수석 시종입니다."

"잘 부탁드립니다."

내가 엘비라에게 철저하게 배운 인사를 하자, 리카르다가 활짝 웃었다.

"역시 제대로 교육받으신 칼스테드 님의 영애시군요. 예의범절이 아주 뛰어나십니다. 로제마인 공주님, 리카르다라고 합니다. 저야말로 잘 부탁드립니다."

"……공주님이요?"

"네, 영주의 양녀가 되셨으니 공주님이라 부르는 것이 당연하지 않겠습니까?"

'공주라고 불릴 캐릭터도 아니고, 신전장이란 호칭 이상으로 반응 못 할 것 같은데!'

식은땀이 등을 타고 내린다. 정말 이런 곳에서 생활할 수 있을까. 불안해하는 내 앞에서 리카르다는 지시를 척척 내렸다.

"그쪽이 공주님의 전속 악사인가요? 질베스타 님에게 실력은 좋다고 들었습니다. 노르베르트, 악사를 데리고 가 주세요. 오늘은 몇 명 있어도 부족하지요?"

리카르다의 지시에 노르베르트는 가슴 앞에서 팔을 교차했다.

"그럼 리카르다. 뒤를 잘 부탁드립니다."

노르베르트가 로지나를 데리고 그 자리를 떴다. 연회에서 연주하는 악사들이 회의하는 곳으로 데리고 갈 모양이다.

"그럼 공주님께 오늘 일정을 알려드리겠습니다."

리카르다의 말에 나는 등을 꼿꼿이 세웠다.

"우선은 목욕입니다. 그 머리를 요즘 유행 스타일로 다시 묶어야겠군요. 목욕 후에는 옷을 갈아입고 정찬을 드십니다. 그리고 의식용 의상으로 갈아입고 성결식에 출석합니다. 의식이 끝나는 대로 방으로 돌아와 목욕하고 취침하시게 됩니다. 질문 있으십니까?"

하루 내내 옷만 갈아입나, 라고 생각하던 나는 목욕이라는 단어에 정신이 번쩍 들었다. 린샴이 있는지 확인해 둬야 했다. 비누로 머리가 뻑뻑해져 버린 경험을 잊을 수가 없다.

"저기, 리카르다. 전 머리를 감을 때 린샴이 필요한데, 어머님께서 준비해 주셨나요? 린샴이 없으면 머리가 상합니다. 머리가 상할 거라면 차라리 유행에 조금 뒤떨어진 스타일이라도 지금이 좋아요."

내 말에 리카르다는 눈을 동그랗게 뜨고 "참 조숙하셔라." 하며 쿡쿡 웃었다.

"이런, 이런, 어쩔까……. 그럼 이 리카르다의 부탁입니다. 엘비라 님께 확인하고 와 주시겠습니까? 페르디난드 도련님?"

'신관장님에게 심부름을 시키시나요, 리카르다 할머님!? 게다가 도련님이라니! 신관장님에게 도련님이라니! 안 어울려!'

터질 듯한 웃음을 꾹 참으며 살짝 페르디난드에게서 시선을 돌렸다. 지금 페르디난드의 얼굴을 봤다간 웃음이 터질 것 같았다.

"……리카르다, 갔다 올 테니까 제발 도련님이라고 부르는 건 자제해 주지 않겠나?"

"도련님께서 결혼하시는 날 그렇게 해 드리지요."

'신관장님이 완전히 지고 있어! 굉장해요, 리카르다 할머님! 지금 당장 바닥을 데굴데굴 구르고 바닥을 치면서 웃고 싶어!'

내 심중을 눈치챘는지, 페르디난드가 매우 차가운 눈빛으로 나를 노려보면서 발코니에 나갔고, 마석을 기수로 변화시켰다. 기수는 펄쩍 뛰어올라 하늘을 달려갔다.

"금방 돌아오실 테니까 차라도 마시면서 기다릴까요?"

리카르다는 그렇게 말하며 재빨리 차를 준비했다.

"저기, 리카르다. 페르디난드 님이나 아버님, 그리고 양아버님과 어떤 관계인지 물어봐도 될까요?"

"전 칼스테드 님의 교육 담당을 맡았었고, 그 후 질베스타 님의 유모를 했습니다. 좀처럼 가만히 앉아 있질 못하는 별난 두 분 때문에 고생이 말이 아니었답니다. 페르디난드 님도 이곳에서 교육을 받으실 때부터 알고 있습니다."

'놀랍게도 그 세 사람을 어린 시절 때부터 알고 있는 강자가 있을 줄이야!'

리카르다는 상급 귀족의 미망인으로 이미 손자도 있다고 한다. 질베스타의 유모 역할을 끝낸 뒤에는 시종으로서 모셨고, 이번에는 질베스타의 부탁으로 나의 시종이 되었다고 했다.

'음~, 영주의 폭주를 막을 사람이 없어진 게 아니라면 좋겠는데.'

잠시 뒤, 페르디난드가 작은 항아리를 손에 들고 돌아왔다. 발코니에 내려와 기수를 마석으로 돌려놓고, 방 안으로 들어왔다.

"도련님, 송구스럽습니다."

"그러니까 도련님이라 부르지 말라는데도……. 하아, 난 질베스타의 집무실에 가겠다. 리카르다, 로제마인을 부탁한다."

불쾌한 얼굴로 재빨리 도망치듯 퇴장하는 페르디난드를 신기하게 바라보면서 나는 북쪽 별채에 있는 내 방으로 안내를 받았다.

"이쪽으로 오십시오, 공주님."

본관에서 복도로 이어진 북쪽 별채는 세례식을 마친 영주의 자제가 사는 곳으로, 2층이 남자, 3층이 여자로 나뉘어 있다. 성인이 된 남자는 반드시 북쪽 별채에서 나가야 하는데, 차기 영주라면 본관으로 거처를 이동하고, 그 외에는 성 밖에 거처를 마련해야 한다. 여자는 결혼하기 전까지 일단 별채에서 지내도록 허락받은 셈이다. 지금은 빌프리트와 나 외에 이 별채에 사는 사람은 없다.

북쪽 별채에 들어가자 바로 계단이 나왔다. 주위를 홱 둘러보니 조금 안쪽 문 앞에 호위 기사가 서 있었다. 아마 저곳이 빌프리트의 방이리라. 램프레히트가 없나, 하고 찾다가 바로 램프레히트도 성인으로 미혼 귀족이었다는 사실이 떠올랐다. 연회 준비로 한창인 사람이 이곳에 있을 리가 없다.

3층에 올라가서 바로 보이는 곳이 내 방이었다. 문을 열어 보니 엘비라가 꾸몄다는 것을 금방 알 수 있었다. 칼스테드의 저택 방이나 신전장의 방과 비슷한 분위기로, 빨강과 핑크 꽃무늬가 귀여운 방이었다.

"본가의 방과 분위기가 비슷하다니까 위화감은 그리 없으시지요?"

리카르다는 그렇게 말하며 나를 욕실로 데려갔다. 그리고 잽싸게 내 옷을 벗기고, 린샴으로 머리를 박박 씻겼다. 입을 벌리면 큰일 날 것만 같다. 나는 깨끗하게 씻기는 채소가 된 기분으로 거친 손길을 꾹 견뎠다.

"로제마인 공주님은 얌전하셔서 시중을 들기가 편하군요. 다른 아이들과 전혀 달라요."

이런 호쾌한 손길은 칼스테드나 질베스타를 상대했기 때문인 듯하다. 옛날을 떠올렸는지, 그리운 듯 리카르다의 눈이 가늘어졌다. 그 눈빛에 애정이 어려 있어서 조금 기뻐졌다.

"어머나, 정말 머리에 윤기가 좌르르 흐르네요. 이 린샴이란 물건의 효과인가요?"

"네. 한 번 써 보면 안 쓰곤 못 배기게 돼요."

내 머리를 빗기는 리카르다에게도 린샴을 추천해 뒀다.

"오늘 정찬에는 이 옷을 입으세요."

리카르다는 엘비라가 준비한 의상 중에서 화려한 원피스를 골랐다. 오늘은 성결식이 있는 데다, 정찬이니까 제대로 된 의상으로 출석해야 한다. 또 젤로 머리를 끈적하게 바르면서 정리하고, 비녀를 꽂는다. 이 비녀는 엘비라가 길베르타 상회에 주문한 물건이다.

"참 신기한 머리 장식이군요."

리카르다가 흥미진진하게 보는 모습으로 보아 영주의 딸인 내가 다는 머리 장식이라면 분명 유행할 터이다. '벤노 씨, 미안. 겨우 일이 진정됐는데 또 늘게 생겼어.' 라며 마음속으로 사과했다.

옷을 갈아입은 나는 리카르다의 안내를 받으며 식당으로 향했다. 이미 자리에 앉은 질베스타와 페르디난드가 뭔가 대화를 나누는 모습이 보였다. 나는 페르디난드의 옆자리에 안내받았다.

"로제마인, 왔구나."

"양아버님, 오랜만에 뵙습니다. 질문이 조금 있는데, 괜찮으십니까?"

"그래, 좋아. 뭐냐?"

나는 이탈리안 레스토랑에서 열기로 한 식사 모임의 날짜와 시간을 물었다. 질베스타가 따로 정해 뒀는지도 모르지만, 이쪽은 아직 연락을 받지 못했기 때문이다.

"……내일은 의식을 정리해야 하지 않느냐? 내일모레는 혼인한 귀족을 접견해야 하고. 그럼 그다음 날이군. 세 점 종에 신전에 가서 네 점 종에는 식당에 도착하도록 이동하자."

"알겠습니다. 그럼, 뭔가 드시고 싶은 거라든가 못 드시는 음식이 있으신가요?"

"지금까지 먹은 적이 없는 요리가 좋다."

"……지금까지 양아버님께서 뭘 드셔 왔는지 전 잘 모르는데요?"

"전에 먹었던 그런 음식이면 된다."

질베스타가 새로운 것과 신기한 것을 좋아한다는 건 익히 잘 알고 있다. 지금까지 정한 메뉴로 딱히 문제는 없을 듯하다.

벤노가 확인해 달라고 부탁한 질문을 하는 동안 플로렌치아가 입실했다. 그리고 얘기가 끝날 참에 빌프리트가 들어왔다. 빌프리트는 나를 보고 안심한 듯 미소를 지었다. 역시 세례식 때의 사건을 상당히 걱정했던 모양이다.

빌프리트가 자리에 앉자, 질베스타가 일어섰다.

"모두 모였군. 그럼 시작하자."

영주답게 엄숙한 표정으로 질베스타가 신들을 향한 인사를 올리고 오늘 있을 성결식에 관한 이런저런 얘기를 시작했다. 그동안 시중드는 자들은 바쁘면서도 우아하게 움직이며 큰 접시들을 가져와 요리를 나누어 주었다.

질베스타는 모두 모였다고 했지만, 이 자리에 빌프리트의 여동생과 남동생의 모습은 없었다. 질베스타, 플로렌치아, 빌프리트, 나, 그리고 손님인 페르디난드뿐이다.

"페르디난드 님, 다른 형제들은요?"

"세례식이 끝나지 않은 자는 동석해서는 안 된다."

놀랍게도 세례 전 귀족의 자제는 식사마저도 가족과 함께 할 수 없단다. 제대로 교육받고 매너를 익힐 때까지 성인과 동석해서는 안 된다고 한다. 그런 가족은 싫다는 생각이 드는 건 내가 가족과 함께 밥 먹기를 좋아하기 때문이리라. 왠지 매우 외로워졌다. 하지만 그 습관을 외롭다고 느끼는 사람은 오직 나뿐인 모양이다. 이 자리에 있는 모두가 그런 교육을 받아 온 귀족이었고, 빌프리트 역시 반듯하게 앉아

있다. 식사가 끝나기 전까지 자리에서 일어나면 안 된다고 배운다고
한다. 비록 내 세례식에서는 식사가 끝나자마자 폭주하며 참사를 일
으켰지만.

오늘은 특별히 여섯 점 종이 울리기 전부터 정찬이 시작되었다. 꽤
이른 저녁이지만, 손님을 초대한 만찬인 만큼 느긋하게 시간을 들인
다. 이 정찬은 결혼하는 자에겐 가족과 가지는 마지막 식사 시간이
된다.

식사가 끝나자 샤를로테와 2살이 된 멜키오르가 유모에게 안겨 왔
다. 어린 두 사람의 모습은 자리에 앉은 내 눈에는 잘 보이지 않았다.

"아버님, 어머님, 안녕히 주무세요."

"샤를로테, 멜키오르, 잘 자거라."

가벼운 포옹과 취침 인사를 한다. 그리고 바로 퇴장했다. 페르디난
드에 의하면 이 시간이 하루 중 유일한 가족의 접촉이라고 한다. 너무
나도 간소한 접촉에 눈이 휘둥그레졌다.

"아버님, 어머님, 안녕히 주무세요."

빌프리트가 일어나 취침 인사를 한다. 그리고 그도 그 자리에서 퇴
장했다. 나도 흉내 내어 취침 인사를 하고, 빌프리트와 함께 북쪽 별
채에 돌아가기로 했다.

빌프리트는 그대로 자기 방에 들어가면 나올 수 없지만, 나는 곧바
로 신전장 의상으로 갈아입고 성결식이 열리는 큰 강당으로 가야 한
다. 그런 생각을 하는데 계단에서 헤어질 때 빌프리트가 중얼거렸다.

"……건강해 보여서 다행이야. 그땐 미안했어."

"페르디난드 님의 치유와 약 덕분에 이젠 아무렇지 않아요. 걱정

끼쳐서 미안해요."

사과한 빌프리트는 상쾌한 표정으로 자기 방에 향했다. 나도 계단을 올라가 내 방에 들어갔다. 문을 열자, 바로 문 앞에서 리카르다가 의상을 안고 나를 기다리고 있었다.

"자, 공주님, 서둘러 옷을 갈아입으셔야죠. 신랑신부가 잇따라 도착하고 있답니다."

성결식-귀족 편

"오틸리에, 넌 허리띠를 풀어라."

방에서 대기하던 리카르다 외에 시종이 또 한 사람 있었다. 엘비라와 비슷한 나이의 여성으로 이름이 오틸리에인 듯하다. 두 사람이 분담하며 내 원피스를 벗겼고, 나는 두 사람에게 몸을 맡겼다. 구두를 새로 갈아 신고, 신전장의 의식용 의상을 입었다. 두 사람은 어린애의 옷을 갈아입히는 작업이 익숙한지 동작이 굉장히 빨랐다.

아침에 모니카와 니콜라가 낑낑거리며 입혀 준 의식용 의상을 리카르다와 오틸리에는 눈 깜짝할 새에 말끔하게 입혀 주었다. 깔끔하게 주름 잡은 허리 위에 띠를 두르고, 어깨띠 같은 천과 띠 장식 등이 하나둘 늘어가는 상황을 거울을 통해 보았다.

의상 세트를 담아 뒀던 상자가 텅 비었다. 내게서 한 발짝 떨어져서 전신을 훑은 리카르다가 "이걸로 됐네요." 하고 만족스럽게 고개를 끄덕였다. 거울 속 신전장의 모습에서 전혀 매만지지 않은 부분이 딱 한 군데 있었다. 나는 팔을 들어 살짝 비녀를 만졌다. 가족들이 만들어 준 비녀로 다시 꽂고 싶었다.

"리카르다, 비녀는 저기 있는…… 여름 귀색을 사용한 쪽으로 부탁드려요."

리카르다가 다른 비녀로 갈아 끼워주자, 비로소 완성되었다.

"자, 이제 갑시다."

나는 리카르다의 안내를 받으며 큰 강당으로 향했다. 당연히 호위인 코르넬리우스와 안게리카도 따라왔다.

"꺅!?"

"위험해!"

코르넬리우스가 방 앞의 계단을 내려가려다 옷자락을 밟고 구를 뻔한 나를 곧바로 잡아 주었다.

"감사하게 생각합니다. 평소엔 무릎 기장이라 어떻게 걸어야 할지 몰라서……."

"이렇게 살짝 들고 걷는답니다, 공주님."

리카르다가 치마를 살짝 들어서 걷는 방법을 가르쳐 주었다. 아무도 옷을 들고 걷는 사람이 없어서 안 되는 줄 알았는데, 전혀 상관없는 모양이다. 이거라면 괜찮겠다…… 라고 생각한 순간, 리카르다의 주의가 날아왔다.

"너무 높이 들어 올리지 않도록 주의하세요. 다리가 보입니다."

평상복은 무릎 기장이니까 발목 정도는 보여도 문제없을 텐데…, 라는 반론은 속으로만 해 뒀다. 리카르다는 페르디난드에게도 이기는 사람이다. 그런 사람한테 내가 이길 수 있을 리가 없다.

살짝 스커트를 들고, 옷자락을 밟고 넘어지지 않게 조심스럽게 느릿느릿하게 걸으니, 리카르타가 매우 곤란한 표정으로 내 앞을 막으며 허리를 굽혔다.

"공주님, 실례합니다."

갑자기 리카르다가 나를 휙 안아 올렸다. "어?" 하고 눈을 끔뻑이는 사이에 리카르다는 할머니 같지 않은 속도로 걷기 시작했다.

"공주님의 걸음으로는 큰 강당에 도착하기 전에 일곱 점 종이 울리겠습니다."

아무래도 성결식의 개시 시각인 일곱 점 종에 늦겠다고 판단한 듯하다.

하지만 이건 전부 쓸데없이 넓은 성 때문이다. 어린애의 짧은 다리로는 내 방이 있는 북쪽 별채에서 공적인 행사가 열리는 큰 강당까지는 너무 멀었다. 심지어 멀리 빙 돌아가야 해서 거리가 더 벌어진다. 성 안에 마차가 필요하다고 주장하고 싶다.

나는 큰 강당 가까이까지 리카르다에게 안겨 이동했고, 홀이 나오기 직전에야 땅에 내려올 수 있었다. 리카르다는 나의 옷매무새가 단정한지 여기저기 확인했다.

"제가 함께 와 드릴 수 있는 건 여기까지입니다. 공주님은 카펫 정중앙을 걸으셔서 단상에 올라가세요. 그곳에 질베스타 님이 계십니다."

"네."

복도 모퉁이에서 한 걸음 내디디면 홀이다. 홀에는 램프 같은 물건이 공간을 밝게 비추고 있었다. 평민촌에서는 양초도 아까워서 쉽게 손을 대지 못했고, 해가 떨어지면 당연하다는 듯 주변이 어두컴컴해졌다. 하지만 귀족가에선 램프 같은 도구를 아낌없이 마구 쓰는 듯하다. 이 램프도 전등처럼 밝지는 않았다. 하지만 작은 빛이라도 주위의 온통 새하얀 벽 때문에 제법 밝게 느껴졌다.

"……밝네요."

"신전에는 없었어? 양초의 작은 촛불을 마술구로 증폭시킨 거야."

코르넬리우스의 설명에 나는 작게 끄덕이면서 발걸음을 옮겼다. 홀에서 큰 강당으로 이어지는 문은 활짝 열린 채였고, 이미 모여 있는 많은 사람들이 보였다.

"신전장님이 도착하셨습니다."

체육관처럼 천장이 높고 넓은 강당 정중앙에는 금테두리가 쳐진 검은 카펫이 깔려 있고, 카펫 양옆으로 신랑신부의 가족과 성인이 된 미혼 귀족들이 담화를 나누고 있다.

나는 사람들의 호기심 어린 시선이 쏟아지는 가운데, 앞만 똑바로 바라보며 빠르게 걸었다. 그래도 코르넬리우스가 작은 목소리로 "힘내."라고 말하는 걸 보면 주변 사람들 눈에는 매우 느릿한 걸음으로 보이는 모양이다. 그리고 단상 위로 올랐다. 다행히 옷자락을 들면서 밟지 않고 계단을 오를 수 있었다. 이미 큰일을 하나 끝낸 기분이다.

"로제마인, 이쪽으로."

리카르다의 말대로 단상에는 질베스타가 엄숙한 얼굴로 의자에 앉아 있다. 그 뒤에 서 있는 칼스테드가 의자에 앉으라고 시선으로 재촉하기에 나는 영주의 옆에 준비된 의자에 앉았다.

"로제마인, 너 성경은 어쨌냐? 성경이 없으면 의식을 할 수가 없지 않으냐?"

질베스타가 굉장히 걱정스럽게 물었지만, 페르디난드가 적어 준 '귀족가에 이동 시 준비해야 할 물건' 리스트에 없어서 성경을 꼭 가져와야 하는 줄 몰랐다.

"기도문은 외우고 있고, 신화를 읽는 건 페르디난드 님이세요. 괜찮은데요?"

"……축복을 내릴 수만 있다면 상관없다. 그리고 신화를 읽는 역할은 나다."

"그런가요?"

단상에 올라가서 주위를 바라보는 여유가 생기자, 교단에서 교실을 바라보듯 큰 강당의 모습이 훤히 보였다.

'아, 신관장님이다.'

"페르디난드 님의 주변에 여성들이 안 계시네요. 왜 그럴까요?"

여성들은 멀리서 페르디난드를 에워싸고 속닥거리거나 꺅꺅거리기만 할 뿐, 조금도 가까이 다가갈 기색이 없다. 혹시나 까칠한 성격이 소문난 걸까. 이대로는 리카르다의 '도련님' 호칭에서 못 벗어나지 않을까?

"결혼 상대를 고르는 자리에서 결혼하지 않을 게 뻔한 신관에게 말을 거는 건 바보 같은 짓이지."

질베스타의 지당한 대답에 나는 "하긴." 하고 끄덕였다. 그럼 페르디난드는 대체 뭐 때문에 회장을 어슬렁거리는 걸까.

"로제마인은 페르디난드가 빨리 결혼하길 원하느냐? 신전에서 일을 산더미처럼 쌓아 놓고는 혹사시키고 괴롭히지? 엄격한 녀석이니까."

"아뇨, 오히려 그 반대예요. 지금 페르디난드 님이 신관장직을 그만두면 가장 곤란한 사람은 저예요. 페르디난드 님에게는 정말 미안하게 생각하지만, 제가 성인이 될 때까지 독신으로 있어 주셨으면 좋겠어요."

그 외에 아는 사람이 없는지 둘러보니, 마치 꿰다 놓은 보릿자루처럼 멍하니 있는 브리기테가 눈에 들어왔다. 본인도 그다지 흥미 없는 표정인데, 괜찮은 걸까.

"여기서 결혼 상대를 못 찾으면 어떻게 되나요?"

"집안에 따라 다르고, 찾지 못한 사정에 따라서도 다르지. ……너의 호위 기사 말이구나. 저 녀석은 좀 어려울 거다."

질베스타는 벽과 하나가 된 듯한 브리기테를 쳐다보며 언짢은 표정을 지었다.

"어렵다니요?"

"첫 번째는 집안 사정이다."

질베스타의 설명으로는 3년 전, 브리기테의 아버지가 죽고, 성인이 된 오빠가 기베 일크너의 지위를 물려받았다. 브리기테에게는 약혼자가 있었지만, 그 남자와 가족은 브리기테의 오빠가 어리다는 점을 이용하여 일크너 영지를 집어삼킬 꿍꿍이였다고 한다.

결국, 약혼자의 가족에게 신물이 난 브리기테는 혼약을 파기했다. 지위는 비슷하지만, 상대방 집안은 여러 방면으로 많은 경험을 이용하여 교활하게 굴었다. 젊어서 경험이 적은 브리기테의 오빠는 지금도 여러 가지로 곤경에 처한 상황이라고 한다. 자신이 혼약을 파기함으로써 영지는 지켰지만, 오빠를 고생시키는 결과를 낳았다며 큰 죄책감을 느꼈다고 한다.

권력자를 자기 편으로 만들어 조금이라도 오빠에게 힘이 되고 싶었던 브리기테는 신전과 평민촌에 가게 될 수도 있다는 점에서 희망자가 전혀 없었던 나의 호위 기사에 가장 먼저 지망했다고 한다.

눈물이 울컥 솟아오르는 것을 느끼면서 이야기를 듣는 나를 보고 질베스타가 눈을 크게 떴다.

"왜 우느냐!? 지금 이야기에서 울 장면이 어디에 있어? 흔한 이야기잖아?"

"그, 그치만……."

'가족의 유대에 관련된 얘기엔 약하다구, 나. 지금은 특히나.'

일가의 기둥인 아버지가 죽으면 단숨에 가족의 생활이 힘들어지는 건 평민촌도 마찬가지다. 특히나 후계자가 아직 어린 상황이라면 말할 것도 없다. 성인이 되었을 무렵에 부모를 잃은 벤노도 종업원이 줄줄이 떠나는 바람에 궁지에 몰린 데다 길드장의 짓궂은 괴롭힘에 농락당했다고 했다. 평민 상인마저 그런 상황인데 땅을 다스려야 하는 기베는 얼마나 고생스러웠을까.

"브리기테에게 그런 사정이 있었다니……. 양아버님, 아버님, 제가 브리기테를 위해 해 줄 수 있는 일이 있을까요?"

"조금이라도 좋은 집안과 맺어진다면 조금은 상황이 바뀌겠지만, 본인의 기질로 보아 어려울 거다. ……그녀를 봐라. 남의 눈을 의식하기는 했지만 조금 엇나갔군. 오늘 입은 의상 하나만 봐도 알 수 있지?"

질베스타의 말에 나는 브리기테를 유심히 살펴보았다. 주변에도 디자인이 비슷한 의상을 입은 여성이 많은 것을 보면 브리기테가 차려입은 옷도 요새 유행하는 의상임을 알 수 있다. 하지만 그 의상은 브리기테에게 그다지 어울리지 않았다.

"남의 눈을 의식해서 유행을 따르긴 했지만, 의상이 어울리지 않아서 매력이 반감했네요."

솔직히 평소의 멋진 기사 모습을 해야 브리기테의 매력이 잘 발산된다고 생각했다.

"몸집이 크고 튼튼해서 여자 옷이 안 어울리는 거겠지."

"그렇지 않아요. 디자인이나 색깔을 바꾸면 브리기테에게 어울리는 의상은 분명 있어요. 유행과는 다르겠지만⋯⋯."

"그럼 네가 유행을 만들면 되겠군. 여성의 결혼 적령기는 짧아. 스무 살이 되면 혼기를 놓쳤다고 하거든."

'유행을 만드는 게 쉬운 줄 아시나.'

뾰로통하게 볼을 부풀린 나는 브리기테에게 어울리는 의상을 고민하면서 다시 시선을 돌렸다. 브리기테뿐만 아니라 다무엘도 고전할 것 같은 느낌이 들어서였다.

주변을 둘러보자 램프레히트도 보였다. 여성들이 둘러싼 무리 위로 툭 튀어나온 머리를 보고 알았다. 인기 만점인 램프레히트는 결혼 후보가 넘쳐나는 듯하다. 저 정도라면 걱정할 필요가 없다.

"램프레히트 오라버니는 여자들한테 둘러싸여 있네요. 내년에는 결혼할 수 있지 않을까요?"

"당분간은 독신일 거다. 귀족원에서 마음이 통한 상대가 다른 영지의 딸인데, 아직 성인이 아니거든. 그녀가 성인이 되어도 집안의 사정이 맞아떨어지지 않는다면 결혼은 무리겠지만."

호위 중인 칼스테드가 살짝 귀띔해 주었다. 램프레히트에게 다른 영지 출신의 좋아하는 사람이 있다고 한다.

'장거리 연애 같은 건가? 그런데 집안 사정이라니? 로미오와 줄리엣?'

좀 더 자세히 듣고 싶다. 나와는 인연이 없는 만큼 남의 연애 얘기는 달콤했다.

"에크하르트 오라버니는, 안 계시죠?"

"슬슬 후처를 찾았으면 싶다만, 조금 더 시간이 걸릴 듯하군."

"네!? 처음 듣는 소리인데요!?"

에크하르트는 이미 한 번 결혼을 했지만, 부인과 사별했다고 한다. 나, 새 가족에 대해 너무 모르는 게 아닐까.

"아직 과민하게 반응하니까 집 안에서 그 얘기는 꺼내지 않고 있어. 너도 에크하르트에게 결혼이나 죽은 부인 얘기는 되도록 삼가도록 하거라."

"알겠습니다……."

놀라운 새 정보가 줄줄 나오는 가운데, 나는 계속해서 다무엘을 찾았다. 하지만 분명 어딘가에 있을 다무엘은 인파에 파묻혔는지 보이지 않는다.

다무엘을 찾는 데에 혈안이 되어 있는 동안 일곱 점 종이 울려 퍼졌다. 질베스타가 슥 일어나 망토를 펄럭이며 한 걸음 앞으로 나갔다.

"지금부터 성결식을 시작한다. 신랑신부는 입장하라!"

큰 강당에 여덟 쌍의 신랑신부가 입장했다. 그들의 의상은 오전 중의 평민촌 성결식과는 천의 화려함도, 디자인도 차원이 다르지만, 각자 태어난 계절의 귀색으로 꾸민 부분은 똑같았다. 형형색색의 의상을 갖춰 입은 신랑신부가 일정한 보폭으로 걸어온다. 주위에서 박수와 환호성이 날아들고, 여기저기서 건네는 축하의 말에 강당은 기쁨으로 가득했다.

신랑신부가 단상 앞에 늘어서자, 질베스타가 단상에서 또랑또랑하게 신화를 말하기 시작한다. 성경에 기재된 부분을 상당히 생략했지만, 암기해서 말하는 듯했다. 그 신전장은 정말 형편없는 사람이었다는 걸 다시금 깨달았다.

어둠과 빛의 신화가 끝나자, 질베스타가 올해 결혼하는 신랑신부의 이름을 호명했다.

"그라츠 남작의 아들 베른데트와 브론 남작 영애 라그레테."

호명된 신랑신부는 단상에 올라왔다. 질베스타가 두 사람에게 혼인 의사를 확인하고, 양자결연 때 썼던 마술구 펜을 건넸다. 펼쳐진 서류에 두 사람이 사인하자, 금빛 불꽃과 함께 계약서가 사라진다. 여덟 장의 계약서가 금빛으로 불타오르며 전부 깔끔하게 사라지고, 커다란 환호성이 일었다.

"새로운 부부의 탄생에 신전장으로부터의 축복이 있겠다."

드디어 내 차례다. 자리에서 일어나 느릿한 걸음으로 질베스타 옆에 나란히 섰다.

"조금 화려하게 해 줘라."

위에서 질베스타의 속삭임이 내려왔다. 이 사람도 성녀 전설의 주동자인 모양이다. 나는 신전에서 했을 때보다 조금 더 많은 마력을 반지에 담았다. 천천히 호흡한 후, 팔을 들고 신에게 기도하기 시작했다.

"높고 정정한 천공을 관장하는 최고신인 어둠과 빛의 부부신이여, 나의 기도를 듣고 새로운 부부의 탄생에 당신의 축복을 주소서. 당신께 그들의 마음과 기도와 감사를 바치오니, 거룩한 가호를 내려 주소서."

최고신인 부부신에게 축복을 빌자, 신전과 마찬가지로 금빛과 검정빛이 소용돌이치며 천장 끝까지 날아갔다. 그리고 금과 검정이 서로 꼬이고 겹쳐지다가 빛이 터졌다. 전부 작은 빛 가루가 되어 사방에 흩날리고, 신랑신부에게 떨어져 내렸다.

"호오……."

감탄 섞인 한숨이 큰 강당에 퍼졌다. 한 박자 늦게 "와아!" 하는 환호성이 가득 찼다. 그 자리에 있는 신랑신부의 놀라움과 기쁨에 찬 표정만 보아도 나의 축복은 성공적이었다.

"신전장, 퇴장. 어린 몸으로 크나큰 축복을 준 신전장에게 축복을!"

질베스타의 목소리에 그 자리에 있던 모든 사람이 빛나는 지휘봉을 꺼내 들었다. 그리고 마력을 넣어 지휘봉을 빛나게 하고는 높이 치켜들었다. 꼭 콘서트장에서 흔드는 야광봉 같았다. 아름다운 광경이었지만, 그것이 전부 자신을 향하는 것이라 생각하면 너무 부끄러웠다. 그 한가운데를 태연하게 걷는 일은 고행이나 다름없었다. 나는 창피해서 도망치고 싶은 나머지 되도록 서둘러 큰 강당을 빠져나왔다.

나의 퇴장과 함께 큰 강당의 문이 닫혔다. 이제부터는 어른들만의 연회가 시작된다. 역할을 끝내고 나니 긴장이 풀렸고, 평소라면 이미 자고 있을 시간이라서인지 갑자기 몸이 무거워졌다.

"로제마인, 괜찮니?"

"코르넬리우스 오라버니, 슬슬 한계예요."

종종 뜬금없이 의식을 잃는 내 몸 상태를 아는 코르넬리우스가 허둥대며 나를 안아 들었다. 아무리 나와 오라버니의 체격이 달라도 코르넬리우스는 아직 팔심이 세지 않다.

"미안, 안게리카. 서둘러 리카르다를 불러와 주겠어?"

고개를 끄덕인 안게리카가 몸을 앞으로 기울이는가 싶더니 굉장한 속도로 사라져 버렸다. 그러고는 금방 돌아왔다.

"리카르다가 곧 올 겁니다."

"고마워, 안게리카."

안게리카에게 불려온 리카르다는 "아이고 세상에나." 하고 다가오더니 나를 번쩍 안아 들고 성큼성큼 방까지 돌아오기 시작했다.

"공주님은 몸집도 작고 얌전하셔서 옮기기도 참 편하네요."

도망치려는 질베스타를 잡아서 교사 앞으로 끌고 가거나, 일어나자마자 일하기 싫다며 짜증을 부리는 질베스타를 침대에서 끌고 내려와 집무실로 연행해 왔던 리카르다는 힘이 어마어마한 장사였다.

그런 이야기를 들으면서 몸이 흔들거리는 사이 내 방에 도착했다.

"공주님, 목욕하지 않으시면 주무실 수 없습니다."

나는 당장에라도 자고 싶었지만, 머리에 젤을 바른 채 자는 건 리카르다가 절대 용납할 수 없는 일이란다. 오틸리에와 둘이서 내 옷을 벗기고, 내 몸을 욕조에 뉘었다. 욕조 끄트머리에 머리를 두고, 탕에 몸을 담그는 동안 두 사람이 린샴으로 머리를 감겨 준다. 따뜻한 물에 잠겨 있으니 노곤노곤하여 점점 자고 싶어졌다.

"공주님, 정신 차리세요."

"음……."

탕에서 나와서 향유 같은 것을 몸에 바를 때쯤엔 완전히 의식이 멀어져 있었다.

"공주님, 로제마인 공주님, 일어나세요."

"예에……."

졸음에 정신이 혼미한 가운데, 두 시종은 따뜻한 물로 몸에 남은 향유를 씻어 내리고, 닦고, 옷을 입혔다. 두 사람에게 몸을 맡기면서 목욕을 끝내고, 겨우 이불에 들어간 다음 날, 나는 고열로 앓아눕고 말았다.

"우우~……. 페르디난드 님. 머리가 아파요."

"이럴 줄 알았다."

아침을 먹은 후, 페르디난드가 일찍이 상태를 보러 와 주었다. 일단 오늘 오전 중에는 신전에 돌아갈 예정이었지만, 일정이 빽빽해서 쓰러지지 않을까 예상했다고 한다. 정답입니다.

"어떻게 그렇게 태평하실 수 있으세요, 페르디난드 도련님?!"

칼스테드나 질베스타처럼 건강하다 못해 별난 아이들만 키워 왔던 리카르다는 내가 특별한 이유도 없이 갑자기 고열을 일으키자 어쩔 줄 몰라 했다. 그래서인지 목소리가 날카롭다. 페르디난드는 리카르다의 질책 섞인 목소리를 흘려 넘기면서 허리춤에 찬 약병을 내밀었다.

"하루에 의식을 두 번이나 치르고, 마력을 많이 사용한 데다 바빴으니 며칠은 아플 거라 예상했다. 이것을 먹이고 재우면 돼."

"재우면 된다니 무슨 말씀이 그러신가요!? 아플 걸 예상했다면 미리 대책을 세우셨어야죠!"

정말 이럴 때 그 우수한 머리를 쓰십시오, 라고 리카르다가 꽤 까다로운 요구를 했다. 질베스타의 막무가내 같은 행동은 리카르다를 보고 배웠는지도 모르겠다.

"리카르다, 로제마인의 몸은 미리 대책을 짠다고 해결되는 것이 아니다. 내가 할 수 있는 일이었다면 조치를 취했겠지."

평소라면 '닥치거라.' 라는 한마디로 끝내 버렸을 페르디난드가 이마를 누르면서 난감하다는 얼굴로 리카르다에게 변명했다. 정말 리카르다에게는 못 이기는 모양이다. 나는 침대에서 손을 뻗어 리카르다의 스커트를 살짝 잡아당겼다.

"리카르다, 페르디난드 님께 화내지 말아 주세요. 이렇게 약도 준비해 주셨잖아요. ……지독한 쓴맛을 개선해 주지 않은 점은 조금 짓궂지만요."

"어머나, 그러셨군요. 그럼 약을 마시고 얌전히 계세요."

리카르다가 조그맣게 웃으며 페르디난드에게 받은 약을 내게 내밀었다. 작은 병에 든 녹색 액체가 흔들린다. 순간 겁이 났지만, 굳게 결심하고 단숨에 약을 입안에 털어 넣었다. 이 약은 단숨에 마시는 편이 그나마 덜 괴롭기 때문이다.

"……어라? 그렇게 안 쓰네?"

쓰긴 쓰다. 하지만 지금까지처럼 몸부림치며 뒹굴 만큼 참을 수 없을 정도로 쓰지는 않았다. 내 중얼거림을 주워들은 페르디난드가 나를 날카롭게 째려보았다.

"개선했다. 짓궂은 내가 딱히 맛을 개선할 필요가 없었던 모양이지만……."

"아, 아우, ……여, 역시 페르디난드 님. 우수하신 데다가 상냥하기도 하셔라. 호호호호……."

영주와 이탈리안 레스토랑

점심 후에 성에서 신전으로 이동할 예정이었지만, 점심까지도 열이 내리지 않았다. 그래서 신전에 돌아가지 못하고, 페르디난드가 시종들을 먼저 신전에 돌려보낼 절차를 밟아 주었다.

"음, 이 정도라면 문제는 없겠지."

다행히 열이 떨어진 저녁, 나는 페르디난드의 기수를 타고 양팔을 다무엘과 브리기테에게 잡힌 채 신전으로 돌아왔다.

"다무엘, 상대는 발견하셨나요?"

어젯밤 회장에서 결국 찾지 못한 다무엘에게 성과를 물었다. 다무엘은 곤란한 듯 처진 눈초리로 고개를 저었다.

"……아니요, 안타깝게도. 로제마인 님의 호위를 맡았지만 전 여전히 처분을 받는 중이고, 견습생 신분으로 강등된 처지인지라."

확실히 여성들에겐 1년간 기사 견습생 신분으로 강등된 다무엘이 결혼 상대로 보이지 않는 듯하다. 하지만 일단 영주님 양녀의 호위 기사가 되었으니 처분이 풀리기 전에 찜해 놓으면 된다고 생각했다. 다무엘은 나의 축복 효과로 귀족에게 중요한 마력도 커지고 있어서 꽤 득일 터이다.

"그럼 내년이 기대되네요."

"그다지 낙관적일 것 같진 않지만, 힘껏 노력하겠습니다. ……브리기테는 어땠어?"

다무엘이 가볍게 물었다. 회장에서 브리기테가 어땠는지 알고 있는 나는 쭈뼛거리며 브리기테의 얼굴을 살폈다. 나와 눈이 마주친 브리기테가 슬쩍 시선을 피했다.

"……전 아버님이 돌아가신 이후로 한 번 혼약을 파기한 적이 있습니다. 아마 다음은 없을 겁니다."

브리기테의 굳은 표정에 나는 어떻게든 도와주고 싶은 마음이 강해졌다.

귀족문에 내려서 신전에 돌아가니 정확한 타이밍에 프랑이 문을 열며 "어서 오십시오." 하고 맞아주었다.

"프랑, 어떻게 알았어요? 연락도 안 넣었는데……."

"귀족문 쪽에서 기수가 날아오는 모습을 보았습니다."

프랑은 당연하다는 듯이 말했지만, 아마 계속 주의 깊게 지켜봤으리라. 역시 시종의 모범. 올려다보는 내 눈높이에 맞춰 프랑이 무릎을 꿇었다.

"……로제마인 님, 안색이 좋지 않으신 듯합니다만?"

"그래요? 페르디난드 님께서 주신 약을 마셔서 열은 내렸어요."

내가 얼굴과 손을 만지며 체온을 확인하자, 페르디난드가 어깨를 으쓱했다.

"그대의 말보다 프랑이 더 정확하다. 프랑, 로제마인을 재워라. 오늘은 더 이상 아무것도 시키지 마라."

"알겠습니다."

내가 대화에 끼어들려고 해도 둘이서만 얼른 결정해 버렸다. 이대로는 강제적으로 침대에 내팽개쳐질 것 같아서 나는 프랑에게 안겨 방으로 돌아가면서 부탁했다.

"프랑, 길베르타 상회에 심부름꾼을 보내 줬으면 해요."

"내일 해 주십시오."

프랑은 페르디난드의 말을 방패 삼아 고개를 저었다. 몸 상태가 좋지 않은 건 사실이겠지만, 할 일을 두고도 두 손 놓고 있을 수는 없었다.

"아주 시급한 일이에요. 양아버님이 식당에 오시는 날이 정해졌어요. 날짜를 알려야 한다고요."

"내일 하셔도 됩니다."

말을 붙일 수도 없게 만드는 프랑의 대답에 입술을 쭉 내밀었다.

"그럼 양아버님도 아버님도 식당에 가기 전에 신전에 들리신다던데, 그 보고도 내일 할게요."

프랑의 어깨가 움찔거렸다. 남 일이 아니게 된 순간, 불안 가득한 표정을 지었다.

"어때요, 프랑? 영주이신 양아버님이 언제 오실지 예측되나요? 너무 갑작스러우면 준비가 힘들겠지요?"

"알겠습니다. 길베르타 상회에 심부름을 보내겠습니다. 단, 편지만입니다. 만남은 자제해 주십시오. ……그래서 언제, 오십니까?"

"내일모레래요."

깜짝 놀란 프랑은 당황하며 서둘러 신전장실로 돌아갔다. 취향에 맞춘 차를 확인하고 다과를 준비하는 등, 영주를 맞이해도 부끄럽지 않게 준비하려면 보유한 물건으로는 품질이 만족스럽지 못할 가능성도 있다.

"로제마인 님은 편지를 쓰시면 바로 쉬어 주십시오."

"네, 알고 있어요."

프랑의 허락을 받은 나는 서둘러 벤노에게 편지를 썼다. 식사 모임의 날짜와 참석 인원, 메뉴에 관해서도 몇 가지 주의점을 덧붙였다. 그리고 내일 저녁 무렵에 천연 효모를 가지러 오라는 전언을 남겼다.

"길, 공방을 닫은 후라 미안하지만, 길베르타 상회에 심부름을 갔다 올 수 있어요?"

"알겠습니다."

편지를 다 쓰고, 모니카의 도움으로 옷을 갈아입고 침대에 올라갔다. 식사 전까지 나오시면 안 돼요, 하고 모니카에게까지 주의를 들었다.

"모니카, 고아원 축제는 어땠어요? 아이들은 다들 재미있어 하던가요?"

"네. 올해는 빌마도 함께 타우를 던지며 놀았습니다. 로제마인 님께서 청색 신관에게 부탁해 주신 덕분에 신의 은총도 넉넉했고, 작년만큼 수프를 만드느라 힘들지 않았답니다."

침대에서 뒹굴뒹굴하며 모니카에게 내가 없는 동안 있었던 상황을 듣고 있는 사이, 심부름을 갔던 길이 답장을 가지고 돌아왔다.

"준비는 이미 되어 있으니 언제든 와라! ……라고 하셨습니다. 내일 저녁에는 레온이 천연 효모를 가지러 오겠답니다."

길은 그렇게 말하며 벤노에게 받은 답장을 건네주었다. 나는 벤노다운 든든한 말에 안심하며 편지를 펼쳤다. 그곳에는 식사 모임 멤버에 길드장과 프리다가 공동 투자자로 참가한다는 내용이 있었다. 둘은 마인과 로제마인이 동일 인물임을 안다. 그 사실을 미리 영주에게 알려 둬라, 라고 쓰여 있었다.

다음 날도 몸 상태가 좋지 않은 나는 프랑에게 원장실도, 도서실도 출입을 금지당하고 억지로 누워 있어야 했다. 책이 없으면 쉴 수가 없다고 프랑과 재차 협상한 끝에 도서실에서 책을 가져오게 하는 데에 성공하고, 책을 읽으며 뒹굴뒹굴하면서 지냈다. 너무나도 달콤한 하루였다.

저녁에는 신전을 찾아온 레온에게 천연 효모를 건넸다는 니콜라의 보고를 받았다. 프랑도 바쁘게 방을 드나들며 질베스타와 칼스테드를 맞이할 준비를 하는 듯했다.

식사 모임 당일, 세 점 종이 울린 후에 질베스타와 칼스테드가 호위를 거느리고 오겠다고 전했다. 얼마나 기대했는지 질베스타는 세 점 종이 울리기도 전에 들뜬 얼굴로 신전에 도착했다. 로지나와 페슈필 연습 중이던 나는 일행을 안내해 온 페르디난드의 불쾌한 표정에 동조해 버렸다.

"약속 시각은 지켜 주세요, 양아버님."

"로제마인의 말이 맞아. 이쪽도 계획이 있다고 몇 번을 말해야 알겠어?"

"알았다, 알았어. 식당에 도착하는 시간만 지키면 되잖느냐."

가볍게 넘기려는 질베스타와 "이것도 꽤 자제한 거다."라며 이마를 누르는 칼스테드의 등 뒤로 에크하르트와 코르넬리우스가 얼굴을 내비쳤다. 칼스테드도 식사 모임의 참석자라 호위가 필요하다고 하여 애초에 에크하르트를 호위로 데리고 오기로 했었다. 하지만 미성년자인 코르넬리우스가 올 예정은 전혀 없었다.

"코르넬리우스 오라버니도 함께 가나요?"

"나도 너의 호위 기사잖아."

팔을 허리에 대고 가슴을 빳빳하게 내밀며 당당하게 말하지만, 그 표정에는 '재밌는 일에 나만 따돌리지 마' 라고 쓰여 있는 듯하다.

어떻게 된 일인가 싶어 에크하르트를 보았다. 에크하르트는 "호위는 교대로 식사하니까 내 교대 요원을 맡아 주겠다는군." 하고 놀리는 듯한 시선으로 코르넬리우스를 내려다보았다. 아무래도 코르넬리우스가 거의 억지로 따라온 듯하다.

"와 버린 걸 어쩌겠나. 네가 맡아라. 로제마인, 그대의 가족이다."

"그렇다 치면 양아버님은 신관장님의 가족이기도 하지요?"

질베스타만이라도 맡아 달라고 요구하자, 페르디난드는 씁쓸한 표정으로 나를 내려다보며 "……식후는 내가 맡으마." 하고 말해 주었다.

프랑이 차를 내는 동안 방을 돌아보는 질베스타와 오라버니들은 내버려 두고, 나는 벤노에게 편지를 썼다. 예정보다 호위 인원이 늘어났다는 정보를 알려야 했다. 재료는 넉넉히 갖췄으니 한 명쯤 늘어도 괜찮겠지만 사전 연락을 넣어야 당황하지 않을 테니까. 대략의 의상 분위기에 관해서도 써 놓고, 길드장과 프리다에게도 전하도록 부탁해 뒀다. 드레스코드는 맞추는 편이 좋다. 혼자만 겉돌면 상당히 불편해질 터이다.

"로지나, 이 편지를 마중 나오는 사람에게 건네도록 하세요."

"알겠습니다."

음악 담당으로 식사 모임이 열릴 동안 페슈필을 연주하게 된 로지나는 세 점 종에 길베르타 상회에서 보내는 마차를 타고 우리보다 한 발 먼저 식당에 간다. 오늘을 위해 벤노에게서 산 옅은 파란색 의상이 로지나에게 잘 어울렸다.

"그럼, 로제마인 님. 출발하겠습니다."

로지나는 세 점 종이 울리기 전에 우아한 미소를 남기고 상급 귀족이 북적이는 방에서 도망쳐 나갔다. 사전에 통보받았지만 영주와 기사단장이 손님으로 온 상황에 가벼운 혼란이 온 니콜라는 방을 빠져나가는 로지나를 부럽다는 얼굴로 바라보았다.

"니콜라, 모두에게 쿠키를 내 주세요. ……시식해 보고, 가장 맛있는 것으로 부탁해요."

"네! 맡겨 주세요!"

시식에 이끌려 웃으면서 주방으로 향하는 니콜라를 쓴웃음 지으며 바라본 나는 프랑이 끓여 준 차를 만끽하는 질베스타에게 다가갔다.

점심 전인데도 질베스타는 니콜라가 낸 쿠키를 "이것 참 맛있군." 하며 입속에 넣기 바빴다. 그런 질베스타를 뒤에서 호위하느라 먹지도 못하는 코르넬리우스가 불쌍해 보이는 얼굴로 쳐다보았다.

네 점 종이 울릴 때쯤이 되자, 길베르타 상회에서 보낸 마차가 도착했다. 나와 페르디난드와 질베스타, 칼스테드가 한 대. 오라버니들과 다무엘과 브리기테가 한 대. 그리고 프랑과 페르디난드의 시종 세 사람이 한 대. 이렇게 마차 세 대가 우르르 식당으로 이동했다.

"뭐야, 이 마차는!?"

귀족의 마차와 달리 덜컹거리며 흔들리는 평민 마차에 질베스타가 눈꼬리를 치켜 올렸다.

"평민들 마차는 다 이래요. 귀족의 마차는 마술구를 쓰잖아요? 길도 매끈하고."

"로제마인, 그대의 지식으로 어떻게든 안 되겠느냐? 책보다 먼저 이걸 개조해라."

"……마차와는 전혀 친하질 않아서요. 어떤 식으로 개조해야 하는지 저도 몰라요."

나는 탈 일도 없는 마차의 구조에 흥미를 가진 적이 없었다. 마차의 흔들림을 경감하려고 차체를 쇠사슬로 매달기도 했다는 문장을 어딘가에서 읽은 적은 있지만, 요한에게 주문할 만큼 자세하게 기억하고 있지도 않았다.

"고약한 악취도 여전하군."

평민촌 숲에 몰래 사냥하러 온 적이 있는 질베스타가 인상을 찌푸렸다. 칼스테드와 페르디난드의 불쾌하게 굳은 표정을 보니 마찬가지 심정인 듯하다.

"정 그러시다면 평민촌 위생 관리에 예산을 좀 나눠 주세요."

"예산을 주면 개선되겠느냐?"

칼스테드가 흥미롭다는 듯이 나를 보았다. 기대에 찬 눈으로 보면 조금 부담스러웠다.

"……상하수도를 설치하면 대폭 개선할 수 있어요. 하지만 자세히는 몰라요."

"책 제작 외에는 아무것도 모르느냐!? 네 지식은 정말 쓸래야 쓸데가 없구나."

질베스타에게 혼이 났다. 쓸데가 없다지만, 나의 흥미는 옛날부터 전혀 변하지 않았다. 일단 책이 제일 먼저다. 그 외의 일은 여유가 생겼을 때 고민할 거리다.

"흥미도 없고 필요도 없는 지식을 그렇게 자세히 기억할 리가 없잖아요. 양아버님은 뭐든 빠짐없이 다 기억하고 계신단 말씀이세요?"

"그런 일은 페르디난드에게 맡겼다."

'그렇게 당당하게 할 말인가요!?'

도착 전부터 피로를 느끼면서 나는 양아버지를 보았다.

"양아버님, 오늘 식사 모임의 참가자를 미리 말씀드릴게요."

길드장과 프리다가 식사 모임에 참가한다는 점, 그 둘은 세례식 전의 나를 알고 있다는 점, 벤노에게 전해 두라는 전언이 있었다는 점까지 얘기했다.

"흠. 이익에 밝은 상인이군. ……알았다. 어떻게 대할지는 얼굴을 보고 정하마."

그런 대화를 하는 사이에 마차가 이탈리안 레스토랑에 도착했다. 가족에게만 보이는 표정을 다시 다잡고 입을 닫았다. 마을 북쪽에 있는 식당이라 평수는 넓지만, 6층 건물이라는 점은 주변 건물과 다른 바 없었다. 밖에서만 보면 안에는 귀족 저택을 모방한 줄은 생각지도 못하리라.

먼저 시종들이 짐을 안고 마차에서 내린다. 이어서 호위가 내린다. 식당 건물 앞은 걷기 쉽도록 깨끗하게 청소되어 있었다. 칼스테드와 페르디난드가 마차에서 내리고, 나는 칼스테드의 도움을 받으며 마차에서 내렸고, 마지막으로 영주인 질베스타가 내렸다.

마차 세 대가 줄줄이 정차한 광경은 주위를 오가는 사람들의 이목을 집중시켰다. 이곳에 있는 사람이 누구인지는 몰라도, 어마어마한 부자라는 것만큼은 한눈에 봐도 자명했다. 조금 멀리서 에워싸듯이 우리를 보려고 구경꾼들이 점차 모이기 시작했다.

"어서 들어가요, 양아버님."

식당에 들어가서 문을 닫자 바깥의 악취가 제법 차단되고, 흥미 가득한 시선에서 벗어날 수 있었다. 한숨을 내쉬고 뒤돌아보니 그곳에는 벤노와 마르크를 비롯한 길드장, 프리다, 접객원들이 모두 집합해 있었다. 전원이 무릎을 꿇고 가슴 앞에 손을 교차했다.

프리다와 만나는 건 오랜만이었다. 하지만 더 이상 마인이 아닌 나는 '오랜만이야'라고 말을 걸 수도 없다. 조금 쓸쓸함을 느끼면서 대표자인 벤노의 장황한 인사를 들었다.

"이탈리안 레스토랑의 종업원 일동입니다. 불의 신 라이덴샤프트의 권위가 빛나는 좋은 날, 신들의 인도에 의한 만남에 축복을 내려 주시길."

"축복을 내린다."

전에 이탈리안 레스토랑에 왔을 땐 내부공사도 덜 끝난 상태였다. 이렇게 화려한 무늬가 새겨진 문이나 창틀을 끼워 놓고, 카펫이나 태피스트리를 장식하고, 꽃과 그림으로 색감을 곁들이니 전혀 다른 곳으로 보였다. 소파나 개인용 의자 몇 개를 준비한 이곳은 대기실도 겸한 현관 홀이다. 로지나와 프랑이 다양하게 고른 장식들이 자태를 뽐내고 있다.

"이곳은 호위 기사님들이 식사하시는 방으로 준비했습니다. 귀족님을 이 방에서 대접한다는 상황을 예상하지 못해서 격이 조금 떨어지는 방이지만, 아무쪼록 용서 부탁드립니다."

조금 크기가 큰 테이블과 의자가 놓여 있는 심플한 방이다. 시종이 교대로 식사하거나, 주인이 물렸을 때 대기하는 방인 듯하다. 손님용으로 준비한 방이 아니므로 오늘 호위 기사들이 쓰기에는 지나치게 심플하지만, 하는 수 없다.

"이쪽이 식당입니다."

"호오, 중급 귀족에서 하급 귀족의 방 분위기는 나는구나. 평민 식당 같진 않군."

"칭찬의 말씀 감사드립니다."

영주의 말에 벤노의 표정이 조금 누그러졌다. 돈도 시간도 상당히 퍼부은 식당인데 영주의 입에서 합격 평가가 나온 셈이다. 안도하는 심정이 이해되었다.

복잡하게 조각된 요벽*을 달고, 같은 무늬의 장식장이 늘어서고, 비싸 보이는 접시와 항아리 외에도 내가 만든 그림책과 제법 오래전에 벤노에게 선물로 준 종이학이 장식되어 있었다. 테이블은 깨끗이 닦아 윤기가 흐르고, 인원수만큼의 냅킨과 오늘의 메뉴가 준비되어 있다. 테이블 중앙에는 마주 앉은 상대의 얼굴이 보일 만큼 작은 화병에 계절 꽃이 꽂혀 있고, 종업원을 부를 때 쓰는 깜찍한 종까지 준비되어 있었다. 나는 만족하며 고개를 끄덕였다.

"그럼 이쪽으로 오시지요."

만족할 때까지 식당 안을 찬찬히 살펴본 뒤, 자리로 안내받았다. 호위인 에크하르트가 문의 안쪽에, 그리고 바깥쪽에는 브리기테가 서고 다무엘과 코르넬리우스는 대기실로 향했다.

"이 식당의 공동 투자자를 소개해 드리겠습니다. 우선 영주님의 양녀이신 로제마인 님. 오늘의 메뉴도 로제마인 님께서 구상하신 것입니다. 그리고 상업 길드의 구스타프 길드장과 그의 손녀딸인 프리다.

---

* 바닥에서 벽의 허리 높이 정도에 별도로 붙이는 벽

접객원과 요리사의 교육에 크게 공헌했습니다."

벤노는 영주에게 함께 식사하게 될 상대를 한 사람씩 소개했다. 여기서 처음 알게 된 것. 길드장의 이름은 구스타프였다.

"자네들인가."

로제마인과 마인이 동인 인물임을 아는 길드장과 프리다에게 질베스타가 날카로운 시선을 던졌다. 내 기억 속에서 그렇게 잘난 체하던 길드장이 몸을 움츠리며 가슴 앞에서 손을 교차했다.

"구스타프, 그리고 프리다. 자네들은 우수하다고 들었다. 이익을 취하는 기회를 잘 잡는다던데. 그럼 자네들이 무엇을 해야 할지는 스스로 잘 알겠군. 그렇지?"

"물론 최대한 협력해 드릴 생각입니다."

"흠. 그럼 앞으로 나의 양녀가 큰 사업을 벌이고자 하니 그대들도 지원해 주기 바란다."

쓸데없는 말은 삼가고 벤노에게 편의를 도모하라는 말을 뭉뚱그려 명령하는 질베스타의 모습을 나는 가만히 지켜보았다. 딱히 길드장을 어떻게 할 생각은 없는 듯했다. 길드장은 돈에 악착스러운 사람이지만, 일단 생명의 은인이다. 다행히 무사하게 넘어가서 가슴을 쓸어내렸다.

영주의 경고가 끝나고 조금 긴장이 풀린 듯한 프리다와 눈이 맞자 서로 싱긋 웃었다. 프리다는 성인이 되면 귀족가에서 산다고 했으니 어느 정도 사이좋게 지내고 싶었다.

벤노의 소개가 진행되는 동안 프랑과 페르디난드를 포함한 시종들은 지참한 짐 속에서 식기류를 꺼내어 놓기 시작했다. 벤노와 공동 투자자들의 몫은 접객원들이 재빠르게 준비했다. 접객원 중에 레온의 모습도 있었다. 냄비나 큰 접시에 담은 요리를 웨건으로 운반한다. 그러면 시종이나 접객원이 그 자리에서 접시에 나눠 담고, 주인의 식사를 돕는다.

오늘은 영주의 시중으로 프랑이 붙었고, 잠이 나를 담당했다. 계급상 영주에게 가장 먼저 음식을 배분해야 하지만, 처음 와 보는 장소에서 평소와 다른 방식으로 영주의 시중을 들면 혹시나 실수하게 될까봐 모두가 영주의 시중을 주저했다. 그래서 가장 많은 시간을 의논하고 나의 시중에도 익숙한 프랑이 영주의 식사 시중을 맡고, 다른 이들은 그의 행동을 보고 따라 하면서 시중을 들기로 한 것이다.

"호오, 이것이 오늘의 메뉴구나."

질베스타가 결혼식 메뉴판처럼 테이블 위에 놓인 카드를 손에 들고 흥미롭게 바라보았다. 처음 보는 요리 가짓수에 그의 입꼬리가 씨익 올라갔다.

레온이 막 구운 따끈따끈하고 폭신폭신한 빵을 날랐다. 김과 함께 물씬 피어오르는 냄새가 식욕을 자극하자, 얼른 먹고 싶어서 조바심이 났다. 칼스테드와 페르디난드가 평소에 먹는 빵과 다르게 생긴 빵을 보고 놀란 표정을 지었고, 길드장과 프리다는 얼굴을 확 들어 나를 보았다.

프랑이 질베스타 앞에 조심스럽게 접시를 올렸다. 오른쪽에는 직접 만든 마요네즈로 버무려 동그랗게 담은 포테이토 샐러드, 왼쪽에는 초승달 모양으로 접시에 담고 이탈리안 드레싱 비슷한 소스를 뿌린 닭가슴살과 채소 샐러드다.

"몇천만의 생명을 저희의 양식으로 내려 주시는 높고 정정한 천공을 지배하는 최고신, 넓고 호호막막한 대지를 지배하는 다섯 대신, 신들의 어심에 감사와 기도를 올리며 이 식사를 받겠습니다."

모두에게 요리가 돌아가고 식전 기도를 올린 후, 나는 포크를 손에 들었다. 독의 유무를 확인할 겸, 초대한 자가 가장 먼저 먹어 보는 것이다.

'응, 맛있어.'

오물거리며 씹는 사이, 참다못해 바로 먹기 시작한 질베스타가 보였다. 익숙한 채소 샐러드가 아닌, 처음 보는 포테이토 샐러드부터 입에 넣는 모습에서 그의 왕성한 호기심이 엿보였다. 가장 익숙해 보이는 샐러드에 손을 뻗는 페르디난드와 전혀 달랐다.

나는 어떤 반응을 보이는지 질베스타를 가만히 바라보았다. 샐러드를 입에 덥석 넣고 우물거린 질베스타가 눈을 번쩍 뜨더니 갑자기 나를 쳐다보았다.

"……로제마인, 이건 무엇이냐? 처음 먹어 보는 맛이다."

안광을 번뜩이는 짙은 녹색 눈동자를 보아하니, 아무래도 포테이토 샐러드가 마음에 든 모양이다.

"이것은 '포테이토 샐러드'라고 합니다. 삶아서 뭉갠 카르페에 여러 가지 채소를 넣고 '마요네즈'로 버무린 요리인데 입에 맞으십니까?"

"처음 먹어 보는 맛이지만 나쁘진 않아. 음, 괜찮군."

아무래도 마요네즈 맛이 질베스타의 마음을 사로잡은 듯하다. 그러고 보니 루츠네 집에서 처음 마요네즈를 만들었을 때도 루츠 형제들이 절찬했다. 덕분에 싱겁고 조금 쓰기도 한 채소를 맛있게 먹을 수 있겠다고 했었다. 참고로 나는 마인이 된 후로 스스로 만든 적이 없다. 마요네즈는 섞는 과정이 굉장히 힘이 드는데 소형 믹서기도 없이 내 힘만으로는 도무지 만들 수가 없다.

채소 샐러드는 무시하고 포테이토 샐러드만 먹는 질베스타를 본 칼스테드가 포테이토 샐러드를 입에 넣고, 재차 맛을 음미하면서 고개를 끄덕였다.

"……확실히 처음 먹어 보는 맛이지만, 나쁘지 않구나."

그런 둘의 반응을 본 페르디난드가 포테이토 샐러드를 콩알만큼 떼어 입안에 넣었다. 표정은 거의 바뀌지 않았지만, 다음 한입 크기가 커진 것으로 보아 만족한 듯하다.

나와 마찬가지로 상급 귀족 세 사람의 반응을 가만히 살피던 벤노가 긴장이 풀린 듯 어깨에 힘을 빼고 자기 접시에 놓인 요리를 먹기 시작했다. 벤노, 길드장, 프리다는 요리사의 연습 요리를 먹은 적이 있어서 맛있게 먹기는 하지만, 딱히 놀란 표정은 짓지 않았다.

"양아버님, 그쪽 샐러드도 드셔 보세요."

포테이토 샐러드를 한 접시 더 먹으려던 질베스타에게 말을 걸었다. 질베스타는 아직 닭가슴살 샐러드에 손도 대지 않았다. 그다지 채소를 좋아하지 않는지, 조금 꺼림칙한 표정을 짓던 질베스타가 포크로 샐러드를 찍었다. 아삭아삭하게 씹는 소리가 울린 후 몇 차례 눈을 끔뻑인 질베스타가 다시 한 입 먹었다.

"로제마인, 이 샐러드도 상당히 맛있구나. 무슨 소스를 뿌렸느냐?"

"그건 '허브 드레싱'이에요. 식물 기름과 소금, 감귤 과즙, 식용 약초를 섞은 소스인데, 어떤 재료를 섞느냐에 따라 맛이 다양해져요."

이 나라에서는 한 번 뜨겁게 끓여 만든 소스가 주류다. 고기에 뿌리는 데미그라스 소스 같은 것을 채소에도 뿌리는 것이다. 맛있는 건 맛있지만, 먹을 때 대부분 하얀 기름이 뜨기 때문에 그다지 좋아하지 않는다.

"이 채소 위에 하얀 건 뭐지? 닭고기 같기는 한데, 부드럽고 맛도 다르군."

"닭고기 맞습니다. 준비 작업에 손이 많이 가긴 하지만, 맛있지요?"

채소를 싫어하는 듯했던 질베스타가 만족스럽게 샐러드를 싹 비우고, 프랑에게 한 접시를 더 부탁하려고 했다.

"양아버님, 여기서 배를 채우시면 뒤에 나오는 요리를 못 드실 거예요."

"음, 네 말이 맞구나."

나는 다른 사람도 먹을 수 있도록 폭신폭신한 빵을 한입 크기만큼 찢었다. 아직 따뜻한 빵에서 김과 함께 막 구운 빵 특유의 달콤한 냄새가 물씬 풍겼다. 입에 넣자 맛있는 냄새와 함께 부드러운 식감과 따끈따끈한 단맛이 입속에 퍼졌다.

'아아, 푸고의 맛이야.'

똑같은 레시피라도 엘라와 또 다른 맛이다. 절묘하게 구운 익숙한 맛에 헤벌쭉해지는 내 시야에서 프리다가 빵을 덥석 집는 모습이 보였다. 내가 시식하기를 꾹 참고 기다렸던 모양이다.

프리다는 아직 온기가 남은 빵을 손에 든 순간, 깜짝 놀란 눈으로 빵과 나를 번갈아 보았다. 부드러움에 놀랐는지, 주물럭거리듯 손을 까딱까딱 움직이면서 빵의 부드러움을 확인했다. 그 뒤 한입 크기만큼 찢어서 입에 넣었다. 씹는 동안 프리다의 오른손은 입가를 누르고, 계속 휘둥그레 뜬 갈색 눈동자는 점차 빛을 발했다. 계산하는 머릿속이 훤히 보였다.

"로제마인 님, 이렇게 폭신폭신하고, 부드럽고, 씹지 않아도 달콤한 빵은 처음이에요. 꼭 저희 가게에서 팔게 해 주세요."

예상대로 프리다가 달려들었다. 천연 효모 반죽만 건네줬을 뿐, 푸고나 토드에게도 만드는 방법은 알려주지 않았으니 반드시 탐낼 줄 알았다. 이제 뭐라고 말하며 거절할지 고민하는데, 질베스타가 씨익 웃었다.

"프리다라고 했던가? 안타깝게도 그건 불가능한 상담이구나. 이 빵은 이번 겨울에 귀족들을 놀라게 할 비밀 레시피거든."

그렇다고 말해, 하고 나를 향한 짙은 녹색 눈이 날카롭게 빛났다. 내 입지를 다지기 위해 이 폭신폭신한 빵을 쓸 계획이었던 나는 그 거절 방법에 이의는 없었다.

"양아버님의 말씀이 맞아요. 오늘은 양아버님과 아버님이 오셔서 특별히 만들었지만, 이 빵은 겨울 사교계 때 널리 퍼트릴 예정이랍니다."

"그랬군요. 안타깝네요."

프리다는 방긋 웃으며 말하고는 다시 빵을 한입 먹었다. 오늘 요리사 멤버에 없는 일제에게도 꼭 먹어 보게 하고 싶다는 생각을 하고 있으리라.

"맛있기는 하다만……."

벌써 세 개째인 빵을 반으로 찢어서 입에 넣던 칼스테드가 으음~, 하고 미간을 찌푸리며 신음했다.

"씹을 새도 없이 사라지니 포만감이 없군. 먹어도 먹어도 부족한 것 같구나."

만족감과 포만감은 씹을수록 느끼므로 그런 의견이 나올 줄 알았다. '아버님은 딱딱한 빵을 좋아함'이라고 머릿속에 입력해 두었다.

칼스테드처럼 배부를 때까지 폭신폭신한 빵을 먹었다가는 식비가 어마어마하게 나갈 것 같았다.

"이쪽은 '**콩소메 수프**'입니다."

약간 큰 수프 항아리를 올린 웨건이 방에 들어온 순간부터 혼을 끌어당기는 냄새가 풍기기 시작했다. 항아리 속에는 푹 끓여서 맛을 농축한 콩소메 수프가 들어 있다. 채소는커녕 다른 건더기가 전혀 들어가지 않은, 그저 맑고 깨끗한 호박색 수프다. 한 번 채소를 끓인 물을 버리는 방식이 당연한 이 주변에서는 절대 맛볼 수 없는 요리다.

"냄새는 좋다만, 건더기가 하나도 없는데?"

프랑이 따라 주는 수프를 보며 질베스타의 눈이 휘둥그레졌다. 이곳에서 먹는 수프는 흐물흐물해질 때까지 삶은 채소가 들어간 것이었다. 건더기가 없는 수프 따위 존재하지 않는다.

"건더기가 없는 편이 더 맛을 음미할 수 있어요. 맛있어서 깜짝 놀라실 걸요?"

나는 수프에 조금 얼굴을 갖다대고 가볍게 냄새를 즐겼다. 입속에 침이 고이는 농후한 냄새가 풍겼다. 아주 정성을 들여 거른 듯한 맑은 호박색 액체에 숟가락을 넣자, 표면이 일렁이면서 더욱 짙은 향이 퍼졌다. 그리고 숟가락을 입에 넣어 콩소메를 흘려 보냈다. 농축된 맛을 혀 위에서 천천히 굴리며 음미했다. 진하고 풍미가 깊은데 뒷맛은 담백한 더블 콩소메 맛에 무심코 감탄의 한숨이 흘러나왔다. 푸고의 노력이 담긴 맛이다. 경험의 차이인지 솔직히 엘라가 만든 콩소메보다 몇 배는 더 맛있었다.

"그럼 나도 먹어 보지."

질베스타가 한 입 먹고, 눈을 크게 뜨고, 곧바로 또 한 입 먹고, 눈을 번뜩였다. 그리고 또 한 입 먹고, 고개를 갸우뚱하며 입을 우물거렸다.

"이건 무슨 맛이지?"

"고기와 채소 등 여러 가지를 넣고 모든 재료의 맛을 농축한 요리예요. 다양한 요리의 맛을 내는 데에도 쓰인답니다."

페르디난드도 이해 못 하겠다는 듯이 미간에 깊은 주름을 새긴 채 콩소메 수프를 먹었다. 표정만 보면 굉장히 맛없어 보이지만, 빠른 팔의 움직임을 보아하니 맛있다고 생각해 주는 모양이다.

"페르디난드 님, 왠지 복잡한 표정이신데, 입에 맞으시나요?"

"음? ……흠. 이건 실로 아름다운 요리인 것 같다."

맛있다가 아니라 아름답다는 평가가 금방 이해되지 않았다. 페르디난드는 냅킨으로 가볍게 입가를 닦고 설명해 주었다.

"그래. 실로 아름다워. 한 입 먹어 보면 이 깊은 풍미 속에 다양한 재료의 맛이 느껴지는구나. 우러나온 각각의 맛이 한데 어우러져서 농축된 맛이지. 그런데도 수프에는 건더기 하나 없고, 접시 바닥까지 보일 정도로 맑기까지 하다니. 고도로 완성된 아름다움이 함축된 수프다."

아름답다는 말은 조금 이해하기 어려운 표현이지만, 설마 그렇게 칭찬할 줄은 몰랐다. 상당히 콩소메가 마음에 든 모양이다.

"기다리셨습니다."

그 목소리와 동시에 웨건이 들어왔다. 메인 요리 중 하나인 마카로니 그라탕이 나왔다. 이것은 도기로 만든 조그마한 내열 접시로 굽고, 손으로 들 수 있게끔 손잡이가 달린 나무 용기 속에 내열 접시를 통째로 넣은 것이다.

"이 갈색 용기는 굉장히 뜨거우니까 절대 만지지 않도록 주의하세요. 먹을 땐 이 나무 부분을 잡으세요."

모두의 눈에도 오븐에서 막 꺼낸 그라탕임을 한눈에 알 수 있었다. 화이트소스는 아직 보글보글 소리를 내며 끓었고, 그 위에서 치즈가 움직였다. 하얀 김과 함께 퍼지는 치즈의 단내가 참을 수 없었다.

이곳에는 구멍 뚫린 마카로니가 없었다. 그래서 손수 쳐서 만든 파스타로 파르팔레*를 만들게 했다. 파르팔레라면 화이트소스와도 어울리고, 마카로니처럼 구멍 속에 뜨거운 소스가 들어가서 혀를 델 일도 없다. 완벽했다.

"로제마인, 이건 치즈 구이냐?"

"비슷한 느낌이에요. 혀를 데지 않게 조심해서 드세요."

귀족가에도 새고기나 채소 위에 치즈를 뿌려 굽는 요리도 몇 가지가 있고, 미트소스 비슷한 것을 먹은 적이 있다. 하지만 화이트소스를 먹어 본 적은 없었다. 존재하지 않는 건지, 내가 아직 먹어 보지 못한 건지는 잘 모르겠다. 파르팔레로 뜨겁고 쭉쭉 늘어나는 치즈를 가볍게 휘감은 뒤 후후 불며 입에 넣었다. 진한 풍미와 함께 행복이 입안에 퍼져 간다. 원재료의 맛이 조금씩 달라서 역시나 완성된 맛도 다르긴 하지만 이건 우라노 시절, 엄마의 손맛이다.

"로제마인."

한입 먹은 질베스타가 미간에 힘을 꽉 준 얼굴로 나를 노려보았다.

"어디가 비슷하다는 거냐? 치즈 구이하고는 전혀 다른 요리이지 않으냐."

---

* 나비 모양의 파스타

"치즈를 뿌리고 오븐으로 구운 거니까 비슷하잖아요?"

오늘은 질베스타를 위해 귀족가에는 없으면서 되도록 어린이 입맛에 맞을 만한 메뉴를 골랐는데 성공한 듯하다. 나는 진한 녹색 눈동자를 반짝이며 화이트소스를 건져 올리는 질베스타의 모습에 키득거렸다.

"그건 '화이트소스'예요. 버터와 우유, 밀가루와 소금으로 맛을 낸 소스지요."

역시 화이트소스는 존재하지 않았나 보다. 그때 그라탕을 한 입 먹은 칼스테드가 포크를 손에서 놓았다. 마음에 들지 않았나 싶어 시선을 돌리자, 칼스테드는 진지한 얼굴로 이쪽을 바라보았다.

"네가 우리 집에 있는 동안, 네 요리사가 만든 신기한 과자를 몇 개 먹어 보긴 했지만, 요리는 세례식에 낸 것 외에 먹어본 적이 없구나. 이것도 너의 전속 요리사가 만든 요리냐?"

신기한 과자라는 단어에 반응한 질베스타가 뭣이? 하며 고개를 들었지만, 나는 그를 무시하고 칼스테드와 대화를 이었다.

"처음 데리고 온 요리사에게 요리를 맡길 정도로 어머님은 경솔하지 않으세요. 몇 번이고 과자를 만들어 제공해 신뢰를 얻었고, 최근에야 과자 레시피를 교환하게 됐어요. 요리는 이제부터 시작입니다."

"그렇군, 이제부터라."

엘비라는 다과회에 낼 과자 레시피를 우선 교환하고 싶어 했기에 요리 레시피 교환은 거의 이루어지지 않았다. 세례식에서도 엘라는 거의 과자 담당이었다고 들었다. 나는 먹어 보지도 못하고 의식을 잃었지만.

"호위를 교대하겠습니다."

먼저 식사를 끝낸 코르넬리우스가 아주 만족한 얼굴로 들어왔다. 교대로 식사해야 하는 호위 기사는 빠른 식사 속도를 요구하지만, 이번엔 우리에게 내온 메뉴와 똑같았을 터이다. 만족스러운 미소로 배를 쓰다듬는 코르넬리우스도 어지간히 배부르게 먹었나 보다. 모두가 식사하는 장면을 잠자코 지켜봐야 했던 에크하르트가 무표정을 유지한 채 서둘러 방을 빠져나갔다. 문밖에서는 다무엘과 브리기테가 교대했을 것이다.

에크하르트와 교대하듯 웨건이 들어왔다. 두 번째 메인인 고기 요리다.

"고기 요리도 원하실 것 같아서 준비했습니다. '햄버그 스테이크'입니다."

질베스타라면 아마 좋아할 것 같아서 고안한 요리다. 예상대로 고기 요리에 그의 눈이 반짝인다.

실은 이곳에서 햄버그를 만들려면 고기 다지기부터 수작업이라 꽤 힘이 든다. 사 오면 그만이었던 우라노 시절과는 천지 차이다. 하지만 푸고 및 요리사들이 칼로 마구 두드리는 노력 끝에 만들어 주었다. 반으로 가르면 속에서 걸쭉한 치즈가 흘러나오는 햄버그를.

포메라는 토마토 맛이 나는 노란색 채소의 껍질을 까고, 네모지게 잘라 콩소메로 푹 조린다. 그 소스에 표면을 살짝 눌게끔 구운 햄버그를 넣고, 다시 조린다.

이미 배가 잔뜩 부른 나와 프리다의 햄버그 스테이크는 다른 사람 몫의 절반 크기였다. 접시 위에 올린 작고 동그란 햄버그에 나이프를 넣으면 투명한 육즙과 함께 걸쭉한 노란 치즈가 주르륵 흘러나왔다.

"속에서 뭔가 나오는데!?"

"치즈예요."

나이프를 움직이자, 걸쭉한 치즈가 스르륵 흘러나온다. 한입 크기로 자른 햄버그에 소스와 치즈를 묻혀 입에 넣었다.

"으음~, 맛있어."

고급 콩소메를 쓴 포메 소스가 아주 걸작이다. 질베스타가 기다리지 못하겠는지 얼른 햄버그를 잘라 입에 넣었다. 눈을 크게 뜨며 재차 고개를 끄덕인다.

"오오오오……. 이것 참 맛있군. 지금까지 중에서 가장 마음에 든다."

"양아버님이라면 분명 기뻐해 주실 줄 알았어요. 마음에 든 것만으로 기쁘네요."

칼스테드와 페르디난드는 묵묵하게 먹었다. 칼스테드는 커다란 입으로 허겁지겁. 페르디난드는 물 흐르는 듯 우아하게 나이프를 쓰며 느긋하게. 순식간에 두 사람의 접시에서 햄버그가 사라졌다.

"페르디난드 님, 어떠신가요?"

"이건 소스에 조금 전의 수프를 썼는가? 깊은 풍미가 실로 좋구나. 이리도 다양하게 쓰일 줄이야……."

페르디난드는 정말 콩소메가 마음에 든 듯하다. 끝없이 콩소메 수프의 아름다움을 말하기 시작했다.

'아아, 그래. 아름답지. 우물우물, 햄버그 맛있다.'

메인 요리가 끝날 무렵, 이미 질베스타의 표정은 행복에 차 있었지만, 이걸로 끝이 아니다. 아직 디저트가 남아 있다.

'나도 배가 부르지만, 디저트는 들어가는 배가 다르거든. 아직 먹을 수 있어.'

"이것은 디저트입니다."

접객원들이 빈 접시를 치우며 차 준비로 돌아다니는 가운데, 가장 먼저 웨건을 밀며 들어온 사람은 레온이었다. 웨건 위에는 계절 과일로 장식하고 5센티 간격으로 네모나게 자른 쇼트케이크가 늘어서 있다. 봉긋 솟은 새하얀 생크림 중앙에 빨갛게 빛나는 루토레베가 우뚝 자리 잡은 모양이 꼭 딸기 쇼트케이크다.

실은 이 스펀지케이크에 성공하기란 여간 어려운 게 아니다. 오븐의 온도 조절이 어려워서 좀처럼 맛을 내기가 쉽지 않았다. 성공하면 아주 맛있지만, 자른 모양과 크기를 보아하니 이번 케이크도 아마 끝쪽이 타서 딱딱해졌던 게 분명하다. 맛있게 먹을 수 있는 부분만 들고 온 것이리라.

다음 웨건이 들어왔다. 스펀지케이크가 실패했을 때를 대비하여 미리 만들어 두기로 한 케이크다. 내가 좋아하는 밀크 크레이프. 크레이프 사이에 생크림을 얇게 바른 케이크다. 외관의 아름다움을 내기 위해 페리지네라는 오렌지 과즙을 설탕으로 조린 소스를 윗면에 발라 광택을 냈다. 이 페리지네가 여름의 상쾌한 과일 향과 맛을 곁들여 주는 역할을 한다.

마지막으로 들어온 웨건 위에는 단 과자를 별로 좋아하지 않는 남성을 위해 증류수를 듬뿍 넣은 카트르 카르와 찻잎이 들어간 카트르 카르가 올라가 있었다. 이것은 미리 일제가 구운 것으로, 하루 재워 두었기 때문에 맛이 촉촉하게 배여 맛있어졌을 터였다.

"좋아하는 디저트를 골라 주세요."

식사 시중을 하는 레온이 웨건을 일렬로 세워, 질베스타에게 어느 것이 좋은지 물었다. 질베스타가 웨건 위의 케이크를 하나하나 노려보면서 진지하게 고민하기 시작했다. 아마 속으로는 '전부 내놔'라며 투덜거리고 있음이 틀림없다. 솔직하게 그렇게 말한다면 레온도 그 말에 따르겠지만, 부탁하지도 않은 것을 접객원이 물을 리는 없다. 차 준비가 끝났는데도 여전히 고르지 못하는 질베스타를 바라보던 레온이 어쩔 줄 모르는 표정을 지었다. 그리고 시선만으로 내게 도움을 요청했다.

"양아버님, 그렇게 고민하지 마시고 마음에 드는 케이크를 고르시면 돼요. 전부 고르셔도 접시에 다 담을 수 있게 미리 작게 잘라 뒀거든요."

"그렇군! 그럼 전부 다오!"

대놓고 환해진 얼굴로 그렇게 말한 질베스타는 만족스럽게 코웃음을 쳤다.

'어쨌든 양아버님이 전부라고 대답해 준 덕분에 흥미가 있는 다른 사람도 거리낌 없이 전부 맛보게 된 셈이네. 초등학생 같은 성격도 가끔은 도움이 되는구나.'

나는 얼마 전에 엘라의 쇼트케이크를 먹었던지라 예정대로 밀크 크레이프를 골랐다. 페르디난드와 칼스테드는 모든 종류, 벤노는 두 가지 카트르 카르, 길드장과 프리다는 쇼트케이크를 골랐다.

차를 마시면서 케이크를 조금씩 음미했다. 살짝 달콤한 맛 속에 페리지네의 풍미가 산뜻하게 퍼진다. 이미 시식 단계에서 모든 과자와 요리를 먹은 나와 벤노, 길드장과 프리다 사이에서는 여유로운 식후 분위기가 감돌았고, 형용할 수 없는 만족감을 공유했다. 하나하나 먹고, 비교할 때마다 눈을 감고 음미하는 질베스타나 복잡한 표정으로 조금씩 케이크를 먹는 페르디난드, 순식간에 먹어치우고 추가를 원하는 칼스테드와는 분위기가 달랐다. 맛있었어. 첫 손님들이 만족해 줘서 다행이야…… 라는 성취감이 감돌았다.

작은 신전

모든 디저트를 평정하고 차를 마신 질베스타가 만족스러운 미소를 지었다.

"오늘 점심은 실로 만족스러웠다. 솔직히 평민 식당에서 뭘 낼 수 있을지 기대하진 않았다만, 예상을 뒤집는 맛이었다."

"황송합니다."

까다로운 요구에 휘둘렸던 벤노의 입에서 나온 말 속에는 오만가지 감정이 담겨 있었다. 영주와의 식사 모임이라는 거대 이벤트를 성공 시킨 길드장과 프리다도 회심의 미소를 지었다.

"이 이탈리안 레스토랑의 앞날을 기대하마."

그렇게 말한 뒤 질베스타의 표정이 서서히 굳어졌다. 바뀐 분위기 를 눈치챘는지 모두가 일제히 자세를 바로잡았다.

"그럼 벤노. 요전에 갔다 온 시찰에 관한 보고를 들으마. 주변을 물 려라."

영주의 말에 벤노는 종업원과 시종에게 밖으로 나가도록 명령했다. 악사로서 연주하던 로지나도 페슈필을 안고 방을 나갔다. 그들에겐 이제부터가 점심시간이다.

짧게 고민하는 기색을 보인 벤노는 길드장과 프리다에게로 몸을 돌 렸다. 고아원 시찰과는 아무 관계가 없지만, 앞으로 로제마인 공방의 고아원 지점을 세울 때 반드시 협력을 받아야만 하는 상대다.

"프리다 아가씨, 당신은 나가 줬으면 해. 길드장은 이대로 함께 얘기를 들어 줬으면 좋겠군."

"······벤노, 그는 왜 남기나?"

"구스타프는 상업 길드의 길드장입니다. 저보다 큰 상점에도 통하는 인물이라 이 마을에서 일으킬 산업 얘기를 미리 해 놓으면 대응이 더 빨라질 겁니다."

즉 영주가 또 까다로운 요구를 했을 때, 길드장을 확실히 끌어넣기 위해 이곳에 남긴 것이리라. 길드장은 늙은 몸에 채찍질을 당하며 일하는 운명이 될 듯하다.

'불쌍하게도. 어찌 됐든 힘이 남아도시는 것 같으니까 괜찮겠지?'

"흠, 좋다. 에크하르트는 문 앞을 지켜라. 그 외의 호위는 밖에서 사람이 다가오지 않도록 망을 보도록."

문 앞에 일렬로 선 호위 기사에게 영주가 명령하자, 에크하르트만 식당에 남고, 다른 세 사람과 프리다는 문밖으로 나갔다. 대신 마르크가 들어와 벤노의 뒤에 대기했다.

탁 하고 문이 닫히자, 식당 안에 정적이 감돌았다. 우리들끼리 날아오게 될 가지각색 별스러운 요구를 예상하고, 대책을 짜긴 했지만, 상대는 질베스타다. 무슨 말이 튀어나올지 아무도 모른다. 긴장감이 퍼지는 분위기 속에서 페르디난드가 벤노를 쳐다보았다.

"자, 보고하라."

벤노는 이미 페르디난드에게 했던 내용을 그대로 영주에게 보고했다. 고아원의 상태와 주변의 경제 상황, 담당 문관의 행동에 따라 실패할 수 있다는 불안 사항을 얘기했다. 질베스타는 이미 페르디난드에게 이야기를 들었는지, 듣는 동안 놀라는 기색도 없었다. 형식상 필요한 과정이며 길드장에게 들려주기 위함이기도 했다.

"흠. 그래서 로제마인. 그대는 어떻게 했으면 좋겠나?"

벤노의 보고가 끝나자, 질베스타가 나를 쳐다보았다. 나는 잠깐 벤노와 시선을 교환하고 질베스타를 돌아보았다.

"전 시간도 비용도 들겠지만, 새로운 고아원과 공방이 필요하다고 생각해요. 제 방식대로 공방을 운영하고 싶고, 마을의 유력자와 절충하는 과정도 번거로우니까요."

그 뒤 신전의 고아원과 마을 고아원의 차이에 대해 말해 두었다. 질베스타는 "그래서?" 하고 뒷말을 재촉했다.

"현재 신전의 청색 신관은 적은 데 반해 회색 신관은 넘쳐납니다. 그러니 몇 명의 회색 신관과 회색 무녀를 새로운 고아원과 공방에 파견해서 일과 생활면에서 제 방식을 고아들에게 가르치게 할 예정이에요. 그러니까 제가 출입하며 상황을 보러 갈 수 있고, 회색 신관이 생활할 작은 예배실을 병설해 주셨으면 해요."

마을 유력자의 쓸데없는 간섭을 방지하고, 고아들을 보호하고, 고아들을 이쪽 방식에 따르게 하고, 생활이나 업무를 순조롭게 진행하려면 애초에 새로 짓는 편이 좋다. 그리고 인쇄업을 확장할 태세를 갖추고 싶다. 이미 벤노와 몇 번이나 의논한 결과를 말하자, 질베스타가 벤노를 힐끗 쳐다보았다.

"공방을 세우면 도구는 바로 준비되느냐?"

새 고아원이 완공되기 전까지 공방만이라도 자리를 빌려서 운영하라는 말이 나오더라도 문제없도록 이미 도구의 발주도 끝냈고, 준비를 마쳤다. 벤노는 힘차게 고개를 끄덕였다.

"이미 어느 정도 준비해 뒀습니다. 단, 고아들의 인원수와 나이 등을 고려하면 힘이 부족하여 인쇄는 어려울 듯합니다."

"그럼 종이를 만드는 공방을 세울 생각이냐?"

"네, 양아버님의 말씀이 맞아요. 인쇄하려면 종이는 얼마든지 필요하니까요."

나도 벤노의 의견에 찬성하며 뒤를 밀어 주었다. 질베스타가 흠, 하고 턱을 쓰다듬는가 싶더니 씨익 하고 불길한 미소를 지었다.

"알겠다. 그럼 로제마인의 요청을 받아들여서 공방과 고아원, 그리고 예배실이 있는 작은 신전을 만들도록 하지."

"황송합니다."

설마 이렇게 쉽게 요청이 통할 줄은 몰랐다. 그 뒤 즉시 어느 건축 공방에 부탁할지, 어떻게 주문을 나눠 넣을지 의견을 조율해 봐야겠다고 나와 벤노는 시선을 교환하며 고개를 끄덕였다. 그런데 갑자기 질베스타가 페르디난드를 지명했다.

"페르디난드, 네가 해라."

"전 상관없습니다만, 방호 마력은 어쩌실 생각입니까?"

"그건 로제마인에게 맡기면 돼."

전혀 이해 못 할 이야기를 자기들끼리만 정하는 느낌이 들었다. 머리에 물음표를 띄우고 있으니, 페르디난드가 피식 웃고는 "알겠습니다." 하고 끄덕였다. 그리고 종이와 펜을 꺼냈다. 페르디난드는 잉크가 필요 없는 마술구 펜으로 뭔가를 술술 쓰기 시작했다. 몸을 내밀고 들여다보면 품위가 떨어져 보일 테니 얌전히 앉아 있지만, 사실 뭘 쓰는지 궁금해서 미칠 지경이다.

"로제마인, 공방의 크기는 신전의 공방과 똑같으면 되는가? 고아원의 방은 얼마나 필요하지?"

"공방의 크기는 똑같아도 돼요. 고아원의 방은 앞으로 고아가 늘어난다고 쳐도 지금의 절반 정도면 충분할 것 같아요."

"그렇군. 마을 인구를 고려하면 그 정도로 충분하겠지. 예배실도 그렇게 크지 않아도 되겠군. 구조는 신전 고아원처럼 남자동과 여자동으로 나누는 식이면 되겠는가?"

페르디난드는 흠흠, 하고 고개를 끄덕이며 종이에 이것저것 써 내려갔다. 대체 무엇을 쓰고, 무엇을 생각하는지 전혀 알 수가 없다.

"남자동, 여자동 양측에 식재료를 저장하고 상품을 보관할 지하실이 필요해요. 남자동의 지층은 공방, 여자동의 지층은 주방이 되게 하고, 여자동 1층은 식당이어야 해요."

"그럼 남자동 1층을 예배실로 하고 복도와 계단은 이 위치에. 남녀다 2층에 방을 만들도록 하자. 로제마인의 방은 마력 등록이 필요한 방으로, 평소엔 닫아 놓는 편이 안전하겠군. 이 방은 예배실에서 출입할 수 있도록 하마. 그대의 시종은 남성도 여성도 있으니까."

사태가 점점 내 손에서 벗어나는 느낌이다. 그리고 서서히 얼굴빛이 창백해지는 벤노와 마르크가 보였다. 나도 도저히 상황이 어떻게 돌아가는지 판단할 수 없었다. 단, 평민촌의 건축 공방에 의뢰하여 진행하는 것이 아니라 페르디난드가 주체가 되어 이끌어 가려는 것만큼은 이해할 수 있었다.

"흠, 이 정도군. ……어떻습니까?"

페르디난드가 얼른 메모한 종이를 영주에게 건넸다. 그 메모를 쓱 훑은 질베스타는 만족스럽게 입꼬리를 올렸다.

"여전히 빨라."

"신전을 토대로 짰으니 그다지 어렵지는 않습니다."

"그럼 가자. 에크하르트, 호위 기사를 불러라."

몸을 일으킨 질베스타에 맞춰 페르디난드와 칼스테드도 자리에서 일어났다. 벤노와 길드장도 일어나자 에크하르트가 문을 열고 호위 기사들을 불렀다. 나는 다른 이들보다 한 박자 늦게 의자에서 내려왔다. 시종이 없으면 품위 있게 움직일 수가 없다.

"양아버님, 가자니, 대체 어디에 가신다는 말씀이신가요?"

"작은 신전을 세울 핫세 마을에 가야지, 어디겠냐?"

"지, 지금부터요?"

식당에 들어와서 문 앞에 쭉 늘어서는 호위 기사들을 보면서 질베스타가 고개를 끄덕였다.

"선두는 페르디난드, 후미와 호위는 칼스테드. 로제마인은 내가 데리고 갈 테니 그대들은 거기 세 사람을 기수에 태워라."

"네!"

영주 명령이라 반사적으로 대답했지만, 기사들도 상황을 이해하지 못한 표정이다. 다행이다. 질베스타의 갑작스러운 행동에 당황한 사람은 나뿐만이 아니었다.

"에크하르트는 벤노를, 코르넬리우스는 구스타프, 다무엘이 그 시종을 태워라. 브리기테는 아우브의 기수를 호위하라. 서둘러!"

칼스테드의 재빠른 지시가 떨어졌을 땐 이미 질베스타는 홀을 향해 걷고 있었다. 나도 존재를 잊고 내버려 두고 갈까 싶어 총총걸음으로 뒤를 따랐다.

"비켜라, 방해다."

영주의 위엄 있는 목소리가 울려 퍼졌다. 홀에서 대기하던 접객원들과 시종들이 눈을 깜빡이며 얼른 벽 쪽에 붙어 섰다. 설명을 구하는 듯 나를 바라보는 프리다의 눈빛을 눈치챘지만, 나 역시 사태를 이해하지 못했다.

"페르디난드, 가라."

"네! 문을 열어라!"

명령받은 시종이 양쪽 문을 활짝 열자, 동시에 페르디난드의 하얀 기수가 그 자리에 나타났다. 숨을 삼키고는 비명을 지르지 않으려고 필사적으로 입을 틀어막는 식당 관계자들을 거들떠보지도 않고, 날개 달린 하얀 사자는 하늘로 날아올랐다.

이어서 질베스타가 케르베로스처럼 머리가 세 개 달린 사자 같은 기수를 등장시켰다. 그리고 나를 안아 들고 기수 위로 올라타더니 식당을 뛰쳐나갔다. 거리를 지나다니던 사람들이 갑자기 건물에서 튀어나온 기수를 보고, 으악! 하고 비명을 지르며 물러났다. 나는 "미안해요, 미안해요!" 라며 소리 내어 사과해 봤지만, 야수보다 빠른 마수의 스피드로 눈 깜짝할 새에 질주하는 탓에 상대에게 들리지도 않았을 것이다.

"양아버님. 갑자기 핫세 마을에 간다니, 너무 갑작스러운 거 아녜요?"

영주의 앞에서 차마 당황한 모습을 보이지도 못하고 눈만 휘둥그레 뜬 채 굳어진 길드장을 비롯하여 입가를 움찔거리던 벤노와 마르크의 얼굴을 떠올렸다.

'길드장은 모임 내내 사태의 변화를 따라오지 못하는 표정을 짓던데, 괜찮을까? 기수 위에서 심장마비를 일으키진 않겠지?'

"흥. 우리에겐 계획대로다. 너희가 얘기를 맞추는 것처럼 우리끼리도 미리 논의했으니까."

기수는 당황하고, 비명을 지르고, 손가락질하는 사람들의 머리 위를 날아서 외벽을 넘었다. 농지를 넘고, 작은 숲을 넘은 곳에 핫세 마을이 있었다. 루츠와 길은 마차로 반나절 정도 걸린다고 했지만, 기수로 이동하니 금방이었다.

"로제마인, 어떤 땅이 공방에 적합한가?"

핫세 마을의 상공에서 페르디난드가 주변을 둘러보며 질문했다. 나도 마찬가지로 주변을 보고 종이 제작 공방에 적합한 장소를 찾았다.

"나무를 채집할 숲과 가깝고, 근처에 강이 있으면 좋겠어요."

"그럼, 저기군."

질베스타가 아래를 내려다보며 그렇게 말하고, 물레방앗간 근처를 가리켰다.

"페르디난드, 물레방앗간에 피해가 가지 않게끔 거리를 벌린 건너편 기슭이다."

질베스타의 지시에 페르디난드는 주변을 휙 둘러보고 "알겠습니다." 하고 끄덕인 후 기수의 고도를 낮추었다. 이 멤버로 쳐들어가서 마을의 유력자를 협박하러…… 가 아니라, 설득이라도 하러 가는 줄 알았더니 아래로 내려간 사람은 페르디난드뿐이었다.

페르디난드가 숲의 울창한 나무들보다도 높은 위치에서 기수를 세우자, 질베스타가 페르디난드의 위치에서 조금 떨어진 방향으로 이동하기 시작했다.

"전원, 좀 더 거리를 둬라."

질베스타의 지시에 따라 모든 기수가 거리를 벌려 갔다. 우리는 페르디난드가 나의 새끼손가락만하게 보일 때까지 떨어진 상공에서 정지했다.

우리 쪽 움직임이 멈춘 것을 확인한 페르디난드가 평소의 빛나는 지휘봉을 꺼냈다. 그런데 다른 한 손에는 빛나는 이상한 가루를 들고 있었다. 마치 연주 지휘라도 하듯이 지휘봉을 흔들자, 빛나는 가루가 의사를 가진 것처럼 움직이기 시작했다. 내겐 너무 멀어서 목소리도 들리지 않았고, 무슨 행동인지 이해할 수 없었다. 하지만 두둥실 떠오르던 빛나는 가루가 마법진을 그리면서 빙글빙글 돌기 시작했다.

"양아버님, 페르디난드 님께선 뭘 하고 계시는 거죠?"

"당연히 작은 신전을 만드는 거지, 뭘 하겠느냐?"

"네?"

거대한 마법진이 떠오르고, 눈부신 빛으로 가득 찼다. 페르디난드가 아래를 향해 지휘봉을 내리찍었다. 그러자 공중에 뜬 마법진이 아래를 향해 서서히 내려왔다. 마법진의 빛에 닿은 부분부터 숲속의 나무가 하얗게 빛나는 가루로 변해 갔다. 맨 위의 이파리가 사라지고, 나뭇가지가 사라지고, 굵은 줄기가 점차 사라진다. 땅에 자란 풀과 꽃도 나무와 마찬가지로 점차 하얀 가루로 변했다. 마법진 속에는 대량의 흰 가루만이 소용돌이치기 시작했다.

"저, 저게 뭐예요?"

"영주 일족에게만 허락된 마술이다. 쉽게 볼 수 있는 광경은 아니지. 영주의 딸이 된 너도 언젠가 귀족원에서 배우게 될 거다. 잘 봐 둬라."

천천히 내려온 마법진이 땅에 닿았다. 그 순간, 땅 색깔이 하얗게 바뀌었다. 땅이 흐늘거리며 일그러지는가 싶더니 액체처럼 울렁이기 시작했다.

페르디난드가 조금 전의 종이를 꺼냈다. 펄럭이며 바람에 따라 날아간 종이가 마법진의 중심에서 금색으로 타들어 갔다. 그리고 페르디난드의 지휘에 따라 마치 하얗게 빛나는 콘크리트가 제멋대로 움직이듯 형태를 바꾸었다. 구멍이 푹 뚫리는가 싶더니 하얀 땅이 형태를 바꾸며 높이 솟아올라 두꺼운 기둥이 되었다. 또 기둥과 기둥 사이에 하얀 땅이 퍼져 갔다.

흰 땅이 움직임을 멈춘 것처럼 보인 그 순간, 더욱 눈부신 빛이 번쩍였고, 그곳에 작은 신전이 나타났다. 귀족 구역이 없어서 규모는 작지만 새하얀 돌로 둘러싸인 익숙한 건물이 생겼고, 마법진과 크기가 똑같은 원형에 돌이 깔린 바닥이 만들어졌다. 숲과 강을 낀 곳에 부자연스러울 정도로 아름답고 새하얀 작은 신전이 세워진 광경은 실로 비현실적이었다.

"이러면 금방 공방을 돌릴 수 있겠지?"

질베스타는 후훗, 하고 자신만만해 했지만, 벤노와 마르크의 얼굴빛은 새파랬다. 새로운 공방이 순식간에 세워질 줄 누가 상상이나 했겠는가.

질베스타는 기수를 아래로 몰며 하강하기 시작했다.

"안도 봐 둬야지. 자, 가자."

"여기에 서 있어도 괜찮아요?"

작은 신전 앞에서 내린 나는 발끝으로 돌바닥을 톡톡 디뎌 보았다. 출렁거리며 움직이던 하얀 땅은 신전과 귀족가에서 흔히 보던 하얀 돌이 되었다. 발을 디뎌도 아무렇지 않은 평범한 돌이었다.

작은 신전은 보는 바와 같이, 완벽한 건물이었다. 어째서인지 창문이 설치되어 있고, 입구에는 문까지 있다. 하지만 안에 들어와 보면 가구나 문이 없는, 그저 텅 빈 새하얀 공간이었다.

"여기가 예배실이다. 신상(神像)과 카펫이 필요하겠군. 언제쯤 되지?"

"신상은 3개월 정도 걸린다고 합니다. 솔직히 카펫은 금방 만들기는 어렵습니다."

벤노가 뒤에서 귓속말하는 마르크에게 정보를 듣고 대답했다. 예배실을 병설하고 싶다는 내 말에 마르크가 미리 예술 공방에 신상을 의뢰하면서 필요한 기간과 금액을 문의해 뒀던 모양이다.

'역시 마르크 씨. 유능한 남자야. 멋있어.'

"서둘러 2개월 안에 만들게 해. 수확제에는 맞출 수 있도록."

"벤노, 카펫은 신전에 여분이 있을 거다. 이 예배실 정도라면 충분하겠지. 작은 신전용으로 내 줄 테니 가지러 오거라."

예배실에는 각자 계절용 카펫이 필요해서 준비에 상당한 시간이 걸린다.

"감사하게 생각합니다, 신관장님. 솔직히 받을 수 있으면 큰 도움이 됩니다."

"로제마인, 인사는 필요 없다. 지금 있는 카펫을 넘길 테니, 새로 만든 물건은 신전에 바쳐라."

'진짜 얌체야, 정말.'

하지만 새로 제작하면 수확제에 맞출 수 없는 건 사실이다. 있는 거나 고맙게 받자.

"내부에 필요한 문이나 가구류는 어떠냐? 겨울 전에 맞춰 넣지 않으면 고아들이 고생할 텐데?"

예배실 옆 복도 계단을 올라가면 남자애들 방이다. 문 부분이 뻥 뚫린 새하얀 공간이 이어진 광경을 보며 질베스타가 중얼거렸다. 페르디난드가 필요한 물건을 우선 순위대로 꼽았다.

"수확제에 맞춘다면 예배실 문과 제단이 최우선이겠지. 가구는 식당 테이블과 의자, 식기를 둘 선반, 고아들의 침대 정도일까?"

페르디난드의 말에 벤노가 서자판에 거침없이 기록했다.

"벤노와 구스타프와 저의 전속 목공방을 풀가동하면 공사 기간은 단축할 수 있어요. 이 마을 목공방에도 업무를 분담하고 돈을 낸다면 신전의 인상도 조금은 좋아질 거예요."

내 전속이 된 인고는 인쇄기 개량 주문에 고아원 겨울 수작업을 위한 판자 주문까지 겹쳤지만, 수확제까지라면 괜찮으리라.

"이러면 공방은 가동할 수 있겠지?"

"양아버님, 당치도 않아요. 생활 기반이 잘 닦여 있고, 이미 사람들이 생활하고 있어서 공방만 마련하면 끝이던 신전 고아원과는 차원이 다르다고요."

신전 고아원에서는 청색 견습 무녀인 내 말에 잘 따랐고, 모두가 연상의 회색 신관들의 말을 잘 듣고 성실하게 일해 주었으며, 식사나 보수를 평등하게 나누어 가질 수 있었다. 하지만 이곳에서는 생산을 위한 기반 작업을 금방 마칠 수 있다고는 장담할 수 없다.

"가구를 옮겨서 생활 도구를 갖추지 않으면 이곳에선 생활조차 불가능해요. 공방에 도구를 옮긴다고 바로 공방을 돌릴 수 있는 게 아닙니다."

"하는 수 없지. 조금은 기다리겠으나 애써 만들었으니 되도록 빨리 해결해라."

"알겠습니다."

대강 훑어본 끝에 벤노, 마르크, 길드장이 모여서 뭔가 의논하기 시작했다. 일의 분담과 납기를 조율하는 중이리라. 나는 벤노 및 평민들의 모임과 질베스타를 포함한 귀족들을 번갈아 보았다. 무슨 일을 시작하든 돈이 필요하다. 핫세 마을은 고아의 수는 적지만, 제로 상태에서 시작하려면 반드시 초기 비용이 커진다. 분명 페르디난드가 영주 주체의 사업이므로 예산을 확보할 수 있다고 했었다. 보조금을 끌어올릴 순 없을까.

"초기 비용에는 보조금이 필요합니다. 양아버님."

"보조금은 작은 신전을 세우면서 전부 소비했다. 나머진 스스로 모아."

보조금을 끌어올리기는커녕, 딱 잘라 거절당했다. 그 빛나는 가루가 비쌌던 모양이다. 하긴 그야 그렇지. 상인용 계약 마술에 쓰는 종이도 상당히 비싸다고 들었다. 그러니 작은 신전을 세울 만한 마술구가 절대 싸지는 않으리라. 하지만 공방에 들어갈 착수금만 해도 막대한 돈이 필요하다. 스스로 모으라는 말은 터무니없었다.

"제가 모든 비용을 준비하기는 어려워요."

"대체 뭣 하러 그 자리에 있는 거냐? 기부금을 모아."

영주의 양녀라는 지위를 이용하여 귀족들에게 돈을 모으라는 말을 들어 버렸다. 오호라. 그거라면 다소 모일지도 모른다.

"모금함을 만들어서 성을 돌아다니라는 말이세요?"

우라노 시절에 역 앞에서 기부금을 모으던 사람들을 떠올리며 그렇게 말했다. 그러나 질베스타가 관자놀이를 누르며 고개를 저었다.

"……하아, 칼스테드, 엘비라한테 시켜."

"그럼 어떤 식으로 기부금을 모으는지 엘비라에게 가르치게 할 테니, 당분간 우리 집에 머물거라."

칼스테드가 상냥하게 피식 웃으며 그렇게 말했다. 귀족 여성의 기부금 모으는 방법은 앞으로도 필요하게 될 듯하다. 애초에 완벽하게 배워 두는 편이 좋을 것 같았다.

"아버님, 고맙게……."

"아니, 그건 안 돼. 엘비라를 성으로 초대해서 플로렌치아와 함께 가르치도록. 이건 영주 주체로 하는 사업이니까."

칼스테드에게 고맙다는 인사를 하고 호의를 받아들이려고 했더니 질베스타가 즉시 퇴짜를 놓았다. 하긴 듣고 보면 영주가 주도하는 사업이니 성에서 치르는 편이 적절한지도 모른다.

질베스타의 말에 나는 "그렇구나." 하고 납득하며 끄덕였다. 그런데 칼스테드는 더욱 환하게 웃으며 "그건 아니지." 하고 손을 저으며 한 발 앞으로 나섰다.

"잘 생각해 보십시오. 성안에는 어디든 어떤 훼방꾼이나 엿듣는 자가 있을지 모르지 않습니까? 정보 누설을 방지하려면 저희 집 쪽이 안전합니다."

"아니, 아니. 정보 누설을 방지하고, 항상 주변을 경계하며 긴장감 있는 생활을 로제마인도 배워야 해. 자네가 그렇게 말하지 않았나?"

겉보기에는 평온해 보여도 실은 눈을 부릅뜬 두 사람이 내 머리 위에서 의견 충돌을 일으켰다. 대체 무슨 상황인 걸까. 나는 살짝 한 걸음 뒤로 물러나서 조용히 상황을 지켜보는 페르디난드의 소매를 가볍게 잡아당겼다.

"두 사람 다 맞는 말을 하는 것 같은데, 왜 으르렁거리는 걸까요?"

페르디난드가 손으로 턱을 받치면서 둘을 바라보다가 피식 웃었다.

"둘 다 그럴싸하게 둘러대지만, 사실은 그대의 요리사를 서로의 집에 머물게 하려는 속셈이다."

생각지도 못한 쟁점이 등장했다. 명분을 내세우고 있지만, 진심은 내 요리사를 자기 집에 묵게 하려고 싸우는 듯하다. 진심으로 어이가 없었다.

"······으아, 참 귀찮네요."

"그래, 저 둘은 음식이 얽히면 실로 귀찮아지지. 차라리 신전에서 성으로 왕래하는 편이 좋지 않겠는가? 마차가 아니라 호위 기사의 기수를 타고 다니면 시간도 많이 안 걸리겠지."

"하긴. 어느 쪽도 선택하지 않으면 싸우진 않겠네요."

참 좋은 생각이라며 손바닥을 '탁' 쳤을 때, 페르디난드의 양어깨에 질베스타와 칼스테드의 손이 툭 하고 올라왔다.

"페르디난드, 선수 치지 마라."

'시치미 떼는 귀찮은 한 사람 여기 또 있었네요.'

겉으로는 평화롭지만 눈빛은 전혀 평화롭지 않은 세 사람의 다툼에서 나는 슬금슬금 빠져나와 벤노 그룹으로 향했다. 솔직히 어디에서 지내든 상관없었기에 시시한 분쟁에 휘말리고 싶지 않았다.

"수확제까지라니? 돈과 시간이 한참 부족해."

"예상도 못 했군. 어쩔 셈인가, 벤노?"

심각하게 고민하는 벤노와 길드장 사이에서 나는 둘을 올려다보았다.

"돈은 제가 귀족들에게 기부금을 모은다고 치고, 시간은 방법이 없네요."

갑자기 나타난 나를 보고 깜짝 놀란 벤노와 마르크와 길드장이 일제히 아래를 내려다보았다. 그리고 영주와 귀족들의 움직임이 신경

쓰였는지, 세 사람은 눈치를 봤다. 호위 기사들은 입구 근처에 있고, 영주 그룹은 셋이서 뭔가 대화중이지만, 서로 대화의 내용이 들리지 않을 정도로 떨어져 있었다. 그것을 확인한 벤노가 속삭이며 말했다.

"로제마인 님, 저분들은 괜찮으십니까?"

"앞으로 제가 어디에서 묵을지 진지하게 의논 중이세요. 제가 묵는 곳에 따라오는 엘라가 목적인가 봐요."

즉, 요리사를 두고 쟁탈 중이라고 하자 마르크가 뭔가 생각하듯이 턱을 쓰다듬었다.

"주인님, 고아원의 모든 도구를 전부 갖추려 하기보다 먼저 가구는 나무 상자나 바구니에 수납하는 것으로 대신하고, 지금 계절에는 짚 이불을 깔아서 자도 문제가 없으니 겨울이 되기 전까지 순서대로 침대를 넣는다고 가정합시다. 공방의 가구, 그리고 최소한 필요한 도구, 식재료의 반입과 신관들의 이동은 시간이 얼마나 걸립니까?"

마르크의 질문에 벤노가 머리를 박박 긁으며 고민했다.

"우리와 영감 쪽에서 분담해서 준비한다고 쳐도 적어도 한 달은 필요해."

"음. 그 정도는 걸리겠지. 솔직히 말하면 조금 더 여유가 필요한 판국이야."

길드장도 난처한 표정으로 투덜거렸다. 두 사람이 거의 같은 의견을 냈다는 것은 고아원 체제가 최소한으로 갖추어지기까지 한 달은 반드시 필요하다는 의미다. 자신들이 낸 대답에 벤노와 길드장이 질베스타를 힐끗 쳐다보고 머리를 싸맸다.

"그때까지 기다려 줄까?"

오늘 하루 만에 작은 신전을 떡하니 세워 버리고 '자, 이제 공방을 가동해라'라고 말한 사람이 느긋하게 기다려 줄 리 만무하다. 서자판에 뭔가를 기록하던 마르크가 훗 하고 웃었다.

"맡겨 주십시오. 한 달은 불평하지 않으실 여유와 초기 비용을 만들어 봅시다."

"어쩌시려고요?"

내가 마르크를 올려보자, 마르크는 별것 아니라는 듯이 미소 지었다.

"손님이 원하는 요리의 레시피를 팔고, 시간을 사는 겁니다."

마르크의 제안은 이랬다. 가을까지 전력을 다해 작은 신전의 준비를 갖춰야 하니 이탈리안 레스토랑의 개점은 한 달, 상황에 따라 두 달 정도 연기한다. 그동안 요리사를 유료로 빌려준 다음, 레시피를 팔고 가르쳐 주자는 것이었다.

"식당을 열지 않아도 요리사에겐 급료가 필요하니 다른 장소에서 일하게 하는 겁니다."

'귀족가와 성을 다른 장소로 묶어 버리는 건가요.'

하지만 상당히 좋은 제안이다. 개점 전까지 요리사가 일할 곳도 생기고, 돈도 벌 수 있다. 그리고 요리사를 뺏길 걱정 없이 저 세 사람을 만족시킬 방법이었다.

작은 신전에서 이탈리안 레스토랑으로 돌아온 나는 요리사를 소개해 주겠다며 푸고와 토드를 불렀다.

"이 두 사람이 오늘 요리를 만든 요리사입니다. 제가 고안한 레시피를 소화할 수 있는 귀한 인재죠."

싱긋 웃으며 소개하자, 질베스타를 비롯한 세 사람의 눈빛이 번뜩였다. 그 눈빛이 어찌나 사나웠는지 귀족들에게 주목받은 두 사람이 움찔거렸다.

"실은 이 식사 모임 후에 당장에라도 큰 상점 분들께 초대장을 돌려서 이탈리안 레스토랑을 열 예정이었어요. 그런데 시급히 작은 신전을 갖춰야 하는 변수가 생겼잖아요? 그래서 식당 개점은 조금 연기하기로 했어요."

"……그러면 여기에 와도 못 먹지 않느냐."

질베스타는 불만스럽게 나를 째려보았다. 좋아, 이대로 먹고 싶다는 욕망을 고조시키자. 식당을 열지 않으니 먹고 싶어도 먹을 수 없다고 생각하면 더 갈망하게 될 터이다.

"오늘 접객원은 여기저기서 파견 온 사람들이라 이탈리안 레스토랑이 문을 닫아도 직장이 있지만, 요리사는 직장이 없습니다. 그러니 식당을 개점하게 되기 전까지 유료로 요리사를 대여해 드릴게요."

질베스타의 손가락이 움찔거리고, 페르디난드의 시선이 내게 향했다. 칼스테드가 재밌다는 듯이 입꼬리를 올렸다. 세 사람이 제안에 혹했다는 것을 감지한 나는 마르크를 힐끗 쳐다보았다. 마르크가 온화한 미소를 지은 채 살짝 고개를 끄덕인다.

"제 레시피는 조금 독특해서 완벽하게 가르칠 사람이 꼭 필요합니다. 그러니까 요리사의 출장 비용으로 한 달에 대은화 5닢. 그리고 그들이 가르쳐 주는 레시피 하나당 소금화 1닢을 받겠습니다. 레시피는 오늘 요리도 포함해서 전부 30종류예요."

"레시피 하나가 소금화? 너무 비싼 것 아니냐?"

칼스테드가 깜짝 놀란 표정으로 수염을 쓰다듬으면서 말했지만, 나는 섭섭하다는 듯 눈을 크게 떠 보였다.

"어머? 비싼가요? 제가 프리다에게 카트르 카르의 레시피를 가르쳐 주고, 1년간 독점을 줬을 때 소금화 5닢으로 계약했어요. 프리다는 생각보다 싸다며 그 자리에서 즉시 계약을 결정했는데 말이죠. 솔직히 전 독점 계약이 아닌 점과 여러분이 제 보호자이며 가족인 점을 참작해서 상당히 저렴하게 제안했다고 생각하는데요?"

그렇게 말하면서 나는 길드장과 프리다를 쳐다보았다. 프리다는 상인다운 미소를 지으며 입을 열었다.

"로제마인 님의 레시피는 그만한 가치가 있는걸요. 항상 품질 높은 물건에 둘러싸인 분들이시니 오늘 요리가 얼마나 가치가 큰지 이해하시리라 생각합니다. 전 오히려 그 빵 레시피를 사고 싶어요. 소금화 8닢에."

천연덕스럽게 자신이 원하는 물건을 주장하는 프리다의 믿음직스러움에 키득거리며 웃었다. 벤노도 나와 맺은 계약 내용을 들며 지원사격에 나섰다.

"저희 길베르타 상회가 로제마인 님에게 매수한 비녀 제작법과 전매권은 대금화 1닢과 소금화 7닢이었습니다. 알려지지 않은 귀한 정보는 비싼 법이지요."

상인들이 아무리 가격의 정당성을 주장해도 이들 역시 나와 한패나 다름없는 자들이다. 신용하지 못하는 부분이 있는지, 세 사람은 진실을 살피는 듯한 표정을 지었다.

"……내 집에서 만들었던 과자에는 레시피 가격을 안 받지 않았느냐?"

"그건 아버님과 어머님께서 집과 성, 신전에 제 방을 마련해 주셨고, 또 세례식 의상도 제작해 주신 데다 교사를 붙여 주시고, 비용과 마음을 다해 환영해 주셨잖아요. 제가 갚아야 할 건 갚아 드렸으니 앞으로는 유료예요."

척하니 세운 양쪽 집게손가락을 교차하며 '안 됩니다'하고 단호하게 거절했다. 발끈하여 고민에 잠긴 듯 미간을 찌푸린 질베스타와 칼스테드와 나는 서로를 노려보았다. 그러자 페르디난드가 시치미 뗀 얼굴로 말했다.

"난 그대의 말대로 지불하마. 어차피 고아원 비용 모금의 일환이겠지. 레시피는 조금 전에 제시한 30종류 전부. 요리사 파견의 약정 기간은 한 달이다. 비용은 요리사와 교환할 때 지불하마. 둘 중 어느 쪽이 신전에 오겠는가?"

"토드를, 신관장님의 오른쪽에 서 있는 요리사를 신전 주방에 보내겠습니다."

페르디난드의 질문에 마르크의 귓속말을 들은 벤노가 대답했다. 토드의 표정을 힐끗 쳐다보니, 귀족들의 시선이 자신에게 집중된 긴장감에 사색이 되어 있었다.

"내일은 이곳을 닫을 여러 가지 준비, 저희 쪽 레시피 준비 등이 있으니 내일모레부터 요리사를 파견하도록 하겠습니다."

"좋다, 토드. 그럼 내일모레 두 점 종까지 신전에 오도록."

"예, 넷!"

삑사리를 내며 대답한 토드는 그 자리에서 무릎을 꿇었다. 그 모습을 본 페르디난드가 천천히 입꼬리를 올리며 "이제 남은 요리사는 하나군……." 하고 중얼거렸다. 요리사를 원하는 귀족은 셋, 파견할 수 있는 요리사는 둘. 한쪽은 포기해야 한다.

"알겠다. 지불하지. 내 집에 보내라, 로제마인."

"잠깐, 칼스테드. 내가······."

"문관도 없는 자리에서는 그만한 돈을 그대 마음대로 움직일 수 없지 않은가?"

페르디난드가 어이없다는 표정으로 질베스타를 바라보았다. 질베스타가 예산을 쓰려면 문관이 필요한 듯하다. 영주도 만사 편하지만은 않은 모양이다.

"하지만 자네도 요리사와 맞바꾼다 하지 않았나? 지금 당장 돈을 내야 하는 건 아니잖아."

질베스타와 칼스테드가 어느 쪽이 푸고를 데려가느냐로 다투기 시작하자, 모든 평민의 표정이 일제히 굳어졌다. 벤노는 표정으로 '어떻게든 해 봐'라는 뜻을 강하게 내비쳤다. 고개를 끄덕인 나는 일단 모든 평민에게 퇴실하길 권했다.

"푸고의 자리가 결정되면 알릴 테니 여러분은 잠시 나가 주세요."

내 말에 모두가 우아하면서도 민첩하게 퇴실했다. 귀족간 다툼의 중심이 되어 새파래진 푸고는 위 부근을 누르고 토드의 팔을 잡아끌면서 퇴실했다.

"로제마인, 넌 어째서 요리사를 세 사람으로 맞추지 않았느냐!?"

'네? 그런 말을 해도 곤란하다구요.'

나는 떼쟁이가 된 질베스타를 보면서 조금 고민에 빠졌다.

"일단 레시피를 많이 산 쪽에 푸고를 빌려······."

"당연히 전부 사야지!"

'아이고. 그거참 매번 감사합니다.'

질베스타는 질세라 냉큼 결정한 모양이지만, 나는 솔직히 레시피만 팔리면 만사 오케이다.

"알겠습니다. 예산을 쓰실 수 있는지 확실하지는 않지만, 양아버님께서도 구매 의사가 있다는 것으로 알고 있을게요. 만약 양아버님께 지불 허가가 떨어진다면 푸고를 성에 파견할 테니, 아버님도 요리장을 성에 파견하시면 같이 가르치겠습니다. 이걸로 어쩌세요?"

"……좋다. 그럼 요리사를 준비해 놔라."

"알겠습니다. 내일모레 제가 성에 갈 때 함께 데려갈게요."

이렇게 세 사람 모두 레시피를 사 주기로 했다. 확실하게 계약을 맺고, 노동 조건을 확인한다. 내친김에 요리사들에게는 레시피 유출을 막기 위해 계약 마술을 맺었다는 사실을 전했다.

"억지를 부리는 시점에서 끌고 나올 거고, 그땐 돈은 돌려드리지 않겠습니다."

궁정 요리사들 사이에서 일하게 된 푸고를 위해서 살짝 협박해 두었다.

기부금 모금 방법

　바깥의 눈부신 빛살이 강하게 내리쬐는 가운데, 화려한 다과회가 열린 이곳. 로지나를 비롯한 몇 명의 악사가 평온한 곡을 연주하고, 계절 꽃들이 장식된 방에서는 "어머." "호호호." 하고 아가씨들과 부인들의 꾀꼬리 같은 목소리가 경쾌하게 오간다. 오늘의 주인공은 나다. 영주의 양녀로서 처음 참여한 다과회이며, 기부금을 모을 중요한 사교장이다.

　"처음 뵙겠습니다. 만나 뵙게 되어 기쁘게 생각합니다."

　필사적으로 웃으며 질리도록 배운 미소로 인사를 반복했다. 마찬가지로 계속해서 눈부신 의상을 입은 아가씨와 부인들이 생글생글 웃으며 인사해 주지만, 죄송합니다. 누가 누군지 전혀 기억 못 하겠어요.

　영주의 양녀를 소개하겠다는 빌미로 다과회를 열었다. 최근 다과회에서 가장 인기 있는 카트르 카르와 엘라와 푸고가 만든 롤 케이크가 진열되었다. 계절 과일과 크림을 바른 롤 케이크가 오늘의 메인 디저트다. 롤 케이크를 처음 보고 눈이 휘둥그레진 부인들의 모습에 엘비라와 플로렌치아가 방긋 웃었다. "로제마인이 요리사에게 만들게 했답니다." 하고.

　그 말도 맞는 말이지만, 그곳에 모인 부인들은 영주의 양녀에게 설 자리를 만들어 주기 위해 두 사람이 준비한 유행일 거라고 멋대로 이해했다. 어머니라는 존재는 여성 사회에 발을 들이는 딸의 입지를 걱정하는 것이 당연하므로 일일이 정정할 필요는 없었다.

"여기까지 와 주셔서 감사하게 생각합니다."

거의 기계적으로 인사하는 내 옆에 엘비라와 플로렌치아가 서서 다과회에 참가한 부인들에게 말을 걸며 기부를 권했다.

"로제마인이 새로운 사업을 시작하게 되었습니다. 협력해 주시면 고맙겠습니다."

"저희도 응원하고 있답니다."

그 말을 들은 부인들은 나를 보며 "어머나, 그래요?" 하고 눈을 동그랗게 떴다. 그리고 "로제마인 님은 영주의 양녀로 노력하고 계시는군요."라며 흐뭇하게 웃었다. 그 미적지근한 미소로 보건대, 아마 영주의 딸에게 점수를 따게 해 주고 싶을 뿐, 내가 딱히 한 것은 없었을 거라고 생각하고 있겠지.

"플로렌치아 님과 엘비라 님의 부탁인걸요. 협력해 드려야죠."

"저도 두 분께 신세를 많이 졌는지라."

그렇게 말하고 활짝 웃으며 선뜻 기부하지만, 그 누구도 내가 무슨 사업을 일으키려는지 묻지 않았다. 어떤 식으로 기부금을 쓸지 언급하는 사람도 없다. 지금까지 신세를 진 플로렌치아와 엘비라의 부탁이라서 기부해 주는 것뿐이다.

오늘 모임은 같은 파벌에 속한 사람만 참가했다고 들었다. 그래서 더욱 영주의 부인인 플로렌치아와 엘비라의 부탁을 거절하지 않은 셈이다.

귀족 여성으로서 기부 모금의 모범을 보여준 엘비라와 플로렌치아가 당연하다는 듯 돈을 모아 준 덕분에, 내가 억지웃음을 짓는 동안 목표 금액을 달성했다.

고아원을 딱 한 군데만 세우고 끝이라면 이 금액으로 충분하지만,

영지 내에 공방을 넓히려면 기부 한 번으로는 부족하다. 귀족 여성의 다과회에서 돈을 모으는 방법은 내게 맞지 않는다는 것이 솔직한 감상이었다.

"로제마인 님, 페르디난드 님께서 오셨습니다."

브리기테가 당황하며 침대 위에 누워 있는 내게 보고하러 들어왔다. 다과회가 있고 나서 이미 이틀 정도 앓아누운 나는 손님을 맞을 상태가 아니었다. 그리고 보통 북쪽 별채에 손님이 들어오려면 영주와 수석 시종인 리카르다의 허가가 필요하다. 페르디난드가 방 앞에까지 왔다는 말은 양쪽의 허가를 받았다는 의미다.

"브리기테, 리카르다는?"

"그게, 보이지 않습니다."

원래라면 손님의 안내는 시종의 일이지, 호위 기사의 일이 아니다. 그런데 리카르다는 보이지 않고, 상대가 영주의 이복동생인 페르디난드라 브리기테가 이렇게 대신 보고하러 와 준 모양이다.

"어이쿠, 브리기테. 맡은 자리에서 벗어나시면 어쩌십니까?"

"리카르다, 그게……."

갑자기 리카르다가 나타나서 놀랐는지, 브리기테의 입에서 바로 말이 나오지 않았다. 준비한 차를 웨건으로 밀고 들어온 리카르다가 웨건에서 뗀 손을 허리에 대고 설교 자세에 들어갔다. 그 모습을 본 나는 서둘러 리카르다를 제지했다.

"리카르다가 없어서 브리기테가 대신 보고하러 와 준 겁니다. 페르디난드 님이 오셨다고요. 그래서 차 준비를 하고 왔나요?"

"그렇습니다. 제가 질베스타 님께 부탁드렸지요."

놀랍게도 이틀을 드러누운 나 때문에 애간장을 태운 리카르다가 직접 영주와 담판하여 약을 가지고 오라고 페르디난드를 호출했다고 한다. 내가 사흘째도 낫지 않으면 부탁하라고 말했는데도 그새 참지 못한 모양이다. 이틀을 잔 덕분에 내 몸은 꽤 회복되었다. 하루만 더 자면 괜찮을 것 같지만, 쓴맛이 경감된 약을 감사히 받고 완벽하게 부활하고 싶었다.

리카르다는 내 잠옷을 벗기고, 방에서 입는 옷으로 갈아입혔다. 그대로 누워도 되는 편한 옷이다.

"이 정도면 되겠군요. 브리기테, 페르디난드 도련님을 방으로 들여보내 주세요."

일단 사람을 들여도 될 만한 채비를 끝내고 입실을 허가하자 어째서인지 엘비라와 플로렌치아까지 함께 들어왔다.

"어머나, 엘비라 님. 플로렌치아 님까지!? 어쩐 일이십니까?"

"플로렌치아 님께 갔다가 오는 길에 로제마인의 상태도 볼 겸 왔는데, 마침 페르디난드 님께서도 리카르다의 호출로 도착하신 참이더군요."

다과회 후에 아픈 나를 문병 온 건 거짓은 아니지만, 엘비라의 목적은 페르디난드가 틀림없다. "로제마인은 정말 허약하군요. 설마 다과회로 열이 날 줄은 몰랐어요." 하고 걱정스럽게 말하는 것치고는 왠지 모르게 들떠 있다고나 할까, 페르디난드에게 콕 박힌 눈빛이 정말 즐거워 보인다.

문병객에게 앉도록 권하고, 나도 의자를 끌어 주는 리카르다의 도움을 받으며 앉았다. 페르디난드가 온다는 소식이 시종들 사이에서도 소문이 났는지, 화장을 고치고, 옷매무새를 다듬은 젊은 시녀들이 난

데없이 들어와서 차를 따르기 시작했다. 흐뭇한 광경이지만, 모두가 일제히 자리를 벗어나지는 말아 줬으면 했다. 오늘 휴무인 오틸리에가 있었다면 버럭버럭 화냈을 일이다.

"다과회가 끝나고 쓰러졌다고 들었다."

페르디난드가 내 모습을 보면서 그렇게 말했다. 나는 차를 한 모금 마시고, 모두에게 차를 권하면서 고개를 끄덕였다. 다과회 자체는 짧은 시간이었지만, 사전 준비와 손님 마중부터 배웅까지 고려하면 준비에 며칠이 걸린다. 이번에는 엘비라와 플로렌치아가 시범을 보이려고 개최한 다과회라서 나는 기본적으로 보고만 있었지만, 어떤 식으로 개최하는지 의무적으로 모든 과정을 지켜봐야 했다.

"제가 생각해도 잘 견딘 것 같아요. 다과회 마지막까지 쓰러지지 않고 보냈는걸요. 제법 강해진 것 같지 않나요?"

"아니, 그걸로 강하다고는 못하지."

강해졌다고 생각하는 사람은 나뿐인 모양이다. 아무도 내 말에 동조해 주지 않았다. 페르디난드는 어이없는 얼굴로 나를 바라보았다.

"고작 다과회로 쓰러질 정도라면 그대에게 사교가 어려울 것 같은데?"

"어머, 페르디난드 님. 어렵다는 말로 끝낼 문제가 아니랍니다. 귀족 여성에게 사교는 매우 중요해요."

약만 건네주고 가려던 페르디난드는 엘비라에게 붙잡혀 도망치지 못했다.

"페르디난드 님은 어떻게 하면 로제마인이 사교에 얼굴을 내밀 수 있다고 생각하시나요? 영주님의 사업을 도우려면 앞으로도 기부 모금은 필요합니다."

이번 기부 모금은 성공했지만, 그건 다 두 사람 덕분이다. "다음부터는 스스로 나서서 기부를 권해 보세요."라며 가볍게 던진 엘비라의 말에 눈앞이 깜깜해졌다.

"다른 분의 후의에 기대기가 어려워요. 이번에는 지금까지 어머님들의 친분과 신뢰 덕분이었어요. 하지만 제겐 아무것도 없어요."

"그걸 지금부터 쌓아 가야지요."

귀족 여성의 기부는 상부상조가 기본으로 깔린 듯했다. 다들 '신세를 졌으니까', '예전에 기부해 주셨으니까'라고 말했다. 그것이 이곳의 방식이라면 내가 익숙해질 수밖에.

"네. 물론 여러분께 신뢰를 쌓아 가려고 합니다. 하지만 인쇄업이 확장해 가는 속도를 생각하면 계속 저만 부탁해야 하는 상황이 벌어져요. 전 돌려드릴 수 있는 게 없는데도요."

"그럼 어쩔 생각인가요? 돈이 필요하니까 모으는 거잖아요."

플로렌치아가 휘둥그레진 눈으로 나를 바라보았다. 아무래도 이곳에서는 기부금을 모으는 다른 방법이 없는 듯하다. 나는 모금함을 들고 부탁하며 돌아다닐까 고민했지만, 그 방법은 바로 퇴짜 맞았다. 영주의 양녀인 내 부탁은 명령이나 매한가지다. 기부란 호의를 받는 일이므로 거절할 길을 막아서는 안 된다고 한다.

"좀 더 다르게…… 이익을 얻을 만한, 모두가 기뻐하며 돈을 내 줄 만한 방법이 필요해요. 그리고 가능하면 인쇄업과 관련된 방법이었으면 좋겠어요. 모두가 제 신뢰도로 돈을 내는 게 아니라, 인쇄업이라는 사업에 기부해 줬으면 해요."

주식회사라는 단어가 순간 뇌리를 스쳤다. 하지만 처음부터 만들 정도로 자세히는 모른다. 투자가 아니라 뭔가 기부에 좋은 수단이 없을까? 음, 하고 고민하다가 뭔가가 머릿속에서 번쩍였다. 바로 유치원에서 열던 바자회다.

"맞다. '바자회'는 어떨까요? 모두가 안 쓰게 된 물건을 가져와서 싸게 파는 거예요."

"생활에 불필요한 물건이 그만큼 있을까요? 그리고 물건은 물려줘야지요."

무슨 말을 하느냐는 말에 나는 머리를 싸맸다. 상식의 벽이 너무 높다. 소비 문화였던 우라노 시절과 달리 이곳은 어떻게든 못쓰게 될 때까지 쓰는 문화다. 불필요한 물건은 애초에 사지 않는다. 아무리 귀족이라도 금방 자라서 작아진 아이들 옷은 당연하다는 듯 물려주고, 약간의 손상이 있어도 다시 꿰매어 쓴다. 한계까지 썼다면 아랫사람에게 물려준다. 그래서 귀족도 안 쓰는 물건이 거의 없다.

"음, 그럼 '자선 콘서트'는 어떨까요?"

"그건 어떤 건가요? 처음 듣는군요."

살짝 볼을 감싼 플로렌치아가 고개를 갸우뚱했다.

"모든 수익을 기부하는 목적으로 여는 연주회예요. ……페르디난드 님, 페슈필을 몇 곡 켜 주시면 안 될까요?"

세례식 때 본 여성들의 열광적인 모습을 보아하니 표가 불티나게 팔릴 듯하다. 내친김에 인쇄로 상품을 만들어 팔면 얼마나 좋을까. 사진도 없고, 아직 몇 가지 색 인쇄조차 완벽하지 않아서 상품 판매는 무리수겠지만.

"왜 내가 켜야 하지?"

"제가 아는 사람 중에서 페슈필을 가장 잘 켜시니까요."

돈이 될 것 같다는 속내는 목구멍으로 꿀꺽 삼켰다. 그런데 들켜 버린 것 같다. 미간을 찌푸린 페르디난드가 진심으로 싫은 표정을 지었다.

"거절한다. 아무런 이득도 없을 뿐더러 내가 그대에게 협력해야 할 이유도 없다."

"……그렇겠지요."

페르디난드가 호의로 협력해 줄 리가 없다. 페르디난드의 호의는 절반 이상이 계획적이다. 그의 대답에 그냥 포기하려고 했더니, 엘비라가 눈을 번뜩였다. "반드시 연주회를 열게 하세요!" 하고 시선만으로 강하게 내게 명령했다.

실수다. 즉흥적인 짧은 생각이 엄청 위험한 사람을 각성시켜 버렸다. 엘비라의 생글거리는 째림에 나는 필사적으로 머리를 굴렸다. 페르디난드에게 이익이 되면서 그가 원할 물건이 뭐가 있을까. 원체 못하는 게 없는 다재다능한 사람이라서 그가 필요로 할 만한 물건이 쉽게 떠오르지 않았다. 내가 가지고 있는 것 중에서 페르디난드가 원하는 건 지금까지 두 개밖에 없었다.

"페르디난드 님, 새로운 곡을 제공할 테니까 페슈필을 연주해 주세요."

페르디난드의 눈썹이 꿈틀거렸다. 흥미는 끌었지만 콘서트까지 끌어낼 정도는 아니었다는 뜻이다. 나는 음악에 이어 요리를 미끼로 던져 보았다.

"거기에 엘라도 모르는 레시피를 끼울게요."

살짝 시선을 피했다. 일부러 시선을 피하게 될 정도로 마음이 흔들리는 듯 보였다. 결정적인 한 방만 있으면 수락의 대답을 끄집어낼 수 있을 것 같은데 곤란하게도 생각나는 게 더는 없었다.

그래도 엘비라는 '고지가 눈앞에 보이니까 힘내'라며 굉장한 압력을 가해 왔다. 아무리 힘내고 싶어도 이 이상 페르디난드의 마음을 흔들 만한 아이디어가 떠오르지 않았다. 나는 페르디난드의 손바닥 위에서 놀아나지만, 내가 페르디난드를 움직이려고 하다니 애당초 말도 안 되는 얘기다. 나는 가볍게 고개를 저었다.

"……이제 생각나는 게 없어요."

"그럼 이 얘기는 끝이다."

살짝 안도하는 페르디난드가 대화를 냉정하게 중단하자, 엘비라가 충격으로 몸을 부르르 떠는 모습이 보였다. 실패한 미안함에 울컥해져서 고개를 푹 숙였다. 그러자 내 옆에서 불쑥 끼어든 인물이 있었다.

"도련님! 끝이다, 가 아니지요!"

장승처럼 우뚝 버티고 서서 손을 허리에 받친 리카르다는 완전히 설교 태세다.

"페르디난드 도련님도 어쩜 그러십니까! 이렇게 아파서 핼쑥해진 어린 공주님을 못되게 굴다니요!"

"그렇지만 리카르다……."

"공주님은 자신이 할 수 있는 최대한의 편의를 도모해 주고 있지 않으십니까!? 전혀 필요 없는 것도 아니고, 도련님이 좋아하는 것을요. 제 눈엔 다 보입니다."

페르디난드가 끼어들 틈도 없이 리카르다의 설교가 물밀듯 터져 나왔다. 페르디난드가 잔뜩 찌푸린 얼굴로 그곳에 있는 얼굴들을 둘러보고 '절망스럽다'라고 말하듯이 눈을 꼭 감았다. 기대에 찬 눈을 반짝이는 엘비라, 페르디난드가 설교를 듣는 모습을 신기하게 쳐다보는 플로렌치아, 그리고 리카르다의 기세에 입이 쩍 벌어진 나. 그중에 아무도 리카르다를 제지할 사람은 없었다.

"인색하게 굴지 마시고, 페슈필 몇 곡 정도는 켜 주십시오."

"리카르다, 나는……."

"질베스타 님의 주도로 진행하시고, 로제마인 공주님까지 관련된 사업인데 페르디난드 도련님께서 공주님을 밀어 주지 않으시면 어찌합니까!? 질베스타 님은 상대가 아무리 어린 아기씨라도 일거리를 마구 던지신다고요."

역시 질베스타의 유모다. 아주 잘 파악하고 있다. 부정은 할 수 없는지, 페르디난드가 고민하며 깊은 한숨을 내쉬었다.

"도련님, 대답하셔야죠!?"

"……켜 주면 되지 않은가."

"좋습니다."

리카르다의 압도적인 승리로 자선 콘서트 계획이 발동했다.

페슈필 연주 외에는 아무것도 해 주지 않겠다며 불평하듯 말한 페르디난드가 돌아가고, 귀부인답게 표정에 드러내지 않으려고 애쓰던 엘비라의 감정이 폭발했다.

"로제마인, 연주회는 언제로 할까요?"

검은 눈동자를 반짝이며 적극적으로 나서기 시작했다.

"엘비라는 정말 페르디난드 님을 좋아하시는군요."

"어머, 그건 플로렌치아 님도 마찬가지시잖아요?"

"전 시어머님께 피해를 본 동지애 같은 감정이 가장 크지만, 페르디난드 님이 잘생기시긴 하셨죠."

쿡쿡 웃는 두 사람이 계획을 세우기 시작한 가운데, 나는 신전 행사를 떠올렸다.

"여름 끝 무렵과 초가을에는 성인식과 세례식도 있고, 가을 중순에는 수확제를 가야 해요. 가을 끝 무렵에는 기사단에서 요청이 올 가능성도 있고요. 그래서 급하기는 하지만, 여름 중에 여는 게 좋을 것 같아요."

본심을 말하자면 겨울 준비가 시작되기 전에 돈을 마련해 두고 싶은 의도가 크다. 무엇보다 바쁜 시기가 되면 페르디난드가 이래저래 이유를 붙여서 도망칠 것 같았다.

"그럼 서둘러서 초대장을 내야겠군요."

"초대장이 아니라 '티켓'을 만들어서 팔아 주세요, 어머님."

힘들게 이뤄낸 콘서트다. 티켓 판매로 이익을 내는 건 기본이다. 하지만 티켓이란 물건이 이곳에 없는지, 엘비라가 이해할 수 없다는 표정을 지었다.

"로제마인, 티켓이 뭐죠?"

"연주회에 입장할 때 필요한 초대장 같은 물건인데, 좌석 번호가 쓰여 있고, 유료예요."

나는 책상에서 종이와 잉크를 꺼내고, 간단한 행사장 도면을 그렸다.

"저번 다과회에 오신 분이 22분이셨으니까 30명을 초대한다고 가정할게요. 그러면 동그란 테이블이 다섯 개 정도 필요하겠죠? 페르디난드 님은 여기서 연주해요. 어머님이라면 어느 자리에 앉고 싶으세요?"

"그거야 여기겠지요."

엘비라는 망설임 없이 정중앙 제일 앞자리를 가리켰다. 말하지 않아도 표정에서 이 자리는 절대 뺏길 수 없다는 의지가 엿보였다.

"네. 그러니까 잘 보이는 이 주변 자리는 티켓이 비싸고, 잘 보이지 않는 이 주변 자리는 조금 싸게 설정하는 거예요."

"어머? 그러면 신분 순서대로 좌석에 앉지 못하잖아요."

플로렌치아가 남색 눈동자를 재차 깜빡이며 질문했다.

"다과회가 아니라 페르디난드 님을 감상하는 모임이니까 그렇게 엄밀하게 정할 필요는 없다고 생각해요. 여러분과 함께 분위기를 즐기고, 페슈필 연주를 듣고 싶지만, 페르디난드 님께 흥미가 없는 분은 이 싼 자리에 앉고 싶을지도 모르니까요."

"그럼 전 싼 티켓을 사서 페르디난드 님을 가까이서 보고 싶은 분께 비싼 자리를 양보할게요. 그러면 다른 분도 싼 티켓을 사기 쉬워지잖아요?"

쿡쿡 웃는 플로렌치아가 엘비라를 보면서 말했다. 원래라면 영주의 부인인 플로렌치아가 가장 좋은 자리에 앉는다. 하지만 억지로 비싼 티켓을 살 필요가 없다는 것을 플로렌치아가 몸소 보여준다면 그녀처럼 싼 티켓을 사는 사람도 있으리라.

"그리고…… 티켓을 팔 때 신분 순서대로 말씀드려서 앉고 싶은 자리를 정할 수 있게 해 드리면 어떨까요? 그러면 좌석으로 불평하는 사람이 확 줄어들 거예요."

"상대방이 결정하게 하다니. 로제마인은 벌써 질베스타의 생각에 물들어 버린 건가요?"

플로렌치아가 굉장히 걱정스럽다는 표정으로 내 얼굴을 들여다보았다.

'미안해요, 양어머님. 원래부터 이래요.'

그리고 티켓 가격을 설정한다. 가장 비싼 자리는 소금화 1닢. 그 외에는 대은화 5~8닢으로 제각기 다르다. 이미 가장 비싼 자리는 팔렸다.

"행사 중에 마실 차나 과자는 페르디난드 님이 좋아하시는 걸 준비하죠."

가장 좋은 자리를 확보한 엘비라가 들뜬 목소리로 제안한다. 나의 상식과 이쪽 상식 사이에는 연주회 개념에 차이가 있어서 기본적으로는 의욕적인 엘비라에게 맡기고 싶다. 나는 연주회에 장사를 조금 도입만 할 뿐이다. 콘서트라면 상품이 가장 잘 팔리겠지만, 바로 준비하기는 어렵다. 하지만 페르디난드가 좋아하는 쿠키라면 푸고와 엘라가 성의 요리사에게 레시피를 가르치고 있으니 잔뜩 만들 수 있다.

"손님께 낼 차와 과자를 준비한다면 미리 많이 만들었다가 연주회 마지막에 추억 상품으로 팔도록 해요. 페르디난드 님의 페슈필 연주에 감동한 분이라면 분명 사 주실 거예요."

"물론 전 사겠어요!"

이미 구매 예정자가 있다. 잘 팔릴 예감이 든다.

플로렌치아가 어느 방에서 연주회를 열지를 정하자, 엘비라가 테이블 배치를 고민하며 좌석표를 작성하고, 좌석 순위를 매겼다.

"티켓을 팔면 반드시 누가 샀고, 어느 자리에 앉기로 했는지 이 좌석표에 기재해 주세요. 그러면 당일 덜 혼란스러울 거예요."

티켓을 잃어버리거나 도둑맞는 문제가 얼마든지 생길 수 있다고 설명했다. 엘비라는 납득한 표정으로 고개를 끄덕이고 좌석표에 자기 이름을 똑바로 적어 넣었다.

"아참, 로제마인. 연주회에 인쇄업을 끌어들인다는 건 어떻게 한다는 말인가요?"

티켓을 만들 때 필요한 것을 의논하는 도중에 연주회 개최로 들뜬 엘비라와 달리, 냉정한 플로렌치아가 생각났다는 듯이 지적했다.

"그건 제게 맡겨 주세요. 인쇄업이 얼마나 훌륭한지 단번에 느낄 수 있게 전력을 다할게요."

'빌마가 그린 페르디난드 일러스트를 표지로 한 프로그램을 만들어 팔면 좋은 홍보가 될 거야, 우후훗.'

첫 마술 특훈

"티켓은 제게 맡겨 주시지요."

엘비라가 매우 의욕적이기에 플로렌치아와 엘비라에게 행사장 설치와 초대 손님의 대응, 차와 과자 준비 등을 전면적으로 맡기기로 했다.

"엘비라, 진정하세요. 티켓을 만들려면 날짜를 정해야죠."

"플로렌치아 님은 어서 빨리 열고 싶지 않으세요?"

조금이라도 빨리 연주회를 열고 싶다며 깍지를 낀 손에 힘을 주는 엘비라. 하지만 플로렌치아는 곤란하다는 듯 미소를 지으며 볼을 괴었다.

"전 되도록 준비 기간을 갖고 싶어요. 실패할 순 없잖아요?"

티켓을 팔아 돈을 받고, 그 자리에서 상품을 파는 연주회라는 행사가 첫 시도이니만큼 준비할 시간이 필요하다고 한다. 나도 플로렌치아의 말에 찬성한다. 되도록 시간을 벌고 싶다. 그야 내겐 프로그램을 작성하고, 페르디난드에게 새로운 곡과 레시피를 제공해야 하는 가혹한 일거리가 있기 때문이다. 그리고 성에서 지내는 동안에는 안전하지만 신전에 돌아간 순간, 리카르다에게 찍소리도 못한 페르디난드의 분풀이를 받게 될 예감이 든다. 시간을 벌어서 화가 풀리기를 기다리고 싶다.

'잠깐? 그치만 신관장님은 기억력이 좋아서 옛날 일로 끝까지 꽁해 있다가 시간이 길어질수록 화가 커지는 타입일지도? 어느 쪽이든 정

답이겠는데?'

내가 고민에 빠진 동안 빛나는 지휘봉을 쥔 플로렌치아가 "올도난츠." 라고 외치며 팔찌에 박힌 마석을 전언을 보내기 위한 흰 새로 변화시켰다.

"연주회는 한 달 후에 열겠습니다. 사정이 안 되면 다른 날을 지정해 주세요."

그리고 지휘봉을 흔들어 올도난츠를 날렸다. 이미 몇 번이나 본 새는 벽을 통과하여 날아갔다. 잠시 뒤 돌아온 새가 테이블 위에 펄럭이며 내려와 페르디난드의 전언을 말했다.

"한 달 후면 된다. 그리고 미안하지만, 로제마인에게 내일부터 마술 특훈을 시작하겠다고 전해 주게. 약을 먹으면 몸 상태는 괜찮을 거다."

페르디난드의 쌀쌀맞은 목소리를 같은 내용으로 세 번 반복한 새는 마석으로 돌아갔다. 목소리뿐이었는데 긴장에 몸이 굳고 식은땀이 뿜어져 나오는 사람은 나뿐일까.

"……어머님들. 페르디난드 님께서 엄청 화난 것 같지 않으세요?"

"기분 좋은 목소리 같지는 않네요."

"아, 아주 시원스러운 목소리군요."

일단 칭찬이긴 하지만, 엘비라의 미소도 약간 난처한 느낌이다.

"이럴 땐 시원스러운 목소리가 아니라, 등줄기가 오싹해지는 목소리라고 말씀해 주세요, 어머님."

전언대로 약을 먹은 다음 날, 내 몸은 완벽하게 부활했다. 페르디난드의 분노가 신경 쓰이지만, 마술 특훈이라는 말은 듣기 좋았다. 대체 뭘 가르쳐 줄까. 전에는 읽을 수 없었던 마술 관련 책을 읽게 해 줬었는데.

'처음 읽는 책이 가득 있겠지? 교과서처럼 「마술 개론」 같은 책이 있을까? ……아! 어쩌면 이걸로 마인 십진분류법이 완성될지도 모르잖아!?'

마술 관련 책을 어떻게 분류할지 고민했던 기억이 떠오른 나는 들뜬 마음으로 페르디난드가 오기를 기다렸다.

"공주님, 노르베르트에게 연락이 왔습니다. 페르디난드 도련님이 오셨다는군요. 대기실로 가십시다."

리카르다의 선두로 나는 네 명의 호위 기사와 함께 본관 대기실로 향했다. 네 사람의 호위 기사에게 둘러싸이면 완전히 보이지 않게 되는 자신이 조금 슬프다.

"좋은 아침이다, 로제마인."

대기실에는 감정이 느껴지지 않는 무표정한 얼굴을 한 페르디난드가 앉아 있다. 화가 났는지 그렇지 않은지 판단이 어렵지만, 페르디난드 앞에 쌓인 책을 본 순간, 그런 문제는 어찌 됐든 좋아졌다.

"좋은 아침이에요, 페르디난드 님. 그 책은 제게 주실 책인가요?"

"아아, 그렇다."

'왔다, 왔다, 왔어! 새로운 책이. 신난다!'

마음속은 마라카스를 흔들며 삼바를 출 정도로 기뻤지만, 실제로는 미소로 책을 지긋이 바라보는 반응만 보였다. 이 내가 책에 뛰어들고 싶은 충동을 참다니, 귀족 교육도 제법 대단하다.

내 뒤에서 코르넬리우스와 안게리카가 동시에 "으아……." 하고 굉장히 끔찍스러운 듯한 소리를 냈다. 아무래도 두 사람은 독서를 싫어하는 타입인 모양이다. 이 즐거움을 모르다니 아깝기도 해라.

"리카르다, 이 책은 방으로 옮겨 주게. 그럼 가자."

"알겠습니다. 도련님."

새로운 공부니까 책으로 기초를 익히겠지, 하고 들뜬 기분으로 대기하던 나는 뜬금없는 보류에 눈을 끔뻑였다. 리카르다가 가져가는 책을 슬프게 쳐다보면서 페르디난드에게 물었다.

"……어디에 가시는 건데요?"

"마력을 방출해도 문제없는 곳이다."

발코니에서 기수를 꺼낸 페르디난드에 이어서 브리기테가 기수를 꺼냈다. 안게리카는 나를 지탱하지 못할 가능성이 크다는 이유로 나는 브리기테의 기수에 올라타기로 했다.

"아얏!?"

브리기테가 나를 기수에 안아 올리려던 순간, 브리기테의 흉갑에 '콩' 하고 머리를 부딪쳤다. 기사들은 평소에는 토론베 토벌 때처럼 전신 갑옷을 차려 입는 대신 약식 갑옷을 입는다. 마력을 담은 얇은 금속을 꿰맨 원피스형 옷을 입고 흉갑, 건틀릿, 무릎부터 아래는 정강이받이를 차는 것이 일반적이다. 브리기테는 여자라서 흉갑이 페르디난드보다 앞으로 튀어나온 탓에 기수에 올라 탈 때 머리를 부딪친 것이다.

"죄송합니다, 로제마인 님. 이러면 부딪쳐도 아프지 않으실 겁니다."

브리기테가 부드럽게 쓰다듬듯이 흉갑을 만졌다. 그 순간, 흉갑 부분이 흐물거리며 일그러졌고, 머리가 닿아도 아프지 않게 되었다. 오히려 물컹거리는 감촉에 휩싸인 느낌이 기분 좋았다. 가슴에 머리를 눌러 그 감촉을 즐기고 싶을 정도다.

브리기테의 표정은 진지했고, 분명 나를 위해서 해 준 일이라 딱히 지적하지는 않았지만, 가슴의 윤곽이 선명하게 드러났다. 평소에도 흉갑을 착용하다 보니 감이 오지 않았지만, 이제 보니 브리기테는 제법 거유였다.

'아, 코르넬리우스 오라버니. 호기심 왕성한 나이인 건 이해하겠는데, 그렇게 깜짝 놀란 얼굴로 이쪽 보지 마세요. 다무엘을 보고 배워서 시선을 좀 피하시라고요.'

브리기테의 기수를 타고 성에서 조금 떨어진 곳에 있는 널찍한 건물로 이동한다. 먼저 도착한 페르디난드가 건물 안으로 들어가는 모습이 보였다. 나를 내린 브리기테가 그대로 건물 안으로 들어가려고 했다. 나는 서둘러 브리기테를 막았다.

"브리기테, 이제 흉갑은 원래대로 돌려놓아도 괜찮아요."

"아아, 그러네요."

까맣게 잊고 있었는지 브리기테가 슬쩍 흉갑을 만져서 단단하고 평평한 흉갑으로 되돌렸다. 이걸로 일단 안심이라며 고개를 끄덕이고는 나도 건물 안으로 들어갔다. 아무것도 없이 텅 빈 새하얀 건물이었다.

"여긴 뭐하는 건물이에요?"

웅웅 울리는 내 목소리에 페르디난드가 대답해 주었다.

"기사들이 거대한 마력을 써서 전투 연습을 할 때 쓰는 건물이다. 마력이 밖으로 새어 나가지 않는 구조로 되어 있지. 나는 이곳에서 로제마인에게 마력 다루는 방법을 가르칠 테니 너희들은 저쪽에서 연습하도록."

페르디난드의 지시에 호위 기사들은 "넷!" 하고 짧게 대답하고, 연습하기 위해 반대편으로 갔다. 대체 어떤 연습을 하는지 흥미진진하게 응시하려다가 페르디난드에게 꿀밤을 맞았다.

"아야!"

"한눈팔지 마라."

페르디난드의 눈빛이 따갑다. 이곳에서는 리카르다도 없고, 호위 기사는 반대편에서 연습 중이다. 내 편도, 방패가 되어 줄 사람도 없는 이곳은 고립무원이다. 되도록 화를 돋우지 않게 행동해야 한다.

"벤노가 작은 신전 관계로 바쁘지 않은가? 그래서 지금 기회에 마술 특훈을 해 두는 편이 좋다고 판단했다. 원래는 귀족원에 가기 전까지 마술 특훈은 시키지 않지만, 그대는 이미 그대만의 방식으로 마력을 다루는 법을 익혀 버렸다. 조금 제대로 된 지식을 익히기 위해 내가 교육을 맡기로 했다."

말로는 마술 특훈이라고 하지만, 그 짜증스러운 눈은 페슈필 콘서트를 개최하게 된 분풀이로 보일 뿐이다.

"그대는 아직 귀족원의 학생이 아니니 슈타프가 없지."

"선생님, 질문 있습니다. 슈타프가 뭔가요?"

페르디난드는 "이거다." 라며 팔을 흔들어 빛나는 지휘봉을 꺼냈다. 귀족원의 학생이라면 누구나 들고 있던 빛나는 지휘봉의 정식 명칭이 슈타프인 모양이다.

"슈타프를 가지고 있으면 아주 높은 효율로 마력을 다룰 수 있지만, 없다고 못 하는 건 아니다. 우선 급한 건 마석으로 기수를 만들어서 타는 방법을 익혀야 한다."

페르디난드는 그렇게 말하며 얇은 가죽 장갑을 꼈다. 그리고 벨트에 찬 가죽 봉투 속에서 내 주먹만 한 투명 마석을 꺼냈다. 기수로 변화시킬 때 쓰는 마석으로, 기사 갑옷의 팔뚝 부분에 박혀 있거나 벨트에 달고 다니는 마석과 같은 물건인 듯했다.

"마석에 마력을 넣고, 움직이는 물체로 모습을 변화시킨다. 그것을 자신의 의사로 조종하고 하늘을 날게 해야만 하지. 이번 가을에도 토론베 토벌이 있을지 모르고, 평민용 마차를 장시간 탈 수 없는 그대가 수확제나 기원식에 가려면 익혀 두는 편이 좋다. 무엇보다 약재를 모을 때 꼭 필요한 기술이다. 혼자서 기수도 못 타고서는 이동도 불편하니까."

그렇게 말한 페르디난드가 내게 마석을 툭 건넸고, 나는 떨어뜨리지 않게 양손으로 마석을 감싸들었다. 그런데 마석에 닿은 순간부터 마력이 빨려 나가는 느낌이 들었다. 무서운 기세로 흘러 들어가는 마력에, 나는 서둘러 몸속 깊이 가둬 둔 마력을 해방했다.

"선생님, 마력을 엄청난 기세로 빼앗기고 있는데요……."

"아아, 문제없다. 우선은 그 돌을 그대의 마력으로 물들여야 한다. 그대의 의식으로 움직이려면 필요한 과정이다."

"그럼 지금까지 빌린 반지는요? 이건 쓸 때만 마력을 붓지, 이런 식으로 마력을 빨아 당기지는 않았는걸요!?"

양손으로 마석을 꼭 쥐면서 그렇게 말하자 페르디난드는 가볍게 고개를 저었다.

"마석을 쓰는 것과 마술구를 쓰는 건 엄연히 다르다. 오늘은 그런 상세한 설명이 필요 없으니 다음에 하마. ……역시 마력의 양이 많군. 물들어 가는 속도가 빨라."

마력이 적은 하급 기사라면 속이 거북해지기 직전까지 며칠에 걸쳐 마력을 쏟아붓기도 한단다. 그리고 이렇게 마력으로 물들인 마석은 다른 사람이 쓸 수 없게 된다고 한다. 정확히 표현하면 쓰기 어려워진다. 마력의 색이 비슷하면 쓸 수는 있지만, 자신의 마력으로 물들인 마석과 하늘과 땅만큼 차이가 난다고 했다. 그런 설명을 듣는 동안, 내 손에 쥔 마석이 나의 마력에 물들었는지 한 번 밝은 빛을 방출했다.

"마력으로 물들였다면 형태를 변화시키는 훈련에 들어가자. 그대는 마력을 잘 다루기는 하니 금방 익힐 수 있을 거다. 우선 마석에 마력을 부어라. 그리고 부풀리는 모습을 상상하면서 마력으로 돌을 변화시켜라. 머릿속에 그린 형태로 변화시킬 수 있어야 하지만, 우선은 크기만 바꿔 봐라."

나는 페르디난드가 한 말대로 조금씩 마력을 부었다. 그리고 마력을 손끝으로 늘린다는 감각으로 내 상상대로 늘려 보았다. 조금은 고전할 줄 알았는데 간단하게 내가 상상했던 대로 마석을 동그랗게 부풀릴 수 있었다.

"와아, 부풀었다. '풍선' 같아!"

마석은 머릿속에 그린 풍선처럼 조금씩 동그랗게 커졌다. 내 주먹만 하고 테니스공보다는 작았던 마석이 지금은 소프트볼만 한 크기가 되었다.

"마력을 계속 흘려보내면서 돌을 바닥에 놓고, 손에서 떨어뜨린 상태로 마력을 흘려보내 보아라. 그것이 가능해지면 특정 형태로 변화시키는 훈련에 들어간다."

"알겠습니다."

나는 그 자리에 쭈그려 앉았다. 양손으로 감싼 마석을 살짝 바닥에 올려놓고, 마석에 닿은 손가락을 하나씩 떼었다. 마지막 손가락을 뗀 순간, 마력이 끊길지도 모른다는 불안감에 마력이 흐르는 파이프를 두껍게 하듯 가득 흘려보내면서 손가락을 뗐다. 마력의 흐름은 눈에 보이지 않지만, 흐르는 감각은 알 수 있다.

페르디난드가 "호오……." 하고 감탄 섞인 한숨을 내쉬고, 조금씩 크기가 커지는 마석을 내려다보았다. 소프트볼에서 피구 공을 거쳐, 비치볼만 한 크기가 되었다. 나는 왠지 점점 불안해졌다.

'이거, 터지진 않겠지? 괜찮겠지?'

"선생님, 질문 있습니다. 이건 어디까지 부푸나요?"

"그대가 마력을 끊거나 형태를 고정할 때까지다. 그대가 탈만한 크기로 만들 수 있어야 하니 아직 한참 더 커져도 된다."

나는 안도의 한숨을 내쉬면서 몸을 돌려 페르디난드를 올려다보았다.

"다행이다~, 그럼 갑자기 **풍선**처럼 펑! 하고 터지지……."

내가 '터지지는 않겠죠?' 라고 말하기 전에 '쩌적' 하고 금이 가는 소리가 들렸다.

"이 바보가!"

페르디난드의 폭언과 동시에 망토가 펄럭이며 내 몸을 감쌌다. 그러자 바로 내 머릿속에서 상상했던 것과 똑같이 '펑!' 하고 마석 풍선이 터졌다. 터진 마석 조각이 후두둑 소리 내며 망토를 두들겼고, 마치 유리조각처럼 맑고 높은 음을 내며 바닥에 떨어지는 소리가 들렸다.

"마석은 머릿속에 그리는 모양으로 변화한다고 했을 텐데, 제정신인가!? 자신이 상상한 대로 마석을 변화시키는 도중에 터지는 상상을 하면 당연히 터지지 않는가! 이 바보 녀석!"

"미안해요! 미안해요!"

"……못 말리겠군. 귀한 마석이 산산조각이 났어."

매우 지친 듯한 페르디난드의 목소리에 내 얼굴이 새파랗게 질렸다. 그러고 보니 마석은 귀하고 비싼 물건이었다. 큰일이다. 눈앞에서 새하얀 바닥 위에 떨어진 마석 조각이 보였다. 나는 황급히 조각을 쓸어 모으면서 마력을 부으며 "점토야, 점토야, 동그랗게 붙어라!" 하고 외쳤다. 점토처럼 마석을 손바닥으로 문지르면서 굴렸다.

"뭐 하는 건가? 터진 마석은 원래대로 돌아오지 않아. 더 잘게 부숴서 다른 마술구의 재료로 쓸 수밖에."

페르디난드는 기가 찬다는 듯이 나를 내려다보며 그렇게 말했다. 하지만 내 마력에 물든 조각들은 손안에서 점점 모양을 바꾸었다.

"……괜찮아요. 점토는 이렇게 하면 딱 붙거든요. ……짜잔!"

내가 손을 펼쳐서 경단 모양이 된 마석을 보이자, 페르디난드가 경악한 표정으로 나와 마석을 몇 번이고 번갈아 보았다. 그리고 내 손 위의 마석을 집더니 빛에 이리저리 비춰 보며 검사하고는 관자놀이를 꾹 눌렀다.

"이런 말도 안 되는……."

"네?"

"아아, 됐다. 조각을 전부 모으면 오늘 훈련은 그걸로 끝이다."

멋대로 하라는 듯 손을 휙휙 젓던 페르디난드가 다시 관자놀이를 눌렀다. 나는 힘차게 대답하고 바닥에 흩어진 조각 위에 마석을 굴리기 시작했다. 청소하듯 마석 경단을 데굴데굴 굴려 조각을 붙이면서 돌아다녔다. 마석이 어느 정도 모이면 다시 점토를 반죽하는 요령으로 마력을 부어서 둥글게 만들었다.

잠시 쭈그려 앉은 상태로 데굴데굴 굴렸더니 조각은 깨끗하게 정리되었지만, 다리에 쥐가 나서 일어나지 못했다.

　"무지한 상태로 마력을 폭주하면 큰일이 벌어지니 멋대로 마력 조종 연습은 하지 않도록."

　방에 돌아오자마자 훈계를 들었다. 마석을 터트려 버린 나는 고개를 푹 숙이고 얌전히 들었다. 그런 폭발을 방에서 일으켜서 누군가가 휘말려 버리면 곤란하므로 몰래 연습할 생각은 추호도 없다.

　내 대답을 듣고, "좋다." 하고 끄덕인 페르디난드가 오늘 가져와 준 마술 관련 책을 테이블 위에 차곡차곡 쌓기 시작했다.

　"이것은 이 성의 도서실에 보관된 책이다. 전부 마술의 기본에 관련된 책이지."

　"야호! 감사하게 생각합니다."

　산더미처럼 쌓인 책에 손을 뻗으려던 순간, 페르디난드가 "기다려라." 하고 내 손을 막았다.

　"리카르다, 로제마인은 책에 한 번 빠지면 주변을 보지도, 소리를 듣지도 않고 몰두하는 버릇이 있다. 규칙적으로 시간을 쓰게 하도록 해 줘."

　"네, 네. 맡겨 주세요, 도련님. 이미 익숙하니까요."

　"그리고 오늘은 마술 특훈을 하느라 지쳤을 거다. 또 쓰러질지도 몰라."

　페르디난드가 나를 힐끗 쳐다보면서 그렇게 말했다. '쓰러진다'라는 말에 리카르다의 표정이 싹 굳었다.

　"그럼 공주님. 독서는 내일 합시다. 페르디난드 님 말씀처럼 오늘은 첫 마술 훈련을 하셨으니 어서 쉬시지 않으면 또 쓰러지실 거예요."

"네? 저기, 리카르다……."

리카르다는 눈앞에 쌓아 올린 책을 하나씩 정리했다. 내가 손을 뻗으려고 하면 "안 됩니다!" 하고 혼을 냈다.

"아아, 그렇지. 로제마인, 약속한 곡과 레시피를 받아야 하니 내일 신전에 오도록."

리카르다에게 혼이 나는 나를 지켜보며 페르디난드의 입꼬리가 씩 올라간다.

'보복이다! 이게 페슈필 콘서트의 보복이었어!'

내 앞에 아직 읽은 적 없는 책을 쌓아 올려 놓고, 읽지 못하게 예정을 빡빡하게 채우고, 리카르다를 감시역으로 두다니, 성격이 나빠도 이렇게 나쁠 수가 없다.

"너무해요, 페르디난드 님!"

"리카르다나 나나 그대의 몸을 걱정하는 거다. 너무하기는."

아주 후련한 표정으로 그렇게 말하면 누구라도 알 거다. 이것이 괴롭힘임을. 째려보는 내게 페르디난드가 코웃음을 쳤다.

'분해! 이렇게 되면 이제 안 봐줄 거야.'

프로그램 표지에 넣을 빌마의 일러스트는 그림책에 넣은 신처럼 실루엣 그림으로 페슈필을 켜는 전신 그림을 넣으려고 생각했었다. 머리 형태만으로 페르디난드인 걸 알 수 있는 일러스트로 만들 예정이었다. 그렇게 해서 엘비라와 부인들에겐 분위기만 즐기게 해줄 생각이었다. 하지만 이제 봐주거나 참지 않겠다. 초상화가 존재하지 않는 이 세계에서 배려 따위 두 번 다시 없다.

'한 달 이내에 반드시 등사원지를 완성해 주겠어! 신관장님의 얼굴을 세밀하고 아름답게 그려서 첫 등사기 인쇄로 표지에 쩍! 하니 붙여 줄 테다!'

등사원지 완성을 향해

성에서 생활해도 따로 호출이 없는 한, 영주 가족과 만나는 시간은 저녁 식사를 할 때뿐이다. 아침은 각자 방에서 먹고, 영주 부부는 점심때 회식이 많아서 함께 먹지 않는다. 그래서 이 저녁 시간이 유일하게 대화가 가능한 시간이다.

"양아버님, 저 내일부터 한 달간 신전에 가 있겠습니다."

"……요리사에 관한 일은 이미 해결됐지 않느냐? 무슨 일 있나?"

질베스타가 살피는 듯한 눈빛으로 나를 보았다. 진한 녹색 눈동자가 뭔가 재미있는 일이 없는지 찾는 모습이다.

"인쇄 기술 향상 건으로 장인들과 의논해야 할 일이 많아요. 새로운 기술이 완성되는 즉시 보고하러 오겠습니다."

질베스타는 순순히 "흠, 알겠다." 라고 승낙했지만, 반드시 중간에 시찰이든, 상황 확인이든 적당한 이유를 붙여서 신전에 찾아올 것 같은 느낌이 든다.

"양아버님, 시찰하러 오실 땐 반드시 사전에 연락을 주세요."

"알고 있어."

'전혀 모르잖아요.' 라는 딴죽은 목구멍에 집어삼키고, 나는 식사를 끝냈다.

취침 인사를 하고, 빌프리트와 함께 북쪽 별채로 돌아갔다.

"너 치사해."

식사하는 동안 줄곧 뚱해 있던 빌프리트가 질베스타와 꼭 닮은 진

한 녹색 눈동자로 나를 째려보았다. 치사하다는 말의 의미를 이해할
수 없었다.

"……어디가 치사하다는 건가요?"

"내가 치사하다면 치사한 거야!"

이해가 가지 않는 대답이다. 곤란해진 내가 램프레히트를 올려다보
자, 램프레히트는 곤란한 표정을 지었다. 여기서 설명할 수 있는 일이
아닌 모양이다.

"정말 죄송합니다, 빌프리트 오라버니. 전 한 달 정도는 성을 비우
니 마음 편히 쉬세요. 그럼 안녕히 주무세요."

북쪽 별채에 도착하자마자 나는 얼른 계단을 올라갔다. "전혀 모르
고 있잖아!"라는 짜증 섞인 목소리가 아래층에서 들렸지만, 무시했
다. 난 바쁘거든.

방에 돌아와서 책상에 앉았다. 신전에 돌아가 있을 동안 끝내야 할
일을 조목조목 종이에 써내려갔다. 그리고 신전에 가지고 가야 할 물
건의 목록을 작성했다.

"……우우. 서자판이 필요해. 종이가 아까워."

내가 썼던 서자판은 마인의 유품으로 가족이 들고 가 버렸다. 지금
은 투리가 쓰고 있다고 루츠에게 들었다. 다만, 서자판이 손안에 있대
도 나무를 깎아 만든 간소한 서자판을 쓰게 해 줄 것 같지는 않다. 영
주의 양녀에게 어울리지 않는다며 처분될 바에야 차라리 투리가 써
주길 바라지만, 내 전용 서자판이 필요하다.

'바빠서 썩 달가워하지 않겠지만, 벤노 씨한테 주문해야지.'

그렇게 결심한 내 눈에 리카르다가 책을 넣어 버린 붙박이장이 들
어왔다. 읽어 보지 못한 책을 눈앞에 두고도 읽지 못하다니 너무 가혹

하다. 내가 미련이 남은 글썽거리는 눈으로 장을 바라보자, 리카르다 가 헛기침을 했다.

"오늘은 이만 주무세요, 공주님."

'흥칫뿡. 내일 아침에 일찍 일어나서 읽을 거지롱.'

다음 날은 아침 일찍 눈이 뜨였다. 얼른 책을 읽으려고 했더니 장이 잠겨 있어 열리지 않았다. 괴로움에 몸부림치며 리카르다가 오기를 기다렸더니, 더 쉬어야 한다며 리카르다에게 야단맞았다. 심지어 아침을 다 먹자마자 리카르다에게 신전으로 쫓겨났다. "공주님은 책을 읽기 시작하면 약속도 까맣게 잊으시죠? 페르디난드 도련님께 다 들었답니다." 라는 게 이유였다.

'신관장님, 두고 봐요!'

입을 쑥 내밀고, 가슴 속 시커먼 감정을 안은 채 마차에 올라탄 나는 신전으로 향했다. 브리기테와 다무엘도 함께였고, 마차는 다르지만 전속들도 동행했다.

"어서 오십시오, 로제마인 님."

"다녀왔어요, 프랑."

마중 나와 준 프랑과 함께 신전장실로 돌아간다.

"당분간 성에서 묵으신다고 들었는데, 어제 낮에 갑자기 신관장님께 로제마인 님께서 돌아오신다는 얘기를 들었을 때 깜짝 놀랐습니다."

"네. 저도 신관장께서 돌아오라고 하셨을 때 놀랐어요."

책도 읽지 못한 채 쫓겨난 짜증이 점점 심해졌다. 페르디난드가 쌓아 올린 책은 외부 반출이 금지된 성의 도서실에서 꺼낸 책이라 성에 돌아가야만 읽을 수 있다. 다시 말해, 한 달간 보류인 셈이다.

"로제마인 님, 굉장히 신경이 곤두서 계신 듯한데, 무슨 일 있으십니까?"

"신관장님이 제 독서를 보류했어요. 제가 도서를 참아 가면서 신전에 돌아오게 만드셨다고요. 어지간히 곡과 레시피가 필요하셨나 보죠."

"으으으." 하고 분노에 차서 말하자, 프랑이 놀란 듯 눈을 크게 떴다.

"……그런가요? 신관장님께서 기부금이 모였다고 길베르타 상회에 연락을 넣으라고 하셔서서 슬슬 그들이 도착할 때가 되었는데."

나는 프랑의 말에 깜짝 놀라 눈이 휘둥그레졌다. 확실히 기부금을 어서 빨리 벤노에게 건네고 싶다는 생각은 했는데, 페르디난드가 미리 준비를 해 줬을 줄은 꿈에도 생각을 못했다.

"의상을 갈아입으시면 원장실로 가시죠. 니콜라가 과자를 준비해 놓고 기다리고 있습니다."

"그래요, 기대되네요."

내가 키득거리며 웃자, 프랑은 가슴을 누르며 살짝 한숨을 내쉬었다.

모니카의 도움으로 옷을 갈아입고, 모인 기부금 금액을 프랑에게 확인하게 한 나는 고아원 원장실로 이동했다. 역시 익숙한 방이 편하다. 나는 가볍게 숨을 내쉬면서 비밀의 방을 열었다.

"모니카, 여기를 가볍게 청소하고, 필기도구를 이쪽에도 넣어 줘요."

"알겠습니다."

프랑은 애써 침착한 표정을 짓지만, 그래도 비밀의 문을 보면 살짝 얼굴이 굳어졌다. 그래서 비밀의 방은 모니카에게 청소를 맡겼다.

"프랑, 길과 빌마는 뭐하고 있나요?"

"길은 길베르타 상회를 마중하려고 문에서 대기하고 있습니다. 빌마에게 하실 말씀이 있으시다면 불러올까요?"

"빌마에게 그림을 의뢰하고 싶은데, 길베르타 상회와 이야기가 끝난 뒤라도 좋아요."

프랑에게 부재중에 일어난 일을 보고받는 동안, 벤노와 루츠가 찾아왔다. 작은 신전에 관련된 업무가 산더미고, 마르크는 상점에서 종업원들을 지휘 중이라고 한다.

"루츠, 벤노. 이쪽으로 오세요. 시종은 길, 호위는 다무엘이 해 주세요."

나는 비밀의 방으로 들어가서 문을 닫은 순간, 루츠에게 달려들었다. 완전히 예상했는지 루츠는 놀라지도 않고 받아 주었다.

"루츠, 루츠, 루츠! 내 말 좀 들어봐, 신관장님이 나한테 못되게 굴어!"

"……있잖아, 나 지금 엄청 바빠."

"나도 바빠! 기부금 모으느라 다과회도 열고, 계속 억지웃음 짓다가 쓰러지고, 또 돈을 마련하려고 전전긍긍하다가 신관장님한테 분풀이로 마술 특훈을 당하고, 괴롭힘도 당하고, 얼마나 힘든데."

나의 호소에 루츠가 인상을 팍 찡그리며 험악한 표정을 지었다.

"신관장님이 괴롭혔다니 무슨 말이야? 무슨 짓 당했어?"

"내 눈앞에 읽은 적도 없는 책을 떡하니 쌓아 놓고는 일정을 빽빽이 넣고, 감시까지 붙여서 못 읽게 해. 너무하지 않아?"

"……그거 대단하네. 목숨 아까운 줄 모른다고 할까, 뒷일이 무섭지 않나……."

놀란 목소리를 내면서 내 얼굴을 본 루츠의 얼굴이 갑자기 굳었다. 루츠는 내가 책을 빼앗겼을 때 폭주하는 모습을 가장 가까이에서 봐 온 사람이다. 아~, 하고 곤란한 듯한 목소리를 내더니 내 머리를 천천히 쓰다듬었다.

"잘 참았어. 응, 잘했어."

"아니야. 이제 안 참기로 했어. 너무 분하니까 등사원지를 완성해 버릴 거야."

"그거랑 그게 무슨 관련이 있는데!"

루츠가 소리쳤지만, 관련이 있고 없고는 중요하지 않다. 중요한 건 등사원지를 만들어서 페르디난드를 찍소리 못하게 만드는 일이다.

"됐으니까, 만들자. 응?"

루츠에게 매달린 채 조르자, 벤노가 매섭게 눈을 번뜩이며 호통 쳤다.

"이 멍청아! 이쪽이 얼마나 바쁜지 알고 하는 소리냐!?"

"제가 돈을 마련하려면 등사원지가 필수라고요! 벤노 씨야말로 귀족들한테 돈을 끌어모으기 얼마나 고생스러운지 알고 하는 말이에요!?"

내가 버럭거리며 큰소리를 치자, 깜짝 놀란 벤노가 눈을 크게 떴다. 나는 벤노의 기세가 죽은 순간을 놓칠세라 더욱 몰아붙였다. 책을 빼앗긴 분노는 벤노의 호통 정도에 흔들리지 않았다.

"돈을 벌 기회는 단 한 번이에요. 등사원지가 있느냐 없느냐로 모이는 금액이 천차만별이라고요. 어쨌든 한 달만 루츠 좀 빌릴게요."

"어이, 멋대로 정하지 마."

내가 루츠에게 매달린 채 선언하자, 루츠가 손가락으로 내 이마를 '딱' 튕겼다. 나는 딱밤을 맞은 이마를 누르며 입술을 쭉 내밀었다.

"내가 생각한 물건은 루츠가 만들기로 했잖아. 그 약속 파기해도 좋아?"

"그건, 싫지만……."

"마음으로서는 루츠를 빌려주고 싶지만, 이쪽도 바빠."

벤노가 머리를 벅벅 긁적이며, 필요한 물자를 모으는 데에 돈이 부족하다고 투덜거렸다. 로제마인 공방의 잉여금만으로는 턱없이 부족해졌고, 길드장과 서로 얼마나 부담하느냐는 의논에 시간을 뺏기고 있다고 한다.

"돈은 걱정하지 마세요, 벤노 씨. 일단 기부금을 모았으니까 나중에 드릴게요. 초기 비용 금액은 모았어요."

"……뭣이?"

상인은 돈을 어떻게 마련하느냐가 가장 고민하게 되는 부분이다. 그리고 현재는 비용 분담으로 고민하던 차였다. 그 고민이 단숨에 해결된 셈이니 벤노의 눈이 휘둥그레지는 것도 당연했다.

"좋아, 루츠를 빌려주마. 돈만 있으면 주문하기도 쉽고, 물자를 사모으기도 간단하니까. 다음 돈 마련에 필요하다면 꼭 해내라."

벤노는 눈을 날카롭게 번뜩이며 루츠와 나를 보았다. 벤노에게도 해 버리라는 허가가 떨어졌다. 사양 말고 해 버리자.

"그리고 이거. 상급 귀족과 연결고리를 만들어 준 감사의 선물이다. 필요하지?"

벤노가 턱을 홱 움직이자, 루츠가 가방 속에서 천으로 싼 사각형 물건을 조심스럽게 꺼냈다. 악동 같은 미소를 지으며 으쓱거리는 동작으로 보따리를 내민다.

"자, 받으십시오."

나는 루츠의 몸에서 살짝 떨어져서 눈앞에 내민 보따리를 집었다. 딱딱한 감촉이 만져졌다. 뭘까 생각하며 살짝 천 보따리를 풀었다.

"······와아! 서자판이다!"

귀족이라도 쓸 수 있게끔 세밀한 장식을 새기고, 니스 같은 액체를 발라 윤기가 흐르는 화려한 서자판이다. 내가 새로운 서자판에 시선을 빼앗기자, 벤노가 피식 웃었다.

"네 서자판은 투리가 쓰고 있잖아. 필요할 것 같아서 주문했다. 앞면은 로제마인 공방의 문장을 토대로, 뒷면은 기사단장의 문장을 토대로 무늬를 새겼고, 여기에 이름 대신 영주의 문장을 새겨 놨어."

벤노가 서자판을 가리키면서 각각의 디자인을 설명해 주었다. 루츠는 서자판에 매단 철필을 가리켰다.

"이 철필은 요한한테 예전 것과 똑같은 것을 주문해서 만들었으니까 똑같이 쓸 수 있을 거야."

"서자판이 정말 필요했어. 고마워요, 벤노 씨. 그리고 루츠도 고마워."

내 손에 딱 맞는 서자판을 들고 나는 활짝 웃었다. 원하던 물건을 타이밍 좋게 선물 받은 기쁨에 얼굴이 자연히 헤벌쭉해졌다. 나를 제대로 지켜보고, 생각해 준 마음이 기뻤다.

"그래서 모았다는 기부금은 어디 있지?"

"프랑에게 맡겨 뒀으니까 이 방에서 나가면 건네드리도록 하겠어요. 사실은 루츠로 기운을 더 보충하고 싶지만, 한 달은 신전에 있을 거니까 내일 해도 되겠지? 우후훗."

서자판을 갖자 제법 마음이 누그러졌다. 기분 좋게 방에서 나와 프랑에게 말을 걸었다. 브리기테의 눈도 있어서 비밀의 방 밖에서는 귀족다운 태도를 보여야 한다.

"프랑, 벤노에게 기부금을 건네주세요. 벤노, 이 기부금이 어떻게 쓰이는지 어머님들께 보고해야 하니 용도에 관해서 자세한 보고 부탁드릴게요."

상세한 보고로 내가 낸 돈이 어떻게 쓰이는지 안다면 다음에 기부금도 모으기 쉬워질지 모른다.

"벤노와 할 얘기는 이상입니다. 작은 신전 준비로 바쁘시겠지만 잘 부탁해요. 루츠와 길은 공방에 관한 상황을 듣고 싶으니 이곳에 남으세요."

"알겠습니다."

벤노는 대금화 3닢 이상이 든 지갑을 품에 넣고, 모니카의 안내를 받으며 돌아갔다. 나는 테이블에서 현재 공방에서 제작 중인 등사원지의 진척 상황을 듣기로 했다.

"길, 공방 쪽은 어때요? 등사원지로 쓸 만한 얇은 종이는 만들었어요?"

"쑥쑥이 나무 종이는 제법 얇게 만들어지긴 하는데, 일반 종이로는 아무리 해도 얇아지지 않습니다. 다른 나무를 찾지 않으면 어려울 것 같습니다."

토론베로는 상당히 얇은 종이를 만들 수 있게 된 모양이다. 다만, 이 종이를 토대로 만들면 가격이 엄청 비싸져서 쉽게 쓸 수 없다. 이 주변에서 간단히 채취할 만한 나무로는 포린이 가격이나 벌채하기 가장 좋았지만, 포린으로는 등사원지를 만들 수 없는 듯하다.

이번에 만들 페르디난드 일러스트만이라면 토론베지를 원지로 써도 이익은 나올 거라 생각했다. 등사원지를 완성하기 위해서라면 돈도 아끼지 말아야 한다. 나는 일단 토론베지로 등사원지 시제품을 만들기로 했다.

"요한이 만들어 준 밀랍 코팅 다리미는 어떨까요? 밀랍 종류를 바꿔 봐도 역시 균일하게 입혀지던가요?"

"균일하게 되지도 않을뿐더러, 시험 삼아 요한이 만든 줄판 위에서 긁어 봤지만, 밀랍은 부서지고 금이 가서 쓸모없어져 버렸어요."

그 균열은 밀랍이 두껍거나, 딱딱한 것이 원인으로 생기는 증상이다. 역시 송진 같은 수지를 첨가해서 유연성을 내야 할 듯만 하다.

'비율이 어떻게 되더라? 자세하게 기억이 안 나고, 이곳의 밀랍이나 송진 성분이 완전히 똑같지는 않을 텐데. 불순물도 많고.'

"예전에 로제마인 님께서 빌마의 그림 판지를 보호하려고 밀랍을 칠할 때 조금 울퉁불퉁하고 결이 생겨도 문제없다고 하셨는데, 등사원지도 결이 생겨도 괜찮습니까?"

"절대 안 돼요."

우라노 시절에는 쿠킹호일을 썼지만, 쿠킹호일 따위 만들 수도 없을뿐더러 대용품도 딱히 떠오르지 않는다. 내 머릿속에 떠오른 건 등사원지 장인이 쓰던 롤러다. 롤러 두 개에 종이를 끼우면 밀랍이 균일하고 얇게 퍼진다.

"아마 '롤러'로 만드는 게 최고인데…… 그런 기계를 요한이 만들 수 있으려나?"

롤러의 구조는 설명할 수 있어도 정확한 설계가 가능하지는 않다.

오히려 시행착오를 거쳐 만들 수밖에 없는 기계다. 세밀한 설계도가 필요한 요한이 과연 시행착오를 견딜 수 있을지도 의문이다.

"루츠, 요한에게 상담하고 싶으니까 내일 요한도 불러와 주세요. 그리고 얼마나 얇은 종이를 만들게 됐는지 확인하고 싶으니 지금부터 공방에 가겠어요."

내가 자리에서 일어나자, 당연하듯 호위 기사 두 사람도 움직였다. 하지만 다무엘과 브리기테를 공방에 데려가기는 솔직히 곤란했다.

"……제작 방법이 기밀이라 두 사람은 여기서 기다려 주실 수 있으세요?"

"그건 불가능합니다. 로제마인 님의 호위가 한 사람이라도 꼭 붙어야 합니다."

브리기테의 말에 반론하지 못한 나는 다무엘과 브리기테를 번갈아 보았다.

"그럼 다무엘만 부탁해요. 다무엘이라면 이쪽이 약점을 쥐고 있는 만큼, 뭘 봐도 함구해 줄 테니까요."

"……로제마인 님, 저는 신용할 수 없으십니까?"

브리기테의 쓸쓸한 목소리와 괴로움으로 험악해진 표정에 나는 가볍게 눈을 감았다.

"더럽고 악취가 나서 모두가 거부하는 평민촌까지 와 주는 브리기테에게는 감사하고 있고, 호위도 정말 잘해 주고 있어요. 하지만 그것과 이건 이야기가 달라요."

브리기테는 이해하지 못한 표정으로 나를 바라보았다. 브리기테의 가족을 향한 마음도 알고 있고, 응원해 주고 싶다. 하지만 장사를 할 때 손익계산을 포함해서 귀족이 얽매이게 되면 아무 조건 없이 정보를 넘길 수는 없었다.

"신뢰하지만, 브리기테는 영지를 가진 기베 가문 사람이에요. 당신이 돈이 되는 정보를 알고도 가족에게 묵비할 사람인지 아닌지 전 아직 판단하기 어려워요. 하지만 다무엘은 영지를 가진 귀족도 아니고, 귀족가에 가족이 있어서 무슨 일이 있었을 때 진압하기가 쉽답니다."

"……알겠습니다."

브리기테는 납득과 동시에 두려움을 느낀 얼굴로 나를 보았다. 그리고 조금 동정 섞인 시선으로 다무엘을 보았다.

"로제마인 님, 제 약점이란 게 대체 뭡니까?"

"지금은 비밀이에요. 후훗."

나는 딱딱하게 굳은 몸을 부르르 떠는 다무엘을 호위로, 루츠와 길을 데리고 공방으로 갔다. 평소대로 회색 신관과 아이들이 종이제작을 작업 중이었다.

"인사는 안 해도 되니까 계속 작업하세요."

그렇게 말한 나는 길에게 등사원지용으로 얇게 뜬 토론베지를 가지고 오게 하고, 분석했다. 역시 토론베지는 우수했다. 포린지와는 완성도가 전혀 다르다.

"……품질의 차원이 다르네요. 하는 수 없지. 이걸로 합시다."

그렇게 말하면서 여전히 공방 구석에 자리를 잡은 타우 열매에 시선을 던지자, 루츠가 다무엘을 힐끗거렸다.

"괜찮나요?"

솔직히 말해서 괜찮지 않다. 비밀을 아는 사람은 한 사람이라도 적은 편이 나으니까. 하지만 반드시 호위가 따라와야 한다면 소거법으로 가장 위험성이 낮은 다무엘이 그나마 낫다고 생각했다.

"다무엘, 지금부터 보는 것은 절대 말하면 안 됩니다. 다른 누구에게도, 아버님에게도, 신관장님에게도, 양아버님에게도요. 약속할 수 있겠어요?"

다무엘의 눈동자가 당황하듯 흔들렸다.

"만약 다무엘이 떠벌린다면 저도 툭 뱉어 버릴지 몰라요. 양아버님에게 괴롭힘당하고 들볶이게 될 중요한 비밀을."

"네? 저기, 아우브 에렌페스트에게 말입니까?"

기원식 동안 질베스타에게 괴롭힘의 희생물이 되었던 다무엘은 지금도 울 것 같은 불쌍한 표정을 지었다.

"비밀 지켜 줄 거죠? 다무엘?"

내가 싱긋 웃으며 대답을 기다렸다. 다무엘은 눈을 꼭 닫고, 고통을 힘껏 짜내는 듯 인상을 찌푸렸다. 그리고 그 자리에 무릎을 꿇고 양손을 가슴 앞에서 교차했다.

"확답은 못 합니다. 전 기사이므로 상사가 명령을 내리면 묵비할 수 없습니다. 그러니…… 눈을 감고 있게 해 주십시오."

모르고 있으면 보고할 수도 없다. 그러니 지금까지처럼 모른 채 있고 싶다. 다무엘이 고뇌 끝에 내린 결단에 나는 고개를 끄덕였다.

"그럼 이 공방에서 절대 나가지 마세요. 호기심에 인생을 망치는 일이 없기를 바랍니다."

"알겠습니다."

다무엘과 회색 신관 몇 명만 공방에 남기고, 나는 루츠, 길과 밖으로 나왔다.

페르디난드의 일러스트

토론베를 벌목할 도끼와 바구니를 든 루츠와 길은 회색 신관과 아이들을 데리고 여자동 쪽으로 이동했다. 나도 함께 이동하면서 주위 아이들에게 말을 걸었다.

"누가 여자동에서 빌마와 델리아와 디르크를 불러 주겠니?"

"네! 갈게요!"

몇 명의 아이들이 서로 엎치락뒤치락하면서 여자동 건물 안으로 달려갔다. 금세 디르크를 안은 빌마와 델리아가 나왔다. 델리아의 얼굴이 조금 굳어 있다.

"오랜만이네요, 델리아. 건강해 보여서 다행이에요."

"걱정해 주셔서 감사합니다. 저도 디르크도 건강해요."

내가 말을 걸자, 델리아가 싱긋 웃었다.

"델리아, 디르크는 신식이에요. 마력을 가지고 있어서 그 두꺼······가 아니라 백작과 전 신전장이 노린 거예요. 아직 백작이 살아 있는 관계로 디르크의 주인은 여전히 백작입니다."

델리아의 낯빛이 창백해졌다. 빈데발트 백작은 그의 다양한 여죄를 파헤쳐서 백작이 소속한 아렌스바흐 영지와 거래하기 위한 제물로 살려두었다. 정치적 거래를 고려하는 영주가 신식인 디르크의 계약 파기까지 생각해 줄 것 같지는 않다. 백작이 살아 있는 동안은 디르크와의 계약이 파기될 일은 아마 없으리라.

"디르크에겐 몸속에 고인 마력을 흘려 보낼 마술구가 없어요. 그러니 마력이 너무 커지지 않게 조금 줄여 둘게요. 디르크에게 그 빨간 과일을 들게 하세요."

내 말에 길이 델리아에게 타우 열매를 건넸고, 델리아가 디르크의 손에 쥐여 주었다. 봄에 신전장에게 마력을 뿌리째 빼앗긴 이후로 마력이 많이 늘지는 않았는지, 씨가 불룩불룩하고 나오기 시작할 때쯤에 타우의 성장이 멈췄다.

"이걸로 당분간은 괜찮아요. 디르크는 이제 돌아가도 됩니다."

델리아가 "이제 괜찮대."라며 디르크의 머리를 쓰다듬었다. 디르크는 한 계절이 바뀌는 사이에 굉장히 많이 자랐다. 카밀도 분명 많이 컸겠지. 그리움에 무심코 눈가가 촉촉해졌다. 나는 그 그리움을 떨쳐 내려고 가볍게 고개를 저었다.

'안 돼, 안 돼. 생각하면 집에 가고 싶어지잖아.'

나는 가족 생각을 떨구기 위해 생각을 인쇄에 집중했다. 빌마에게 프로그램용 그림을 그려 달라고 해야 한다.

"빌마, 부탁이 있어요. 신관장님의 그림을 그려 줬으면 하는데요……."

"죄송하지만, 그건 불가능합니다. 전 신관장님의 얼굴을 몰라요."

청색 신관 트라우마가 있는 빌마는 질베스타와 페르디난드가 고아원에 견학을 왔을 때도 되도록 그들을 쳐다보지 않았기에, 페르디난드의 얼굴을 제대로 본 적이 없다고 했다.

'설마 빌마가 신관장님의 얼굴을 몰랐다니!'

의외기는 하지만, 생각해 보면 납득이 갔고, 점차 내 안색은 새파래졌다.

"제, 제 방에 신관장님을 초대할 테니, 그때……."

"정말 죄송하지만, 귀족 구역에 가는 건 아직 두려워서 무리예요."

하긴, 청색 신관의 소굴인 귀족 구역에 빌마가 오긴 어려울 거다. 하지만 신전장인 나의 시종에게 손을 댈 청색 신관은 더 이상 존재하지 않는다.

"빌마, 제가 아무도 손을 못 대도록 데려오고, 데려다 줘도 안 되나요?"

"정말 죄송합니다, 로제마인 님. ……아니면 로지나에게 소묘를 부탁할 수 없을까요? 로지나의 그림을 토대로 그리면 가능합니다."

굉장히 미안한 듯이 말하는 빌마의 제안에 내 얼굴이 환하게 상기되었다. 예술 무녀는 취미도 예술이라니 대단하다.

"로지나에게 부탁해 볼게요!"

쿡쿡 웃는 빌마는 디르크와 델리아를 데리고 고아원으로 돌아갔다.

"그럼 모두, 준비는 다 됐어요?"

"네!"

도끼를 쥐고 토론베에 대비하는 모두를 둘러보았다. 토론베를 벌목할 준비는 완료된 듯하다. 고개를 끄덕이는 루츠를 본 나는 길이 들고 있는 디르크의 마력으로 어중간하게 자란 타우 열매를 집었다.

몸속의 마력이 타우 열매로 흐르면서 빨려 나가는 느낌이 들었다. 나는 점점 씨가 늘어나는 타우 열매를 가만히 바라보았다. 씨가 불룩거리며 늘어났고, 껍질은 점점 단단해졌다. 씨가 빼곡하게 차자 열을 띠기 시작했다.

"갑니다!"

완벽하게 흙 위로 던졌다. 씨가 여기저기 튄 순간, 나는 회색 신관에게 안겨 뒤쪽으로 물러났고, 분투하는 모두를 후방에서 관찰했다. 작년보다 익숙해진 이들의 움직임에는 쓸데없는 군더더기가 없었다.

별 축제 때 주워 와서 공방 흙더미 위에 남겨 둔 타우 열매 네 개를 전부 토론베로 바꾸고 베어 냈다. 토론베 장작으로 준비해 둔 바구니가 가득 찼다. 나는 성취감에 볼이 빨갛게 물든 아이들을 둘러보고 싱긋 웃었다.

"그럼 이걸로 종이를 만들어 주세요. 올해 겨울도 따뜻하게 지냅시다."

씩씩하게 "네!" 하고 대답한 아이들에게 지시를 내리도록 길과 루츠에게 맡기고, 나는 공방에서 앉을 곳을 찾지 못한 강아지처럼 서성거리는 다무엘을 회수했다.

"기다렸죠, 다무엘. 방으로 돌아갑시다."

신전장실에 돌아오고, 얼른 로지나에게 페르디난드의 그림을 그려 줄 수 있는지 물었다.

"확실히 남성을 꺼리는 빌마라면 얼굴을 자세히 보지 못했겠네요. 신관장님의 그림은 꽤 쉽답니다. 이목구비가 번듯하셔서 그리기 쉬운 얼굴이시거든요."

키득키득 웃던 로지나는 펜으로 단번에 페르디난드의 그림을 그려 주었다. 그림 실력이 굉장하다. 단숨에 정면에서 본 페르디난드와 옆모습을 그렸는데도 한눈에 페르디난드라는 걸 알 수 있었다. 이게 취미라는 레벨에 들어가는 실력일까.

"괴, 굉장해요!"

모니카가 짙은 갈색 눈동자를 반짝이며 로지나의 그림에 푹 빠졌다.

"모니카, 빌마에게 전해 주고 이것을 토대로 신관장님의 그림을 그려 달라고 부탁해 주세요."

"알겠습니다."

모니카는 로지나가 그린 소묘를 가슴에 안아 들고 방을 나갔다. 그와 동시에 페르디난드의 일정을 확인하러 갔던 프랑이 돌아왔다.

"프랑, 신관장님의 일정은 어땠어요?"

"갑자기 손님이 오셨다고 합니다."

'책을 보류한 상태에서 나를 불러 놓고 손님 맞이라고? 흐으응.'

루츠와 만나고 서자판을 받은 덕에 잔잔하게 흩어져 있던 시꺼먼 감정이 다시 한꺼번에 몰려왔다.

"그러니 로제마인 님께 도서실 귀중본을 열람하시면서 기다려 달라는 전언을 남기셨습니다. 어떠십니까?"

도서실 귀중본이라는 단어에 시꺼먼 감정이 공기 빠지듯 순식간에 빠져나갔다. 아직 읽지 않은 책이 최우선이다. 나는 자리에서 일어나 프랑에게 미소를 지어 보였다.

"지금 당장 갑시다! 프랑, 귀중본 열쇠는 어디 있죠?"

"여기 있습니다."

나는 프랑과 호위를 거느리고, 통통 튀는 발걸음으로 도서실로 향했다. 신전장실이 내 방이 되고 가장 기쁜 것은 도서실이 가까워진 것이다.

내가 관리하게 된 열쇠로 도서실 문을 열고, 귀중본이 진열된 잠긴 책장으로 몸을 돌렸다. 드디어 지금까지 볼 수 없었던 귀중본과 대면하는 순간이다. 이 문 뒤에는 대체 어떤 책이 소중하게 보관되어 있을까. 생각만으로 심장이 세차게 뛰었다. 두근거림과 긴장감에 설레는 가슴을 안고 나는 열쇠를 집어넣었다.

찰칵, 하는 소리를 내며 책장 문이 열린다. 그곳에는 장식이 가득한 대형 책 다섯 권이 진열되어 있었다.

"프랑, 오늘은 한 권이면 돼요. 열람 책상으로 옮겨 주세요."

높이 60센티는 되어 보이는 큰 책을 내가 옮기기란 쉽지 않다. 나는 눈을 반짝이며 프랑에게 열람 책상까지 옮기게 하려고 했다.

"……로제마인 님, 이것은 책이 아닌 듯합니다."

잠긴 책장에 진열된 것은 엄밀히 말해서 책이 아니었다. 책 모양을 본뜬 상자로, 그 속에는 편지가 잔뜩 들어 있었다. 나는 곱게 접은 편지 한 통을 집어 들었다. 우리가 만든 식물지와 다른 양피지 같은 종이를 쓴 편지다.

부스럭거리며 편지를 펼쳐 보니, 보낸 사람의 이름이 쓰여 있지 않았다.

"이거 설마 '러브레터'!? 프랑, 이거 제가 읽어도 될까요?"

"로제마인 님께서 신전장이시니 우선 어떤 내용이 쓰여 있는지 훑어보신 후 신관장님께 보고하셔야 한다고 생각합니다."

여기에 숨겨 놓았다는 건 어쩌면 전 신전장의 비밀 상대와 주고받은 편지일지도 모른다. 숨겨 놓은 편지의 개수는 상당했다. 어쩌지. 굉장히 두근거리기 시작했다.

"그럼 바로 읽어 보죠."

아래쪽에 깔린 것일수록 오래된 편지였다. 상자를 확 뒤집어서 오래된 것부터 읽기 시작했다.

신전장에게 편지를 보낸 이름 없는 여성은 아무래도 좋은 집안의 아가씨로 줄곧 후계자로 자라 왔던 모양이다. 그런데 나이 차이가 많이 나는 남동생이 태어났고, 그 아이의 마력이 높다는 사실로 인해 후계자 자리를 어린 남동생에게 빼앗겼다. 자존심과 평생의 노력을 전부 부정당한 그녀의 분한 감정이 자세히 쓰여 있었다. 그리고 남동생을 원망하는 그녀가 있으면 반드시 분쟁이 일어나리라고 염려한 그녀의 아버지가 그녀를 다른 영지로 시집을 보내게 되었다고 한다. 아버지도 어머니도 남동생에게 푹 빠져서 '내가 의지할 사람은 너뿐이다.'라고 쓰여 있다.

'이름 없는 여성분. 당신은 의지할 사람을 잘못 택했어요.'

아무래도 그녀는 시집간 뒤에도 빈번히 편지를 보낸 듯했다. 전 신전장에게 이름 없는 여성은 대체 어떤 존재였던 걸까. 이렇게 소중하게 편지를 꼭꼭 숨겼을 정도라면 소중한 사람이었으리라. 결혼할 수 없는 신관의 몸으로 남몰래 사랑을 키워 온 상대였을까.

'쪼잔하고 탐욕스럽고 색을 밝히는 영감인 줄 알았는데, 실은 순애보 같은 구석이 있었는지도 몰라. ……전혀 상상이 안 가지만.'

편지를 차례차례 읽는데 모니카가 나를 찾으러 도서실에 찾아왔다. 어깨를 두드리는 프랑의 손길에 고개를 번쩍 들었다.

"로제마인 님, 빌마가 부탁을 전해 달라고 합니다."

"뭔가요?"

"신관장님을 직접 보고 그리고 싶답니다."

조금 전과 의견이 180도 달라졌다. 빌마가 내 방에 오게 된 건 기쁘지만, 페르디난드를 그리러 고아원을 나올 생각을 다 하다니, 왠지 석연치 않았다.

"……뭐, 괜찮겠죠. 고아원에 빌마를 데리러 갈까요? 실은 곧 신관장님이 오시기로 했답니다. 프랑, 모니카와 고아원에 갈 테니, 먼저 방으로 돌아가서 신관장님을 맞을 준비를 해주세요."

빌마를 데리러 고아원에 가자, 빌마가 "정말 죄송합니다." 하고 수
줍게 웃었다.

"로지나의 소묘를 보고 깜짝 놀랐습니다. 이렇게나 완벽한 배치를
가지신 분은 처음 보았습니다."

"완벽한 배치요?"

"네. 그림을 그리기에 놀랄 만큼 아름답고 또렷한 얼굴이세요. 크
리스티네 님이셨다면 창작 대상, 감상 대상으로 곁에 두고 싶어 하셨
을 겁니다. 로제마인 님은 그렇게 생각하지 않으십니까?"

아무래도 페르디난드가 이곳 기준으로는 빌마가 그림 모델로 삼고
싶고, 예술 무녀였던 크리스티네가 곁에 두고 싶을 정도로 잘생겼나
보다.

'흥, 잘 모르겠는데.'

"확실히 신관장님이 반듯한 용모이긴 하죠. 하지만 대부분 무표정
에 차가운 분위기인걸요. 제 눈엔 마치 움직이는 조각상처럼 보일 때
도 있답니다. 굳이 말하자면 제 시종이 되고부터 조금 표정이 다양해
진 프랑이 더 상큼하고 온화하고 투명한 느낌의, 살아 있는 미남 같아
보여요."

프랑은 아마 어렸을 적에 여자아이처럼 생긴 귀여운 남자아이였을
것 같다. 건장한 체격이라 평소에는 별로 느껴지지 않지만, 놀랄 때나
웃을 때 얼굴이 가끔 어려 보일 때가 있다.

"그건 로제마인 님께서 프랑을 너무 칭찬하시는 거예요."

"그런가요? 확실히 신관장님은 잘생기긴 했지만, 어느 쪽이 더 마

음에 드느냐는 개인 감성이잖아요. ……그치만 신관장님의 시종보다
내 시종 쪽이 훨씬 멋지고 귀여워요. 그건 장담해요."

"어머……."

쿡쿡 웃는 빌마와 모니카를 보면서 브리기테가 고개를 재차 끄덕
였다.

'아, 무언의 동의자 발견. 브리기테랑은 마음이 잘 맞겠어.'

"어서 오십시오, 로제마인 님."

방으로 돌아가자 로지나가 설레고 들뜬 감정을 아련히 드러낸 얼굴
을 하고 페슈필을 안고 기다리고 있었다. 그리고 페르디난드도 마찬
가지로 페슈필을 들고 있다. 프랑이 페르디난드가 악보를 쓸 수 있도
록 페르디난드의 의자 근처에 테이블과 필기도구를 준비해 두었다.

"로제마인, 갑자기 온 손님 때문에 기다리게 해서 미안하구나."

"아뇨, 엄청 재미있는 걸 읽게 되었으니 전혀 문제없어요. 전부 읽
으면 신관장님께 빌려드릴게요."

프랑에게 빌마 앞에도 종이와 펜과 잉크를 준비하게 하면서 내가
미소를 지으며 대답하자, "그렇군." 하고 페르디난드가 피식 웃었다.

"자, 곡을 제공해 보실까."

페르디난드가 페슈필을 켤 자세를 취했다. 나는 종이에 펜을 움
직이기 시작하는 빌마를 곁눈질로 보면서 무슨 곡을 부를지 생각했
다. 페르디난드가 연주하며 노래하면 재미있을 것 같은 곡이 뭐가 있
을까.

'신관장님한테는 상냥함과 사랑이 부족하니까 사랑과 용기와 친구
가 되면 좋겠어.'

유명한 만화영화 주제가를 골라 허밍으로 불러 보았다. 내가 짧게 흥얼거리자, 페르디난드가 슥 하고 팔을 들어 노래를 끊었다. 그 뒤물 흐르듯이 주선율을 연주했고, 편곡을 가미했다. 안달 난 모습으로 지켜보던 로지나가 슬쩍 손을 들었다.

"왜 그래요, 로지나?"

"저기, 신관장님. 이렇게 켜는 건 어떠십니까?"

로지나가 자기 나름대로 편곡을 가미하여 연주하자, 페르디난드가 감탄한 듯 턱을 쓰다듬으며 악보에 무언가를 적었다.

"합주한다면 그쪽도 좋군."

그로부터 로지나와 페르디난드가 활발하게 의견을 나누며 곡을 완성해 갔다. 너무 전문적이라서 어떻게 진행되는지 전혀 이해할 수 없었다. 감탄하면서 둘의 모습을 지켜보는 시종들과 호위 기사 둘도 아마 모르리라. 그런 가운데 빌마만은 진지한 눈빛으로 거침없이 종이에 그림을 그렸다.

"그런데 로제마인. 이건 대체 어떤 가사가 붙은 곡인가?"

페르디난드의 질문에 심장이 펄쩍 뛰었다.

"……어, 그러니까…… 무엇이 그대의 행복인지 모르는 채로 끝내고 싶지 않다, 사랑과 용기가 필요하다……. 뭐 그런 느낌이에요."

"흠, 사랑을 청하는 노래군."

'아냐! 전혀 달라!'

나는 뿜어져 나오는 웃음을 꾹 참고, 아무렇지 않은 표정을 유지했다. 귀족 아가씨 교육의 성과다. 어린아이에게 인기 있는 만화영화 주제가가 러브송이 되어 버리다니 누가 상상이나 했을까.

로지나와 페르디난드가 어떤 가사가 곡에 맞을지 의논하면서 정해

간다. 이미 원곡과 전혀 다른 곡이 되어 버렸다.

"이러면 되겠지."

그렇게 말한 페르디난드가 곡을 쭉 연주하며 노래했다. 밝고 부드러운 곡조가 흐르기 시작하고, 페르디난드는 낮고 밝은 목소리로 생명의 신 에이비리베가 흙의 여신 게두르리히에게 바치는 사랑의 노래를 불렀다. 흙의 여신 게두르리히에게 한눈에 반한 생명의 신 에이비리베가 '무엇이 그대의 행복인지 알고 싶다'며 구애하는 내용이다. 신화를 토대로 한 노래지만, 사랑 노래다.

페르디난드의 미성이 천천히 귓속에 스며들어오는 듯하다. 원곡이 그런데도, 전신에 소름이 돋았다. 언제였는지 페르디난드가 사랑 노래를 부르면 여자들이 줄을 설 거라고 생각한 적이 있었는데, 그 생각이 증명되었다.

빌마가 그림을 그리던 것도 잊고, 크게 뜬 눈으로 페르디난드를 바라본다. 로지나는 음악을 서로 이해하는 페르디난드에게 처음부터 호의적이었는데, 지금은 완전히 황홀한 표정을 지었다. 모니카와 니콜라도 볼을 붉히고, 브리기테도 놀란 얼굴로 페르디난드를 보았다.

감탄하는 표정으로 페르디난드를 보는 건 여성들뿐만이 아니었다. 프랑이나 다무엘도 감동한 듯 페르디난드를 보고 있다.

'신관장님의 페슈필 콘서트, 혹시 엄청 위험한 거 아냐?'

눈에 필터가 낀 듯한 빌마의 아름다운 페르디난드 그림을 본 나는 정말 콘서트를 열어도 괜찮은 건지 심히 걱정되기 시작했다.

요한과 자크

다음 날 루츠가 데려온 요한과 한 소년이 고아원 원장실로 찾아왔다. 요한과 같은 나이 또래라 남성이라 불러야 할지, 소년이라 불러야 할지 고민되는 그 소년은 각진 짧은 주황색 머리에 도전적인 회색 눈동자를 지니고 있었다.

기합이 단단히 들어간 소년과 반대로 요한은 어리벙벙한 표정이다. 오늘 나는 신전장 의상을 입고 있다. 길베르타 상회와 관련된 부잣집 딸이라고 생각했던 후원자가 별 축제 이후 평민촌에서 소문이 파다하게 난 꼬맹이 신전장이라는 사실에 당황한 듯하다. 무리도 아니다.

"안녕하십니까, 로제마인 님."

루츠가 귀족을 대하는 예를 갖추자, 망연자실해 있던 요한도 허둥지둥 무릎을 꿇었다.

"안녕하십니까. ……어, 로제마인 님?"

왜 이름이 다른지 도저히 이해할 수 없다는 듯이 요한이 고개를 갸우뚱하며 나를 본다. 나는 루츠, 벤노와 말을 맞춘 대로 설명했다.

"갑자기 불러서 미안해요, 요한. 보이는 바와 같이 전 신전장으로 취임했고, 이제 가볍게 신전에서 나갈 수 없는 몸이 되어 버렸어요. 앞으로는 요한이 찾아와 줘야 하는데……."

"아, 네! 올게요! 찾아오겠습니다! 신전장님께서 공방에 오시다니 말도 안 되죠!"

정직하고 솔직한 요한은 내가 청색 견습 무녀일 때 잠행을 다닌 것이라고 확신한 듯하다. 벤노랑 루츠와 말을 맞춘 대로 이야기가 진행되어 나는 가슴을 쓸어내렸다.

"고마워요. 그런데 루츠. 저분은 누구죠?"

"베르데 공방의 자크입니다. 로제마인 님의 후원을 받고 싶답니다."

루츠가 말하는 자세한 이야기로는 대장장이 협회에서 치르는 성인식 과제 중에 요한의 금속활자가 가장 높은 평가를 받았고, 차석이 자크였다고 한다. 그 평가에는 '구텐베르크'의 칭호가 점수와 크게 관련되었다고 한다.

"시험 전까지 후원자도 못 구하고 평가도 받지 못했던 요한이 갑자기 이런 평가를 받다니 말도 안 됩니다. 로제마인 님께서 다른 장인을 모르셔서 그런 겁니다. 구텐베르크 칭호는 제가 더 잘 어울려요. 요한과 비교해 주세요."

"……이렇게 자크가 끝까지 구텐베르크가 되고 싶다고 억지를 부리기에 로제마인 님께 여쭙고자 데려왔습니다."

루츠가 장난스러운 표정으로 말을 덧붙였다. 루츠의 눈이 흥미진진함에 초롱초롱 빛났다. 아무래도 실력에 자신감이 넘치는 자크는 요한을 라이벌로 의식하는 대장장이인 듯하다. 나로서는 이렇게 의욕이 넘치는 장인이 구텐베르크에 들어오고 싶다면 쌍수를 들고 환영한다. 실력 있는 장인은 몇 명이 있어도 모자라다.

"우선은 당신의 실력을 보도록 하죠. 공방으로 갑시다."

"넷!"

자크는 우렁차게 대답하고, 의기양양하게 요한을 보았다.

나는 루츠와 프랑, 다무엘을 데리고 공방으로 향했다. 길은 오늘 고아들을 데리고 숲에 가서 부재중이다. 문지기와 얼굴을 익힌 덕분에 이젠 루츠와 투리 없이도 고아들끼리 숲에 갈 수 있게 된 것이다.

남은 몇 사람만 작업 중인 텅 빈 공방의 구석진 작업대 위에 나는 종이와 잉크를 준비하게 하고 설명을 시작했다.

"제가 이번에 만들고 싶은 건 등사원지를 만들 때 쓰는 '롤러'예요."

"등사원지가 무엇입니까?"

이 공방과의 작업이 처음인 자크는 물론, 공방에 처음 출입한 요한도 이해할 수 있게 루츠가 밀랍을 얇게 입힌 등사원지와 요한이 제작한 철필, 인쇄기를 보여주면서 작업 과정과 필요한 물건을 설명했다.

"……그러니까 이 등사기 인쇄를 하려면 비쳐 보일 정도로 얇은 종이에 밀랍을 얇고 균일하게 펴서 입혀야 합니다. 그러려면 롤러가 필요하죠."

"롤러라면…… 예전에 제가 만든 것과 똑같은 건가요?"

"아뇨, 달라요."

나는 고개를 저으며 루츠에게 시선을 돌렸다. 나 대신 루츠가 메모지를 보면서 구조를 설명하기 시작했다.

"로제마인 님이 원하시는 밀랍 코팅 기계에는 금속 롤러 두 개와 그 아래에 받침 접시가 달려 있습니다. 그 받침 접시 속에 밀랍을 넣고, 또 그 아래에는 불을 지피는 부분으로 밀랍을 녹인다고 합니다. ……이런 식으로."

루츠는 내가 대충 그린 그림을 둘에게 보여주면서 자세한 작업 과정을 설명했다.

아래에 불을 지핀 상태에서 롤러 두 개를 몇 번 회전하면 양쪽 롤러에 열이 전해져서 녹은 밀랍이 달라붙게 된다. 롤러 사이에 종이를 끼우고 살짝 돌려서 반대쪽으로 종이 끝을 내민다. 그런 다음 롤러에 찰싹 달라붙은 종이 양단에 이쑤시개 같은 아주 가느다란 나뭇조각을 찌른다. 나뭇조각으로 양단을 찌른 뒤 한 사람이 단숨에 롤러의 핸들을 돌리고, 다른 한 사람은 나뭇조각을 끌어당겨서 종이를 롤러에서 끄집어낸다. 그러면 공기 중에 종이가 팔랑이는 사이 금세 마를 정도로 밀랍을 얇게 입힐 수 있다.

"설명도 애매하고 자세한 설계도를 그리지 못해서 미안해요. 저도 정확히는 기억나지 않아요."

요한은 식물지에 그린 내 그림과 루츠의 설명을 난감하다는 얼굴로 들었고, 자크는 흥미진진하다는 표정으로 들었다. 자크가 반짝이는 눈으로 그림을 보면서 질문했다.

"로제마인 님께서 설명해 주신 대로만 만든다면 기계의 형태가 바뀌어도 괜찮습니까?"

"네. 그럼요. 중요한 건 얇고 균일하게 밀랍을 입히는 거니까요."

두 사람은 사흘 후에 대략적인 설계도를 그려서 가져오기로 했다. 그러면 어느 쪽을 채용할지를 내가 정하는 것이다.

"반드시 내가 구텐베르크가 되겠어."

회색 눈동자가 은색으로 보일 만큼 정열을 불태우며 자크가 당당하게 말했다. 라이벌 의식에 불타는 자크의 뜨거운 시선에 요한은 귀찮다는 표정으로 한발 물러섰다.

"……난 후원자가 없으면 곤란하니까 로제마인 님이 기뻐하실 일을 하고 싶어. 하지만 칭호는 필요 없으니까 너한테 양보할게. 부디 열심히 해."

칭호 따위 관계없다. 그저 만족하는 일을 하고 싶다는 요한이야말로 구텐베르크 칭호에 어울렸다. 그 겸손함과 성실한 작업 태도로 부디 인쇄업을 확장해 주기 바란다. 내가 그렇게 말하자 등 뒤에서 루츠가 작게 중얼거렸다. "요한이 겸손해서 하는 말이 아닌데." 하고.

요한과 자크가 설계도를 완성할 때까지 사흘간, 나는 페르디난드와 콘서트에서 연주할 곡을 선별하고 프로그램 표를 작성하기로 했다. 페르디난드의 방에 들이닥쳐서 협력을 부탁했다.

"프로그램? 뭔가, 그건?"

"연주회 때 연주할 곡을 적은 인쇄물이에요. 연주회의 목적이 인쇄업을 위한 기부 모금이니까 그 자리에서 인쇄물을 팔려고요. 한 장의 종이에 앞면에는 그림을 찍고, 뒷면에는 곡명이나 어떤 가사인지 대략 넣을 생각이에요."

이번 프로그램은 영화 팸플릿 같은 종이다. 원하는 사람은 기념으로 사 주면 좋다고 생각했다. 내 설명을 들은 페르디난드는 관자놀이를 꾹 눌렀다. 감정은 필요 없다고 말하고 싶은데, 이성은 인쇄업을 어필하려면 있는 편이 좋다고 호소하는 얼굴이다.

"……프로그램이 완성되면 먼저 내게 확인받도록."

"알겠습니다."

'역시 프로그램 표지는 전신을 넣어서 실루엣 그림으로 만들자. 등사원지를 실패하면 곤란해지니까.'

"선곡은 손님에게 익숙한 곡을 우선시하고, 새로운 곡을 한두 곡 넣을까요?"

"아니. 난 익숙한 곡보다 새로운 곡이 좋다."

페르디난드의 의견을 토대로 고전적인 곡을 세 곡, 중간에 휴식을 넣고, 만화영화 주제곡을 두 곡, 전부 다섯 곡을 연주하기로 했다.

"하아, 참……. 다시는 리카르다를 이용하지 않겠다고 약속해라."

"딱히 제가 리카르다에게 부탁한 것도 아니잖아요. 리카르다가 주인을 끔찍이 생각해서 도와준 거라고요. 전 페르디난드 님이 제 제안에 낚이지 않은 시점에 포기했었어요."

나는 그때 리카르다가 도와줄 줄은 생각도 못 했고, 그걸 페르디난드가 받아들일 줄은 더 몰랐다.

"주인인 그대가 리카르다를 막지 않으면 누가 막는가?"

"신관장님이 딱 잘라 거절하지 못하는 상대를 제가 어떻게 막습니까? 제가 리카르다를 제압할 수 있었다면 신전에 오기 전에 그 책을 읽었을 거예요. 신관장님은 왜 받아들이셨는데요?"

볼을 뽀로통하게 부풀리며 항의하자, 페르디난드는 얼버무리듯 시선을 피했다.

"……리카르다 때문에 억지로 떠맡긴 했지만, 한 번 받아들인 일은 책임지고 다할 테니 그 점은 안심해라."

"그 점은 저도 신관장님을 신뢰하고 있어요."

방에 돌아오니 로지나가 페르디난드와 함께 편곡한 곡을 연주하고 있었다. 둘이 함께 편곡해서 만든 곡이 상당히 마음에 든 모양이다. 로지나의 사랑에 빠진 소녀 같은 분위기는 귀여웠지만 솔직히 싫증 나게 들었다. 제발 다른 곡을 부탁하고 싶다.

"프로그램 상담하러 고아원에 갈게요."

등사원지를 완성하지 못했을 때를 대비해서, 그리고 페르디난드의 시선을 프로그램에 잡아 두기 위해서, 빌마에게 페슈필을 켜는 전신 모습으로 실루엣 그림을 부탁하고 싶었다. 내가 그렇게 부탁하자 빌마의 밝은 갈색 눈동자가 반짝였다.

"맡겨 주세요. 예술의 여신 퀸스질의 가호를 받았다는 생각이 들 정도로 그리고 싶어서 지금 손이 근질근질해요. 신관장님의 그림을 그려 달라고 하셨는데, 어떤 그림이 필요하신가요?"

방에 그려 놓은 그림이 많다고 해서 빌마의 방에 초대받았다. 나는 남성인 다무엘과 프랑은 식당에 남기고, 모니카와 브리기테를 거느리며 빌마의 방으로 향했다.

"어머! 빌마! 멋져요!"

"이거 정말 훌륭하군요."

방에 들어간 순간, 모니카와 브리기테가 소리를 질렀다. 방을 둘러본 내 입이 쩍 벌어졌다. 빌마의 방에는 깜짝 놀랄 만큼 페르디난드 일러스트가 잔뜩 쌓여 있었다. 예술의 여신 퀸스질의 가호라고 말해도 믿을 수 있는 양이다.

"계속 그리고 싶은 구도가 떠올라서 손이 멈추질 않아요."

페르디난드에게 마음을 빼앗긴 빌마의 그림에 대한 열정이 실로 놀랍다. 내가 스케치용으로 준 종이 대부분이 페르디난드의 그림으로 채워져 있다. 심지어 몇 배까지라고 꼬집어 말할 순 없지만 잘생겨져 있다. 빌마의 눈에 소녀 필터가 낀 게 분명하다. 페르디난드는 이렇게 반짝반짝하게 웃지 않는다. 같은 사람을 두고 빌마와 내가 전혀 다르게 보고 있는 듯하다.

'확실히 악기를 연주할 때는 표정이 약간 부드러워지지만, 이렇게까지 상냥하게 웃지 않아. 이런 미소는 말도 안 돼.'

콘서트에서 파는 건 페르디난드의 일러스트뿐이지만, 로지나와 함께 페슈필을 연주하는 그림은 미남미녀라 분위기가 매우 좋았다. 심지어 노래 부르는 나와 페슈필을 켜는 페르디난드의 그림도 있었다. 나도 3배는 더 반짝거린다. 페르디난드의 반짝임이 옮았나 보다.

"실루엣 그림으로 신관장님께서 페슈필을 켜는 전신상이라고 하셨죠? 금방 만들 수 있어요. ……내일 오후라도 가지러 오십시오."

이렇게 생기가 도는 빌마를 보는 건 처음이다. 남성 불신인 빌마에게 이렇게까지 영향을 끼친 페르디난드가 무시무시했다. 분명 페슈필 콘서트에서 쓰러지거나, 정신을 못 차릴 여성이 수두룩 발생할 게 분명하다. 의무실을 포함해서 여성을 옮기거나 폭주를 막을 경비원으로 기사단을 동원하는 편이 좋을지도 모른다.

'금방 만들 수 있다'던 빌마의 말은 옳았다. 정말 다음 날 빌마가 판지를 완성했다. 주문대로 전신 그림을, 솔직히 그림책 삽화보다 훨씬 정교해 보였다.

"어떠십니까, 로제마인 님?"

빌마는 잠을 못 자서 수척했지만, 눈에는 해냈다는 충족감이 가득했다.

"정말 훌륭한 작품이에요. 신관장에게 보여드리고 승낙을 받으면 얼른 공방에 가져와서 인쇄할게요."

페르디난드에게 빌마의 판지를 보여줬더니 아름답게 정성 들인 그림에 만족했는지 "이거면 좋다."라고 고개를 끄덕이며 인쇄 허가를 내 주었다. 실루엣 그림의 전신상이 머리 형태와 분위기만으로 페르디난드임을 판별할 수 있는 점이 만족의 대부분을 차지한 듯하다.

그리고 요한과 자크가 설계도를 가지고 오는 날이 왔다. 바로 공방에 가지고 오기로 해서 나는 다무엘과 프랑과 함께 공방에서 대기했다.

우리의 등 뒤에서는 프로그램 인쇄가 한창이다. 일러스트는 지금까지 한 대로 인쇄하면 되지만, 이번에는 처음으로 금속활자까지 짜 넣는다. 회색 신관이 미간에 주름을 새기면서 어색한 손놀림으로 열심히 조판용 스틱에 활자를 짜고 있다.

"로제마인 님, 길베르타 상회의 루츠와 대장장이를 데려왔습니다."

"고마워요, 길. 그럼 얼른 볼까요?"

요한은 주눅 든 것처럼 어깨를 떨군 채 목패를 꺼냈다. 내가 그렸던 구도와 거의 비슷한 설계도다. 주문한 대로 그리긴 했지만, 스스로도 납득하는 물건이 아닌 듯하다. 설계도대로 물건을 완벽하게 만들 수는 있어도 손님의 요청을 잘 헤아리지 못하는 요한의 단점이 그 설계도에 확연하게 드러났다.

그 반면 자크는 의기양양한 얼굴로 설계도를 그린 목패를 몇 개나 꺼냈다. 자크 나름의 독창성을 발휘해 공들인 다양한 구도의 설계도였다. 왜 후원자가 많고, 자신감이 넘치는지 이해가 가는 완성도였다.

"이거 대단하네요."

"그러네요. 제 머릿속에는 이런 발상이 안 나오는데."

요한이 풀이 죽는 것도 무리는 아니다. 자크가 가지고 온 설계도는 내가 그린 물건보다 훨씬 실현이 가능한 범위로 그려져 있었다. 자크의 기술력을 토대로 그린 설계도는 내 그림을 그대로 그린 요한의 설계도보다 훨씬 쉽게 만들 수 있을 것 같았다.

"자크가 가장 자신 있게 추천하는 설계도는 어느 건가요?"

"성능은 이게 최고겠지만, 만든다고 하면 이쪽입니다."

자크의 설계도를 보면서 내가 "요한은 어떻게 생각해요?"라고 묻자, 요한이 진지한 눈으로 자크의 설계도를 비교하기 시작했다. 잠시 설계도를 노려보더니 성능이 가장 좋다고 설명한 설계도를 손에 집었다. 자크가 눈을 험상궂게 뜨며 요한을 째려보았다.

"현실적으로 생각해! 이 부근이 복잡해서 만들기 어려워!"

요한은 가만히 설계도를 응시하면서 천천히 고개를 저었다. 머리 뒤로 묶은 짧은 주황색 꽁지머리가 고개에 맞춰 흔들렸다. 의욕과 열의에 찬 요한의 눈이 강한 빛을 내뿜으며 확신하는 표정으로 '할 수 있다'라고 강하게 고개를 끄덕였다.

울컥했는지 눈꼬리를 올리며 덤비려는 자크를 나는 '짝'하고 손뼉을 쳐서 제지했다. 후원자 앞에서 추태를 부리는 행동은 피해야 한다. 정신을 차린 자크가 동작을 멈추고 주먹을 내려놓았다.

"그럼 각자가 고른 물건을 만들어주세요. 인쇄 공방은 다른 곳에도 세울 예정이니까 작동되는 기계가 두 개 있어도 괜찮거든요. 단, 작동하지 않는 물건에는 돈을 내지 않겠습니다."

승부는 실물로 고르면 된다. 여기서 싸워 봤자 실물이 없으면 의미가 없다. 자크가 라이벌 의식에 불탄 눈으로 요한을 노려보았고, 요한은 자크가 아닌 설계도를 노려보았다.

"부품을 완성하면 공방에 가져와서 조립해도 상관없으니까 반드시 루츠를 통해 공방에 들이도록 하세요. 길, 공방 내에 기계를 놓을 곳이 있을까요?"

길이 뻥 뚫린 곳을 가리키며 자신 있게 말했다.

"저곳을 치우면 됩니다."

"응, 고마워요. 그럼 잘 부탁해요."

이걸로 얘기를 일단락했다고 생각했더니 루츠가 아주 잠깐 개구쟁이 같은 미소를 보이면서 편지를 한 통 꺼냈다. 나는 편지를 받아들고 루츠를 올려다보았다.

"저희 상점의 머리 장식 장인이 로제마인 님을 위해 새 비녀를 만들었으니 꼭 보여드리고 싶답니다. 시간 되십니까?"

투리다. 투리를 만날 수 있다. 기뻐진 나는 고개를 크게 끄덕였다.

"내일 오후 고아원 원장실로 가져와 주세요!"

미처 흥분을 숨기지 못하는 나를 놀리듯 루츠가 피식거리며 "알겠습니다." 하고 입꼬리를 올렸다. 나는 어떻게든 표정을 감추려고 노력하면서 프랑과 다무엘을 데리고 공방을 나왔다. 등 뒤에서 루츠가 참지 못하고 웃음을 터트리는 소리가 들렸다.

나는 방에 돌아오자마자 가족의 근황이 적힌 편지를 읽었다. 카밀은 몸을 뒤집기도 하는 모양이다. 그리고 삯일로 머리 장식을 만들며 착실히 돈을 모으게 된 엄마는 일을 하기 위해 카밀이 어느 정도 클 때까지 겔다에게 맡길 필요가 없게 되어서, 집에서 카밀을 돌보면서 일하게 되었다고 한다. 맡은 아이를 거의 내팽개치는 겔다에게 카밀을 맡기지 않아서 정말 다행이다.

아빠는 병사장이 되어 문지기 업무로 바쁘다는 것과 벤노와 길드장이 빈번하게 마을을 나간다는 내용이 쓰여 있었다. '너무 혹사시키지 마라' 라는 추신도 있다. 투리는 '새 비녀를 들고 만나러 갈게' 라고 적어 놓았다. 곧 만날 수 있다니 너무 기대된다.

나는 곧바로 답장을 썼다. 페르디난드가 심술궂게 책을 못 읽게 한

일, 별 축제 때 신전까지 와 줘서 고마웠던 일, 귀족가의 성결식도 문제없이 해냈던 일, 신전에서 인쇄 개발에 노력하고 있다는 내용을 썼다.

다 쓴 편지를 접어서 투리에게 주려고 챙겨 둔 그림책 사이에 끼웠다. 그리고 로지나에게 부탁해 뒀던 물건들을 하나로 묶어 챙겨 두었다.

"로제마인 님, 너무 들뜨셨습니다."

쓴웃음을 짓는 프랑에게 지적받았다. 좀 더 귀족 영애답게, 라고 머릿속으로는 알고 있지만, 오랜만에 투리와 만나는 흥분을 억누를 수가 없었다.

"로제마인 님, 저희 상점에서 머리 장식을 만드는 장인을 데리고 왔습니다."

예의를 차리는 루츠와 함께 투리가 들어왔다. 예전처럼 '투리!' 하고 외치며 달려가서 품에 안기고 싶고, 너무 오랜만이라 울고 싶지만, 서로 가족으로 부르는 것은 금지였다. 투리도 울음이 터질 것 같은 얼굴로 이쪽을 보았다. 서로 입술을 꼬물거릴 뿐, 목구멍까지 올라온 서로의 이름을 그대로 삼켰다.

"이것을, 로제마인 님께. 새로운 방식으로 만든 비녀입니다."

그렇게 말한 투리는 내가 쓰던 토트백에서 천으로 싼 비녀를 꺼냈다. 내가 루츠에게 가르쳐 주었던, 아교를 풀로 쓰는 방식을 응용해서 꽃술을 만들고 꽃잎에 움직임을 준 큰 꽃이었다.

"너무 예쁘군요……. 당신이 만든 비녀를 항상 애용하고 있습니다. 새로운 비녀를 준 답례로 이것을 주겠습니다. 유용하게 쓰세요."

물의 여신의 권속에 관해 쓴 그림책 세 권과 귀족가의 세례식에서 본 귀족의 의상을 스케치한 그림을 묶어 놓은 물건이다. 새로운 곡을 가르쳐 주는 대신 로지나에게 그려 달라고 한 것이다. 투리의 디자인 공부에 도움이 되고 싶었다.

　"감사합니다."

　길베르타 상회에서 귀족을 대응할 때의 말투나 태도도 배우고 있나 보다. 내가 알던 투리와 전혀 다른 말투에서 그녀의 노력이 엿보였다.

　"……이곳 고아원에도 아기가 있습니다. 이제 기어 다니기 시작했는데, 돌보는 이가 힘들어하더군요. 당신이 아는 아기의 얘기를 들려주세요."

　투리는 조금 생각하듯 시선을 방황하더니 조그맣게 웃었다.

　"그럼 제 남동생 카밀의 얘기라도 좋으시다면. ……카밀은 최근에 종종 흑백 그림책을 가만히 바라보곤 합니다. 제 눈엔 그 그림책이 뭐가 그렇게 재미있는지 잘 모르겠지만, 혼자 조용히 바라볼 때가 많아서 어머니가 항상 그림책을 펼쳐서 침대 벽에 세워 둡니다."

　그리고 카밀은 내가 만들어 준 하얀 토끼 딸랑이를 최근에 조금 쥘 수 있게 되었다고 한다. 자기 손으로 잡고 소리를 눈으로 좇게 된 듯하다.

　"……로제마인 님, 또 새 비녀를 만들게 되면 가지고 와도 되겠습니까?"

　"네, 반드시 그래 주세요. 기다리고 있겠습니다."

　물건을 주고받고, 대화를 주고받고, 웃음을 주고받았다. 몸에 닿을 수 없다는 슬픔이 커짐과 동시에 투리의 미소에 마음이 굉장히 따뜻해졌다.

엘비라와 램프레히트의 습격

"길, 루츠, 이걸 프로그램 뒷면에 인쇄해 주세요."

투리와 만난 다음 날, 마음은 따뜻해졌지만 더욱 외로움이 심해진 나는 비밀의 방에서 루츠에게 찰거머리처럼 찰싹 달라붙었다. 이 방에 있는 사람은 길과 다무엘이다. 나는 빌마가 만들어 준 판지를 내밀며 공방에 의뢰했다.

"몇 부 찍을 건데?"

"음, 30석을 준비할 예정이니까…… 한 명당 감상용과 보관용과 포교용을 목표로 90부 정도?"

"뭐!? 아무리 그래도 그렇지 너무 많잖아!?"

루츠가 느닷없이 얼빠진 소리를 지르며 나를 내려다보았다. 루츠는 많다고 하지만, 나는 조금 더 찍어도 괜찮다고 생각했다. 단순한 감이지만.

"등사원지를 완성하지 못하면 이 프로그램이 연주회에 내는 유일한 인쇄물이니까 분명 팔릴 거라고 생각해."

"근거 있어? 안 팔리면 쓰레기가 되어 버릴 텐데."

쓸데없이 돈만 날리는 건 용서 못 해, 하고 벤노와 똑 닮아 버린 상인의 눈빛으로 루츠가 나를 째려보았다. 순조롭게 상인으로 성장 중인 루츠를 믿음직스럽다고 생각하며 나는 근거를 제시했다.

"빌마를 비롯한 여성들의 광적인 모습이 그 근거야. 연주회에 오지 않았던 사람도 나중에 분명 갖고 싶어질 테고, 다소 남더라도 철판 인쇄의 첫 인쇄물로 언젠가…… 몇십 년 후부터 몇백 년 후쯤에는 가격과 가치가 확 오를 거니까 괜찮아."

"몇십 년 후는 또 뭐야!? 그게 무슨 근거냐!"

내 안에서는 완벽한 근거가 루츠에게는 이해되지 않는 모양이다. 그래도 90부 제작을 밀어붙였다.

"90부, 아니면 차라리 깔끔하게 100부. 둘 중에 부탁해."

"왜 많아지는 건데!?"

루츠에게 된통 혼이 났지만, 개인적으로는 100부도 부족하다. 전혀 양보할 생각이 없는 나를 보던 길이 루츠의 어깨를 톡톡 두드렸다.

"루츠, 지금 저 로제마인 님을 설득하려고 해도 소용없어."

"알아. 말해 본 것뿐이야."

오늘은 다무엘이 휴무라서 고아원 내의 비밀의 방에 들어가거나, 공방에 출입할 수 없다. 그래서 나는 프랑과 브리기테를 데리고 신관장실로 가서 업무를 도왔다. 정확히 말하면 거의 페르디난드에게 떠맡긴 신전장의 직무를 조금 하고 있을 뿐이다.

"……어쩐지 봄부터 여름 동안 지출이 꽤 줄었네요. 수입도 조금 줄었고요."

"신전장이 바뀌었으니 당연하지 않은가."

페르디난드는 고개를 서류에서 들지도 않고, 당연하듯 이유를 설명했다. 하지만 신전장이 바뀌었다고 이렇게나 바뀌는 걸까.

"……그 신전장은 대체 어디에 돈을 썼던 건가요?"

"신전의 돈인지 자기 돈인지도 구별하지 않는 사람이었지. 보고도 없이 몰래 쓴 부분까지는 나도 전부 파악하고 있지 않으니 자세히는 모르겠군."

페르디난드는 살짝 고개를 들어 그렇게 대답하고는 금세 시선을 손 밑에 놓인 서류로 향했다. 페르디난드가 신전의 재정을 관리하게 된 건 최근 2년 정도라고 한다. 중앙에 가게 된 전임자로부터 인수인계를 받았을 때는 상황의 심각성에 머리가 아찔했다고 한다. 신전에서 자라 매사가 대충대충인 청색 신관과 귀족원에서 배우고 영주의 오른팔 역할을 소화하는 페르디난드 사이에는 여러 방면으로 큰 차이가 있었으리라.

"……신관장님도 참 힘드시겠네요."

"그대가 신전장으로 있는 동안 예산 관리를 더욱 철저히 할 생각이다."

페르디난드가 그렇게 말했을 때, 창문 너머에서 올도난츠가 날아들어왔다. 날개를 파닥거리며 방을 일주하더니 페르디난드의 책상 위에 앉았다.

귀족들 사이의 대화는 이 올도난츠를 사용한다. 귀족원에 가게 되면 1년 내에 쓰게 될 정도로 방법이 쉽다고 한다. 귀족원에 입학하기 전인 어린아이의 경우, 모든 연락은 보호자에게 들어간다. 나의 경우는 성에 있을 땐 리카르다에게, 신전에 있을 땐 페르디난드에게, 집에 있을 땐 엘비라에게 연락이 가는 셈이다.

"페르디난드 님, 램프레히트입니다. 대단히 죄송하지만, 로제마인과의 면담을 청합니다. 빌프리트 님의 일로 드릴 말씀이 있습니다."

램프레히트의 목소리로 세 번 반복한 올도난츠는 새의 모습에서 마석으로 돌아갔다. 그러고 보니 신전에 돌아오기 전에 빌프리트가 '치사하다'라는 말을 했었다. 그와 관련된 얘기일까. 그 외에 딱히 생각나는 일이 없었다.

"로제마인, 언제면 면담할 수 있겠는가?"

나는 얘기 정도야 언제든 상관없지만, '지금도 괜찮다'라는 말은 귀찮은 귀족의 방식상 피하는 편이 좋다. 페르디난드에게 면담 의뢰를 하면 항상 사흘 정도 여유를 두고 면담 날짜를 지정해 줬다.

"……글쎄요. 사흘 뒤쯤이 적당할까요?"

"그렇군. 그럼 이쪽을 보고 얘기해라."

페르디난드가 슈타프를 꺼내 마석을 가볍게 두드리며 "올도난츠."라고 말했다. 마석이 일그러지며 하얀 새의 모습으로 바뀌었다. 나는 새를 향해 얘기했다. 부재중 메시지를 남기는 것 같아서 조금 긴장해 버렸다.

"램프레히트 오라버니, 로제마인입니다. 사흘 후 오후에 기다리고 있겠습니다."

페르디난드가 올도난츠를 날려 보냈고, 이걸로 끝났다 싶은 참에 올도난츠가 다시 돌아왔다.

"면담은 오전으로 부탁한다. 그게 끝나면 만나기 힘든 여동생과 점심이라도 먹으면서 얘기하고 싶다. 어머님도 점심을 함께하고 싶다고 하신다."

다시 돌아온 올도난츠는 서두르듯이 시간을 지정했다. 빌프리트 건은 핑계고, 점심이 진짜 목적인 모양이다.

"아마 칼스테드나 코르넬리우스가 이탈리안 레스토랑을 자랑이라도 했겠지."

재미있다는 듯 페르디난드의 입꼬리가 씨익 올라갔다. 그러고 보니 엘비라는 엘라의 과자는 먹어 봤지만 음식은 먹어 보지 못했고, 램프레히트는 어느 쪽도 먹어 보지 못했다. 요리장도 아직 성에서 한창 푸고의 레시피를 배우는 중이다. 그래서 전속 요리사 엘라를 데리고 있는 신전에서 먹어 보기로 했으리라.

"아버님이나 오라버니가 드셨던 요리와 같은 메뉴를 준비해 둘게요."

그렇게 대답해 두었더니 "그래, 부탁한다." 라고 반쯤은 안심한 듯한, 반쯤은 속마음을 들켜서 부끄러운 듯한 램프레히트의 답장이 돌아왔다.

그리고 면담 당일. 특별히 엘비라가 오기로 했으니 완성된 프로그램도 확인받을 겸 양면으로 인쇄한 프로그램을 1부, 그리고 빌마가 그린 그림을 몇 장 골라서 방에 준비했다.

점심은 엘라와 니콜라가 열심히 준비하고 있다. 요즘은 새로운 고아원에 투입될 인원에게도 요리를 가르치고 있어서 남자 일손도 있다. 힘쓰는 일을 맡길 수 있어 한시름 놓았다.

"안녕, 로제마인. 잘 지내는 것 같네. 억지 부려서 미안해. 어디 아프진 않은지 걱정했어."

프랑이 엘비라와 램프레히트를 안내해 왔다. 점심을 먹는다는 기대감에 밝게 웃으며 램프레히트가 들어왔고, 신전의 보호자인 페르디난드가 대기 중인 걸 아는 엘비라도 시작부터 웃음꽃이 피어 있다.

"건강해 보여서 다행이에요, 로제마인. 정말 감사하게도 페르디난드 님께서 잘 돌봐 주신 덕분입니다."

그리고 귀족다운 장황한 인사를 나눈 뒤, 두 사람에게 자리를 권했고, 프랑에게 차 준비를 시켰다. 니콜라가 긴장한 얼굴로 과자를 담은 접시를 들고 와서 테이블 위에 조심스럽게 올렸다. 상반신 전체를 내밀 기세인 램프레히트의 앞에 접시를 내민 나는 과자 하나를 먹어 보였다. 귀족에게는 독 검사가 필수다.

"이것은 '**랑그드샤**'라는 과자입니다. 식감이 부드럽지만 아직 식전이니 너무 많이 드시지는 마세요."

내가 독 검사와 설명을 끝내자 곧바로 램프레히트가 랑그드샤로 팔을 뻗었다. 과자를 앞에 둔 코르넬리우스와 너무나도 똑같은 표정에 무심코 웃음이 터질 뻔했다.

램프레히트는 과자 하나를 와그작와그작 먹더니 눈을 크게 떴다.

"코르넬리우스가 이걸 먹었어?"

"아뇨, 이건 오늘 처음 손님께 낸 거라 코르넬리우스 오라버니도 아직 드신 적이 없어요."

"그렇구나⋯⋯."

차를 마시던 페르디난드가 우월감에 젖은 램프레히트에게 질문했다. 오늘 면담의 핑계로 삼은 건이다.

"램프레히트, 빌프리트에 관한 얘기란 건 무엇인가?"

천천히 고개를 끄덕이던 램프레히트가 귀족스럽게 번거로운 표현을 써 가며 설명해 주었다. 페르디난드는 고개를 끄덕이며 듣고 있지만, 나는 전혀 이해할 수 없었다.

"죄송해요, 램프레히트 오라버니. 전 전혀 이해가 안 가는데요."

"어? 음⋯⋯."

어떻게 설명해야 좋을지 곤란한 듯 램프레히트의 눈꼬리가 쳐졌다. 나는 페르디난드에게 시선을 돌렸다.

"공부하지 않는 네가 치사하다는구나."

페르디난드가 해 준 설명은 이랬다. 돌아다니기 좋아하고 어떤 방법으로 교사에게 도망칠 수 있을지만 궁리하는 빌프리트의 눈에 전속 교사도 없고, 항상 성에서 빠져나가는 내가 치사해 보였다고 한다.

"램프레히트, 빌프리트에게 허튼 소리 말라고 호되게 꾸짖어 둬라. 로제마인이 어찌 공부를 안 하겠는가. 신전에서 내게 교육받고, 칼스테드의 저택에서도 교육을 받았으니 빌프리트가 글자를 익힐 때까지 기다리는 상태인 거다."

승리욕이 강한 빌프리트에게 경쟁 상대가 있는 편이 좋다고 판단한 질베스타는 빌프리트가 글자를 익히는 대로 나와 함께 역사와 지리 공부를 시킬 셈이었다고 한다.

"전 공부라도 좋으니 온종일 책을 읽고 싶어서 좀이 쑤실 지경이에요. 그러니 어서 빨리 글자를 익혀 주세요, 라고 빌프리트 오라버니에게 전해 주세요."

내 대답에 램프레히트가 고민에 빠졌다. "이 둘은 너무 안 맞아." 라며. 그도 그렇겠지. 공부에서 도망치고 싶은 빌프리트와 하루랄 것 없이 며칠이고 방에 박혀 책을 읽었던 내가 맞을 리가 없다. 오히려 산더미처럼 쌓인 책도 주변에서 못 읽게 하는 내 눈에는 빌프리트 쪽이 더 치사했다.

"빌프리트 님의 공부에 관해서는 우리도 영주님께 얘기를 자주 듣거든. 가능하다면 네가 한 번 빌프리트 님과 함께 공부하면서 또렷한 차이를 직접 보여줄 수 있었으면 좋겠는데……."

"그럴 여유 없다."

내게 협력을 요청하는 램프레히트의 말을 페르디난드가 딱 잘라 거절했다.

"로제마인은 우선적으로 해야 할 일이 산더미다. 마술 특훈과 소재 채집, 신전장 직무, 고아원 공방 운영. 그리고 건강 관리까지. 빌프리트의 일은 빌프리트 본인과 그 주변 사람들이 걱정할 일이지, 로제마인이 할 일이 아니다. 측근인 그대들이 하라."

내 생활을 관리하는 페르디난드의 말에 람프레히트가 입을 뻐끔거렸다.

"페르디난드 님, 그건 너무 심하지 않습니까? 아무리 그래도 세례식이 끝난 지 얼마 지나지도 않은 아이가 그렇게 많은 업무를……."

"그러니까 말하지 않는가. 더 이상 우리 쪽에 일을 떠넘기지 말아주게."

새삼스럽게 내가 해야 할 일을 듣고 보니 상당히 바쁘게 느껴진다. 하지만 나는 페르디난드가 시키는 대로 움직일 뿐이고, 직접 작업하는 행동은 금지이므로 대부분 주변에 떠넘긴다. 성에 있을 때와 달리 신전에서 지내는 동안은 건강 관리를 책임지는 프랑이 있어 쓰러지지 않아서인지, 그렇게 바쁘다고 느껴지지 않았다.

"로제마인은 눈앞에 책만 쌓아 두면 자기가 알아서 공부하며 지식을 쌓으니 공부 따위 틈틈이 시키면 그만이다."

"네에!? 독서할 시간은 듬뿍 주셔야죠. 틈틈이는 싫어요!"

나의 저항은 페르디난드의 콧방귀 하나로 날아가 버리고 말았다. 고려도 해 주지 않을 셈이다. 너무해.

"그리고 공부 외에는 식사 시간에 로제마인만 자기 아버지와 대화하는 게 치사하대."

성에서 저녁을 먹을 때는 주로 그날 하루의 행동이 대화의 주제가 된다. 그런데 수업을 빠지고 도망치기 일쑤인 빌프리트는 어머니의 잔소리가 대화 대부분을 차지하고, 아버지는 딱히 아무 말 없이 끝나는 경우가 많다. 아마 질베스타 역시 똑같은 짓을 하며 자랐으니 아들에게 설교도, 격려도 해 주지 못하고 묵묵히 있을 수밖에 없었으리라. 안 봐도 훤하다.

"하긴 저는 사업 보고 때문에 대화가 성립되긴 하죠. 그럼 빌프리트 오라버니에게도 뭔가 일거리를 주면 되지 않나요?"

평민 아이라면 견습을 시작했을 나이다. 간단한 일이라도 맡게 되면 조금은 책임감을 느끼게 되지 않을까.

"그런데 너무 늦지 않아요? 상인 출신 아이라면 세례식 전까지 글도 읽고, 간단한 계산 정도는 할 수 있어요. 고아들도 하는 것을……. 영주의 아들이라고 오냐오냐하다가 세례식 후부터 공부를 가르칠 게 아니라, 좀 더 어렸을 때부터 가르쳤으면 좋았잖아요."

"어릴 때부터 가르쳐도 익히질 못하니까 질베스타가 시찰 때 놀란 것이다."

그러고 보니 카루타와 그림책을 봤을 때도 굉장히 깜짝 놀란 얼굴을 했다. 그 반응이 그림책과 카루타를 보고 놀라서가 아니라, 겨울 사이에 글을 읽게 된 아이들에게 놀란 모양이다. 카루타나 그림책으로 놀면서 익히면 금방 배운다는 것은 이미 증명되었지만, 그러려면 경쟁 상대, 즉 같이 놀 상대가 필요하다.

"시종들의 업무가 늘어날 수도 있지만, 빌프리트 오라버니께 카루타를 준비해 줄게요."

"그대가 빌프리트까지 걱정할 필요는 없다. 내가 쓸데없는 일거리를 늘리지 말라고 말하는데도 그대는……."

페르디난드는 얼굴을 찌푸리긴 했지만, 그래도 빌프리트가 글을 쓰지도, 읽지도 못하는 건 걱정되는 모양이다. 솔직히 나는 어서 공부 시간을 내서 책을 읽고 싶었다.

네 점 종이 울리고 점심시간이 되자 페르디난드는 자신의 방으로 돌아갔다. 이제 가족과 대화하라는 말을 남기고.

램프레히트는 굉장한 기세로 점심을 먹었다. 엘비라도 "요리장이 빨리 돌아와 줬으면 좋겠구나."라고 말했으니 만족해 준 듯하다.

점심 후에는 엘비라와 연주회 건으로 의견을 나누게 되었다. 아무래도 티켓이 많이 부족한 듯했다. 엘비라는 자신 쪽 파벌 여성들만 부를 생각이었는데, 다른 파벌 여성들까지 흥미를 보였다는 것이다.

"지금까지 페르디난드 님께 한 번도 관심 있는 기색을 안 보이던 분들이 갑자기 말을 바꾸지 뭐예요."

엘비라는 분개했지만, 그녀들의 처신을 생각하면 영주의 어머니에게 찍힌 페르디난드에게 다가가지 못한 건 당연한 일이다. 지금까지 영주의 어머니를 두려워한 끝에 사람들은 페르디난드를 멀리했고, 대놓고 호들갑을 떨지 못한 듯하다. 즉, 영주의 어머니가 처분을 당함으로써 지금까지 억눌러 왔던 감정이 폭발한 것이다.

"……좌석을 얼마나 더 늘릴까요?"

"글쎄요, 귀족 여성들이 대부분 올 테니까 장소부터 다시 생각할까요?"

귀족가에 사는 귀족은 약 300명. 세례식을 마친 사람의 수가 그렇다. 그중에 약 절반이 여성이라고 치면 150명 정도가 해당한다. 그중에는 페르디난드에게 흥미가 없는 사람도 있을 것이다. 하지만 상급 귀족이 빠짐없이 참석하는 자리라면 하급 귀족 역시 참석하지 않을 수 없다. 분명 티켓 값이 부담스러운 하급 귀족도 많을 것이다.

"어머님, 자리는 30개 정도 더 늘리고, 나머지는 입석을 준비하도록 해요. 서서 봐야 한다면 티켓 구매를 거절할 핑계도 되고, 입석 가격을 싸게 설정하면 무리해서 비싼 티켓을 사려는 하급 귀족도 줄지 않을까요?"

입석을 마련해 두면 행사장에 들어올 수도 있고, 참여를 권한 상급 귀족에게도 체면이 서는 셈이다. 프로그램은 따로 판매하니까 주머니 사정에도 부담이 가지 않는다.

"입석이라고요? 왜 그런 생각을 못 했을까요. 하긴 티켓이 비싸기는 하죠. 거절할 이유를 만들어 준다니 좋은 생각이에요."

그리고 나는 페르디난드와 연주회에서 선보일 곡을 정한 사실을 보고하고, 완성된 프로그램을 엘비라에게 보여줬다. 엘비라는 지금까지 만들어진 적이 없었던 실루엣 그림 인쇄물에 넋이 빠졌다. 나는 '서자판에 프로그램 추가 100부 인쇄 필수'라고 써넣으면서 엘비라에게 말했다.

"이 프로그램은 별도로 팔 상품이에요. 이 매출도 기부금으로 쓰려고요."

"살게요. 기부 차원에서 사야죠. 자선 활동인걸요. 그렇죠?"

엘비라의 검은 눈동자가 반짝거린다. 자선 사업이라는 구실로 페르디난드의 그림을 사 모을 엘비라의 모습이 쉬이 상상된다.

'아버님, 죄송해요.'

"그나저나 로제마인도 어떻게 그런 생각을 다 하는지 신기하네."

한창 성장기인 램프레히트가 점심을 잔뜩 먹어 놓고도 끝없이 랑그드샤를 입속에 넣으며 감탄하듯 말했다. 나는 램프레히트를 보며 경비 문제를 떠올렸다.

"저기, 램프레히트 오라버니. 당일 행사장에 기사단을 배치하고 싶은데, 어느 분께 부탁하면 되나요? 아버님일까요? 아니면 양아버님일까요?"

방청객을 늘리게 되면 더욱 경비원이 필요하다.

"어머나, 연주회에 기사단이라니요? 왜죠?"

"너무 흥분해서 쓰러지거나 정신을 못 차리는 분들이 끝이 없을 거라서요. 의무실 준비도 필요해요."

"잠깐만, 로제마인. 이건 그냥 페슈필 연주회잖아?"

의심스러워하는 램프레히트를 보며 "그래요." 라고 대답했다. 나도 페슈필을 연주하는 페르디난드와 주변 반응을 보지 않았다면 이런 걱정은 하지도 않았다. 빌마와 로지나까지 저런 상태가 되는데 애초에 열성팬인 엘비라는 거품을 물지 않을까.

"말로 하는 것보다 보여드리는 편이 좋겠네요."

나는 자리에서 일어나서 빌마에게 받은 일러스트 한 장을 서랍에서 꺼내어 펼쳐 보였다.

"어머어어어어! 그건 뭐예요? 자세히 보여줘요."

벌떡 일어선 엘비라가 성큼성큼 이쪽으로 다가온다. 우아한 움직임이지만 기세가 대단하다. 엘비라에게 일러스트를 슬쩍 내민 나는 램프레히트를 쳐다보았다.

"100명 이상이 이런 상태가 된다면 기사단이 동원되어야 하지 않겠어요?"

"……아버님께 부탁해 보자. 의무실은 큰 강당 옆에 있는 휴게실을 쓰면 될 거야. 또 필요한 물건은 있니?"

"연주하는 페르디난드 님에게 다가가지 못하게 세례식이나 성결식 때처럼 무대를 설치해 주셨으면 해요."

아이돌 콘서트를 떠올리면서 몇 가지 주의점이나 안전에 필요한 물건을 의논했다. 그동안 엘비라는 감탄의 한숨을 내쉬며 그림에 넋이 빠졌다.

"로제마인, 이걸 내게 줄 수 있나요?"

"등사원지를 완성하면 그걸 원화로 써서 인쇄할 계획이니 당일에 인쇄물을 사 주세요. 등사원지가 완성되지 않았을 땐 드릴게요."

"알겠어요."

엘비라는 아쉬운 듯 그림을 돌려주었다. 그림에서 시선이 떨어질 줄 모르기에 프로그램을 한 장 선물했다.

"이 프로그램과 완전히 똑같은 종이를 한꺼번에 많이 만드는 것이 바로 인쇄업이에요. 프로그램은 이미 100부 찍어 뒀어요. 증쇄할 예정이니까 당일엔 꼭 지갑을 가지고 오도록 어머님께서 다른 분들께 선전해 주세요."

'연주회를 성공시키기 위해서 최대한 노력해 주세요, 어머님.'

요한과 자크가 공방에 부품을 하나씩 들여오면서 밀랍 코팅 기계는 조금씩 형태를 잡아 갔다. 비밀의 방에서 보고를 받은 나는 기계가 완성되는 동안 루츠와 길에게 밀랍을 만들게 했다. 송진을 아주 약간 넣어서 유연성을 내야 한다.

"'아주 약간'이 어느 정도인가요?"

그렇게 질문한 길의 어깨를 루츠가 통통 두드렸다.

"분량을 조금씩 바꾸거나, 밀랍 종류를 바꾸거나 해서 실험하면서 몇 종류나 만들어 보는 거야. 종이를 만들 때도 마인이 정확한 비율을 찾으려고 계속 그렇게 해 왔어."

"진짜냐……."

지금까지 만드는 방법을 배워 오기만 했던 길은 비율까지 찾아내야 하는 연구개발에 신물이 난 표정을 보이면서 루츠와 공방으로 향했다.

두 사람을 보낸 뒤 나는 도서실에서 전 신전장의 비밀스런 편지를 전부 독파했다. 순애보적인 편지뿐만 아니라, 뒤가 구린 편지도 다른 상자에 가득 보관되어 있었다. 귀족과의 밀약을 담은 내용이나 뇌물 거래, 꽃을 바치는 여성의 의뢰 등 다양했다.

"역시 게를라흐 자작은 신전장과 관계가 깊었네."

기원식 때 베일을 깊이 쓰고 인사해야 했던 귀족들 대부분이 신전장과 연관이 있었던 모양이다. 나는 범죄의 냄새가 나는 편지를 토대로 주의할 인물 리스트를 작성해 두었다.

"이건 신관장님에게 보여드리는 편이 좋겠어요. 프랑, 신관장님에게 연락해서 옮겨 주세요."

"알겠습니다."

앞으로 정치에 관련해서 이 편지들은 영주인 질베스타와 페르디난드에게 도움이 될지도 모른다. 순애를 담은 편지만은 그냥 모른 척해 주고 싶어서 원래 있던 책장에 넣어 뒀다.

"신관장님, 드릴 물건이 있습니다."

나는 책처럼 보이는 네 개의 상자를 프랑에게 들게 하고, 페르디난드의 방을 찾았다. 페르디난드는 프랑이 들고 온 책을 보고 의아한 표정을 지었다.

"이건 대체 무엇인가? 그대가 들고 왔다면 평범한 책은 아닐 터 인데."

"신전장만이 열 수 있는 책장에 꽂혀 있던 책……으로 가장한 상자 예요. 이 속에 계략의 증거가 되는 편지가 가득 들어 있었어요. 양아 버님과 계획 중이신 모의에 쓰시겠어요?"

프랑이 옮긴 책 모양의 상자 하나를 열어 본 페르디난드가 인상을 찡그렸다. 하나둘 손에 들어서 보낸 이를 확인하더니 사악한 미소를 지었다.

"호오, 방대한 양이구나."

"내용물은 전부 드릴 테니 상자는 저 주세요. 이런 거 굉장히 좋아 하거든요."

가죽과 보석으로 장식된 책 모양 상자를 가리키자, 페르디난드가 어이없다는 얼굴로 손을 저었다.

"이쪽은 내용물만 있으면 충분하다. 상자는 그대 뜻대로 하라. 내 용물을 옮겨라."

"감사하게 생각합니다."

페르디난드의 시종이 나무 상자에 편지 더미를 옮겨 넣기 시작 했다. 업무를 일단락했는지 페르디난드가 손을 멈추고 펜을 내려놓 았다.

"로제마인, 예정은 이제 없는가?"

"네. 오늘은 이미 길과 루츠에게 보고도 받았고, 지시도 끝냈어요. 핫세 마을 고아원도 조금씩 갖춰지고 있나 봐요. ……도와드릴 일이 있나요?"

내가 제안하자 페르디난드는 고개를 저으며 책상 위를 정리하기 시작했다.

　"아니다, 그것보다도 마술 훈련을 먼저 하고 싶구나. 되도록 빨리 기수를 만들게 되지 않으면 수확제에 못 맞춰. 성에 가자."

　"그럼 옷을 갈아입고 오겠습니다."

　나는 방으로 돌아와 신전장 의상에서 귀족용 옷으로 갈아입고, 벨트를 찼다. 이 벨트는 페르디난드에게 받은 것이다. 마술구를 허리춤에 차는 귀족에게 필요한 물건이란다. 나는 얼마 전에 나의 마력으로 물들인 경단 같은 마석을 새장처럼 생긴 금속 장식에 넣고 페르디난드처럼 벨트에 걸었다.

　"출발하겠습니다, 로제마인 님."

　나는 브리기테의 기수를 타고 성의 마술 훈련장으로 갔다. 이번에야말로 나의 기수를 만들어야 한다.

기수와 등사원지 완성

성의 마술 훈련장에 도착했다. 다무엘과 브리기테는 반대편에서 훈련하라는 지시를 내리고, 나는 페르디난드와 마주 보았다. 마술 특훈의 시작이다.

"그럼 저번의 복습으로 크기를 바꾸어 보아라. 터지는 장면을 상상하지 않게 조심하도록."

저번의 실수를 지적받은 나는 장식에서 마석을 꺼내어 떨어뜨리지 않게 꼭 쥐었다. 풍선이 아닌 볼링공같이 튼튼한 물건을 머릿속에 떠올리면서 조금씩 크기를 키웠다. 금방 "좋다."라는 합격이 떨어졌다.

"다음은 형태를 고정하는 연습을 하자. 연상한 크기까지 마력을 흘려보내면 거기서 멈춘다. 자기 의지로 마력을 멈추면 되니 그대에게 어렵진 않을 거다."

신구에 봉납할 때도 자기 의지로 마력을 흘려보내거나, 끊거나 했던 터라 페르디난드의 말대로 그다지 어렵지 않았다. 탁구공에서 거대한 공까지 자유자재로 크기를 바꿀 수 있게 되자 "좋다."라는 페르디난드의 목소리가 들렸다.

"그럼 형태를 바꾸는 훈련에 들어가자."

동그란 마석을 삼각뿔로 해 보고, 직육면체로 해 보고, 성게처럼 뾰족뾰족하게 해 보고, 책 모양으로도 해 보고, 펜 모양으로 만들어 보며 마석의 형태를 바꾸었다.

처음 형태를 만들 땐 시간이 걸렸지만, 익숙해지자 금세 머릿속에서 상상한 물건으로 형태를 바꿀 수 있게 되었다. 감탄과 놀라움이 섞인 목소리로 "그대는 정말 습득이 빠르구나." 라며 페르디난드가 칭찬해 주었다. 웬일이래.

"로제마인, 이제 마지막이다. 쓸데없는 생각은 버리고 자신이 탈 동물을 상상하라."

동물 모양 탈것이라는 말을 듣고, 가장 먼저 떠오른 건 유원지 같은 곳에 있는 동물 모양 장난감 자동차였다. 100엔짜리 동전을 넣으면 3분 정도 탈 수 있는 장난감 말이다.

"모양을 정했다면 마력을 끊고 고정하…… 뭔가, 그건?"

"음, '판다' 자동차요."

아주 작은 1인용이다. 자동차라기보다 아기가 발을 저으며 달리는 붕붕카처럼 생긴 게 너무 싸구려 같다. 스스로도 실패했다고 생각했더니, 페르디난드가 매우 수상쩍은 물건을 보는 눈빛으로 판다 자동차를 내려다보았다.

"이것이 하늘을 난다고?"

"……조금 어려울 것 같네요."

"조금이 아닌 것처럼 보인다만?"

관자놀이를 누른 페르디난드가 "습득은 빠르다만, 몰상식하군." 하고 중얼거렸다. 시키는 대로 동물 모양 탈것을 만들었을 뿐인데 몰상식하다는 말을 들어야 하다니 납득이 가지 않았다.

"알겠어요. 이번에는 제대로 탈것처럼 보이게 좀 크게 만들게요."

"아니, 크기보다 형태부터 정해라. 이 사자를 만들 수 있겠는가?"

페르디난드는 마석을 살짝 쓰다듬는 동작만으로 자신의 기수를 등장시켰다. 직접 해 보고 나니 얼마나 세련된 동작이었는지 이해가 갔다. 저 레벨이 되려면 상당한 연습이 필요하리라.

"에렌페스트의 문장이 바로 사자다. 영주는 머리가 세 개 달린 사자를 타고, 영주의 자제 역시 기본적으로 사자를 쓰지. 물론 강제적인 건 아니다만……."

잡동사니 같은 것에 빠지는 초등학생 남자아이 같은 질베스타라서 케르베로스처럼 생긴 사자를 타는 건 줄 알았건만, 의미가 있었던 모양이다. 영주의 양녀인 나도 사자를 쓸 수 있다고 한다.

"알겠습니다. 해 볼게요."

페르디난드의 기수는 지나치게 현실적이라서 무서우니까 내가 탈 기수는 귀여운 사자로 해야겠다. 나는 내가 탈 만한 사자를 머릿속에 떠올렸고, 고개를 끄덕이고는 마석에 마력을 부어 넣었다.

이번에는 사자 모양이고, 크기도 훨씬 키워서 놀이동산의 자동차만 한 사이즈가 되었는데도, 페르디난드는 매우 불쾌한 표정을 지었다.

"그대의 미적 감각은 참으로 참담하군. 사자를 만드는데 왜 저런 이상한 물건이 되는 건가!?"

"네? 이상해요? 꽤 귀여운데요?"

시키는 대로 사자 모양 탈것으로 만들었는데 데포르메는 안 되는 모양이다.

"탈 수 있는가?"

"타 볼게요. 영차."

기수에 올라탄 나는 고삐 대신 기수의 등 뒤에 튀어나온 핸들을 잡았다. 거기까지는 좋았다. 그런데 생각처럼 움직이지 않았다. 아니, 정확히는 생각하는 대로만 움직였다. 내가 만든 사자는 굼실거리며 아장아장 걸을 뿐이다. 완벽한 놀이동산의 장난감을 떠올려 만든 내 기수로 하늘을 날다니 애초에 말도 안 되는 이야기였다.

나는 무척 곤란해졌다. 솔직히 하늘을 나는 탈것을 생각했을 때, 동물로는 상세하고 정밀한 이미지가 떠오르지 않았다. 날 수 있을 것 같지 않다.

"내가 탈 수 있고, 하늘을 거침없이 날 것 같은 사자……."

고양이는 아니지만 사자로 버스 모양을 만들어 보았다. 전선 위를 **뿅뿅** 뛰어다니던 그 영상대로라면 빠르기도 하고, 하늘을 날면서 뛰어다니지 않을까.

실제로는 고양이 버스 이미지가 어지간히 컸는지, 고양이 머리에 들쭉날쭉한 샴푸캡을 갈기라고 쓴 사자 버스였지만, 뭐 어때.

"뭔가, 이건?"

"보시는 대로 '사자 버스'요."

버스 앞에 서자, 내 이미지대로 창문이 입을 쩍 벌리면서 입구가 된다. 정말 생각한 대로 움직이는 게 재미있어진 나는 신이 나서 버스에 올라탔다.

버스 안에는 핸들이 있고, 운전석까지 마련되어 있었다. 아마도 이 부근은 자동차 이미지다. 우라노 시절에 면허를 따서인지, 겉모습보다 운전석 주변만 쓸데없이 세밀하다. 참고로 내가 딴 면허는 2종 보통이다. 똑바로 앉을 자리도 있고, 안전띠도 달려 있다. 이러면 떨어질 걱정도 없고, 겨울에도 춥지 않으리라.

"쓸데없는 마력 소비다. 좀 더 작게 만들어라."

밖에서 들린 페르디난드의 목소리에 나는 크기만 바꿔 보았다. 소형 버스 크기만 했던 사자 버스가 1인용이 되었다. 겉모습은 여전히 갈기가 달려 있다.

"로제마인, 모양이 상당히 이상하기는 하다만, 움직이기는 하는 것인가?"

"해 볼게요."

나는 운전석에 앉아 안전띠를 맸다. 핸들을 쥐고 조금씩 마력을 흘려보낸 후 액셀을 밟아 보았다. 사자 다리가 움직이기 시작했다.

"굉장하다! 움직이네!"

운전면허 학원에서 연습할 때처럼 느릿느릿한 속도로 마술 훈련장을 달리다가 "날아." 라고 외치면서 핸들 윗부분을 잡아 몸으로 당기듯이 기울였다. 사자 얼굴이 하늘을 향하고, 비행기가 이륙할 때처럼 등이 좌석에 딱 붙으며 조금씩 고도가 올라갔다.

"와! 날았다!"

핸들 각도로 하늘을 나는 내 사자 버스는 마술 훈련장의 천장 가까이 날아오를 수 있었다.

"어때요, 페르디난드 님? 꽤 괜찮죠?"

사자 버스에서 내린 내가 자랑스럽게 웃으며 묻자, 페르디난드는 설명하기 힘든 떨떠름한 표정을 지었다.

"진심으로 이런 걸 탈 생각인가?"

"네!"

혼자 탈 때는 크기를 줄일 수도 있고, 마력을 넣으면 커지기도 한다. 1인용에서 소형 버스 사이즈까지 자유자재다. 심지어 떨어질 걱정도 없고, 안전하다. 현실적으로 무섭게 생긴 페르디난드의 사자보다 내 사자가 더 고성능이고, 귀여웠다.

"그럼 그 동물을 다른 동물로 바꿔라. 그런 이상한 것에 에렌페스트의 문장을 다는 일은 말리고 싶군."

"네? 귀여운데요?"

내가 사자 버스를 바라보자 페르디난드도 미간에 깊은 주름을 새기며 사자 버스를 바라보고 "아름답지가 않아." 라고 차갑게 비판했다.

"그런가요. ……그럼 이왕 이렇게 된 거 더 귀엽게 해 볼게요."

"그러니까 그대의 이상한 미적 감각은 필요 없다고 하지 않은가."

센스가 조금 다르다고 그렇게 심한 말을 하다니. 그런 말까지 듣고 나니 더욱 귀엽게 하고 싶어졌다.

"……그건 대체 뭔가? 마수인가? 마치 커다란 그린같구나. 차라리 스밀로 하거라. 그편이 주변도 받아들이기 쉬울 거다."

"스밀이 뭔데요? 본 적도 없는 걸 어떻게 만들겠어요. 그리고 그린이 아니라 '레서 판다'예요. 이 귀여운 얼굴과 도톰한 꼬리가 사랑스럽지 않나요?"

"전혀."

아무래도 이 세계에는 레서 판다를 닮은 마수가 있는 모양이다. 그런 무시무시한 것과 똑같이 취급하지 말아 줬으면 한다. 내 항의에도 개의치 않고 레서 판다를 유심히 쳐다보던 페르디난드가 꼬리를 척 가리켰다.

"이런 꼬리는 거추장스러울 뿐이다. 적어도 길이를 절반 정도로 줄여라."

"싫어요! 레서의 꼬리를 자르라니, 그런 끔찍한 말은 말아 주세요!"

"쓸데없는 마력 소비다. 아예 없어도 상관없지 않은가."

잠시 서로를 노려본 끝에 꼬리 길이를 절반으로 줄여야 했지만, 차 모양은 기수로 받아들여져 레서버스로 결정되었다.

"그럼 그걸로 얼른 신전까지 돌아가자."

실내에서 연습한 뒤 기수를 타고 신전까지 돌아가게 되었다. 추락했다간 위험하므로 저공비행으로 귀족가를 빠져나갔다.

"로제마인, 너무 느리다."

"네! ……으아앗!?"

마력량을 늘려서 액셀을 꾹 밟았더니 속도가 갑자기 올라갔다. 당황해서 액셀에서 발을 뗐는데 마력이 끊어졌는지 급브레이크가 걸렸다.

"꺅!?"

마력으로 움직이는 기수는 차 운전과 똑같이 움직여 주지 않았다. 의외로 마력의 조절이 어려웠다. 조금씩 마력을 넣으며 일정한 속도를 유지하면서 안정적으로 운전하게 되기도 전에 신전에 도착해 버리고 말았다.

레서버스가 주위에 폐를 끼치지 않도록, 그리고 자신들까지 말려들지 않도록 빛나는 지휘봉 슈타프를 쥔 채 조금 거리를 두며 따라온 호위 둘은 무사히 신전에 도착했음을 확인하고, 슈타프와 자신의 기수를 사라지게 했다.

"그대는 마력의 양이 큰 탓에 기수를 세세하게 조절하기까지 힘들겠다만, 익숙해져야 한다. 수확제 전까지 자유롭게 다룰 수 있게 계속 연습하거라."

"……네."

기수를 제대로 다루지 못한 실망감에 어깨가 축 처진 나를 보고 페르디난드가 가볍게 헛기침을 했다.

"흠흠! 내 예상보다는 습득이 빨랐구나. 며칠간은 독서 시간을 조금 줄 수 있을 것이다."

"정말입니까!?"

그 이후부터 기수를 타는 연습을 하거나, 도서실을 정리하거나, 로지나에게 페슈필을 배우거나, 여름 성인식과 가을 세례식을 위한 기도문을 연습하면서 매일을 보냈다.

가끔 올도난츠가 날아와 연주회 회의라는 명목으로 점심 모임을 열었다. 연주회 총책임자인 엘비라, 연주회 경비 책임자인 에크하르트, 그리고 내 호위 명목으로 코르넬리우스가 점심시간에 드나들었다. 칼스테드는 성에서 영주와 함께 식사하면서 푸고의 요리를 먹는 모양이지만, 기사 기숙사에서는 다른 요리사가 식사를 만든다고 한다. 램프레히트도 휴무만 되면 신전에 찾아와 점심과 과자를 먹게 되었다.

요리장의 요리 견습이 빨리 끝나 줘야 내 시종들의 마음이 편해질 듯하다. 귀족을 상대하느라 긴장하는 니콜라를 보고 있으니 조금 불쌍해지기 시작했다.

페르디난드의 콘서트까지 닷새를 남긴 날 저녁. 도서실에서 목록을 만들면서 자료 정리를 하는데, 길이 활짝 웃는 얼굴로 도서실에 뛰어들어왔다.

"로제마인 님, 자크의 밀랍 코팅 기계가 완성됐습니다. 보러 와 주세요."

나는 작업 중이던 목록을 얼른 마무리 짓고, 길과 다무엘과 함께 재빨리 공방으로 향했다. 회색 신관에게는 작업을 계속하라는 지시를 하고 기계를 자세히 살피며 대화중인 루츠와 자크에게 말을 걸었다.

"안녕하세요, 자크. 밀랍 코팅 기계가 완성되었다고 들었어요."

"이겁니다."

작업대 위에 어른이 양손으로 번쩍 들 수 있을 만한 기계가 올려져 있었다. 루츠는 이미 밀랍을 녹일 준비를 하고 있다. 그 옆에는 토론베지도 준비된 상태다. 마르크의 훌륭한 교육에 새삼 감탄하면서 나도 기계를 살펴보았다.

"로제마인 님, 미리 불을 지펴서 뜨거우니 만지지 않도록 조심하십시오. ……여기서 밀랍을 녹이고 있고, 이 부분을 이렇게 움직여서 밀랍을 묻힌다고 합니다."

루츠가 고개를 들어 귀족을 대하는 인사를 하고, 지나치게 공손한 어조로 기계를 설명해 주었다. 자못 심각한 표정을 짓고 있지만, 분명히 이 상황을 재미있어 하고 있다.

"그럼 종이를 제 서자판만 한 크기로 잘라서 밀랍을 입혀 보세요."

루츠와 길이 분담하여 토론베지를 A6 크기 정도로 자르기 시작했다.

준비되는 동안 나는 조금 떨어진 곳에서 묵묵히 작업하고 있는 요한에게 다가갔다. 자크의 기계보다 훨씬 크고 복잡해 보였다. 하지만 예전에 봤던 자크의 설계도대로 차차 완성되어 가고 있었다. 설계도대로 만든다면 요한의 기술력은 감히 최고라고 할 수 있었다.

"어떻게 되어 가고 있어요?"

"아아, 로제마인 님. 아직…… 며칠은 더 걸릴 것 같습니다. 하지만 로제마인 님의 기대에 부응하는 물건이 완성될 겁니다. 자크의 설계가 대단합니다."

요한은 열띤 눈으로 그렇게 말하며 진지하게 부품을 조립해 갔다. 완전히 조립에 푹 빠진 요한에게 방해되지 않게 나는 살짝 그 자리에서 벗어났다.

"로제마인 님, 준비가 다 됐습니다."

롤러에 종이를 끼우고, 핸들 대신 손으로 직접 롤러를 돌려서 종이에 밀랍을 입힌다. 중심 부분은 나무를 써서 금속 롤러에 뜨거운 밀랍이 묻어도 손에 잡은 부분은 뜨거워지지 않는다.

"이 공방에서 만드는 종이 크기라면 이걸로 충분해."

요한이 만들고 있는 기계를 힐끗 쳐다본 자크가 그렇게 말했다. 직접 손으로 롤러를 돌려야 하는 자크의 밀랍 코팅 기계는 크기가 너무 커지면 무게 때문에 돌릴 수 없게 된다. 자크의 말대로 현재 공방에서 그림책 제작에 쓰는 종이는 A4 사이즈로 통일하고 있어서 등사원지의 크기도 클 필요가 없다. 작은 기계는 롤러도 작아서 많은 양의 밀랍을 녹이지 않고도 밀랍을 입힐 수 있다.

"그럼 루츠와 길이 만들어 둔 밀랍을 하나씩 시험해 보면서 가장 좋은 비율을 찾아 봐요."

길과 루츠는 오늘까지 만들어 둔 밀랍에 번호를 붙여 준비해 두었다. 3종류의 밀랍에 송진을 3단계로 섞어 넣은 총 9종류가 완성되어 있었다.

"응차……."

이미 몇 번이나 시도해 봤는지 루츠와 자크가 익숙한 솜씨로 기계를 움직이며 밀랍을 먹였다. 두 장이 완성되면 새로운 밀랍으로 갈아 넣었다.

밀랍을 입힌 등사원지를 내 앞에 내밀었다. 완성된 물건을 확인하고 최종적으로 판단하는 건 내 몫이다. 길이 줄판과 철필을 내 앞에 준비해 주었다. 나는 완성된 등사원지를 조금씩 긁어 보았다.

"이건 일단 써지긴 하네요. ……이건 안 되겠어요. 잘 긁히지 않아요. ……이것도 안 되고. 좀 금이 간 것 같아요. ……아, 이건 느낌이 괜찮네요."

역시 롤러에 끼워서 먹이니 밀랍의 두께도 균일해져서 보기에도 아름답다. 그리고 송진을 첨가하면 유연성이 강화되는지 긁어도 등사원지에 금이 가지 않는 물건이 완성되었다. 그중에서도 가장 쓰기 편한 물건을 만들기로 했다.

"그럼 루츠. 이 비율로 밀랍을 만들도록 하세요. ……그림책과 똑같은 크기로 등사원지를 20장 정도 만들어 주세요. 내일 빌마를 불러서 긁어 보게 하고 등사기 인쇄로 그림을 찍도록 해요."

"알겠습니다."

루츠와 길에게 뒤를 맡긴 나는 자크를 올려다보며 싱긋 웃었다.

"자크, 당신 덕분에 밀랍 코팅 기계가 완성됐어요. 그대의 공적을 높이 사서 구텐베르크로 인정하겠습니다. 앞으로도 모두와 함께 인쇄업을 퍼트려 갑시다."

"아, 넵! 감사합니다!"

자크가 활짝 웃으며 그 자리에 무릎을 꿇었다. 그러다 뭔가가 마음에 걸렸는지 고개를 들고 "……저기, 로제마인 님. 모두라니요?" 하고 나를 보았다.

"당연히 구텐베르크 동지 여러분이죠. 대장장이 요한과 자크, 잉크 장인 하이디와 요제프, 목공장 인고, 길베르트 상회의 벤노와 루츠. 마르크도 있네요. 그리고 이 로제마인 공방의 모두가 인쇄업에 힘쓰는 구텐베르크 동지예요."

자크는 설명을 구하듯 요한을 쳐다보았다. 요한은 "역시 벗어날 수 없는 건가……." 하고 고개를 푹 떨구었다. 자크가 황급히 나와 요한을 번갈아 보았다.

"자, 잠깐만. 뭐야? 최고의 장인에게 주는 칭호 아니었어!?"

"인쇄 관계자에게 내리는 칭호예요. 오늘부터 자크도 구텐베르크를 써도 좋아요."

우수한 인재는 놓치지 않겠어요. 당황한 자크에게 그렇게 말한 나는 공방을 뒤로했다. 등 뒤에서 루츠가 "그러니까 그렇게 대단한 게 아니라고 말했지?"라고 자크를 비웃는 목소리와 길이 "나도 구텐베르크다!"라며 천진난만하게 기뻐하는 목소리가 들렸다.

'응응. 다들 힘내.'

방에 돌아온 뒤, 모니카에게 빌마의 내일 일정을 전달받았다. 드디어 등사기 인쇄다. 나는 철필로 긁는 순서나 주의 사항을 목패에 적어 넣으며 내일을 준비했다.

"안녕하십니까, 로제마인 님."

공방 작업대보다 고아원 식당 테이블이 더 작업하기 편하다는 빌마의 말에 아침부터 줄판과 철필을 식당에 옮긴다고 한다. 준비되는 동안 루츠는 내가 쓴 주의 사항을 읽으며 빌마에게 등사원지에 그림을 그리는 순서를 설명했다.

"밑그림 위에 등사원지를 올리고, 철필로 가볍게 덧그립니다. 그러면 하얀 선이 생깁니다."

밑그림을 등사원지에 옮겼다면 다음은 줄판 위에 올려서 원지를 긁는다. 줄판은 나무틀에 끼워 가는 못으로 눌러서 나무틀과 원지를 고정한다. 우라노 시절에는 테이프로 고정했지만, 이곳에는 테이프가 없으므로 가는 못을 쓰게 되었다.

"그럼 해 보겠습니다."

빌마가 긴장한 얼굴로 철필을 손에 들고 밑그림을 덧그리기 시작했다. 간단한지 아무런 문제 없이 그림을 베꼈다. 다음에는 줄판 위에 고정하여 철필로 긁기 시작했다.

"인쇄하면 그 흰 선이 새까매져요. 철필도 굵기에 따라 몇 종류 갖춰 놨으니까 구별하면서 써 보세요."

"알겠습니다."

빌마가 긁고 있는 그림은 앉아서 페슈필을 연주하는 페르디난드의 그림이다. 악기가 들어간 구도라 무릎부터 상체까지 그려져 있다. 전신 구도였던 실루엣 그림과 달리 섬세한 선으로 얼굴 조목조목을 꽤 상세하게 그려 놓아서 한눈에 모델이 페르디난드임을 알 수 있다. 페르디난드가 발견했다간 틀림없이 화내리라.

오로지 등사원지를 긁는 소리만이 울렸다. 처음에는 흥미롭게 지켜보던 회색 신관들도 금방 끝나는 작업이 아니라는 걸 깨닫고 하나둘 자기 작업으로 돌아갔다. 아이들은 공방에 가거나, 빌마의 작업을 가만히 지켜보는 등 다양했다.

"루츠, 인쇄 준비가 다 됐는지 확인해 주세요."

거의 완성되어 갈 때쯤에 내가 루츠에게 말을 걸자, 루츠는 "알겠습니다."라고 끄덕이고 식당으로 나갔다.

"이걸로 어떠십니까, 로제마인 님."

빌마가 만족스럽게 고개를 들었다. 그 손에는 선의 굵기와 밀도로 변화를 준 아름다운 그림이 있었다. 흰 선이라서 찍으면 느낌이 달라 보일 수 있겠지만, 완성도는 좋았다.

"멋지게 완성됐네요. 갑시다, 빌마."

"네, 로제마인 님."

공방에서는 인쇄 준비를 끝내고 모두가 빌마의 판지를 기다리고 있었다.

루츠가 익숙한 움직임으로 판지와 종이를 놓고 잉크를 롤러에 묻혀서 인쇄하기 시작했다.

"루츠, 선이 가느니까 조심스럽게 잉크를 바르도록 하세요."

"알고 있습니다."

잉크를 묻힌 롤러를 망 위에서 굴린다. 조심스럽게 틀을 떼어내자 그곳엔 깔끔하게 인쇄된 그림이 있었다. 섬세한 선이 아름답게 모습을 드러냈다. 빌마가 넣은 명암이 그림 속에 확실히 드러나 있었다. 실루엣 그림과는 다른 표현의 그림을 만들어 냈다.

"성공이에요, 로제마인 님."

등사기 인쇄의 완성에 가슴이 벅차올랐다. 이로써 표현 방법이 대번에 넓어졌다. 일러스트뿐만 아니라 커터로 판지를 도려내기 어려웠던 악보도 간단히 인쇄할 수 있게 된다.

"자, 로제마인 님. 등사기 인쇄를 완성하기까지 밀랍 코팅 기계도 만들고, 등사원지에 비싼 종이를 잔뜩 쓰셨는데, 이걸로 수익이 날 것 같습니까?"

루츠가 인쇄된 그림을 들어 올리며 씨익 웃었다. 이 아름다운 일러스트라면 분명 수익이 난다. 나도 루츠를, 그리고 빌마와 공방에 있는 모두를 둘러보며 도발적으로 웃었다.

"수익을 내야죠. 모두의 기대에 부응하겠습니다."

페슈필 연주회

나는 연주회 전날에 성에 돌아가게 되었다. 연주회 책임자들과 최종 회의와 확인을 해야 했고, 과자 장인으로 엘라를 주방에 투입하여 쿠키를 잔뜩 만들어야 했기 때문이다.

프랑과 길이 짐을 옮기는 동안 나는 모니카와 함께 신관장실에 출발 인사를 하러 갔다. 페르디난드는 기분 나쁜 얼굴로 무뚝뚝하게 나를 보았다.

"난 가지 않을 거고, 사전 준비도 도와주지 않을 거라고 분명 말했다."

"저도 기억하고 있어요. 신관장님은 페슈필을 켜 주시기만 하면 돼요."

지금 한창 빌마의 아름다운 일러스트를 마차에 싣는 중이라 페르디난드가 함께 와 주지 않아서 솔직히 고마웠다. 나는 웃으면서 인사하고 퇴실했다.

빌마가 그린 페르디난드 그림은 오늘 출발하기 직전까지 최대한 인쇄했다. 3종류를 100부. 구매 의욕을 높이기 위해서도 조금 부족한 정도가 딱 좋다.

'거짓말이에요. 솔직히 팔 수 있다면 더 찍어서 팔고 싶었어. 그냥 절실하게 시간이 부족했어. 시간이 있었다면 종류랑 부수도 늘렸을 텐데!'

엘라와 로지나는 시종용 마차에, 나와 두 호위 기사는 귀족용 마차에 올라타고 성으로 출발했다.

"자, 로제마인. 이제 시간이 없어요!"

성에는 엘비라와 플로렌치아가 대기하고 있었다. 내 방에 들어가기
도 전에 회장에 끌려와서 연주회 체크를 하게 되었다.

내일을 위해 이미 좌석이 깔렸다. 나는 페르디난드가 연주하기 위
해 설치된 무대 주변을 걸으며 입석 자리와 넓이를 확인했다. 입석이
라도 귀족 영애와 부인들을 모시는 자리인 만큼 입학식이나 졸업식처
럼 의자를 간격에 맞춰 나열했고, 일단 파벌별로 자리를 나누었다.

장소 확인이 끝난 뒤 소리를 증폭시키는 마술구 준비, 과자 확인,
경비 체제를 각 담당자와 함께 확인했다. 회장에는 입장하는 문이 여
러 개 있다. 페르디난드가 입장할 문과 시종들이 드나드는 문, 손님이
입장하는 문을 확인하고, 대기실로 쓸 방과 의무실도 돌아보았다.

"얘기를 맞춘 대로 준비가 되어 있네요."

그리고 콘서트의 흐름을 확인한 결과, 내가 무려 사회자를 맡게 되
었다. 콘서트 사회를 아무도 해 본 적이 없는 데다 개념을 잘 모른다
는 이유도 있지만, 사회를 본다며 페르디난드와 함께 무대에 올라도
질투의 대상이 되지 않는 나이인 점, 이번 행사의 주최자로 기부를 모
으는 본인이라는 점이 그 이유다.

"그러고 보니 로제마인. 그 그림은 어떻게 됐나요?"

대략의 회의가 끝나자, 엘비라가 적극적으로 물어 왔다. 나는 당당
하게 "완성됐어요." 라고 대답했다. 분명 기뻐해 주리라.

"보여주세요."

"저도 보고 싶네요."

두 사람이 페르디난드의 그림을 보고 싶다기에 내 방으로 이동했다. 이미 일러스트를 담은 상자는 내 방에 옮겨 둔 후였다. 플로렌치아의 허가가 있으면 엘비라도 북쪽 별채에 들어올 수 있으므로 따로 방을 빌리지 않고도 얘기할 수 있었다.

　리카르다가 올도난츠를 날려서 시종에게 준비 지시를 내려 준 덕분에 방에 돌아왔을 땐 이미 차가 준비되어 있었다.

　나는 서류 상자 세 개를 테이블 위에 올려두게 했다. 일러스트를 옮길 때 루츠가 길베르타 상회에서 서류를 보관할 때 쓰는 상자를 준비해 주었다. 두께는 그렇게 두껍지 않았다. 이것보다 커지면 무거워서 옮기기 힘들 듯하다. 나는 살짝 뽐내듯 조심스러운 동작으로 늘어놓은 상자 뚜껑을 열었다.

　"어머나 세상에!"

　엘비라가 눈을 반짝이며 넋이 빠졌고, 플로렌치아는 똑같은 일러스트가 몇 장이나 있는 것이 신기한지 여러 장을 뒤집어 보며 확인하기 시작했다.

　"얘기로는 들었지만, 실제로 눈앞에서 보니 놀랍네요. 이것이 인쇄입니까?"

　"네, 양어머님. 전 이 마을 외에도 고아원과 공방을 세워서 인쇄업을 하고 싶어요. 그러기 위해서도 여러분의 기부가 필요해요."

　"실제로 이 눈으로 보니 뭘 하고 싶은지 단번에 이해가 되네요. 훌륭해요."

　그리고 내 시종은 물론 플로렌치아의 시종까지 동원해서 판매 교육을 시작했다. 연주회 프로그램은 시작부터, 과자와 일러스트는 페르디난드의 연주회가 끝난 후, 웨건으로 회장에 옮겨서 팔기로 했다.

"어머? 이 그림도 미리 파는 편이 덜 혼란스럽지 않을까요?"

"아뇨, 페르디난드 님이 연주를 끝내고 대기실로 들어간 후에 파는 편이 좋아요. 들키면 몰수당할 게 뻔하니까요. 그런 상황만은 꼭 피하고 싶어요."

"몰수는 곤란하네요. 로제마인의 말대로 페르디난드 님에게 걸리지 않도록 합시다."

엘비라는 진지한 눈으로 그림을 팔 시종들이 대기할 장소나 팔 곳을 검토하기 시작했다. 나는 플로렌치아에게 한 가지 불안한 부분을 묻기로 했다.

"저기, 양어머님. 양아버님은 연주회가 열리는 사실을 알고 계시나요?"

"다과회를 연다는 말씀은 드렸지만, 딱히 자세히는 전하지 않았네요. 아시면 재미있다며 달달 볶으러 올 테니까 가능하면 알리지 않는 편이 좋답니다. 그래서 방 밖으로 소리가 새어나가지 않는 마술구도 준비했습니다. 로제마인도 저녁 자리에서 누설하지 않게 조심하세요."

질베스타의 고삐를 잡은 플로렌치아가 그렇게 말하며 우아하게 웃었다. 동감이다. 질베스타가 알면 분명 여기저기 들쑤시러 올 거다. 입 닫고 있는 편이 최고다.

불안 요소가 사라진 나는 안심하고 사회 원고를 작성하기로 했다. 인쇄업 어필은 물론, 페르디난드 님이 호의로 협력해 주셨다는 설명도 필수다. 이제 시간이 없다.

그리고 연주회 당일이 되었다. 나는 회장에서 손님이 도착하기를 기다리면서 방 안의 설비를 돌아보았다. 음향 관계 마술구도 문제없이 돌아가고 있고, 종업원들도 차와 과자를 준비하고 있다. 페르디난드가 대기실에 들어왔다는 보고도 받았다. 에크하르트를 비롯한 기사단 20명이 방 주변에 같은 간격으로 서 있다. 그들 대부분이 페르디난드의 페슈필 연주를 들은 적이 있는데, 경비를 구실로 회장에서 듣게 될 연주를 기대한다고 들었다.

"어머나, 이렇게 넓은 곳에서 페슈필 연주가 잘 들릴까요?"

"보세요. 마술구를 제법 많이 준비해 뒀네요."

"저기 기사들은 왜 서 있을까요? 그들도 입석 손님은 아니겠죠?"

나는 술렁거리는 회장 속에서 긴장하며 무대 위로 올랐다. 크게 숨을 내쉬고, 플로렌치아에게 빌린 확성 마술구를 마이크처럼 입가에 댔다.

"페르디난드 님의 페슈필 연주회에 잘 오셨습니다. 오늘은 고아들에게 살 곳과 음식, 일거리를 제공하기 위한 기부금을 모으는 연주회입니다. 여러분이 사 주신 티켓의 매출 금액은 전부 고아원을 세우는 데에 쓰입니다. 그리고 이쪽에서 프로그램도 판매하고 있습니다. 이 매출도 기부로 쓰이니 자선 사업에 기부한다고 생각하시고 사 주시면 대단히 감사하게 생각합니다."

실루엣 그림의 표지를 보면서 프로그램 구매 안내를 하자, 손님으로 회장에 있던 엘비라와 플로렌치아가 솔선하여 자리에서 일어났다. 그러자 플로렌치아 파벌의 여성들이 슬금슬금 그 뒤를 따라 움직이기 시작했다.

"어머나, 이거 봐요. 전부 똑같은 그림이에요……."

"제법 실력이 괜찮은 화가네요. 아름다워라."

무대의 가장 가까운 자리에서는 엘비라가 같은 자리에 앉은 부인들에게 프로그램을 보여주면서 자랑하는 모습이 보였다. 프로그램은 한 장에 대은화 3닢이다.

　"이처럼 완전히 똑같은 그림을 만드는 기술을 인쇄라고 합니다. 전 고아들에게 이 인쇄라는 일거리를 주려고 합니다. 부디 여러분의 협력을 부탁드립니다."

　리카르다와 오틸리에가 판매에 박차를 가하는 가운데 귀부인들이 우르르 프로그램을 사기 시작했다.

　"어머나, 고아들을 위해서라니, 어쩜 저렇게 착하실까요. 고아 외에도 그 마음을 써 줬으면 좋겠네요……."

　"종이 한 장이 꽤 비싸다고 생각했는데, 이 그림은 훌륭하네요. 처음 보는 방식이에요."

　"이것처럼 똑같은 그림이 몇 장이나 있는 건 처음 봤어요."

　역시 입석에 자리 잡은 사람은 하급 귀족들이 많은지, 프로그램을 사려는 사람은 적었다. 하지만 흥미는 있는 듯하다. 산 사람 주변으로 우르르 몰려들었다.

　"오늘 준비한 차와 과자는 페르디난드 님이 좋아하시며 드시던 것입니다. 이 과자는 별도로 준비했으니 마음에 드시는 분은 연주회 후에 구매해 주시면 감사하겠습니다."

　테이블 자리를 접객원이 돌면서 차와 과자를 나눠 주자 다과회 분위기가 되었다. 프로그램을 보며 "모르는 곡뿐이네요."라며 대화하거나, 실루엣 그림의 기술에 감탄하거나, 우아하게 편히 있는 모습은 내가 아는 콘서트와 전혀 달랐다. 하지만 다과회의 여흥으로 연주를 즐겨 왔던 그녀들에게는 이 연주회 자체가 이색적인 첫 경험인 셈이다.

"그럼 페르디난드 님의 연주를 시작하겠습니다."

그렇게 말한 나는 일단 회장에서 나와서 페르디난드의 대기실로 뛰어들어갔다.

"페르디난드 님, 준비는 다 되셨나요?"

내 부름에 소매가 긴 귀족 의상을 입은 페르디난드가 페슈필을 들고 일어났다.

회장에 들어선 순간 페르디난드가 순간 경직했다. 금방 다시 움직였지만, "이 인원은 대체……." 라는 작은 중얼거림이 내 귀에 들렸다.

"기부해 주신 분들이세요."

티켓을 사 준 시점에 기부한 것이나 다름없으니 틀린 말이 아니다.

"아무리 그래도 이상하리만치 많지 않은가."

"전 신전에서 지내느라 대부분 어머님들이 준비해 주셔서 이게 귀족에겐 일반적인 줄 알았어요. 아닌가요?"

시치미를 떼고 페르디난드를 무대 중앙에 놓인 의자로 안내했다.

그리고 페르디난드 역시 고아들의 상황에 한탄하여 고아들을 구하고 인쇄업을 넓히는 사업에 협력해 주고 있다는 말을 잘 포장해서 손님들에게 호소했다. 페르디난드는 순간 불쾌한 표정을 지었다. 하지만 나와 달리 우수한 귀족은 분위기를 파악하는 능력도 특기인 모양이다. 페르디난드가 만들어 붙인 것 같은 미소로 회장을 둘러보았다.

"그럼 기부해 준 여러분께 감사의 마음을 담아 페슈필을 연주하겠다."

그렇게 말한 페르디난드는 의자에 앉아 페슈필을 켤 자세를 잡았다. 시선만은 "나중에 두고 보자." 라며 나를 노려보았지만.

창문에서 들어온 밝은 빛이 페르디난드의 오른쪽을 비추니 페르디난드의 몸이 빛나는 것처럼 보였다. 페르디난드가 고개를 내려 시선을 떨구자, 하늘색 머리카락이 살랑이며 표정을 지운 얼굴에 그림자를 드리웠다. 살짝 페슈필에 닿은 손가락이 음을 확인하듯 몇 가지 소리를 냈다. 왼손이 '두웅' 하고 저음을 내고, 오른손이 '띠링' 하고 고음을 자아냈다.

한 번 고개를 든 페르디난드가 나를 보았다. 준비 완료인 듯하다.

내가 회장을 둘러보자, 비싼 티켓값을 내고 제일 앞자리를 확보한 상급 귀족 부인들과 영애들은 이미 홀딱 반한 얼굴로 페르디난드를 우러러보았다.

"오늘은 여러분을 위해 페르디난드 님께서 새로운 곡을 준비해 주셨습니다. 첫 번째 곡은 불의 신 라이덴샤프트에게 바치는 곡입니다."

페르디난드가 고개를 떨구고 악기를 바라보면서 천천히 손가락을 움직였다. 왼손으로 목 부분을 지탱하면서 중지로 현을 튕기면 공기가 흔들리며 음이 전해져 온다. 왼손이 연주하는 약간의 저음에 오른손이 연주하는 맑은 고음이 더해졌다.

다음 순간, 여느 때와 같은 페르디난드의 무표정이 갑자기 부드러워졌다. 표준 장비된 미간의 주름이 사라지고 날카로운 금색 눈동자에서 차가운 인상이 벗겨져 나갔다. 자세히 보지 않으면 모를 정도로 그의 입꼬리가 자연스럽게 올라갔다.

그것만으로 인상이 상당히 바뀌었는지, 제일 앞줄 손님들은 하나같이 입가에 손을 대고 몸을 떨었다. 엘비라가 즐거워 보여서 다행이다.

페르디난드의 길쭉길쭉한 손가락이 페슈필을 쓰다듬듯 부드럽게 움직이고, 현을 튕긴다. 잇따라 자아내는 음들이 겹치고 울리면서 공기 속에 녹아 간다. 페르디난드의 손끝에서 자아내는 음은 언제 들어도 매우 아름답고 상냥했다. 본인은 저렇게 짓궂고 사악한 미소를 짓는데, 그런 것 따위 전혀 느껴지지 않을 정도로 상냥하고 부드러운 소리가 났다.

페슈필을 켜기 시작하면 가슴 설레는 엘비라를 필두로 엄청난 소란이 일어날 줄 알았건만, 좋은 환경에서 자라서 그런지, 손님들은 모두 넋 빠진 황홀한 눈으로 조용히 연주를 감상했다.

페르디난드가 낮게 울리는 미성으로 노래를 부르기 시작하자, 전신에 소름이 돋는 감각이 덮쳤다. 특히나 이번에는 마술구로 소리를 울리게 해서인지, 마치 헤드폰으로 듣는 것처럼 귓가에서 부르는 느낌이 들었다.

"하아……."

"휴우……."

여기저기서 관능적인 한숨이 들려오기 시작했다. 항상 꺅꺅거리며 설레던 엘비라는 다른 손님들에 비해 페르디난드에게 익숙한지, 뺨을 괴고 눈을 반짝이며 소리에 귀를 기울였다. 하지만 페르디난드를 접할 기회가 없는 젊은 영애는 얼굴을 붉게 물들이며 눈물을 글썽거리거나, 심장 주변을 누르거나, 양손으로 얼굴을 감싸고 테이블 위에 엎드리거나, 혹시나 남이 볼까 얌전한 척 있지만 마음속은 소용돌이치고 있는 듯하다.

'아아, 아가씨들 마음속에서 아우성치는 비명이 들리는 것 같네.'

영애들이 조용히 야단법석을 떨어 준 덕분에 겉으로는 아무 일도 일어나지 않아서인지, 기사들도 회장이 아닌 페르디난드에게 시선을 보내고 있었다.

이럴 거면 기사는 필요가 없었네, 하고 생각하기 시작한 그때였다. 생명의 신이 흙의 여신에게 '무엇이 그대의 행복인지 알고 싶다'라며 사랑을 청하는 러브송에서 실신하는 사람이 생겼다.

그렇지 않아도 먼 자리에서도 귓가에서 울리는 마술구를 쓰게 되면 어찌 될지 예상은 했다. 페르디난드의 미성이 귓가에서 달콤하게 사랑을 속삭이듯 노래를 부르자 어떤 가사인지 아는 나도 순간적으로 숨이 턱 막힐 정도였다. 그 노래가 영애들의 가슴을 죄고, 심장을 펄떡이며 폭주하게 했고, 흥분으로 견딜 수 없게 만든 모양이다.

'원곡은 어린애들한테 인기 있는 만화영화 노랜데.'

남자를 불신하는 빌마에게도 충격을 준 페르디난드의 사랑 노래는 역시 위력이 대단했나 보다. "하읏……." 하고 짧게 신음한 여성이 비틀거리며 테이블 위로 풀썩 쓰러졌다.

"안게리카, 기사에게 의무실로 안내하도록 말해 줘요."

내가 작은 목소리로 명령하자, 안게리카가 소리도 없이 등 뒤에서 사라졌다. 다음 순간, 실신하는 사람이 연달아 나왔고, 기사들이 허둥대며 옮기기 시작했다.

저번부터 "실신해서 페르디난드 님의 페슈필 연주를 놓치는 아까운 짓을 하면 어찌하나요." 라고 말하던 엘비라는 떨리는 몸으로도 다행히 실신하지 않고 꾹 참는 듯했다.

'어머님, 힘내요.'

기사단이 큰 활약을 보이는 가운데, 안게리카가 슬그머니 자리로 돌아와서 에크하르트가 나를 부른다고 전달했다. 나는 페르디난드의 연주 중간에 빠져나와 회장을 나왔다. 하지만 그곳에 있는 사람은 에크하르트 혼자가 아니었다.

"제법 재미있는 일을 하고 있구나, 로제마인."

"양아버님……."

입꼬리를 씨익 올린 질베스타와 머리를 싸맨 칼스테드가 있었다. 에크하르트의 말에 의하면 쓰러진 부인을 옮길 때 하필 그곳을 지나가던 질베스타와 딱 마주쳤다고 한다. 질베스타가 짙은 녹색 눈을 날카롭게 번쩍였다.

"나한테는 보고가 안 들어온 것으로 아는데?"

"양어머님이 하신 줄로만……."

"로제마인, 얼버무리지 마라."

나는 식은땀을 줄줄 흘리며 회장으로 이어지는 문을 힐끗 보았다. 모처럼 만든 이 좋은 분위기를 망치는 것만은 반드시 막아야만 한다.

"전 양아버님이 기부 모금에 흥미가 없으신 줄로만 알았습니다. 하지만 아우브 에렌페스트인 양아버님께서 협력해 주신다면 이보다 더 든든한 게 어디 있겠습니까."

눈썹을 씰룩이며 무슨 말을 꺼내는지 듣고 있는 질베스타를 응시하면서 나는 어떻게든 원만하게 해결할 방법을 생각했다.

"페슈필을 가져와 주신다면 아직 늦지 않았습니다. 주역으로서 마지막을 장식할 중요한 역할을 양아버님께 맡기겠습니다. 진정한 주역은 늦게 나타나는 법이니까요!"

"좋다. 너의 그 말, 마음에 드는구나. 칼스테드, 내 페슈필을 가져와라!"

칼스테드가 매우 걱정스럽게 나를 보았다.

"괜찮냐, 로제마인."

"전부 망치는 것보다 나아요."

칼스테드가 서둘러 달려간 뒤, 나는 질베스타에게 페르디난드와 함께 켤 수 있는 곡을 캐물어서 서자판에 메모했다.

칼스테드가 금방 페슈필을 가지고 돌아왔다.

"로제마인 님, 연주가 끝났습니다."

브리기테가 문을 열고 살짝 알려주었다. 나는 서둘러 회장으로 돌아가서 무대에 섰다.

"지금부터 특별한 손님을 소개하겠습니다. 아우브 에렌페스트, 무대로 나와 주세요."

회장 밖에서 대기하던 기사들이 문을 열자, 질베스타가 페슈필을 안고 회장으로 들어왔다. 의자를 든 다무엘이 따라 들어와서 페르디난드 옆에 놓았다.

당연하게도 나도 깜짝 놀란 진짜 서프라이즈로 회장 분위기가 어수선해졌다. 설마 다과회의 연장선 위에 있는 행사에 영주가 나타날 줄은 꿈에도 생각하지 못했으리라. 매우 당황해하는 손님들에게 '나도 같은 심정이야!' 하고 마음속으로 소리치고 싶다.

무대 위에서 '처음 듣는 소리다'라며 째려보는 페르디난드에게 "조금 전에 들켜 버린 거예요."라며 속삭였다. 손님들 속에서 '어머나, 들켜 버렸네.' 하고 곤란하다는 듯 어깨를 들썩이는 플로렌치아가 보였다.

질베스타가 들어오기 전까지 조용히 연주를 감상하던 부인과 영애들이 동요하기 시작했다. 나는 확성 마술구를 입에 대고 그럴싸한 변명을 댔다.

"아우브 에렌페스트께서도 인쇄 사업에 힘을 실어 주고 싶다고 하셔서 기부해 주신 여러분께 조금이나마 보답해 드리고자 바쁘신 집무 중에도 짬을 내서 이곳에 달려와 주셨습니다."

이렇게 된 게 당연하다는 듯 당당한 태도로 페슈필을 들고 자세를 취하는 질베스타를 보니 주최자를 제외하면 모두 예정된 흐름으로 보였을 터이다.

"아우브 에렌페스트와 페르디난드 님, 두 분이 연주하실 곡은 여러분도 잘 아시는 곡입니다."

기원식 때 질베스타가 연주했던 곡을 소개하며 페르디난드에게 눈짓을 주자, 페르디난드는 한숨을 푹 내쉬고 페슈필을 다시 안아 들었다.

두 사람이 연주한 곡이 손님들에게 익숙한 곡이어서인지, 아니면 질베스타가 "다 함께 부르자." 라며 가볍게 손을 흔들어서인지 분위기는 최고로 달아올랐고, 모두 하나가 되는 느낌으로 훌륭한 마지막을 장식했다.

곡이 끝나자 자연스럽게 박수갈채가 일었다. 손님들이 경의를 담아 슈타프를 꺼내들고, 팡팡 터지는 빛 속에서 두 사람이 퇴장했다.

"훌륭한 연주회였습니다. 그럼 괜찮으시다면 오늘을 기념하여 이쪽 상품은 어떠십니까? 이 상품의 이익도 기부금으로 쓰입니다. 자선사업, 기부를 위해 가능하면 구매를 검토해 주세요."

페르디난드와 질베스타가 퇴장한 뒤에는 장사 개시다. 시종들이 웨건을 밀면서 들어와 비싼 티켓을 사준 자리부터 순서대로 돌며 아름다운 일러스트와 쿠키를 팔았다. 물론 시작부터 팔았던 프로그램도 마찬가지로 판매를 진행했다.

쿠키는 10개부터 판매해서 소은화 1닢이지만, 일러스트는 1장당 대은화 5닢이다. 프로그램이 대은화 3닢이라 상당히 돈에 여유가 있는 엘비라처럼 높은 지위에 있는 사람 외에는 사지 않을 줄 알았더니 의외로 모두가 사고 싶어 했다.

주변 사람들이 사면 구매 의욕이 돋는지, 고민에 고민을 거듭하다가 살짝 쿠키로 손을 뻗거나, 지갑을 잠시 노려보고는 일러스트를 지긋이 바라보면서 프로그램을 집는 등, 입석 손님들도 분위기에 휩쓸려 지갑을 잘 열게 된 듯하다.

아무래도 실신할 정도의 사랑 노래 뒤에 찾아온 빌마의 아름다운 일러스트가 다른 방식으로 그녀들의 마음을 흔든 듯하다. 그림을 산 어떤 영애는 일러스트를 가만히 바라본 뒤, 구겨지지 않게 돌돌 말아서 가슴에 꼭 껴안고 갔다. 보물처럼 소중히 다뤄 줄 것 같다.

'일러스트 매진. 감사합니다.'

"오늘은 감사하게 생각합니다. 오늘 모인 기부금의 사용 명세서는 꼭 겨울에 보고하도록 하겠습니다. 여러분, 넘어지지 않게 조심해서 돌아가시길 바랍니다."

아직도 꿈을 꾸는지 발걸음이 불안한 귀부인들을 배웅했다. 페르디난드의 자선 콘서트는 대성공이라고 해도 좋을 만큼 성공리에 끝났다. 일러스트를 종류별로 산 엘비라의 행복한 웃음에 나는 살짝 가슴을 쓸어내렸다.

"자, 어디 변명을 들어 보실까."

연주회가 끝나고 며칠이 지난 어느 날 오후. 나는 페르디난드에게 붙잡혀 설교의 방으로 끌려갔다. 옅은 금색 눈동자를 분노로 물들인 페르디난드가 얼음 같은 차가운 분위기를 풍기며 내 앞 테이블 위에 일러스트 세 장을 올렸다. 들키지 않게 몰래 팔았던 일러스트가 눈앞에 나타나자, 나는 기절초풍할 뻔했다.

"이걸 기사가 들고 있더라고 칼스테드가 큰 소리로 비웃으면서 보여주더군. 뒷면에 정확하게 이름이 쓰인 걸 보면 책임자가 누구인지 금방 알 수 있지."

'Noooo! 나도 참 고지식하게 인쇄하는 이상 필수라고 판권장까지 찍어 버리다니. 바보, 바보!'

페르디난드에게 혼쭐이 난 나는 두 번 다시 팔지 않겠다고 억지로 약속해야 했다.

에필로그

"루츠, 손님들이 돌아가셨습니다. 주인님께 보고할 게 있지요?"

마르크의 목소리에 루츠는 길베르타 상회의 제일 끝에 있는 벤노의 집무실로 향했다. 페슈필 연주회로 얻은 이익을 보고해야 했다.

"연주회 이익을 계산한 결과, 대금화 12닢, 소금화 8닢, 대은화 6닢이었습니다. 갖가지 비용을 제외하고 남은 순이익이 대금화 10닢을 넘습니다."

루츠는 로제마인과 함께 계산한 결과를 벤노에게 전했다. 경악스러운 이익에 벤노의 표정이 굳어졌다. 루츠도 설마 이익이 이렇게나 많이 나올 줄은 상상도 못했다. 연주회 전에 "더 찍고 싶어." 라며 로제마인이 졸랐지만, 루츠는 그걸로 충분하다며 인쇄를 말렸던 것이다.

'설마 매진될 줄 누가 알았겠어. 나도 몰랐다고.'

"제2회 연주회를 계획해야겠어."

"그건 어렵습니다. 신관장님에게 그림을 팔던 걸 들켜서 엄청 혼났다고 합니다."

루츠가 이익을 내다보며 대담하게 웃는 벤노를 보면서 마인의 말을 전하자, 벤노는 머리를 싸쥐며 "이 멍청이가!" 하고 분개했다. 로제마인이 뒷면에 인쇄한 판권장 때문에 범인으로 확정됐다는 말은 절대 하면 안 될 분위기다.

"영원히 판매금지를 당했다고 들었습니다. 로제마인 님도 이런 어마어마한 이익을 놓치기 아깝다는 생각에 이익 일부를 지불할 테니 그림을 팔게 해 달라고 빌었다고 하는데, 돈에는 궁색하지 않다며 단호히 거절당했다고 합니다."

페르디난드에게는 신전에서 청색 신관에게 분배하는 예산 외에도 영주의 일이나 기사단의 일을 도울 때마다 급료처럼 보수를 받는다. 그 외에도 부모의 유산은 물론, 자작 마술구를 팔거나 새로이 개발할 때마다 수입이 있다고 한다. 그래서 일러스트를 판 이익의 일부라는 푼돈을 갖자고 자기 그림이 팔리는 것을 참을 필요가 전혀 없다고 한다.

"귀족님도 대단하군. 대금화 10닢이 넘는 이익이라는 말을 듣고도 푼돈이라고 하다니."

벤노는 감탄했지만, 페르디난드와 마찬가지로 귀족인 로제마인이 "한 번이라도 좋으니까 그런 대사 나도 좀 해 보자! 부자 놈들아!" 하고 소리친 사실을 아는 루츠는 뭐라 대답해야 좋을지 고민했다.

"그런데 주인님, 이 정도 이익이 있으면 핫세에서 공방을 열 비용은 어느 정도 충당되겠지요? 로제마인 님은 그 점을 가장 걱정하고 계셨습니다."

핫세의 작은 신전을 완성하기 위해 로제마인 전속 목공방의 인고 부부는 작은 신전에서 묵으면서 일하고 있다. 그리고 루츠의 아버지인 디도에게도 길베르타 상회가 연락을 넣어서 조만간 핫세로 가게 되었다. 로제마인, 벤노, 구스타프의 전속 장인과 핫세 마을의 장인을 동원해도 일손이 부족한 탓에, 목공방과 건축 공방이란 곳은 전부 말을 걸며 사람을 모으고 있는 실정이다.

루츠의 물음에 벤노는 힘 있게 고개를 끄덕였다.

"충분하다. 서둘러 준비하마. 현재는 장인들이 그곳에서 먹고 자면서 일하고 있어서 생활용품은 거의 다 옮긴 상태야. 식재료나 장작, 그리고 종이 제작에 필요한 소재도 옮겨 놓았지. 슬슬 신전에서 회색 신관과 무녀를 데리고 와서 생활 기반을 다질 때가 다가오는데 신전 준비는 어떠냐?"

벤노의 말에 루츠는 개인 서자판을 꺼내어 시선을 떨구었다. 선별 종료, 교육 개시, 의뢰, 겨울 준비, 아교, 머리 장식이라고 쓰여 있다.

"신전에서는 핫세 마을에 보낼 회색 신관과 회색 무녀의 선별을 끝내고, 요리와 공방 운영 교육을 한창 진행하고 있으니 출발일이 정해지면 알려 달라고 했습니다. 그리고 이것은 로제마인 님의 의뢰인데, 이번 연주회의 기부금 일부를 고아원의 겨울 준비 비용으로 쓸 테니 돼지고기 가공과 겨울 준비를 또 도와 달라고 합니다. 작은 신전 근처에 민가가 없으니 올해는 핫세에서 아교를 만들 계획도 고려 중입니다."

신전에서 받은 의뢰를 전하자, 벤노가 쓴웃음을 지으며 수락해 주었다.

"하긴 귀족님들께 이만한 금액을 뽑아다 줬으니 신전의 겨울 준비는 지원해 줘야지."

겨울 준비에 관한 얘기를 끝낸 루츠는 조금 우물거리며 말을 꺼냈다.

"그리고 머리 장식을 의뢰하려고 한다며 앞으로 쭉 투리를 고아원 원장실에 데리고 오라는 부탁을 받았습니다. 투리는 아직 귀족에 대한 대응이 부족한데, 주인님 생각은 어떠십니까?"

딱 한 번의 재회가 아니라 길베르타 상회의 장인으로서 투리를 영주의 양녀 앞에 데리고 갈지 말지 결정하는 건 벤노의 일이다. 난감하다는 표정으로 신음하는 벤노를 보며 루츠가 말을 덧붙였다.

"로제마인 님께서는 반드시 투리가 좋으니 데리고 와 달라고 하셨습니다."

"반드시라고? 그 녀석은 이쪽이 귀족의 명령을 거절하지 못하는 걸 알고도 하는 소리냐?"

벤노는 불쾌한 표정을 지었지만, 로제마인의 마음이 이해되는 루츠는 솔직히 말해서 이번만큼은 로제마인의 편을 들고 싶었다.

"조금이라도 만날 기회를 놓치고 싶지 않은 겁니다. 이제 만날 기회라고는 머리 장식을 의뢰할 때밖에 없고, 그것도 고작 한 계절에 한 번입니다. 앞으로 성이나 귀족가의 집에서 주문하게 되면 투리는 갈 기회조차 사라집니다. 그 정도는 로제마인 님도 알고 계십니다."

자신의 어리광이 고아원 원장실에서만 통한다는 것을 로제마인도 알고 있다.

"그리고 제가 로제마인 공방에서 연습했듯이 투리에게도 공부할 장소가 필요합니다. 저와 마찬가지로 집에서는 예절 교육 따위 받을 수 없으니까요."

잠시 고민하던 벤노가 고개를 들었다.

"……알겠다. 데리고 가자. 확실히 투리에겐 연습할 곳이 필요하긴 해. 투리에게는 예절 교육을 받으러 간다고 하고, 비밀의 방 밖에서는 입을 열지 말라고 전해."

이틀 뒤. 루츠는 벤노, 투리와 함께 고아원 원장실을 찾았다. 대표로 벤노가 인사를 끝내자마자 로제마인은 곧바로 길베르타 상회 세 사람과 길, 다무엘을 비밀의 방에 들어가도록 명령했다.

비밀의 방에 들어간 순간, 로제마인의 분위기가 단숨에 부드러워졌다. 반가운 듯 눈물을 글썽이며 투리를 바라보았다. 하지만 그 입에서 투리의 이름은 나오지 않았다. 투리의 입도 굳게 닫힌 채다. 가족과 서로를 부르는 것은 계약 마술이 금지하고 있고, 벤노에게 입을 열어도 좋다는 허락이 떨어지지 않았기 때문이기도 했다.

두 사람이 지긋이 서로를 바라보는 가운데, 벤노가 교육자다운 엄격한 눈빛으로 투리를 보았다.

"투리, 이 방에서는 다소 편하게 행동해도 타박할 사람은 없지만, 난 네게 편하게 행동하라고 허락하지 않을 거다. 지금은 약간 실수해도 되는 연습 장소라고 생각하고 귀족의 대응을 배워라."

투리가 진지한 얼굴로 끄덕였다. 투리는 로제마인을 만날 수 있는 장인이 되기 위해 한 계절 동안 태도와 말투를 꽤 고쳤지만, 귀족과 대응이 가능한 장인 레벨까지는 한참 멀었다. 루츠도 아직 합격을 받지 못해서 귀족가에 갈 수 없다.

"로제마인, 앞으로도 투리에게 비녀를 주문하고 싶다면 너도 투리의 교육에 협력해. 사실은 아직 밖에 내보낼 상태가 아니야."

로제마인은 진지한 표정으로 크게 끄덕이고는 테이블을 사이에 두고 투리와 마주했다. 투리는 긴장한 표정으로 나무 상자에서 머리 장식을 싼 천 보따리를 풀어서 테이블 위에 나열했다. 그러자 로제마인이 손을 뻗어 동작을 멈추게 했다.

"그렇게 서두르면 안 돼요, 투리. 천천히 해도 좋으니 긴장을 푸세요. ……제가 시범을 보일 테니 상급 귀족에게 배운 동작을 자세히 보고 배우세요."

그렇게 말하며 로제마인은 얼른 머리 장식을 나무 상자에 돌려놓았다. 그리고 자기 앞에 나무 상자를 가져오고는 천천히 심호흡했다. 그 순간 로제마인을 감싸던 분위기가 바뀌었다.

온화하게 웃으며 나무 상자의 뚜껑에 손을 가져간다. 하얀 손끝에 까지 신경이 미쳐 있다는 게 느껴졌지만, 끝까지 우아했다. 천천히 움직이는 부드러운 동작에서 리듬이 느껴졌다. 시선이 그녀의 손끝에 집중될 정도로 아름다운 손짓으로 조심스럽게 뚜껑을 열고, 양손으로 내용물을 꺼내어 천을 푼다.

'뭐야, 대체?'

루츠가 여태껏 살아 오면서 한 번도 보지 못한 움직임이었다. 고작 상자를 열어서 물건을 꺼내는데도 뚜껑이 열리는 소리조차 없었다. 천이 자연스럽게 열리듯 스르륵 풀렸다. 조그마한 흰 손끝이 살짝 꺼내는 비녀가 매우 고급스럽게 보였다. 똑같은 상품인데 정성스러운 손짓 하나만으로 품질이 다르게 보이자 루츠는 머리를 얻어맞은 것 같은 충격을 받았다.

"어떠세요?"

루츠는 로제마인과의 확연한 차이를 실감했다. 분명 출발 지점은 똑같았다. 루츠도 예의범절을 익히려고 부단히 노력했다. 그런데도 이 명확한 차이는 뭘까. 한 계절 새에 익힌 동작이라 생각할 수 없었다. 벤노도 진심으로 감탄하는 목소리를 냈다.

"······그렇게 보면 진짜 상급 귀족의 영애 같네. 짧은 기간에 거기까지 할 수 있게 되다니 대단해. 교사가 잘 가르쳤겠지만, 본인의 노력 없이 이렇게까지 늘진 않아. 몸가짐을 배우고 있는 너희도 뼈저리게 실감했겠지만, 한 번 몸에 밴 동작을 교정하는 건 뼈를 깎는 노력이 필요하지."

"신관장님이 상으로 도서실 열쇠를 거셔서 필사적이었어요."

로제마인이 웃으면서 그렇게 말하자, 모두가 "로제마인답네." 라며 조그맣게 키득거렸다. 하지만 그 노력과 몸에 익힌 몸가짐은 진짜다. 로제마인과 접촉하는 상인이 되려면 루츠도 저 정도의 움직임은 할 수 있어야 하리라.

"투리, 로제마인 님의 동작을 따라서 해 봐라."

벤노의 지시를 들은 투리가 로제마인의 움직임을 따라하며 정성스럽게 꽃 장식을 꺼내었다. 어색하지만 처음과는 확연히 달랐다. 본보기 동작을 머릿속에 그린 것만으로도 전혀 다른가 보다. 루츠는 눈을 감고 로제마인의 손가락 움직임을 떠올려 보았다. 뚜렷이 새겨진 하얀 손가락의 우아한 동작이 뇌리에 재생된다.

'얼마나 연습하면 저렇게 되지?'

루츠가 생각에 잠긴 동안에 투리는 테이블 위에 알록달록한 꽃을 늘어놓았다.

"로제마인 님, 의식용 비녀를 원하신다면 꽃은 크고 화려한 쪽이 좋지 않겠습니까? 이쪽 꽃은 어떠신지요. 이것을 가을 귀색으로 만들면 로제마인 님의 밤하늘 같은 머리에 잘 어울릴 것으로 생각합니다."

투리가 벤노의 말을 반복했다. 벤노가 일대일로 가르쳐 주는 기회도, 귀족가에서 벤노가 고객에게 대응하는 모습을 직접 보는 기회도 루츠에게는 없었다. 진지한 눈으로 벤노와 고객인 로제마인의 행동을 바라보았다. 길도 마찬가지다.

"그러네요. 꽃의 크기는 이 정도면 되지만, 전 저번에 받은 것처럼 꽃잎이 하늘거리는 꽃이 갖고 싶어요."

"마음에 드셔서 영광입니다. 그럼 크기는 이 꽃으로 하고, 가을 귀색을 넣겠습니다."

두 사람은 꽃술을 진한 노랑으로 하고, 꽃잎은 연한 노랑으로 정했다. 그런데 그 둘의 대화는 루츠가 아는 '벤노와 마인의 대화'가 아니었다. 귀족과 어용상인의 대화다. 두 사람 다 루츠가 모르는 얼굴을 하고 있다.

지금껏 로제마인이 신전에서 보이던 모습이 귀족다움을 해제한 것이라는 사실을 루츠는 지금까지 깨닫지 못했다. 언젠가 따라잡을 수 있을 줄 알았는데 아니었다. 로제마인에게는 한 계절 동안 만들어 낸 영주의 양녀라는 얼굴이 있다. 그것을 따라잡기란 쉬운 일이 아니다.

"로제마인 님, 귀색 꽃 외의 장식은 어떻게 하실 겁니까? 무슨 색 꽃을 넣을까요?"

벤노가 메인 꽃 외의 장식을 어떻게 할 거냐고 묻자, 로제마인이 볼을 괴며 살짝 고개를 갸웃거렸다. 그리고 투리를 바라보고 싱긋 웃었다.

"가을 비녀니까 꽃 외에도 나무 열매 같은 장식이 있으면 귀여울지도 모르겠습니다. 숲에 넘치는 가을 열매를 느낄 수 있는 장식을 넣어 보세요."

예전에 자매끼리 한 얘기가 있었던 걸까. 투리는 뭔가 생각난 듯한 표정으로 서자판에 '가을 열매'라고 썼다. 아직 서툴러서 본인 외에는 읽기 힘든 글자지만, 작년 이맘때쯤에 글자도 읽지 못했던 것을 생각하면 많이 성장했다.

나도 성장하고 있는 걸까. 루츠는 스스로에게 질문했다. 분명 성장은 하고 있다. 주위에서도 그렇게 칭찬해 주었다. 하지만 묘한 초조함이 가슴속에 퍼져 갔다.

"아무리 돈이 많아도 귀족의 예의범절을 가르쳐 주는 교사를 찾기란 힘들지요. 오늘 교육은 이들에게 무엇보다 귀중한 경험이었습니다. 덕분에 성큼 성장할 수 있을 겁니다. 로제마인 님께 진심으로 감사의 말씀을 드립니다."

비밀의 방에 있는데도 벤노는 깍듯하게 예의를 표했다. 루츠도 투리와 함께 벤노의 행동을 그대로 따라하며 감사의 인사를 올렸다.

인간의 속은 그렇게 쉽게 변하지 않는다. 얼마 전에 마인이 했던 말이다. 벤노도 본질은 변하지 않는다고 했다. 하지만 속과 본질이 똑같아도 루츠가 알던 '마인'과의 거리는 어느새 생각보다 훨씬 많이 벌어졌다. 변하지 않는다는 말에 안심하는 사이에 이미 내 손에서 멀어져가고 있었다는 것을 깨닫고, 루츠의 등에 식은땀이 흘러내렸다.

'지금까지와 똑같이 노력해서는 안 돼.'

여 동 생 의 호 위 기 사

중요한 이야기가 있다는 어머님의 말씀에 에크하르트 형님과 나, 이렇게 셋이서 차를 마셨다. 도청방지 마술구까지 사용하며 들은 말의 내용은 충격적인 것이었다.

"어머님은 진심으로 신전 출신 여자애를 거두실 생각입니까?"

나는 저도 모르게 벌떡 일어나 소리쳐 버렸다. 하지만 어머님은 나의 무례한 태도를 나무라지도 않고, 다시 앉도록 손짓했다. 내가 자리에 앉자 어머님은 진지한 얼굴로 고개를 끄덕였다.

"그래요. 코르넬리우스. 칼스테드 님과 제 딸로 세례식을 받게 할 겁니다. 그리고 동시에 아우브 에렌페스트의 양녀로 들어가기로 정했어요."

"아우브 에렌페스트가 신전 출신 여자애를 양녀로 들인다고요!?"

영주의 양녀로 들어가게 된 여자애가 신전 출신인 사실도 믿을 수 없고, 자신에게 여동생이 생긴다는 사실도 받아들일 수 없었다. 이 모든 일이 너무나도 갑작스러웠다. 나는 혼란스러워하며 에크하르트 형님을 바라보았다. 만약 형님도 나와 마찬가지로 여동생을 받아들일 수 없다면 나처럼 거부감을 나타내 줄지도 모른다고 생각해서였다.

하지만 에크하르트 형님은 받아들이기로 한 듯했다. 파란 눈을 가늘게 뜨며 여동생이 될 아이에 대해 자세하게 설명하기 시작했다.

"로제마인은 베로니카 님의 실각에 크게 관련된 아이야. 신전에서 페르디난드 님의 비호를 받으며 자란 아버님의 딸로, 어둠의 신에게 축복을 받은 듯한 머리카락과 빛의 여신의 축복을 받은 듯한 금색 눈동자를 가졌어. 그 마력이 너무나도 거대해서 양녀로 삼기로 하신 거야."

"무슨 말입니까, 에크하르트 형님! 아버님에게 딸이라니……."

말도 안 된다고 뱉으려던 내 말을 어머님이 "로제마리의 딸이라고 하는구나." 라며 싹둑 잘랐다.

'로제마리의 딸이라면 그 셋째 부인의 딸!?'

돌로 내 머리를 때린 듯한 충격이었다. 아버님의 둘째 부인과 셋째 부인은 마주칠 때마다 으르렁거리며 불쾌한 말과 행동으로 기 싸움을 했다. 당사자뿐만 아니라 각자의 친족이 무슨 일이 있을 때마다 다퉜고, 그들 사이를 중재하느라 항상 어머님이 고생하셨다.

"아버님은 또다시 집안에 소동을 가져오실 작정입니까?"

"소동이 일어나지 않도록 로제마리의 딸이 아니라 제 딸로 들일 겁니다."

"잠깐만요. 로제마리가 멀고 높은 곳에 올라가면서 겨우 집안이 조용해졌습니다. 그런데 이번엔 로제마리의 딸을 집에, 그것도 어머님의 딸로 본관에 들인다니 어찌 그런 악몽 같은 일이 있을 수 있죠?"

둘째 부인도 셋째 부인도 각자 별채에 살아서 마주칠 기회는 많이 없었다. 그래서 험악한 분위기도 조금은 참을 수 있었다. 그런데 어머니의 딸로 대우받게 될 그 아이는 양녀로 성에 거처를 옮기기 전까지 본관에서 함께 생활하게 되는 셈이다.

"코르넬리우스, 그렇게까지 걱정할 필요는 없어."

"……그 근거가 뭔데요, 에크하르트 형님. 아버님이나 형님은 성인이라 집 외에도 잘 곳이 있지만, 전 여기서 그 아이와 함께 생활해야 한다고요."

영주 일가의 호위 기사로 기숙사에 방이 있는 아버님과 램프레히트 형님, 이미 독립해서 집이 있는 에크하르트 형님과 달리, 나는 도망칠 곳도 없다. 버럭 화를 내며 에크하르트 형님을 노려보자, 형님도 나를 날카롭게 째려보았다.

"코르넬리우스, 넌 페르디난드 님의 비호 아래에서 교육을 받는다는 말을 아주 안이하게 생각하는구나. 그분이 경거망동하게 행동하도록 놔뒀을 리가 없어. 나와 램프레히트는 토론베 토벌 때 치유의 의식을 치르는 로제마인을 직접 보았다. 제법 훌륭했어."

'에크하르트 형님은 페르디난드 님을 너무 높이 평가하세요.'

입 밖에 내뱉었다가는 혼날 것 같은 말을 속으로만 투덜거렸다. 에크하르트 형님은 페르디난드 님을 매우 존경했고, 그분의 어디가 어떻게 훌륭한지 몇 번이고 내게 들려줬다. 하지만 나는 나이 차가 커서 페르디난드 님을 가까이에서 접한 적이 없다 보니 그 대단하다는 말을 실감할 수 없었다. 솔직히 말해서 그렇게 대단한 사람이라면 신전 따위에 들어가기 전에 왜 베로니카 님을 얼른 제거해 버리지 못했냐는 생각까지 들었다.

"에크하르트의 말을 들으니 저도 조금 안심이 되네요. ……아, 그렇지. 코르넬리우스는 로제마인의 호위 기사가 되어 주어야 해요."

"어머님, 멋대로 정하지 마십시오. 전 영주 일가의 측근이 될 생각이 없습니다. 그건 어머님도 잘 알고 계시잖아요."

자기 어머니의 꼭두각시일 뿐인 아우브를 섬기는 아버님, 주인의 흥망성쇠에 인생이 휘둘리는 에크하르트 형님, 제멋대로인 주인에게 애먹는 램프레히트 형님을 보며 자란 나는 주인을 두고 싶지 않았다. 어머님에겐 몇 번이고 그런 말을 해 왔는데, 어째서 만난 적도 없는 여동생의 호위 기사가 되어야 한다고 하시는 걸까.

"어쩔 수 없어요. 로제마인에게 붙일 호위 기사 후보가 전혀 없는 걸요."

로제마인이 어떤 아이인지, 베로니카 님의 실각으로 플로렌치아 님과 라이제강과의 입장이 어떻게 바뀔지 아직 아무것도 알 수 없는 실정이다. 그래서 어떤 파벌과도 깊게 관여되지 않고, 더욱이 영주 일가의 측근이 될 만한 계급의 기사가 필요하다고 한다. 덧붙여 로제마인은 신전장으로 취임이 결정되었기 때문에 신전에 드나들 수 있는 자여야만 한다. 하지만 그 모든 조건을 충족하는 해당자는 거의 없으리라.

'신전에 드나들고 싶어 하는 여자 기사가 어디 있겠어.'

"물론, 성 내의 상황을 파악하기 위해서도 집안 사람을 한 명은 붙여 둬야 해요. 로제마인이 스스로 자기 측근을 고를 나이가 되면 그땐 빠져나와도 상관없어요. 그러니 2년에서 3년 동안은 호위 기사를 맡아 줘야겠어요."

현재 귀족가는 베로니카 님의 실각으로 대혼란에 빠졌다. 영주 일가의 주변 정보는 필수이고, 양녀로서 우리 집안에서 딸을 보낸다면 정세를 아는 자가 꼭 있어야 한다. 무엇보다 주군이 없는 기사는 우리 집안에서 나뿐이다. 상급 귀족으로서 거절할 수 없다는 사실은 잘 안다. 더 이상 싫다고 주장하지 못한 나는 불만을 품은 채 아무 말 없이 고개를 끄덕였다.

나는 내심 불만을 품으면서 새롭게 여동생이 된 로제마인을 맞이했다. 에크하르트 형님의 말대로 신전 출신치고는 제법 교육을 받은 듯하다. 중급 귀족이었던 로제마리의 딸이라고 납득할 만한 교육은 받은 것 같았다. 세례식을 치르지도 않은 로제마인은 어째서인지 마력을 방출하는 반지를 끼고 있었고, 귀족의 첫 대면 인사도 완벽했다.

"엘비라, 로제마인의 교육에 관해서다만……."

인사를 마친 아버님과 어머님과 페르디난드 님은 즉시 앞으로의 예정을 의논했다. 당사자라도 아직 어린 로제마인은 가만히 있어야만 했다. 불안한 듯 움츠린 채 앉은 로제마인의 무릎 위에서 꼭 모은 두 손이 조그맣게 떨리는 모습이 보였다.

'불쌍하게도.'

신전 출신의 여자애가 상급 귀족의 집에 끌려와 영주의 양녀가 되어야 한다. 누가 긴장하지 않을 수 있겠는가. 굳은 미소를 짓는 저 어린 여자아이가 얼마나 큰 중압감에 짓눌리고 있을까. 그런데도 어른들은 대화에만 빠져서 처음 온 장소에서 당황스러워하는 어린아이에게 눈길도 주지 않는다. 조금은 신경을 써 줬으면 하는 마음에 나는 하는 수 없이 말을 걸었다.

"로제마인, 앞으로 네게 어마어마한 과제가 기다리고 있어. 할 수 있겠니?"

"코르넬리우스 님의 여동생으로서 부끄럽지 않도록 노력할게요. 페르디난드 님과 질베스타 님과도 약속했으니까 전 절대 실수하면 안 돼요."

어린 목소리로 그렇게 말한 로제마인의 금색 눈동자에는 어린아이라고 생각할 수 없는 굳은 각오가 강렬하게 빛났다. 그들과 무슨 약속을 했는지는 모른다. 하지만 그 약속은 매우 중요한 것이며 뒤돌아보지 않고, 맞서 나가야 한다는 의지가 전해져 왔다. 서약을 지키는 기사의 눈과 닮은 금색 눈동자에 나는 약간의 호감을 느꼈다.

'이 눈빛은 꽤 마음에 드네.'

"오라버니라고 불러도 좋아. 앞으로 너의 오빠가 되니까."

"감사하게 생각합니다, 코르넬리우스 오라버니."

놀랐는지 눈을 동그랗게 뜬 로제마인이 기쁜 듯 활짝 웃었다. 긴장한 얼굴보다 웃는 얼굴이 귀엽다. 조금은 긴장이 풀린 그녀의 모습에 가슴을 쓸어내리는데, 누군가의 시선이 느껴졌다. 뒤돌아보니 씩 웃는 페르디난드 님과 눈이 마주쳤다.

"일이 잘 진행될 것 같구나."

마치 '계획대로다'라고 말하는 듯한 페르디난드 님의 얼굴이 매우 거슬렸지만, 나는 귀족다운 미소로 그 자리를 별 탈 없이 넘겼다.

다음 날부터 상급 귀족에 걸맞는 필수 교육이 시작되었다. 로제마인은 공부로 하루 일정이 빽빽했다. 아무리 필요한 일이지만, 어린아이에게는 가혹한 양이다. 나라도 때려치우고 싶어지리라. 하지만 로제마인은 우는소리 하나 없이 순조롭게 과제를 소화하는 듯했다.

공부나 페슈필 실력이 깜짝 놀랄 만큼 우수하고, 어머님께 공부의 성과를 보고하는 교사가 칭찬을 아끼지 않았다. 로제마인은 "귀족의 이름을 외우기 힘들어요." 라며 투덜댔지만, 정말 그럴까 싶을 정도로 빠르게 외웠다. 꽤 머리가 좋은 아이다.

그리고 페르디난드 님께서 가장 걱정하시던 말투나 행동거지도 어머님의 지도를 받으며 생활함으로써 나날이 세련되어 갔다. 함께 식사할 때도 손가락 움직임 하나하나에 무척 신경 쓰는 것처럼 보였다.

"어머님, 로제마인은 아직 공부 중입니까?"

견습 훈련을 마치고 집에 돌아와도 로제마인이 마중 나오지 않았다. 차를 마시자는 어머님의 권유로 시종이 따라 주는 찻잔을 손에 쥐면서 묻자, 어머님은 고개를 끄덕였다.

"그럼요. 도서실 열쇠를 손에 넣어야 한다고 의욕적으로 공부하고 있답니다. 로제마인이 얼마나 진지하게 공부하는지 하루하루 성장이 눈에 보이게 좋아지고 있어요. 페르디난드 님께서 지켜보시는 것도 이해가 될 정도로 우수해요. 코르넬리우스도 오빠로서 부끄럽지 않게 노력하지 않으면 귀족원에서 창피를 당할 겁니다."

어머님이 기분 좋아 보이는 미소로 차를 마시며 그렇게 말했다. 로제마인의 모습을 보러 페르디난드 님이 이틀에 한 번꼴로 찾아오시면서 어머님의 기분은 날이 갈수록 좋아졌고, 아버님도 집에 돌아오는 날이 잦아졌다. 예전에는 부인들의 분쟁 때문에 아버님과 어머님 사이의 분위기가 험악해질 때가 많았다. 하지만 지금은 평범하게 대화를 나누셨다. 로제마인의 세례식과 교육에 관한 화제뿐이지만, 험악해질 일이 아니므로 안심하고 지켜볼 수 있었다.

어머님의 수다도 람프레히트 형님이 빌프리트 님의 측근이 되고부터 나 외에 들어줄 사람이 없었다. 하지만 요즘은 로제마인과 미용이나 유행에 관한 얘기를 나누곤 했다. 역시 여자끼리가 즐거운지 페르디난드 님의 얘기로 활발하게 수다 떠는 두 사람을 종종 목격했다. 남자 형제밖에 없는 나는 둘째 부인이든 셋째 부인이든 귀찮은 존재에 불과했고, 집안에 여자가 늘어나는 건 싫었다. 하지만 솔직히 이런 변화는 나쁘지는 않다고 생각했다.

"코르넬리우스. 이 과자는 어때요? 로제마인의 전속 요리사가 가진 신기한 레시피를 우리 집 요리장과 교환하기 시작했어요."

이 처음 보는 과자를 '**쿠키**'라고 했다. 훈련이 끝난 뒤라 살짝 허기가 졌던 나는 "흐음." 하고 말하며 쿠키를 입에 넣었다. 아삭한 식감

과 많이 달지 않은 맛이 꽤 먹기 좋았다. 잇따라 입에 넣으면서 나는
어머님의 이야기를 들었다.

"다과회 때 낼 과자 레시피를 우선적으로 교환하고 있는데, 언젠가
요리 레시피도 교환할까 해요."

'맛있는 과자와 요리는 두 팔 들고 환영이지. 여동생이 있는 것도
의외로 괜찮은데?'

나는 정변 이후에 갑자기 늘어난 신전 출신 귀족을 좋게 보지 않았
다. 하지만 로제마인은 페르디난드 님의 비호를 받고 자라서인지 그
들과 분위기가 전혀 달랐다. 그리고 신전의 상황은 지금까지 들었던
것과 달랐다. 실로 규칙적이고 속박이 많았다.

"두 점 종이 울리면 아침 식사고, 아침을 마치면 하루 일정을 시종
들과 확인하고, 그 후에 세 점 종이 울리기 전까지 페슈필 연습을 했
어요. 세 점 종이 울리면 신관장실에서 페르디난드 님의 일을 도왔구
요. 전 계산을 잘하거든요."

"그러고 보니 선생도 칭찬 일색이었지."

"네 점 종이 울리면 점심시간이에요. 점심을 먹으면 의식에 필요한
축사를 외우거나, 고아원장으로서 고아원을 둘러보고, 상인을 부르
고, 신전 도서실에 가면서 자유 시간을 가져요."

로제마인의 얘기를 듣자 하니 신전 밖으로는 거의 나가지 않는지,
어머님을 따라 친구 집에 간 적도 없고, 게다가 허약해서 바깥을 돌아
다니지도 않은 듯했다.

'이렇게 어린아이한테 자유시간과 유일한 즐거움이 고작 도서실에
서 조용히 지내는 것이라니, 해도 해도 너무 불쌍하잖아.'

귀족의 숲에서 채집하거나, 훈련하며 마음껏 몸을 움직이길 좋아하는 나는 로제마인에게 좀 더 바깥세상을 경험하도록 해 주고 싶다는 생각이 들었다.

　"로제마인, 뭔가 하고 싶은 거 없니? 세례식까지 해야 할 과제를 끝내면 어디든지 데려가 줄게."

　내 질문에 로제마인은 "정말요?" 하고 기쁜 듯이 활짝 웃었다.

　"그럼 도서실에서 책을 읽고 싶어요."

　"아니야! 도서실 말고. 다른 거! 다른 건 없어?"

　내가 거절하자, 로제마인은 굉장히 곤란한 표정을 지었고, 시선을 이리저리 굴리며 울음을 터트릴 것 같은 표정이 되었다.

　"죄송해요, 코르넬리우스 오라버니. 달리 떠오르는 게 없어요."

　'그렇구나. 도서실 말고는 뭐가 즐거운지도 모르고, 다른 곳에 나간 적이 없는데 알 턱이 없지. 이대로는 안 돼. 로제마인을 의식 외에 밖에 데리고 나간 적도 없는 페르디난드 님한테 맡겨 둘 수 없어! 내가 어떻게든 해야 해!'

　"그만 둬라. 무모한 짓이야."

　로제마인을 밖에서 놀게 해 주고 싶다고 제안한 순간, 페르디난드 님에게 거절당했다. 그리고 로제마인이 얼마나 허약한지, 아주 상세하게 들어야 했다. 치유를 내려 줄 수도, 회복약 조합도, 투약도 못 해 줄 자는 쓸데없는 짓을 하지 말라는 말을 들어 버렸다.

　"하지만 세례식까지 해야 할 과제도 전부 끝냈습니다. 로제마인에게도 조금은 즐길 시간이 필요합니다. 전 신전 바깥의 장소를 보여주고 싶은 거예요."

"로제마인이 즐길 수 있으면서 그대가 데리고 가 줄 수 있는 곳이라면……, 이 집의 도서실 정도지. 물론 세밀한 주의가 필요하지만 호위 기사 훈련으로는 안성맞춤이구나."

도서실이라면 독서 외에 특별히 뭔가를 할 일도 없을 터이다. 하지만 페르디난드 님은 로제마인의 호위 기사가 되기 위한 훈련이라며 도서실까지 걷는 속도, 도서실에서 보내는 시간, 로제마인에게 줘도 되는 책의 두께, 책을 뺏는 방법에 대해 세세하게 주의를 주기 시작했다.

'아무리 허약하다지만, 도서실에서 지내는 방법까지 주의가 필요할까?'

"도무지 해결할 수 없는 일이라면 올도난츠로 나를 부르거라."

지나치게 깐깐한 주의에 고개를 갸웃거렸고, 다음 날 로제마인을 집 도서실로 안내하기로 했다. 나는 까다로운 책이나 자료로 빽빽한 방은 자진해서 들어가고 싶지 않다. 솔직히 바깥에 데리고 나가 주고 싶지만, 본인의 희망을 들어 주는 것이 최고니까.

로제마인에게 과제를 달성한 상으로 우리 집 도서실의 출입 허가가 떨어졌다고 말하자, 로제마인은 황홀한 미소로 나를 올려다보았다.

"이 집에 도서실이 있다니……. 저 진심으로 이 집의 아이가 되어서 정말 다행이에요. 열심히 과제를 끝내길 잘했어요. 신에게 기도를!"

갑자기 기도를 시작한 여동생을 보고, 정말 신전 출신임을 묘한 마음으로 감탄했다. 나는 "가자." 하고 손을 내밀었다. 키 차이 때문에 제대로 된 에스코트가 힘든 대신 로제마인의 손을 잡고 천천히 본관을 걸었다.

"넌 참 유난스럽구나. 세상에는 도서실보다 즐거운 일이 훨씬 많아."

"도서실보다 재미있고 행복해지는 곳은 없어요, 코르넬리우스 오라버니."

로제마인은 금색 눈동자를 반짝거리며 기뻐했다. 황홀하다는 듯 그렇게 말하는 로제마인의 걸음이 평소보다도 조금 빠르다. 도서실 가는 것이 그렇게 좋은가 보다.

"넌 그렇게 책이 좋니?"

"네. 엄청 좋아해요. 여기 도서실에는 어떤 책이 있을까요? 역시 신전 도서실과 다른 책도 있겠죠? 너무 기대돼요."

평소보다도 건강해 보였던 로제마인은 다소 흥분한 듯이 말하면서 걷다가 도서실을 눈앞에 두고 갑자기 의식을 잃었다. 방금까지 웃으면서 얘기하던 아이가 갑자기 그 자리에서 털썩 쓰러지면서 움직이질 않는 것이다.

"어!? 어엉!?"

갑자기 쓰러진 여동생의 손을 잡은 채, 나는 한심하게 쩔쩔매기만 했다. 어떡하지, 하고 생각한 순간, 뇌리를 스친 건 자신을 부르라던 페르디난드 님의 말이었다.

"페르디난드 님, 로제마인이 갑자기 의식을 잃었습니다!"

"그럴 줄 알았다. 머리를 부딪쳤을 수도 있으니 경솔하게 움직이지 마라."

올도난츠로 답장을 받은 뒤, 금방 기수를 타고 날아온 페르디난드 님은 재빨리 로제마인의 상태를 확인하고 시종에게 침대로 옮기게 한 후, 나를 지그시 내려다보았다.

"허약하고 병약하니까 충분한 주의를 기울이라고 누누이 경고를 했건만, 어차피 그대는 한 귀로 흘려들었겠지? 지나치게 깐깐하다느니, 그렇게까지 주의가 필요하냐며 안일하게 생각하고, 도서실에 홍분해서 로제마인의 걸음이 빨라졌는데도 말리지 않았던 것 아닌가?"

"……면목이 없습니다."

반론의 여지가 없었다. 설마 집안을 돌아다녔다고 의식을 잃을 줄은 몰랐다.

"집안에서조차 이 모양이다. 그래서 도무지 바깥에 내보낼 수 없다는 거다. 알겠는가?"

"잘 알았습니다. ……제가 로제마인의 호위 기사가 되어야 하는 이유도."

로제마인에게 꼭 필요한 페르디난드 님의 세심한 주의를 측근들에게 철저하게 가르칠 사람이 필요하다. 그렇지 않으면 성에서 로제마인이 쓰러지기라도 하는 날에는 그녀의 건강 관리를 소홀히 한 시종과 주인의 몸을 지키지 못한 호위 기사가 책임지고 벌을 받게 된다.

"이해한 것 같으니 다행이군. 신전에서 반년 정도 로제마인을 호위한 다무엘은 하급 귀족이다. 측근들에게 충고할 수 있는 신분이 아니지. 로제마인의 가족이며 상급 귀족인 그대가 아니면 할 수 없는 일이다."

페르디난드 님은 그렇게 말하고, 한쪽 눈썹을 씰룩이면서 나를 내려다보았다.

"로제마인을 지키는 데에 있어서 가장 경계해야 하는 존재는 제어가 안 되는 집안사람들이다. 자기중심적인 질베스타, 버릇없고 별나기로 유명한 빌프리트, 그리고 손녀딸의 세례식에 의욕을 불태우는 그대의 조부. 이 인물들에게는 상당한 주의가 필요하다는 점을 명심해라. 자칫 한눈을 팔면 로제마인은 생각지도 못한 이유로 죽는다."

그것이 단순한 협박이 아니라 사실을 말했을 뿐이라는 것을 이해해 버리고 말았다. 내 사명은 로제마인이 스스로 측근을 정하고 내가 호위 기사를 그만두는 날까지 무사히 살려 두는 것이다.

"페르디난드 님, 성에서 일어나는 위험한 사태를 방지하는 차원에서 정식으로 측근을 두기 전에 미리 빌프리트 님과 할아버님께 로제마인의 허약함을 깨닫게 해 줄 수 있습니까? 가능하면 페르디난드 님의 감시하에 실행하고 싶습니다."

주변의 이해가 없으면 끝까지 지킬 수 없을 정도로 허약하다. 성으로 거처를 옮기기 전에 미리 알려 둘 필요가 있다.

"흠. 괜찮은 방법이 있을지 생각해 보마."

내 말에 페르디난드 님은 관자놀이를 톡톡 두드렸다.

배
아
픈
요
리
사

"푸고, 내일 쓸 디저트를 실은 오트마르 상회 마차가 왔어! 뭘 하러 온 건지는 모르겠는데, 일제까지 타고 있어!"

내일은 이탈리안 레스토랑에 영주님 일행이 오시는 날이다. 주방에 헐레벌떡 뛰어들어온 토드의 보고에 나도 모르게 혀를 찼다.

놀랍게도 우리에게 수행을 시킨 청색 견습 무녀가 상급 귀족의 딸이었다. 공방을 통해서 고아원에 행한 헌신적인 마음을 높이 산 영주가 견습 무녀를 자신의 양녀로 맞이했고, 마인이라는 이름에서 로제마인이 되었다고 한다. 귀족의 관례는 잘 모르지만, '그냥 그랬구나.' 하고 이해할 뿐이다. 평민 요리사인 내게는 상급이나 중급이나 다 같은 귀족이다. 솔직히 영주의 양녀라고 들어도 전혀 상상이 안 될 정도로 높은 사람이라는 이미지밖에 없다. 나는 지금에 와서야 자신이 엄청난 곳에서 일을 배우고 있었다는 사실을 실감했다.

그렇게 귀족님들의 일에는 무관심한 나지만, 양녀가 투자한 식당에 영주가 흥미를 보이고, 이탈리안 레스토랑에서 식사 모임을 열게 되면 이야기는 달라진다. 남의 일이 아니다. 왜냐면 내가 영주님께 요리를 내게 됐으니 말이다.

물론 아무리 양녀가 투자한 곳이지만, 평민의 식당에 영주가 발걸음을 옮기리라 누가 생각이나 했겠는가. 한 치의 실수도 없도록 길베르타 상회의 벤노 씨도, 최근 공동 투자자가 된 오트마르 상회도 품질 좋은 채소와 고기 선별, 반입, 접객의 최종 확인, 신전과의 연락 등으로 눈코 뜰 새 없이 바쁘다.

로제마인 님에게 지시받은 메뉴 요리는 이미 익숙해진 우리들이 더 능숙하지만, 분하게도 과자 굽기는 일제의 솜씨가 뛰어나다. 그래서 길드장의 손녀인 프리다 님의 판단으로 내일 디저트로 낼 카트르 카르, 밀크 크레이프, 스펀지케이크는 일제가 만들게 되었다. 마지막 장식은 우리들 몫이지만, 일거리를 남에게 뺏긴 셈이라 썩 달갑지 않았다. 솔직히 말하자면 "두고 봐라, 일제!" 라며 이를 부드득 가는 기분으로 콩소메를 만들었다.

"아까 여섯 점 종 울렸잖아. 이 바빠 죽을 것 같은 시간에 왜 일제가 오는 거야!?"

무심코 그렇게 내뱉어 버리고 말았다. 하지만 일제가 오면 조금 밝게 웃으며 맞아 줄 생각이었다. 정말이다. 그런데 아무래도 내 말을 본인이 똑똑히 들어 버린 듯하다. 반구형 금속을 덮은 동그란 접시를 들고 주방에 들어온 일제가 콧방귀를 뀌며 나를 째려보았다.

"내가 만든 디저트를 가져온 김에 맛을 좀 보러 왔지, 뭐 하러 왔겠어? 내가 보면 곤란한 거라도 만들었나? 설마 콩소메를 실패한 건……."

"아니야! 저녁 준비로 미치게 바쁜 시간에 여긴 왜 온 거야!?"

조금 전까지 길드장의 집에서 귀족 요리를 가르친 일제는 이곳이 언제 가장 바쁜 시간대인지 잘 안다. 이 시간에 일부러 오다니 수상했다. 디저트 옮기는 일이야 다른 녀석에게 부탁하면 되는 일이다.

일제는 "저녁 준비 따위 어서 끝내 버리고 나머지는 조수한테 맡겨." 라며 내 말을 일축했다. 그리고 손에 든 접시를 조리대 위에 올려두고는 나를 향해 빈손을 내밀었다.

"자, 푸고. 귀족님 앞에 내놔도 부끄럽지 않은 콩소메는 완성했나?"

콩소메는 로제마인 님이 생각한 필수 메뉴로 가장 손과 시간이 많이 든다. 그리고 일반적인 귀족님 요리와 비교했을 때 가장 다른 부분이라 로제마인 님의 메뉴에서 이 콩소메의 실패는 전체의 실패로 이어진다.

나는 오늘 오후에 토드나 조수들에게 지시를 던지면서 냄비에서 한시도 떨어지지 않고 콩소메를 만들었다. 오트마르 상회가 엄선한 최고의 식재료를 쓰고, 정성에 정성을 더해 세심한 주의를 기울였다. 식당에 감도는 냄새만 맡아 봐도 알 수 있듯이 나의 야심작이다.

'더블 콩소메는 일제도 아직 못 만들거든.'

도전적인 눈빛을 던지는 일제에게 씩 웃어 주었다. 그리고 로제마인 님의 주방에서 쓰도록 지도받은 간보기용 작은 접시에 아직 김이 오르는 콩소메를 부었다.

"자, 어때?"

일제는 콩소메가 든 작은 접시를 받아들었다. 그리고 작은 접시를 살짝 흔들어서 물결치는 표면과 그 깊은 색조 속에 찌꺼기가 없는지 바라보고, 콧구멍을 벌름거리며 냄새를 확인하고는 천천히 입에 머금었다.

'우오오옷! 긴장된다!'

일제는 나와 토드에게 귀족 요리의 스승이자, 어느 쪽이 로제마인 님의 레시피를 완벽하게 만드느냐를 경쟁하는 라이벌이다. 자신은 있지만, 평가를 기다리는 동안 긴장으로 몸이 굳어지고, 맛보는 사이에 인상이라도 찡그리면 배가 아파졌다.

초조한 마음으로 기다리고 있으니, 일제가 재미없다는 얼굴로 "내 차례는 없겠네." 라며 작은 접시를 휙 밀어 버리고, 주방 밖 사람들에게 큰 소리로 외쳤다.

"어이, 이봐. 쉬지 말고 계속 옮겨!"

'좋아, 이겼어!'

승리감에 젖으면서 식당으로 들어오는 디저트류를 가장 시원한 겨울 준비 방에 두고, 콩소메를 넣은 냄비를 식량 창고로 옮겼다. 이럴 때 신전에 있던 커다란 빙실이 있었으면 했다. 귀족님의 마력으로 움직이는 곳이라 길드장의 저택에도 없고, 이탈리안 레스토랑에도 없지만, 상당히 편리했다.

내일 준비에 빠진 게 없는지 토드와 꼼꼼히 확인하고, 정리와 문단속을 하면 퇴근이다. 조금 늦어졌다고 생각하면서 나는 빠른 걸음으로 마을 북쪽에 늘어선 고급 주택지를 빠져나갔다. 이탈리안 레스토랑은 마을 중앙에서 가까운 북동쪽에 있어서 위치가 좋고, 남쪽으로 쭉 내려가면 금방 동문과 서문을 잇는 큰 길이 나온다.

북적거리는 동문 쪽을 힐끗 쳐다보며 땅거미가 진 큰 길을 건넜다. 행인을 잡는 여자들의 손을 뿌리치면서 좁은 골목길에 들어갔다. 집에서 가장 가까운 우물 광장에서 한 번 걸음을 멈추었다. 최근에 사귀기 시작한 애인, 키르케를 볼 수 없을까 싶어 위를 올려다보자, 키르케의 집 창문에 사람 그림자가 보였다.

"푸고, 수고했어. 드디어 내일이 결전의 날이지? 힘내!"

"응, 맡겨 둬!"

여름이라 어느 집도 창문을 활짝 열어 놓고 있다. 온 이웃에 울릴 걸 알면서도 나는 신경 쓰지 않고 키르케에게 대답했다. 귀족님인 청색 견습 무녀 밑에서 요리 수행을 하며, 길베르타 상회가 지은 최고급 식당의 요리사로 발탁되면서 겨우 만든 애인이다.

'모두들, 나의 이 행복을 알아 줘. 내년 별 축제는 내가 주인공일 테니까.'

별 축제 때마다 타우 열매를 신랑신부에게 마구 던졌던 내게도 드디어 주인공이 될 날이 다가온다. 비록 올해 별 축제에는 맞추지 못했지만, 내년이야말로 내가 주인공이다. 애인도 없는 녀석들의 질투 어린 타우 열매를 승리의 미소와 함께 날쌔게 피해 주면서 키르케와 신혼집으로 달려갈 거다.

그러기 위해서 내일 식사 모임을 무조건 성공시켜야만 한다. 요리사로서의 미래를 위해, 그리고 나의 결혼을 위해서.

'난 해내겠어!'

인생에서 가장 중요한 결전의 날이 왔다. 나는 배가 쿡쿡 쑤시고, 토할 것 같은 긴장감 속에서 토드와 조수들과 함께 필사적으로 요리를 만들었다. 로제마인 님께 합격을 받았으니까 괜찮다. 토드와 둘이서 몇 번이고 그 말을 서로에게 들려주면서.

"영주님을 비롯한 귀족님들께서 처음 먹는 맛이라며 매우 만족해하셨습니다."

모든 디저트를 내고, 웨건과 함께 식당으로 들어온 마르크 씨가 주방에 들어오자마자 그렇게 말해 주었다. '만족'이라는 높은 평가를 받자, 갑자기 힘이 쭉 빠졌다. 나도 모르게 그 자리에 주저앉은 나와 토드를 보며 마르크 씨가 쿡 하고 웃었다.

"수고했습니다, 여러분. 힘들겠지만, 이 뒤에도 접객원과 시종의 식사가 있습니다. 조금 더 힘내세요."

마르크의 지시대로 모두가 먹을 식사를 만들었다. 신전 시종들과 악사가 대기실에서 식사하고, 접객원들은 우리가 평소에 식사하는 주방 한구석의 테이블이나 현관홀에 앉을 곳을 찾아서 점심을 먹기 시작한다. 나와 토드는 시종이나 큰 상점의 종업원처럼 태생이 좋은 편이 아니라서 서서 먹는 것으로 충분하다. 식사 모임이 성공리에 끝났다는 걸 알아서일까. 오늘 밤은 내가 생각해도 감동할 정도로 맛있었다.

하지만 얘기는 그것이 끝이 아니었다. 어째서인지 갑자기 귀족들이 식당에서 이상한 동물을 타고 하늘로 날아가 버리고 만 것이다. 벤노 씨, 마르크 씨, 길드장도 함께 끌려갔다. 우리들은 입을 쩍 벌리고 배웅했지만, 바깥을 오가던 주변 주민들은 대혼란에 빠졌다. 여기저기에서 비명인지 함성인지 모를 소리가 터져 나왔다. 당연하게도 기수가 나타난 이 식당에 항의가 쏟아졌다.

모든 책임자가 끌려간 가운데, 대응한 사람은 프리다 님과 로제마인 님의 시종인 프랑이었다. 두 사람은 공손하게 사과하면서 귀족의 폭주라고 설명했다. "민원은 전부 주인님께 전하겠습니다." 라고 말하자, 귀족에게 불만을 터트려서 엮이고 싶은 사람은 많지 않았는지, 사람들은 자연스럽게 식당에서 물러갔다.

겨우 주변이 조용해지고, 주방 정리가 끝날 때쯤에 귀족들이 돌아왔다. 하나둘 식당으로 들어오는 일행 속에서 혼자 빠져나온 마르크 씨가 나와 토드를 불렀다.

"푸고, 토드, 중요한 얘기가 있습니다. 영주님과 관련된 심각한 사정으로 이탈리안 레스토랑은 한 달, 어쩌면 두 달 정도 개점을 연기하게 되었습니다. 물론, 그동안에도 급료는 지급할 겁니다. 대신 급료를 지급한 만큼 성실히 일해 줬으면 하는데 괜찮습니까?"

갑자기 직장이 사라지는 것이 아니라면 딱히 상관없다. 돈을 받으면 일하는 게 당연하다. 나와 토드가 "딱히 상관없는데……." 라며 고개를 끄덕이자, 마르크가 싱긋 웃었다.

"고맙습니다. 이해해 줘서 다행이군요. 그럼 개점 전까지 귀족가와 신전 중 어느 쪽에서 일하겠습니까?"

"뭐!?"

"오늘 방문해 주신 세 분께 로제마인 님의 레시피를 팔려고 합니다. 그런데 로제마인 님의 레시피가 조금 특수하지 않습니까? 완벽하게 가르쳐 줄 사람이 필요한데, 두 사람이 그쪽 요리사들에게 요리를 전수해 줬으면 합니다."

로제마인 님의 레시피는 확실히 특수하다. 식감과 맛을 내기 위한 준비 과정도 많고, 믿기 힘들 정도로 조리법도 다양하다. 과연 레시피만 가르친다고 정말 맛있어질지 의심이 앞장섰다. 아마 요리 경험이 길수록 받아들이기 어려우리라. 나보다 어린 엘라가 적응이 빠르고, 토드는 지금도 조리법에 의아해한다. 우리가 귀족의 전속 요리사에게 레시피를 가르친다고 해서 상대방이 받아들일지 어떨지도 모르고 말이다.

"난 신전이 좋아. 푸고, 부탁이야. 난 귀족가에 가면 죽어."

새파랗게 질린 토드가 내 팔을 덥석 잡았다. 귀족이 있으면 긴장감에 솜씨를 발휘하지 못하는 토드는 신전에서도 되도록 로제마인 님과 마주치지 않으려고 애썼다. 그래도 신전이라면 지금까지처럼 하면 되니 그나마 낫다고 생각했으리라.

"나도 네가 귀족가에서 일하기는 어려울 것 같아. 네가 신전에 가."

"고마워, 푸고! 이 은혜 절대 잊지 않을게!"

'귀족가 따위에 갔다간 나도 긴장해서 맨날 토할 것 같지만!'

"그럼 결정됐네요. 식당으로 함께 가십시다."

분담이 정해진 나와 토드는 마르크를 따라 식당으로 갔고, 로제마인 님께서 오늘 요리를 만든 요리사라며 우리를 소개해 주었다. 복잡한 금전 협상 끝에 우리는 한 달간 귀족님의 전속 요리사에게 요리를 가르친다는 명목으로 팔려가게 되었다.

돌아가는 길에 우물 근처에서 저녁 준비를 하는 여자들 사이에서 키르케의 모습을 발견했다. 내년에는 남편이 된 나를 위해 요리를 해 주는 키르케를 상상하며 히죽거렸다. 나는 키르케에게 "나 왔어." 하고 말을 걸어 보았다. 살짝 신혼부부 같은 기분이다.

"어서 와. 푸고. 어땠어? 오늘 잘 끝났어?"

"응. 너무 잘 돼서 한 달 정도 귀족가에 가게 됐어. 내가 귀족님의 요리사들에게 요리를 가르치게 됐거든."

"정말!? 귀족가에서 가르치다니 대단해!"

키르케가 눈을 반짝이며 기뻐해 주자, 내 어깨가 으쓱해졌다. 그런데 키르케와 마찬가지로 우물에서 저녁을 준비하는 여성 중에 우리 엄마도 있었던 모양이다. "그런 중요한 일은 먼저 부모한테 보고하는 거야." 라며 혼이 났다.

'미안, 엄마. 난 키르케가 더 소중해.'

출발날, "열심히 해. 외롭지만 돌아오길 기다리고 있을게." 라는 키르케의 배웅을 받으며 중앙광장에서 만나기로 한 토드와 함께 신전으로 향했다. 두 점 종이 울린 뒤 문지기 회색 신관에게 이름을 대자, 항상 출근하던 고아원 원장실이 아닌, 신전의 아주 안쪽에 있는 신전장실로 안내받았다.

"안녕하십니까, 로제마인 님."

"안녕하세요, 푸고, 토드. 저 말고 다른 귀족의 주방에서 일하는 건 처음일 테니 힘들겠지만, 잘 부탁해요. ……잠, 토드가 왔어요."

귀족의 영애다운 옷을 입은 로제마인 님이 부르자, 잠이라고 불린 회색 신관이 테이블 위에 대금화와 대은화를 늘어놓기 시작했다.

'이런 금화, 처음 봐!'

"잘 받았습니다. 잠, 토드를 신관장님의 주방으로 안내해 줘요. 프랑은 돈을 정리하고, 신관장님께 연락을 넣어 주세요."

"알겠습니다."

불안한 표정을 짓는 토드가 잠을 따라갔고, 프랑은 돈을 주머니에 넣고 방을 나갔다. 대신 요리 조수로 가끔 주방에 드나들었던 니콜라가 로제마인 님의 전속 요리사가 된 엘라를 데리고 들어왔다.

"로제마인 님, 엘라를 데려왔습니다."

"고마워요, 니콜라. 그럼 푸고와 엘라를 시종용 마차로 안내해 줘요."

"알겠습니다. ……갑시다, 엘라, 푸고."

나는 엘라와 함께 니콜라를 따라 신전 현관으로 향했다. 그곳에는 믿을 수 없을 정도로 아름다운 귀족용 마차가 있었다. 로제마인 님이 오늘부터 성에 지내시게 되어 함께 마차를 타고 가 주신다고 한다. 평민은 귀족의 허가 없이 귀족가에 들어갈 수 없기 때문이다.

"로제마인 님과 신관장님의 준비가 끝날 때까지 여기서 기다려 주세요."

"고마워, 니콜라. 내가 없는 동안 힘들겠지만, 열심히 해."

"회색 신관과 회색 무녀들이 몇이나 와 줘서 괜찮아요. 엘라도 다양한 요리를 익혀서 또 내게 가르쳐 주세요."

우리들을 마차로 안내한 니콜라는 발걸음을 돌려 물러났다. 엘라가 그 뒷모습에 손을 흔들며 인사했다. 겨울 동안, 그리고 우리가 신전에 오면서부터 엘라에게도 여러 가지 일이 있었으리라. 그녀의 옆모습이 제법 어른스럽게 보였다.

"어라? 너 성인이 됐어?"

마차를 타고, 주변의 시선이 사라지자 몸에 힘이 빠져서인지 지금까지 눈에 보이지 않던 것이 눈에 들어왔다. 어른스럽게 보이는 게 당연하다. 엘라가 땋아서 올린 머리를 하고 있었다.

"봄이에요, 성인이 된 게. 귀족가에 있어서 성인식에는 못 나갔지만요."

"그건 아쉽네."

"음~, 딱히 그렇지는 않은걸요? 로제마인 님께서 성인이 된 선물로 새로운 레시피와 여자라 힘이 없다면서 주방에서 쓰는 작은 미트 초퍼를 주셨어요. 우후후, 부럽죠? 짐 속에 있으니까 나중에 보여줄게요."

미트 초퍼란 고기를 분쇄할 때 쓰는 기계다. 마을에서는 대량의 고기를 다져서 소시지를 만드는 정육점에나 있는 물건인데 크기가 제법 커서 개인이 소유하지는 않는다. 설마 작은 미트 초퍼가 있을 줄은 몰랐다.

"그게 있으면 햄버그도 엄청 쉽게 만들겠네. 치사해."

"미트 초퍼뿐만 아니라 전속 대장장이에게 요리 도구도 주문해 주시겠대요. 아무래도 귀족가에서는 여자가 불리하니까 조금이라도 편하게 요리를 하라고……."

로제마인 님은 제법 엘라를 귀여워해 주는 듯하다. 편하게 요리하는 도구라니 내게는 주지 않았는데. 치사하다.

"어이, 엘라. 그러고 보니 귀족가의 어디에 가는 거야?"

"네? 영주님의 성이잖아요. 이제 와서 무슨 소리예요?"

"성!? 잠깐만, 귀족가라는 말 외에는 못 들었어!"

성에 가는 건 로제마인 님이고, 나는 기사단장 저택으로 보내는 줄로만 알았다.

하지만 엘라에게 들은 얘기로는 엘라와 둘이서 성의 주방에 간다고 한다. 엘라는 갓 성인이 된 여성이라서 실력보다 겉모습으로 판단을 받기 때문에 아무래도 주변에서 얕잡아보기 십상이다. 그래서 성인 남성인 나와 팀을 이뤄 성의 주방에 익숙해지게 하려는 것이란다.

그리고 기사단장 저택에서 레시피를 익힐 요리장을 성에 파견한다고 한다. 그 요리장은 엘라와 면식도 있고, 약간의 레시피 교환도 했다고 한다. 아직 엘라를 경시하긴 해도 로제마인 님의 레시피를 알고 싶어서 좀이 쑤시는 사람이라고 했다.

"칼스테드 님의 저택보다도 훨씬 큰 주방에 혼자 내던져지는 줄 알았는데, 푸고 씨가 함께여서 든든해요. 처음 신전에 갈 때도 이런 느낌이었는데. 그때는 벤노 씨를 따라서 푸고 씨와 신전에 갔었잖아요? 이번엔 로제마인 님을 따라 영주님의 성에 가게 되네요. 기간이 정해져 있긴 하지만, 우린 궁정 요리사가 된 거예요."

"······생각만 해도 배가 아파."

평민 요리사가 갑자기 궁정 요리사라니, 생각만 해도 배가 살살 아프다. 엘라에게 들은 귀족 요리사들의 높은 자존심과 오만함을 떠올리면 말할 것도 없다.

"혹시 푸고 씨는 토드 씨보다 소심한 거 아녜요? 이왕 이렇게 새 직장도 생겼으니 새로운 레시피를 찾아 봐요. 목표를 가지고 가면 돼요."

"좋아! 그럼 난 귀족가에서 돌아오면 키르케의 아버님께 인사드리러 가겠어!"

"······네? 키르케라니, 애인 생겼어요?"

엘라가 입을 쩍 벌리며 나를 보았다. 믿을 수 없다는 말이 얼굴에 큼지막하게 쓰여 있다.

'믿을 수 없겠지만 생겼어!'

"그래, 최근에. 신전에서 요리사를 하니까 평가가 좀 좋아져서 생겨 버렸지. 너도 곧 생기지 않겠어? 엄청 좋아, 애인이 있으면 의욕이 불타오르거든."

"흐응~, 그거참 다행이네요."

엘라가 굉장히 흥미 없는 듯 맞장구를 쳤다. 엘라는 요리에 푹 빠져서 성인이 되고서도 연애에 별 관심이 없는 어린애니까.

"기간 한정이지만 궁정 요리사면 점수 좀 따겠지? 어때, 키르케의 아버님한테 결혼 허락을 받을 수 있을 것 같아?"

"푸고 씨가 성에 가 있는 동안 차이지만 않는다면 괜찮지 않겠어요?"

"엘라, 너, 소름 돋는 말 하지 마!"

'작년에도 올해도 별 축제에서 타우 열매만 던지는 쪽이었지만, 내년은 달라. 나는 해낼 거야. 성에서 수행을 마치고 돌아오면 키르케의 아버님에게 인사하러 가겠어!'

후기

오랜만입니다, 카즈키 미야입니다.

「책벌레의 하극상~사서가 되기 위해서라면 뭐든지 할 수 있어~ 제3부 영주의 양녀 I 」을 구매해 주셔서 감사합니다. 이번 권부터 새로운 제3부의 시작입니다.

칼스테드의 딸로서 세례식을 치르고, 동시에 영주의 양녀가 되어 영주 일가가 된 로제마인. 가족과 측근 등 관계자가 확 늘었습니다. 사실은 로제마인도 이름과 얼굴을 일치시키느라 고생하고 있습니다. 독자 여러분도 한 명씩 천천히 외워 주세요.

제3부의 큰 목표는 귀족사회에 익숙해지는 것, 로제마인의 몸을 치료할 약을 만드는 것입니다. 귀족사회에 익숙해지기는커녕, 요리사의 레시피로 보호자에게 바가지를 씌우고, 자선 콘서트로 기부금 모으기를 시작하거나 연주회에서 상품을 팔며 떼돈을 벌고 있지만, 언젠가 익숙해질 거라는 따뜻한 눈빛으로 지켜봐 주세요.

약 제조에는 소재 채집이 필요해서 이동에 사용할 기수도 만듭니다. 이것도 귀족사회에서는 지금껏 없었던 모양이라 페르디난드에게 불만을 사죠. 하지만 바람도 막아 주고, 짐도 같이 옮길 수 있는 훌륭한 기수랍니다.

영주의 양녀, 인쇄업 책임자, 신전장, 고아원 원장의 수많은 업무에 바쁜 로제마인이지만, 헤어져 버린 평민촌 가족을 향한 그리움은 커져만 갑니다. 아주 작은 기회라도 발견하면 계약 마술에 위반하지 않는 범위 내에서 가족과의 교류를 쌓습니다.

그리고 힘들게 손에 넣은 권력을 이용해 인쇄업도 계속해서 진행해 갑니다. 실은 제2부 Ⅲ의 단편 「구텐베르크의 칭호」에 나와 있습니다. 실력을 발휘하는 구텐베르크가 되었습니다. 인쇄를 넓히기 위해 힘내 겠습니다.

이번 권에서는 잔뜩 늘어난 새로운 캐릭터부터 시작해서 4컷 만화 까지 그려 주시게 된 시이나 님께 어마어마한 업무량을 드리고 말았 습니다. 죄송한 마음도 있고, 귀여운 일러스트가 늘어서 기쁘기도 합 니다. 시이나 유우님, 감사합니다.

마지막으로 이 책을 구매해주신 여러분께 최상급의 감사를 바칩 니다.

제3부 Ⅱ는 초겨울에 나올 예정입니다. 그때 다시 만납시다.

2016년 7월 카즈키 미야

역자 후기

독자 여러분, 안녕하세요. 역자입니다.

역자 후기를 쓸 타이밍이 오면 무슨 말로 운을 띄워야 할까, 눈앞이 캄캄해집니다. 이번에도 역시나 모니터에 워드를 띄워놓고 한동안 멍하니 시간을 잡아먹었네요. 작가의 세계관과 문체를 성실하게 번역하는 자로서 역자의 색이 드러나지 않게 조심하다가 덜컥 제 얘기를 풀 곳이 생기면 막막해집니다. 자칫 역자 후기를 읽으시다가 '이런 사람이 번역한다고?' 하고 여러분께 실망을 안겨드릴까 봐 걱정도 하면서요. 하지만 짧게나마 끄적여 보겠습니다.

제가 처음 로제마인(구 마인)을 만난 지 벌써 1년 반이란 세월이 흘러 버렸습니다. 작업실 겸 제 방에서 대부분의 시간을 「책벌레의 하극상」과 함께한 것 같습니다. 생각해 보니 「책벌레」는 제게 많은 것을 남겼네요. 제 첫 번역소설이기도 하고, 아마 제 역자 인생 최고의 장편 시리즈물일 터이고, 거북목과 어깨와 목, 손목 통증을 겪게 해 주었습니다. 덕분에 마감이 끝난 날이면 어김없이 마사지샵에 뛰어가서 마사지를 받기 시작했고, 마사지가 주는 소소한 행복을 맛보게 됐습니다. 그리고 가끔 생각하게 해 줬죠. '나도 로제마인처럼 하나에 깊이 빠져 보고 싶다' 라고. 로제마인을 보고 있으면 그것이 만화

든 책이든 무엇이든 한 분야의 지식에 갈증을 느끼고, 끊임없이 추구하고, 궁금해 하고, 자칭 전문가라고 할 수 있을 만큼 '오타쿠'가 되고 싶다는 생각이 들곤 합니다. 뭐든지 금방 싫증내고, 포기해 온 제겐 얕은 잔재주만 잔뜩 있을 뿐, '무언가'를 누구보다도 잘 안다(한다)! 라고 떵떵거리며 말할 수 있는 게 없거든요.

제가 일본에서 회사에 다닐 무렵, 같은 부서 선배 중에 자칭 '영화광'이 있었습니다. 그냥 막연하게 유명한 영화만 골라서 보는 게 아니라 영화란 영화는 닥치는 대로 본다고 합니다. 심지어 '영화검정시험'까지 치르며 자격증까지 땄다고 하더군요(찾아 보니 한국에도 그런 검정 시험이 있습니다). 솔직히 영화 관련 직업을 가지고자 하는 분이 아니면 뭔가 도움이 되는 자격증은 아닐 겁니다. 하지만 자기가 좋아하는 분야에 얼마나 빠삭한지, 그 한계를 시험해 보고 싶다더군요. 중요한 건 '영화' 얘기가 나올 때 그 사람에게서 풍겨 오는 에너지입니다. 얘기만 듣고 있어도 얼마나 좋아하는지 그 사람의 눈빛과 말투와 분위기가 덩달아 저까지 흥분시켰죠. 아아, 이 사람은 정말 행복한 사람이구나, 진심으로 느꼈습니다.

자신이 무엇을 좋아하고, 뭘 하고 싶은지, 그것을 '취미'든, '직업'이든, '자신의 오타쿠 기질'을 끌어올려 주는 무언가를 발견하고 푹 빠진 사람은 정말 행복한 사람일 겁니다.

　저도 포함하여 독자 여러분도 꼭 좋아하는 무언가를 발견했으면 좋
겠습니다. 그리고 그 분야의 '오타쿠', 또 한 사람의 '로제마인'이 되
어 보셨으면 합니다.

　현재 제 눈앞에는 3부 2, 3, 4권이 놓여 있습니다. 여전히 방대한
페이지를 보면 숨이 넘어갈 것 같지만, 계속 기다려 주시는 여러분께
어서 빨리 작가 카즈키 씨의 세계관을 보여드리기 위해 노력하겠습
니다.

　앞으로도 로제마인의 여정을 재미있게 읽어 주시기를 바라며, 다시
다음 권에서 뵙겠습니다.

2017년 10월 김 봄

그림 실력

아무래도 신관장님은
부인들 사이에서
순정만화에 나오는
남자 주인공 같은가 보다

그렇다면 이런 느낌인가?

슥삭 슥삭

쿠으으으우우...

섬뜩

!!

시한폭탄

타닥타 타닥타닥타닥타

ㅏ닥타닥타닥타ㅣ 닥타

아

움찔

탁

괜찮냐!! 쓰러질 것 같아!? 아픈데 있어!?

벌렁 벌렁

진정하세요, 코르넬리우스 오라버니

뭔가 생각난 것뿐이에요

트라우마가 심각한 모양이다

화기00애애한 가족의 일상

이번에도 갑작스러운

권말 부록

진짜

만화: 시이나 유우

의붓오빠

사정이 있어서 가족이 늘었어요

엄청

오빠2

번

뚝!

중얼

오야코동 먹고 싶어~

학습

맛있는 요리를 먹을 수 있게 됐어요

최근에 요리사들 덕분에

혼잣말은 세심한 주의가 필요하단 걸 배웠습니다

히익

아아 아니에요

얼른 먹게 해줘 당장 내놔!

그거 맛있는 거지!

어묵탕

된장국

생선조림

하지만 가끔 간장 맛이나 감칠맛 나는 일직을 먹고 싶어요

4위 루츠 1305표

이 정도야 뭐…

벤노 5위 878표

꽤 인기 있구나

8위 질베스타 147표

7위 프랑 358표

6위 투리 590표

10위 마르크 115표

9위 귄터 133표

11위	프리다	96표
12위	빌마	74표
13위	요한	69표
14위	하이디	62표
15위	길	58표
16위	델리아	57표
17위	에파	56표
18위	칼스테드	40표
19위	신전장 베제반스	38표
20위	오토	37표

✤ 카즈키 미야 선생으로부터 ✤

여러분이 응원해주신 캐릭터의 순위와 예상결과는 어떠셨나요?
홈페이지에서 연 이벤트라 얼마나 투표해주실지 걱정했는데,
예상을 뛰어넘는 투표수에 감동했습니다. 많이 투표해 주셔서
감사드립니다.
신관장과 마인은 예상한 결과였고, 3위를 놓고 루츠와 벤노가
경쟁할 줄 알았는데 다무엘이라서 깜짝 놀랐습니다.
하지만 근소한 차이라 투표 기간이 조금 더 있었다면 루츠가
앞질렀을지도 모르겠네요. 마지막에 베스트 10위 안으로
진입한 질님의 기세는 대단했습니다.

✤ 시이나 유우 선생으로부터 ✤

1위, 2위는 고개를 끄덕이며 확인했었는데,
3위에 다무엘의 이름이 나온 순간 "엥? 다무엘이
이렇게 인기가 많았어?" 하고 조금 놀랐습니다.
지금까지 읽은 원고에서는 엄청난 대활약이
없었던지라……(미안)
덕분에 앞으로 어떤 활약을 펼칠 수 있을 것인지
기대되는 캐릭터입니다.

많 은 투 표 감 사 드 립 니 다!

3부 돌입 기념! 여러분의 뜨거운 사랑을 받은 상위 20명을 발표!
예상을 뛰어넘는 인기를 보여준 투표 결과를 확인하세요!

※이 기획은 2016년 6월 10일~7월 10일까지
　공식 홈페이지(http://www.tobooks.jp/booklove)에서 개최되었습니다.

훗, 당연한 결과군…

저, 정말입니까?!?

1위 신관장 페르디난드 3295 표

다들 고마워!

2위 마인 2991 표

3위 다무엘 1353 표

책벌레의 하극상 [3부] 영주의 양녀 I

초판 1쇄 발행   2017년 10월 31일
초판 3쇄 발행   2022년 8월 15일

저자 카즈키 미야

발행인 원종우
발행처 (주)블루픽

주소 (13814) 경기도 과천시 뒷골로 26, 2층
영업부 02-6447-9017   **편집부** 02-6447-9019   **팩스** 02-6447-9009
메일 edit@bluepic.kr   **웹** vnovel.kr

ISBN 979-11-6085-245-5 02830

Honzukino Gekokujo Shisho ni naru tameni ha Syudan wo Erande Iraremasen
Dai San-bu Ryoushu no Youjo 1
By Miya Kazuki
Copyright © 2016 by Miya Kazuki
First published in Japan in 2016 by TO BOOKS, Inc.
Korean translation rights arranged with TO BOOKS, Inc.
through Shinwon Agency Co.